KB093000

돌봄의 언어

돌봄의 언어

삶과 죽음, 예측불허의
몸과 마음을 함께하다

크리스티 왓슨 지음 | 김혜림 옮김

니케북스

• 바쁘고 힘들어 회의감이 들 때도 있지만 간호사가 되길 잘했다는 생각이 들 때는 《돌봄의 언어》와 같은 글을 읽으며 공감할 때다. "가족이 아닌 남을 사랑할 수 있는 능력을 갖춘다는 건 특권이다"라는 말처럼 간호사로 일하는 건 참 행운이고 감사한 일이다. 웃고 울고 가슴을 울리는 이 직업에 감사하며, 나는 또 그 특권을 누리러 내일도 환자를 보러 가야겠다.

–이주희, 삼성서울병원 간호사

• 국적도, 부서도 다른 낯선 간호사와 이렇게 큰 공감과 동료애를 느끼게 되다니! 과연 나는 크리스티만큼의 뜨거운 열정과 따뜻한 공감을 베풀고 있는지 돌봄과 간호를 다시금 생각해보게 한다.

–이다경, 청담리온병원 수술실총괄 수간호사

• 누군가 내 일기장을 훔쳐본 것처럼 부끄럽고 풋풋했던 나의 신규 간호사 시절을 떠올리게 하는 책이다. 앞으로의 나는 어떤 간호사로 성장해나갈지 크리스티 왓슨이 알려주는 것 같아 마치 든든한 선배를 얻은 기분이다.

–오은주, 서울대학교병원 간호사

• 꿈 많은 학생 간호사부터 일을 막 시작한 신규 간호사, 일에 지쳐 슬럼프가 찾아온 경력 간호사들까지 모두 아우르는 그녀의 이야기. 놀랍도록 솔직하고, 현실적이며 감동적인 이 책을 간호사의 길을 걷는 모든 이들에게 추천하고 싶다.

–윤소영, 삼성서울병원 간호사

• 나에게 큰 감동을 안겨준 이가 있다. 바로《돌봄의 언어》를 쓴 크리스티 왓슨이다. 영국 국민보건서비스NHS 간호사였던 그의 자전적 이야기를 담은 이 책은 숨이 멎을 듯 놀랍고, 믿을 수 없을 만큼 우리의 감정과 이성에 호소한다. 더불어 우리가 할 수 있는 곳에서 온 힘을 다해 간호사들을 응원하며 지지해야 할 것을 강조한다. 이런 면에서 크리스티 왓슨은 엄청나게 강한 여성이다!

—에밀리아 클라크Emilia Clarke, 영화배우

• 이 책은 단순한 에세이가 아니다. 과학, 철학, 역사, 윤리학을 넘나들며 흥미로운 소설이 갖는 서사의 힘도 가졌다. 시와 마찬가지로 글자 안

에 갇히기를 거부한다. 요약도 불가능하다. 인생을 바꿀 수도 있는 이 책은 직접 '경험'해야 한다. 왓슨은 유머가 있고 사랑스러운 화자이지만, 책 자체는 의료 체제에 대한 심각한 충격을 안겨준다.

—마르티나 에번스Martina Evans, 시인이자 소설가

• 돌봄이 무엇인지 알고 싶다면 이 책을 읽어라.

—로버트 소우니Robert Sowney, 영국 왕립간호협회 의장

• 이 책에 담긴 넘치는 사랑은 눈물마저 견딜 만하게 만든다. 간호사의 삶에 숨은 진정한 의미를 아름답고 시적으로 써 내려간 이야기다.

—아만다 포먼Amanda Foreman, 역사학자이자 전기작가

• 지혜롭고 애정이 담긴 글 안에 치열함, 연민, 깨달음이 번갈아 모습을 드러낸다. 이 책은 가장 취약한 상태에 처한 사람들을 돌보는 어려움과 보람을 보여주며, 우리에게 다급하게 호소한다. 우리를 돌보는 간호사를 사회적 차원에서 더 잘 보살펴야 한다고…….

—개빈 프랜시스Dr. Gavin Francis, 의학박사이자 작가

• 크리스티 왓슨은 중대한 사회적 이슈에 대중의 관심을 불러일으킨 주목할 만한 작가다. 설득력 있고, 감동적이며, 우리 모두와 밀접하게 연관된 책이다.

—네이선 파일러Nathan Filer, 정신건강학 연구원이자 시인

• 처음부터 마음을 빼앗겼다. 간호사의 목소리를 들을 기회가 많지 않은 현실에서 솔직하고, 지혜로우며, 사람들에게 주의를 기울일 줄 아는 크리스티는 그들의 이야기를 제대로 들려줄 적임자다.

—수잰 오설리번 Suzanne O'Sullivan**, 신경과 전문의**

• 부드러우면서 견고한, 아름다운 회고록이다. 문장마다 연민과 다정함이 배어 있는 이 책은 내가 혼자라고 느꼈던 때를 떠올리게 하면서 내가 절대 혼자가 아니었음을 느끼게 해준다.

—레이첼 조이스 Rachel Joyce**, 작가**

• 크리스티 왓슨은 타인을 보살피는 것이 무엇인지 그 일상을 명료하게 보여준다. 인간의 존엄성과 평등에 대한 존중에서 나오는 친절함을 찬미하며, 이런 친절이 없다면 우리 사회는 훨씬 더 슬픈 곳이 될 것이라 말한다. 아리도록 다정한 이 책은 독자들을 웃기고, 울리고, 인생이 무엇인지 생각하게 만들 것이다.

—니키 파커 Nicky Parker**, 영국국제사면위원회**

• 삶과 죽음에 대한 놀라운 책. 탁월한 문장들 사이에서 숨을 죽이게 된다.

—루비 왁스 Ruby Wax**, 영화배우이자 작가**

• 때로는 두렵기도 하지만 다정함과 진솔함이 느껴지는 놀라운 책이

다. 크리스티 왓슨과 같은 훌륭한 간호사들에게, 그리고 작가들에게 감사하자.

—재클린 윌슨Jacqueline Wilson, 아동문학가

• 마음을 뭉클하게 하면서 마음을 움직이게 하는 힘이 있다. 여기에 위트와 유머까지. 우리 시대에 꼭 필요한 책이다.

—사라 베이크웰Sarah Bakewell, 작가이자 문예창작과 교수

• 간호사가 얼마나 격무에 시달리고 있는지 그리고 변호사만큼이나 충분한 보상을 받을 만한 자격이 되는지를 분명히 보여준다.

—클라이브 스태포드 스미스Clive Stafford Smith, 인권변호사

• 이 책은 열악한 조건에서 일하는 영국 간호사들이 지녀야 하는 강인함과 투지를 보여주는 동시에 그들이 얼마나 과소평가받고 있는지를 여실히 깨닫게 해준다.

—레이첼 졸리Rachael Jolley, 《인덱스 온 센서십Index on Censorship》 편집장

• 우리를 웃게 하고 울게 하며 생각하게 만든다. 마땅한 대우를 받지 못하는 이 직업에 대해 어느 때보다 더 많이 감사하게 되었다.

—애덤 케이Adam Kay, 작가이자 희극배우

• 왓슨이 이끄는 대로 병원의 두꺼운 문들을 통과하며 우리는 마음을

뗄 수 없는 여정에 오른다. 인간의 조건과 돌봄의 언어를 배우면서, 우리가 모두 같은 재질로 만들어졌고 이 세상에 함께 하는 존재라는 사실을 상기하게 된다.

—몰리 케이스 Molly Case**, 작가이자 시낭송가, 전직 간호사**

• 간호사란 어떤 존재인가에 대한 절절하고 강렬한 증언이다. 간호사는 전문적이면서 사랑을 담은 돌봄을 제공하는, 요람에서 무덤까지 우리 삶 전부를 어루만지는 직업이다. 간호사들에게는 필독서이며, 간호라는 과학과 진정한 예술을 이해하고자 하는 사람들은 반드시 읽어야 하는 책이다.

—제인 커밍스 Jane Cummings**, 영국보건서비스 최고간호책임자이자 간호학 교수**

• 진정성을 담은 크리스티 왓슨의 글은 환자와 간호의 세계에 대한 통찰을 선물한다. 환자의 치유를 돕는다는 건 우리가 무슨 일을 하는지뿐만 아니라, 그들을 어떻게 대우하고 어떻게 말을 걸며 어떻게 반응하는지에 달렸음을 깨닫게 해준다. 자기 사랑과 친절의 메시지는 의료계에 종사하지 않는 사람들에게도 유용하다.

—줄리아 사무엘 Julia Samuel**, 작가**

• 이 경이로운 책은 공공의료와 의료진들을 위한 사랑의 노래다. 평생 이들이 제공하는 혜택을 받고 사는 수억 명의 사람을 대표하여 연가를 불러준 크리스티 왓슨에게 감사하다. 지독하게 솔직한 '돌봄의 언어'로

적힌, 열정적이고 정치적이며 감동적인 책이다.

—스텔라 더피Stella Duffy, 작가이자 배우·연극연출가

• 지적이고 열정적이며 끊임없이 감동을 선사하는 놀라운 책이다. 독자들은 삶의 급격한 부침을 엿보게 되는데, 보통 그곳에는 간호사가 있다. 크리스티 왓슨은 인간 존재의 연약함과 가치 선택의 중요성을 직시한다. 이보다 더 유용한 글쓰기의 사례나, 이보다 더 나를 나은 사람으로 만들어준 글은 많지 않다.

—리처드 비어드Richard Beard, 작가

차례

세상의 모든 간호사를 위하여

시인은 어둠 속에 앉아 달콤한 소리로

자신의 고독을 노래하는 새,

나이팅게일이다.

그의 청중은 보이지 않는 악사의 멜로디에 넋을 잃은 사람들,

그들은 마음이 동하고 그윽해진 연유를 알지 못한다.

_퍼시 비쉬 셸리Percy Bysshe Shelley

이 책에 묘사된 이야기들은 간호사로서 작가가 겪은 경험에 바탕을 두었다. 하지만 책에 등장하는 동료, 환자, 병원 등의 이름은 모두 가명이다. 관련된 개인과 기관의 익명성을 보호하기 위함이다. 혹시라도 실존하는 인물과 유사한 부분이 책에서 발견된다면 그것은 순전히 우연에 의한 것임을 밝힌다.

· 일러두기

1. 단행본, 학술지, 잡지, 신문 명은《 》, 논문이나 회화, 음악, 영화, 방송물의 제목은〈 〉로 묶었다.
2. 본문의 각주는 독자의 이해를 돕기 위해 옮긴이가 덧붙인 것이다.
3. 이 책에 나오는 영국의 화폐 단위 파운드는 모두 원화로 환산해 괄호 안에 표시했다. 정확한 수치를 의미하는 경우가 아니면 가독성을 고려해 어림으로 표시했다.

프롤로그

/

인생을 걸 만한 가치가 있는 일

다른 일을 하기에 너무 늙었거나 허약하거나 술에 취했거나

추레하거나 아니면 멍청한 사람들에게 간호의 책임이 맡겨졌다.

_플로렌스 나이팅게일Florence Nightingale

내가 처음부터 간호사가 되고 싶었던 건 아니다. 진로에 대해 많은 고민을 했고, 고등학교 때는 진학 지도 선생님을 계속 힘들게 했다. 장래 희망란에 '해양생물학자'를 적은 적도 있었는데, 그때 나는 화창한 날 수영복을 입고 바닷속에서 온종일 고래와 수영하는 장면을 꿈꾸었던 듯하다. 하지만 그 꿈도 잠시, 해양생물학자가 하는 일이 대부분 웨일스 해안의 플랑크톤 연구라는 사실을 알고는 생각이 조금씩 바뀌기 시작했다. 그러던 어느 해 여름, 바닷가에 사는 고모할머니 댁에서 지내면서 할머니가 커다란 부엌 개수대에서 생선 내장을 손질하는 모습을 보게 되었다. 한번은 노란 장화를 신은, 수염이 텁수룩한 거친 사내들을 따라 배를 타고 나갔다. 그들은 바다에 소변을 보고 끊임없이 욕을 해댔다. 배에서 푸석한 빵과 소라, 고둥으로 아침 식사를 때우기도 했다. 확실히 해

양생물학은 내게 어울리지 않았다.

"법학이요."

답답해진 부모님이 내게 어울릴 만한 진로를 묻자 결국 한 선생님이 했던 말이다.

"이 아이는 하루 종일 쉬지 않고 논쟁할 수 있어요."

하지만 난 공부가 적성이 아니었다. 내 관심을 끈 건 동물구호활동이나 자연보호 같은 것이었다. 《내셔널 지오그래픽》 소속 사진기자가 되어 뜨거운 태양이 이글거리는 이국을 여행하며 수영복과 슬리퍼 차림으로 온종일 사진 찍는 모습을 꿈꾸었다. 동물 생체실험 반대 시위와 캠페인에 참여했고 학대받는 개, 화장품 테스트로 눈이 충혈된 토끼, 피투성이에 뼈대만 남은 고양이 들의 사진이 담긴 전단지를 마을회관에서 사람들에게 나눠주었다. 동물보호 구호가 찍힌 싸구려 배지도 옷에 늘 달고 다녔는데, 어느 날 밤에 보니 헐거워진 핀에 찔려 생긴 멍 자국이 작은 별자리처럼 가슴에 가득했다. 어머니가 중고 시장에서 사온 박제된 병아리를 거실 장식장에 올려둔 뒤부터는 시위의 의미로 거실에 한 발짝도 들이지 않았다. 대신 계단에 앉아 채소만 먹으며 "나와 닭 중에 선택해. 나는 '살인자'와 한 공간에 같이 있을 수 없어!"라고 항의했다.

십 대의 분노를 늘 무한한 인내로 감싸주었던 어머니는 병아리를 치우고 치즈샌드위치를 만들어주면서 나를 안아주었다. 비록 그때는 깨닫지 못했지만, 내게 친절의 언어language of kindness을 가르쳐준 사람은 바로 어머니였다. 다음 날 나는 학교 생물 시간에 해부용으로 희생될 운명에 처한 생쥐 한 마리를 훔쳐왔다. 그때 집에는 내 어깨에 앉아 긴 꼬리를 커다란 목걸이처럼 흔들곤 하던 프랭크라는 애완용 쥐가 있었는데, 새로 데려온 쥐에게 퓨터라는 이름을 지어주고 그가 프랭크와 사이좋게 잘 살기를 바랐다. 물론 프랭크가 곧 퓨터를 잡아먹었지만…….

수영선수, 재즈트럼펫 연주자, 여행사 직원, 가수, 과학자…… 천문학자도 희망 직업 중 하나였다. 아버지에게서 들은 별자리 이야기가 실은 모두 아버지가 지어낸 이야기라는 걸 알게 된 열네 살에 그 꿈도 버렸지만 말이다. 하지만 이 사실을 아버지에게는 말하지 않았고, 여전히 아버지가 하늘을 가리키며 자신만의 이야기를 쏟아내도록 했다. "저기, 하마 모양 보이지? 저건 아르길라의 어깨라고 부르는 거야. 그리고 저것은 블루벨이라고 해. 종 모양이 보이니? 은빛이 도는 파란색 별들 말이야. 별을 열심히 쳐다보면 별이 땅의 비밀을 속삭여준다고 어부들은 믿는단다. 마치 조개껍데기 안에서 바다의 비밀을 듣는 것처럼 말이야. 아주 열심히 들으면, 아무것도 안 들리는 것 같지만 동시에 모든 것을 들을 수 있어."

땅의 비밀을 들으려고 나는 몇 시간씩 별을 바라보았다. 밤이면 침대 밑에서 나만의 보물로 가득 찬 마분지상자를 꺼냈다. 오래된 편지들, 깨진 열쇠고리, 돌아가신 할아버지의 손목시계, 그리스 동전 하나, 내가 좋아하던 남자애가 씹다가 책상 밑에 붙여둔 껌, 여기저기서 모은 돌들, 그리고 커다란 조개껍데기. 나는 조개껍데기를 귀에 대고 방 안에서서 창밖의 별들을 올려다보곤 했다.

어느 밤, 마당 창고 냉동고에 보관된 고기를 훔치러 도둑이 들어왔다. 그때는 꼬질꼬질한 흰색 앞치마를 두른 남자들이 확성기를 단 대형 트럭에 고기를 싣고 다니며 길에서 대량으로 고기를 팔던 시절이었고, 냉동 닭고기 도둑 때문에 경찰이 밤마다 순찰을 돌던 때이기도 했다. 그날 경찰의 고함 소리 때문에 나의 별 감상은 중단되었고, 나는 조개껍데기를 통해 우주가 응답했다고 생각했다. 그 답은 채식주의였다. 그날 밤, 두세 명의 젊은이가 냉동 닭고기와 거대한 고깃덩어리를 나르는 모습과 삐쩍 마른 십 대 소녀가 달빛 아래 침실에서 커다란 조개껍질을 귀에 대고 있는 모습 중에서 어느 것이 더 희한한 장면이었을지 모르겠다.

그때만 해도 나는 내 친구들에게는 크게 안중에 없는 고민들, 가령 '무엇을 하며 살까' '어떤 사람이 될까'라는 질문에 사로잡혀 지냈다. 당시에는 내가 여러 인생을 살고 싶어 하고, 다양한 방식으로 삶을 경험하고 싶어 한다는 걸 깨닫지 못했다. 타인의 삶에 들어가는 간호사와 작가라는 일을 할지 몰랐으니까.

열네 살 때부터 난 항상 아르바이트 일을 했다. 카페에서 오븐 닦는 일도 했는데, 티백 하나로 차 세 잔을 우려내는 아주 고약한 주인 때문에 일하는 내내 넌더리가 날 지경이었다. 추운 겨울에 손가락이 얼어 감각이 없어질 때까지 우유 배달도 했다. 신물 배달도 했는데 개똥 가득한 골목에 신문을 왕창 버린 게 발각되어 그만두었다. 학교 공부는 뒷전이었고 숙제도 하지 않았다. 그럼에도 부모님은 나의 가능성을 이끌어주고 성실함의 가치를 일깨워주면서 사고의 지평을 넓혀주려 부단히 애썼다. "교육은 어디에나 갈 수 있는 티켓이란다. 너는 명석한 머리를 가지고 있는데도 그걸 사용하려고 하지 않아." 부모님으로부터 물려받은 능력과 '삶의 환희'에도 불구하고 내 학교 성적은 여전히 바닥이었고 무

책임한 삶도 계속되었다. 부모님은 나에게 항상 책을 읽도록 권했다. 나는 수많은 질문에 답을 찾기 위해 철학에 탐닉하며 사르트르, 플라톤, 아리스토텔레스, 카뮈에 매료되었다. 책에 대한 사랑은 부모님이 나에게 준 최고의 선물이었다. 읽을거리 주변을 어슬렁거리기를 좋아했고, 집안 곳곳에 책을 숨겨놓았다. 레코드판 사이에《작은 아씨들》, 휴지통 뒤에 도스토예프스키, 고장 난 장난감 자동차 밑에 디킨스…….

열여덟 살에 나는 학교를 떠나 스물 몇 살쯤 되는 남자친구와 그의 룸메이트들과 같이 살기 시작했다. 믿을 수 없을 만큼 무질서한 나날이었지만, 비디오 가게에서 단기 아르바이트를 하며 옆 가게인 중국집에 비디오를 빌려주고 공짜로 요리를 얻어먹는 생활에 더없이 만족해했다. 가게에 친구들을 불러 19금 비디오를 같이 보던 때부터는 채식주의 원칙도 시들해지기 시작했다. 농부가 되려고 농업전문대학에 들어갔지만 2주 만에 그만두었고, 관광안내 자격증 과정은 일주일밖에 버티지 못했다. "삶의 방향이 없다"는 말은 나에겐 과분한 표현이었다.

면접 시간에 지각한 탓에 피자 가게의 어린 손님들과 놀아주는 일자리조차 얻지 못했다. 남자친구와도 헤어지고 그 충격에서 헤어나지 못했다. 그저 순진한 열여덟 살 소녀였던 것이다. 자존심 때문에 집으로 돌아갈 수도 없었고, 집도 직장도 없었다. 그 당시 열여덟 살짜리를 받아주고 숙소를 제공해주는 곳은 지역의 봉사단체가 유일했다. 지금은 스코프Scope라고 불리는, 뇌병변장애인협회에서 운영하는 요양원이다. 그곳에서 나는 먹고 자며 자원봉사자로 일하기 시작했다. 중증 신체장애를 가진 성인들의 대소변을 처리하고, 식사를 도와주고, 옷 갈아입는 걸 도우며 일주일에 20파운드(약 3만원)의 용돈을 벌었다. 다시 고기를 먹고, 스킨헤드 머리를 하고, 구세군가게에서 중고 의류를 사입고, 술 담배를 하는 데 모든 수입을 다 써버렸다. 어떻게 보면 가진 것 하나 없는 시간이었지만 요양원 봉사를 통해 생전 처음으로 뭔가 쓸모 있는 일을 한다고 느꼈다. 무척 행복했다. 이제 내게 더 큰 삶의 가치가 생긴 것이다. 또한, 그것이 간호사를 가까이에서 본 첫 경험이었다. 아픈 아이가 부모를 바라보는 것과 같은 강렬한 눈빛으로 나는 간호사들을 관찰했고, 그들의 움직임을 놓치지 않았다. 그러나 나에겐 그들이 무슨 일을 하는지, 그들에게 업이란 대체 어떤 의미인지를 표현할 언어가 없었다.

"너도 간호 일을 해봐. 장학금도 주고 숙소도 제공하거든."

한 간호사가 내게 말했다.

근처 지역 도서관에 가니 나 같은 부랑자들이 건물을 가득 메우고 있었다. 어렸을 때 많이 갔던 학교 도서관이나 동네 도서관과 다르게 이 도서관은 단순히 공부를 하거나 책을 빌리는 장소 이상이었다. 이곳은 안식처였다. 노숙인 한 명이 잠들어 있었지만, 도서관 사서는 그를 건드리지 않았다. 목에 안내원이라는 명찰을 건 사람이 전동 휠체어에 앉은 여자가 원하는 책을 책장 맨 위 선반에서 뽑아주고 있었고, 어린 아이들은 자유롭게 뛰어다니고, 십 대 청소년 한 무리가 옹기종기 모여 웃고 있었다.

나는 메리 시콜Mary Seacole*에 관한 책을 읽기 시작했다. 그녀는 플로렌스 나이팅게일처럼 크림전쟁에서 병사들의 곁을 지킨 간호사다. 시콜은 정식 간호사가 되기 전인 어린 시절부터 인형과 애완동물들에게 약을 주면서 간호사 놀이를 시작했다고 한다. 간호사가 되겠다는 생각을 전에는 해본 적이 없는 나였지만, 서서히 옛날 일이 생각나기 시작했다. 남동생과 나도 인형을 고쳐준답시고 인형 솜이나 유리 눈알을 일부러 뺐다 넣었다 하며 병원 놀이를 했다. 초등학교 시절, 반 친구들이 나에게 빈혈 검사를 받겠다고 길게 줄을 섰던 일도 기억이 났다. 아마도 내가 전문적인 지식이 있다고 떠벌렸던 것 같다. 학교 밖에서는 친구들을 한 줄로 세우고 누가 간이나 양파를 먹어야 하는지 진찰해보겠다며 한 명씩 눈꺼풀을 잡아당겨 보기도 했다. 목이 아프다고 찾아오는 친구들의 목을 마치 클라리넷의 키를 누르듯 손가락 끝으로 지긋이 눌러보고 "림프절이군"이라고 말하기도 했다.

그러나 간호에 필요한 것이 무엇이며, 어떻게 하는 게 간호인지를 다룬 책이 많지 않아 내가 이 일에 적합한지 알 길이 없었다. 하지만 적어도 간호는 역사 서술 이전부터 있었던 행위이고, 모든 문화에 존재한다는 사실은 알게 되었다. 간호와 관련된 가장 오래된 문헌 중 하나는 기원전 1세기경 인도에서 쓰인 《차라카 삼히타Charaka-saṃhita》다. 책에 따르면 간호를 하는 사람은 모든 이에게 동정심을 가져야 한다. 또한 간호는 이슬람 문화와 깊은 관련이 있다고 쓰여 있는데, 7세기 초반에는 신실한 무슬림이 간호사가 되었다. 이슬람 역사에서 최초의 직업 간호사

* 1805년에 태어난 영국 간호사이자 사업가

였던 루파이다 빈트 사드Rufaidah bint Sa'ad는 그녀의 연민과 공감 능력 때문에 이상적인 간호사로 묘사되었다.

동정심, 연민, 공감. 역사는 이러한 마음이 좋은 간호사를 만든다고 얘기한다. 이후 간호사로서 일하는 동안에도 나는 동정이나 연민, 공감 같은 자질이 내게 너무 부족하다는 느낌이 들거나, 그런 데에 우리가 더는 가치를 두고 있지 않다고 생각될 때마다 버킹엄셔에 있는 이곳 도서관으로의 여행을 종종 머릿속으로 떠올리곤 했다. 그러나 열여덟의 나는 희망찬 에너지와 이상주의로 가득 차 있었다. 그리고 열아홉이 되자 이 길로 가기로 결심했다. 더 이상의 방황은 없다. 난 간호사가 될 것이다.

몇 달 후, 만 17.5세라는 공식 입학 연령에서 2주가 부족했음에도 나는 어쨌든 간호학과에 들어갔고 베드퍼드에 있는 기숙사에 입소했다. 병원 뒤편으로 기숙사가 있었는데, 거친 문소리와 때때로 울려 퍼지는 날카로운 웃음소리가 넓은 건물 안을 가득 채웠다. 내 방이 있는 1층에는 대부분 1년차 간호학과 학생들이 살았고, 방사선촬영기사와 물리치료과 학생들, 가끔은 교대 근무 중인 의사도 몇 있었다. 간호학과 학생들은 거의 모두가 어리고 자유분방했으며 처음으로 집을 떠나온 사람들이었다. 아일랜드 출신이 꽤 많았는데, 그들은 "우리에게는 두 가지 선택만이 있을 뿐이야. 간호사 아니면 수녀"라고 말하곤 했다. 남학생들도 적지만 몇몇 있었다.

지하실에 있는 세탁실 옆에는 텔레비전을 볼 수 있는 공용실이 있었는데, 통풍이 되지 않아 꽤 답답했다. 공용실에는 24시간 가동되는 히터의 열기로 앉으면 종아리가 의자에 붙어버리는 싸구려 비닐 소파가 있었다. 그 방에서 나는 정신과 실습생 한 명을 알게 되었고 그와 몇 년간 사귀었다.

내 방은 화장실 옆에 있었는데, 그래서인지 방에서는 쾌쾌하게 젖은 카펫 냄새가 났다. 한 친구는 그 카펫에서 풀을 기른 적도 있다. 부엌은 더럽고, 냉장고는 유통기한이 지난 음식들로 꽉 찼으며, 수납장에는 "다른 사람의 음식을 훔쳐가지 마시오. 누군지 다 알고 있음"이라고 쓴 쪽지가 붙어 있었다. 복도에 있는 유일한 공용 전화기는 밤낮없이 울어댔다. 다투는 소리, 뛰어다니는 소리, 시끄러운 음악 소리도 끊임없이 복도를 채웠다. 우리는 모두 담배를 피웠고, 시간이 지나 담배 냄새를 못느끼더라도 흐르는 배경음악처럼 냄새는 항상 그곳에 떠돌았다. 우리는 가족처럼 서로의 방을 거리낌 없이 드나들었으며 방문을 잠그는 법이 없었다. 내 침대 머리맡에는 레오나르도 다빈치의 심장 해부도 포스터가 붙어 있었고, 책꽂이는 간호학 교과서들과 값싼 소설들 그리고 철학책 한 무더기로 가득했다. 주전자, 도저히 끌 수 없는 히터, 그리고 열리지 않는 창문도 생각난다. 세면대도 있었는데, 그곳은 씻기도 하고(몸도 컵도), 담뱃재를 털기도, 토하기도, 심지어 화장실이 몇 주 동안 막혔을 때 소변을 보기도 하는 용도로 쓰였다. 같이 살던 동료들에게는 기숙사의 생활환경이 허접하고 불쾌했을 수 있다. 그러나 요양원에서 오랫동안 공동생활을 하고, 그전에는 남자친구와 그의 룸메이트들과 같이 산 경험이 있던 나로서는 천국과도 같았다.

항상 첫날이 최악이다. 나는 간호사로서 무엇을 하게 될지 아무

개념이 없었고, 지원해보라고 권했던 간호사에게 좀 더 많이 물어보지 않은 것을 후회했다. 실패할까 봐 겁이 났고, 또 마음이 바뀌었다고 고백할 때 마주할 부모님의 표정이 두려웠다. 내가 간호사가 되겠다고 선언할 때 이미 충분한 충격을 받은 분들이었다. 아버지는 실제로 어이없다는 듯 소리 내어 웃었다. 그 당시 요양원에서 일하고 있는 딸을 보고서도 부모님은 여전히 나를 자기밖에 모르는 반항적인 십 대로 여겼다. 내가 다른 사람을 돌보는 일에 전념한다는 것은 부모님으로서는 상상도 못 할 일이었다.

그날 밤 나는 침대에 누웠지만, 바로 옆방에서 들려오는 싸움 소리로 쉽게 잠들 수 없었다. 그들이 조용해진 뒤에도 나는 잠을 이루지 못했다. 머릿속이 온갖 생각으로 출렁였다. 처음에는 교과 위주의 이론 수업이 많다 보니 실수로 누군가를 죽음에 이르게 한다거나 늙은 남자의 성기를 씻겨야 하는 끔찍한 일은 적어도 지금은 걱정할 단계가 아니란 걸 알고 있었다. 그렇지만 마음은 여전히 불안으로 가득했다. 하필 또 그날 밤 화장실에 갔다가 화장실 문틈 사이로 피 묻은 생리대가 끼어 있는 것을 보고 구역질을 했다. 그것이 극도로 불쾌한 장면이기도 했지만, 내가 피를 보면 항상 어지러워진다는 사실이 그제야 기억이 났다.

내가 비위가 약하다는 것은 다음 날 아침 건강검진을 할 때 다시 한 번 확인되었다. 신입생들 모두 피를 뽑아야 했는데, 채혈기사는 "기록에 남기기 위해서"라고 했다. "여러분들이 바늘에 찔려 HIV에 감염되었을 경우에 대비한 거예요. 이미 HIV 보균자일 수도 있으니깐요." 이때는 1994년이었고 HIV, 즉 에이즈에 대한 잘못된 정보와 공포가 널리 퍼져 있을 때였다. 채혈기사가 지혈대를 내 팔에 묶으며 물었다. "간호학과 학생인가요 아니면 의대생인가요?" 바늘이 들어가고 주사기가 피로 채워지는 것을 보고 있는데 갑자기 시야가 흐릿해지기 시작하더니 채혈기사의 목소리가 먼 곳에서 들리는 울림처럼 느껴졌다.

"크리스티! 크리스티!"

정신을 차려보니, 다리를 의자에 올린 채 바닥에 누워 있는 나를 채혈기사가 내려다보고 있었다. 그녀는 웃으며 물었다.

"이제 괜찮아요?"

나는 정신을 다잡으려고 애쓰며 천천히 팔을 짚고 일어났다.

"어떻게 된 일이죠?"

"학생이 기절을 했어요. 가끔 있는 일이기는 한데, 이 직업이 맞을지 다시 한 번 생각해봐요."

되돌아보면 이십 년이라는 간호사로서의 생활은 내게서 많은 것을 앗아갔지만, 그 이상을 돌려주었다. 나는 이 놀라운 간호의 현장에서 경험한 희로애락을 여러분과 함께 나누려 한다. 탄생에서 죽음에 이르기까지, 신생아중환자실을 거쳐 내과 병동을 지나 병실로 같이 들어가 보자. 응급 호출을 받고 뛰어가면서 약국과 직원 식당을 지나 응급실로 향해 보자. 우리는 병원 자체뿐 아니라 간호의 다양한 측면을 살펴볼 것이다. 사실, 신규 간호사 시절엔 화학, 생물학, 물리학, 약학, 해부학만이 간호학의 영역이라 생각했었다. 하지만 이제는 철학, 심리학, 예술, 윤리와 정치가 간호학의 실체임을 깨닫게 되었다. 이 깨달음의 여정에서 많은 사람을 만나게 될 것이다. 그들은 환자, 친지, 직원 등 우리가 이미 경험한 사람들일 수 있다. 왜냐하면 우리 모두는 인생의 어느 순간 돌봄을 받고 돌봄을 준 경험이 있는 사람들, 간호사이기 때문이다.

1
/
혈관으로 이루어진 나무

모든 사람에게는 의식주와 의료와 사회 복지를 포함해 자신과

가족의 건강과 복지에 적합한 생활수준을 요구할 권리가 있다.

_세계인권선언문 제25조

다리의 난간이 만들어낸 들쑥날쑥한 그림자를 따라 다리를 건너 나는 병원을 향하고 있었다. 녹회색에 가까운 푸른 빛살이 다리 아래 강물에 어른거렸다. 동트는 새벽이다. 모든 것이 고요하고, 아직 보름달이 떠 있었다. 파티복 차림에 눈에는 마스카라가 번진 여자 둘이 나를 비켜 지나갔다. 침낭에 파묻힌 노숙인은 난간에 붙어 웅크려 누워 있었고, 그의 머리 옆에는 동전 몇 닢이 들어 있는 컵이 놓여 있었다. 도로 위에는 택시 한두 대와 새벽 버스만이 가끔 나를 지나쳐 갈 뿐이었다. 나처럼 병원으로 향하는 사람들이 또 있었다. 닳아빠진 신발, 어깨의 배낭, 창백한 얼굴, 구부정한 자세를 똑같이 교복처럼 입은 사람들.

병원 구내로 방향을 돌려, 항상 열려 있는 뜰 안의 작은 교회를 지나갔다. 등불과 촛불이 어두운 교회 내부를 은은히 밝히고 있으며, 제단

위에는 다양한 바람과 소망이 적힌 기도책이 놓여 있었다. 세상에서 가장 슬픈 책일 것이다.

병원 정문으로 직원들이 몰려들었다. 누군가는 자전거를 밀고, 또 누군가는 잰걸음으로. 그들의 시선은 오로지 앞을 향해 있었다. 마치 초조하게 뭔가를 물어보려는 사람, 작은 여행 가방을 들고 서류 한 장을 움켜쥔 사람, 우는 아이의 손을 잡고 있는 사람, 무릎 담요를 덮은 나이 든 가족의 휠체어를 미는 사람 들과는 눈을 마주치지 않으려고 애쓰는 것처럼 말이다. 아침 9시가 되면 이들을 돕기 위해 "무엇을 도와드릴까요?"가 적힌 어깨띠를 두른 자원봉사자가 나올 것이다. 켄은 일흔 살 나이의 자원봉사자인데 손녀가 이 병원에서 난소암 수술 후 패혈증으로 치료를 받은 적이 있었다. "그리 대단한 일은 아니지만, 나와 같은 처지의 사람들을 돕고 싶어요." 그는 병원을 찾는 사람들에게 병원 구내 약도를 나눠주며, 목적지까지의 안내와 밝은 미소를 함께 선사했다. 약도는 갖가지 색으로 표시되어 있고 병원 바닥은 사람들이 따라갈 수 있도록 다양한 색으로 선이 그어져 있었다.

더 많은 사람들이 모여 있는 접수처 대기실을 지났다. 부자이거나 가난하거나, 몸이 멀쩡하거나 불편하거나 상관없이 모든 인종, 모든 나이대의 사람들이 기다리고 있었다. 그중에서도 이곳에서 종종 보게 되는 한 여자가 있는데, 슬리퍼 차림에 지린내를 풍기며, 비닐봉지가 가득한 카트 옆에서 혼잣말을 중얼거리는 여자였다. 가끔 그녀가 고통스러운 듯 비명을 지르면 경비원이 경비실 창구로 고개를 내밀어 무슨 일인가 확인하고는 다시 들어갔다. 오늘은 그녀가 없다. 대신 병원 난방에도 불구하고 두툼한 빨간 외투를 입은 나이든 여자가 보였다. 그녀는 두렵고 슬픈 눈으로 잠깐 나를 올려다보았다. 주위에 십여 명의 사람들이 있음에도 완전히 고립되어 어쩔 줄 모르는 모습이었다. 한때는 곱슬곱슬했을 그녀의 머리는 감은 지 오래된 듯 납작하니 볼품없었다. 그녀를 보니 할머니가 병석에 누웠을 때 생각이 났다. 할머니는 당신의 헤어스타일을 완벽하게 유지하지 못해 몹시 속상해했다. 빨간 외투의 여자는 눈을 감은 채 양손으로 이마를 짚고 있었다.

나는 병원 안을 돌아다니기 좋아한다. 병원은 항상 안식처 역할을 해왔다. 기원전 437년부터 367년까지 스리랑카를 다스렸던 판두카바야Pandukabhaya 왕은 자신의 왕국 곳곳에 조산원을 세웠다. 이는 온전히 아픈 사람을 돌보는 목적으로 만들어진 기관으로서 가장 오래된 기록이다. 최초의 정신병원은 서기 805년 바그다드에 세워졌다. 이러한 초기의 병원들에서는 치료비가 없다고 환자들을 돌려보내는 것이 법으로 금지되었다. 예를 들면 13세기 이집트에 있었던 칼라운Qalawun 병원은 "아픈 사람이 가까이에서 오든 멀리에서 오든, 거주민이든 이방인이든, 건강하든 허약하든, 지위가 높든 낮든, 부자이든 가난하든, 직업이 있든 없든, 앞을 볼 수 있든 없든, 몸의 병이든 마음의 병이든, 또는 학식이 있든 없든 모든 비용은 병원이 부담한다"고 선언했다.

나는 계속 걷는다. "축하합니다"와 "애도를 표합니다"라는 문구가 적힌 카드 사이에 "빠른 쾌유를 빕니다"라고 쓰인 병문안 카드가 선반 가운데 진열된 선물가게를 지난다. 그 옆 작은 옷가게는 옷이 잘 팔리는 것 같지 않지만, 가게 주인은 병원 안에서 일어나는 모든 사건사고를 꿰고 있는 재미난 이야기꾼이다. 공중화장실에서는 환자가 쓰러지거나, 마약을 주입하거나 가끔은 폭행, 심지어 강간 사건이 벌어지기도 했다. 화장실 건너편에는 신문판매대와 24시간 영업하는 카페가 있다.

나는 두툼한 빨간색 외투를 입은 여자를 흘낏 뒤돌아보며 모서리를 돌다가 표백제, 곰팡이, 환자식 냄새가 뒤섞인 육중한 철제 수레를 미는 조리실 직원과 부딪칠 뻔했다. 카페 왼편에 위치한 승강기 앞에는 승강기를 타려고 기다리는 사람들로 북적였다. 이 병원은 땅값이 비싼 곳에 고층으로 지어진 건물이다. 병동 대부분이 병원 건물의 동맥과 정맥이라 할 수 있는 중앙 통로 위로 올려진 형태이며, 건물은 계속 확장 중이었다. 나이팅게일은 환자의 회복에 영향을 미치는 병원 건축과 디자인의 중요성을 인식하고, 신선한 공기와 햇볕을 최대로 얻기 위해 세로로 긴 창문이 있는 길고 좁은 블록형 병동 배치를 제안했다. 또한 1865년과 1868년 사이에 맨체스터의 건축가 토머스 워딩턴Thomas Worthington과 주고받았던 편지에서 나이팅게일은 실제로 간호사들이 필요로 하는 것들이 무엇인지에 대해서도 강조했다. "그 쪽방 같은 휴게실이 간호사들이 필요할 때 잠깐이라도 눈을 붙일 수 있는 충분한 공간이 될까요?"

나는 나이팅게일의 발자국을 상상하면서 사람들로 가득한 환자 수송 구역으로 발걸음을 옮긴다. 이곳은 대중교통을 이용하기에는 병이 위중하지만 택시 탈 형편은 되지 않는, 보호자가 없는 환자들이 퇴원할 때 차를 기다리는 곳이다. 그들은 외투나 가운을 걸치고 담요를 덮은 채 휠체어나 플라스틱 의자에 앉아 자동으로 여닫히는 문을 힘없이 바라보며 누군가가 데리러 오기를 기다렸다. 나는 자동문 너머 바깥 하늘, 그 공허함을 바라본다. 줄지어 놓인 의자 뒤 자동판매기가 혼자 윙윙거리고 있다. 나는 대부분 나이가 들고 노쇠한 이 사람들이 혹시 배고픈 건 아닌지, 통증을 느끼는 건 아닌지, 또는 두려워하지는 않는지 잠시 궁금해졌다. 그러나 이미 답을 알고 있었다. 병원을 떠나려고 기다리는 대기실이 들어오기 위한 대기실보다 꽉 차 보인다. 모든 것이 상대적이어서 심각한 부상을 입고 응급실에서 사투를 벌이는 환자들은 자기가 운이 좋다고 느끼지 않을 수도 있지만, 적어도 돌봐줄 가족과 친구가 있다면 운이 좋은 것이다.

환자 이송기사들을 위한 대기실의 문이 거대한 볼링핀같이 줄지어 있는 빈 산소통에 부딪히며 열고 닫히기를 반복했다. 부스스한 머리에 눈썹을 진하게 그린 여자가 마돈나 스타일의 이어폰을 끼고 전화교환대 앞에 앉아 있었다. 그녀와 잘 지내려고 그동안 시간을 꽤 쏟았지만, 내 노력에도 불구하고 "안녕하세요"라고 말을 건넬 때마다 그녀는 마치 처음 보는 사람을 대하듯 "무슨 일이에요?"라고 퉁명스럽게 내질렀다. 그럼에도 나는 꾸준히 도전했다.

그 옆에 약국 하나가 있다. 어른을 위한 사탕 가게처럼 형형색색 알약들이 줄지어 있고, 잡아당기면 나오는 약 트레이가 있다. 조제실 안은 마치 월스트리트 주식거래소 같다. 옅은 불빛이 비추는 계단을 따라 아래층으로 내려가면 응급 상자에 정리된 의약품들도 있다. 상자 속 약들이 남용되지 않도록 상자를 열 때마다 옆에 붙은 표에 기록을 하고, 약을 채워 넣을 때는 봉인처리를 해야 한다. 영국에서는 많은 의약품이 국립보건임상연구원의 허가 없이 사용된다. 이는 드문 일이 아니다. 예를 들어 미국에서는 소아과 진료에 쓰이는 약 중 20~30퍼센트만이 미국식품의약국FDA의 허가를 받은 것이다.

제약회사 직원들은 병원의 활력소가 되곤 했다. 이들은 쉽게 눈에 띄었다. 약사들처럼 의사보다 옷을 잘 입기 때문이다. 비싼 디자이너 브랜드의 옷을 입고 자동차 세일즈맨 같은 태도로 무장한, 바쁜 전문의들의 시간과 관심을 끌 수 있는 능력자들이다. 딱히 의대에 갈 성적은 되지 못했던 출중한 외모의 이 이삼십 대 청년들은 약을 팔기 위해 정기적으로 병원을 방문했다. 보통 이들의 방문은 피자, 펜, 공책 등의 선물과 함께였다. 요즘 말하는 '투명성'은 이들과 먹는 점심식사 가격이 낮아지고, 특정한 약을 처방하거나 구입하도록 의사에게 뇌물을 줄 수 없음을 의미한다. 그렇지만 아직도 홍보용 물품은 제공할 수 있다. 모든 의사와 간호사의 집에는 약품명이 새겨진 머그컵이나 펜이 있고, 꽤 오랫동안 내 딸이 가장 좋아하는 곰 인형은 항우울제 문구가 새겨진 티셔츠를 입고 있다.

약국에는 작은 창구가 있고, 간호실습생들이 줄지어 와서 TTO* 를 기다렸다. 특정 의약품이나 수액을 받기 위해 초인종을 누르고 들어가야 하는 문도 있다.

내가 속한 사무실은 약국에서 세 층 위에 있었다. 천장 배관이 그

* To Take Out의 약자. 음식점 포장처럼 환자가 약을 가지고 집에 갈 수 있는 원내 처방을 말한다.

대로 노출되어 있는 이곳은 문밖에 쥐덫이 보이고 안은 지나치게 덥고 답답한 카펫 깔린 방이었지만, 어차피 우리가 여기서 보내는 시간은 많지 않았다. 나는 잠시 방을 둘러보며 탁자를 눈으로 훑는다. 탁자 위에는 사용기간이 지난 기관내관endotracheal tube*과 불량 제세동기 패드, 병원식당에서 집어온 브라운소스 봉지가 보인다. 병원식당에는 주로 교대근무가 끝나는 현장 임상 간호사로부터 인수인계를 받은 후 간단히 토스트나 아침을 먹기 위해 들렀다. 현장 임상전문 간호사는 야간에 병원을 관리하며 병상관리부터 응급사고, 보안, 테러에 이르기까지 병원에서 일어나는 모든 일에 대처하는 상급 간호사다. 그 외에도 탁자엔 사망환자의 두꺼운 차트가 의무기록실에 가기를 기다리고 있고, 근무 첫날 디카페인 커피라고 들었지만 몇 년간 아무도 손댄 흔적이 없는 커다란 커피 통도 놓여 있다.

응급소생 전문가resuscitation officer라는 나의 일은 역할이 묘하게 혼합된, 말 그대로 응급소생을 전문으로 하는 간호사다. 응급소생팀은 대부분이 나처럼 이전에 중환자실이나 응급실 근무 경력이 있는 노련한 간호사들로 구성되지만, 때로는 구급대원이나 매우 숙련된 수술실 어시스턴트가 있기도 하다. 우리는 간호사, 의사, 그리고 다른 의료관리 전문가들에게 응급소생술을 가르치고, 몸에 항상 차고 다니는 응급 호출기가 울리면 병동, 수술실, 커피숍, 계단, 정신과 외래, 주차장, 노인 병동 등 병원 어디라도 달려간다. 호출 장소에 도착한 뒤에는 의료진과 협력

* 기관 삽입용 기도 카테터

하여 심장마비나 다른 응급상황에 대처한다.

나는 임시 칸막이 뒤에서 옷을 갈아입는다. 탈의실이 따로 없고 화장실에 갈 시간도 없기에 칸막이는 이 방에서 이렇게 수년간을 우리와 함께했다. 응급 호출기가 번쩍이며 알림 메시지가 떴다. "성인, 응급, 중앙 병동" 응급 호출기가 하루 종일 조용한 날도 있지만, 어떤 날은 하루에 대여섯 번 울리기도 한다. 의료진은 2222번을 눌러 호출벨을 울리고 어떤 종류의 응급상황인지 구체적으로 명시한다. 성인, 소아, 임산부, 신생아 또는 정신적 외상 등등. 종합병원이라고 해서 응급상황이 항시적인 건 아니지만, 때에 따라서는 끔찍할 수도 있다. 그러나 대부분의 호출은 응급상황이라고 하기에는 환자의 상태가 그리 위중하지 않은 경우가 많다. 잠시 어지러워 쓰러진 환자, 거짓으로 발작을 꾸민 환자, 벌에 쏘인 환자 정도였다.

근무 첫날 동료가 내게 말했다. "충고를 하자면 아주, 매우 천천히 뛰세요. 가서 무엇을 맞닥뜨리게 될지 모르니까 일에 자신이 붙기 전에는 현장에 제일 먼저 도착하지 않는 게 좋아요."

그러나 이제는 이 일을 한 지 꽤 되었기 때문에 호출 받는 즉시 나는 '응급소생 전문가'라고 응답한 뒤 계단을 두세 칸씩 뛰어내려가 빅토리아 여왕의 거대한 동상이 있는 병원의 중심부를 통과해 간다. 중앙 홀에는 그랜드 피아노가 있는데, 때로는 사람들의 예상치 못한 연주 실력으로 놀라곤 한다. 오늘은 밝은색 안전조끼를 입은 공사장 관계자가 모차르트를 연주하고 있다. 조심조심 발을 내딛는 여인 옆에, 얼굴에 기쁨이 가득한 남자가 "반짝반짝 빛나는 유아차를 밀고 지나갔다. 우편물 보관소 가까이에 이르자 사람들이 많아 뛰는 속도가 느려졌다. 욕설과 라디오 소리가 밖으로 비집고 나오는 비좁은 방에서 간간이 팔 하나가 나와 줄 서서 기다리는 사람들에게 편지를 나누어주었다. 나는 제대로 작동한 적이 없는 현금인출기를 지나쳐 간밤의 숙취를 깨기 위해 직원들이 아침을 먹는 병원식당 쪽으로 서둘러 걸어간다.

슬픈 눈빛을 한 빨간 외투의 여자는 작고 연약해 보였고, 외투를 벗기자 더 왜소했다. 코트 안에 입은 꽃무늬 셔츠의 단추가 잘못 채워져 있었다. 피부는 주름지고 건조하며, 머리에는 군데군데 흰머리가 있었다. 눈에는 젖은 눈곱이 끼어 있고 입술은 갈라졌으며 납작해진 머리에서는 쉰내가 났다. 쇄골 바로 위로 은목걸이에 매단 결혼반지가 보였다. 그녀의 시선이 주위 사람들을 빠르게 스쳐 지나갔고, 몸은 떨고 있었다. 의식을 되찾고 식당 의자에 앉아 있는 그녀를 이미 도착한 구급팀 몇 명이 에워싸고 있었다. 시니어 의사, 주니어 의사, 마취과 의사, 임상전문간호사다. 그들의 표정을 보니 심각한 상황은 아닌 듯했다. 임상전문 간호사인 티프는 나랑 잘 아는 사이다. 응급실에서 오래 근무한 그녀가 있으면 항상 마음이 놓인다. 늘 그렇듯 티프는 매우 침착한 모습으로 어디에선가 담요를 구해 여자를 덮어주었다. 병원에서 담요를 찾는 게 쉽다고 생각하겠지만 절대로 그렇지 않다. 티프는 환자의 산소 농도를 확인하기 위해 환자 앞에 꿇어앉아 손가락에 작은 감지기를 부착했다.

"좋은 아침이에요!" 티프가 내게 인사했다.

"안녕하세요. 미안해요. 막 옷을 갈아입던 중이었어요."

이송기사가 응급 카트를 가지고 도착했다. 응급 호출과 동시에 응급 카트도 출발해 보통 구급팀과 함께 현장에 도착한다. 카트에는 엄청난 양의 기구들이 있다. 마치 병동 전체를 싣고 다니는 듯하다. 산소통, 흡입기, 제세동기, 응급 의약품뿐만 아니라 혈당 모니터 장비와 인공호흡기까지 세상에 있는 모든 것을 담은 큰 가방도 있다.

"여기 환자가 가슴 통증이 조금 있다고 하네요. 다른 수치들은 모두 괜찮은데, 몸이 많이 차가와요. 체온계 좀 줄래요?" 그러고는 티프가 의사들을 돌아보았다. "환자를 응급실로 옮길게요. 다른 일 있으면 가셔도 돼요."

"12유도 ECG하세요." 심전도 검사를 진행하라는 시니어 의사의 지시에 주니어 의사의 동공이 흔들리며 '정말요?'라는 얼굴이지만, 시니어 의사는 주니어 의사의 표정을 보지 못하고 자리를 떴다.

"환자를 좀 맡아줄래요?" 주니어 의사가 내게 뒷일을 맡기고서는 황급히 자리를 떠났다. 구급팀 소속 의사들은 이 업무 이외에도 많은 일로 바쁘지만 호출벨이 울리면 모든 일을 멈추고, 때로는 수술실의 환자를 수련의들에게 맡겨두고라도 달려가야 한다. 나는 그에게 고개를 끄덕였다.

"안녕하세요, 베티." 환자에게 인사하며 그녀의 손을 잡으니 얼음장같이 찼다. "저는 크리스티라고 해요. 이제 이동침대로 옮겨서 응급실로 갈 거예요. 걱정 안 해도 될 것 같지만 그래도 확인해보는 게 좋을 것 같아서요. 아까 대기실 입구에서 뵌 것 같은데요?"

"오늘 아침 고객서비스센터에 왔는데, 예약시간보다 좀 일찍 도착해서 커피를 마시러 가다가 가슴에 통증을 느꼈대요. 바이오 수치들은 다 괜찮은데 환자가 조금 힘들었나 봐요. 그렇죠, 베티?" 티프가 물었다.

그녀의 표정에는 두려움이 묻어 있었다.

"베티의 남편분이 최근에 심장마비로 돌아가셨대요."

"많이 힘드셨겠어요." 담요를 끌어 덮어주며 내가 말했다. 체온이 위험할 정도로 낮다. "이제 통증은 좀 어떠세요?"

그녀는 머리를 가로저었다. "호들갑 떨고 싶지 않아요. 심하지 않아요. 아마 먹은 게 잘못되었나 봐요."

베티가 심근경색 환자처럼 보이지는 않았지만, 나이가 많은 여성은 가끔 흉부 통증, 무감각, 뻑뻑함, 얼얼함, 찌릿찌릿함 등 일반적으로 나타나는 심근경색의 전조 증상이 나타나지 않기도 하고, 때로는 통증이 전혀 없기도 하다. 허혈성 심장질환은 대부분의 서구 국가에서 가장 흔한 사인死因이고, 입원 환자의 많은 경우가 이 때문이다. 많은 환자들이 병원에서 심근경색을 일으키지만, 대부분은 처음부터 심근경색 때문에 병원에 온 것이 아니다. 치과 치료를 받으러 왔다가, 병문안을 왔다가, 또는 채혈하려고 왔다가 변을 당하기도 한다. 병원 환경이란 것이 사람들을 쓰러뜨릴 만큼 스트레스가 되는 듯하다. 심근경색은 심장마비와 다르다. 심근경색은 동맥경화, 즉 동맥이 딱딱해지는 것이 원인인데, 조직에 피의 공급이 제한되어 조직을 유지하는 산소와 당분이 부족해지면서 발생한다. 심장마비는 원인이 무엇이든 심장이 완전히 멈추는 것을 말한다. 그러나 베티는 땀을 흘리거나 안색이 잿빛으로 변하지도 않았고, 맥박이 약하긴 해도 규칙적이며 손에 잡혔다.

나와 이송기사의 부축을 받으며 베티는 천천히 이동침대에 올랐다. 등받이를 올린 뒤 되도록 많은 담요로 그녀의 야윈 어깨를 감싸주고, 얼굴에는 비재호흡 산소마스크non-rebreathing oxygen mask를 씌웠다. 산소가 이미 좁아진 혈관을 더욱 수축시킬 수 있기 때문에 심근경색 치료에 산소는 위험할 수 있다. 그러나 환자가 위급한 의료 응급상황에서는 산소가 필수다. 또한 숙취에도 도움이 된다. 하지만 냄새가 고약하고, 건조해지며, 마스크 때문에 앞이 잘 보이지 않아 환자 입장에서는 두려움이 상승한다.

"이걸 쓰면 좀 편해지실 거예요." 베티를 안심시키려 노력하며 이송기사가 미는 이동침대를 따라 베티 옆에서 걸었다. 아주 작은 장애물이라도 길이 막히면 일단 섰다가 사람들이 비켜주면 다시 움직이는 우리 모습에서 병원 중앙 통로가 몸의 동맥과 같다는 생각이 들었다.

역사 속에서 동맥과 정맥은 잘못 이해되기도 했다. 2세기 고대 그리스의 생물학자이자 철학자이며 의학자(검투사들의 외과의였다!)이기도 했던 갈레누스Claudius Galenus는 "동맥이라는 동물이 서로 섞여 몸 전체를 돌아다닌다"고 했다. 정맥에는 자연의 혼, 동맥에는 동물의 혼이 들어 있다고 믿었기 때문이다. 중세 시대에는 생명 유지와 관련된 영혼의 피가 동맥 안에 흐른다고 생각했다. 현재는 우리의 의학 지식이 단순한 믿음 이상으로 진보했지만, 역사에는 항상 일말의 진실이 있다. 갈레누스도 동맥을 연구하며 오늘날까지 유효한, 그리고 비유적으로 병원에도 적용될 수 있는 말을 남겼다. "동맥은 동물의 모든 부위에 영양을 공급하는 데 유용하다"라고.

오른편 복도 끝에는 환자와 보호자, 그리고 의료진을 위해 최신

영화를 상영하는 병원 극장이 있다. 거기서 영화를 볼 만큼 한가한 의료진을 본 적은 없지만 말이다. 극장 안에는 환자를 돕거나 혹시 있을 응급 상황에 대처할 수 있도록 간호사 전용 자리가 마련되어 있고, 그 비용은 자선단체가 부담한다. 병원 극장 옆으로 대기 의자가 빌 틈이 없을 정도로 늘 사람들로 북적대는 성건강 진료소가 있었다. 베티와 나는 계속 직진해 외래진료소를 지났다. 휠체어에 앉은 한 남자가 아직 불을 붙이지 않은 담배 하나를 입에 물고, 다른 하나는 귀에 꽂은 채 시끄럽게 소리를 지르고 있다. 그 주위로 사람들이 모여들었다. 휠체어에 앉아서도 남자는 링거를 맞고 있었는데, 큰 유리병 안의 뿌연 액체가 하얗고 가는 관을 타고 남자의 가슴 위쪽으로 파묻혀 들어갔다. 자리를 잘못 잡은 탯줄처럼 보였다.

"거의 다 왔어요." 베티를 안심시켰다.

병원을 가득 메운 이들과 혼돈이 병원의 정신적 피다. 나뭇가지와 잔가지 같은 동맥과 정맥이 중심부로 이어진다. 응급실이다.

응급실은 두려운 공간이다. 생명이 얼마나 부서지기 쉬운지를 상기시키기 때문이다. 세상에 이보다 더 무서운 것이 있을까? 응급실은 언제 시멘트 바닥에 넘어져 치명적인 뇌출혈을 일으킬지, 뉘 집 지붕이 무너져 다리가 깔리게 되는 사고를 당할지, 목이 부러지고, 척추가 골절되고, 또 과다출혈로 생사를 넘나들게 될지, 인간은 아무리 애를 써도 앞일을 알 수 없고, 그만큼 인간은 미약한 존재임을 일깨워준다. 60년간 부부로 살아왔지만 치매에 걸린 아내에게 남편이 상해를 입을 수도, 운이 나빠 의도치 않은 일에 휘말려 십 대 깡패에게 심장이 찔릴 수도 있다. 임산부가 구타당하고 복부를 가격당하기도 한다.

그러나 응급실만의 매력도 있다. 모든 갈등을 잊게 하는 일체감이 존재하고, 허투루 지나가는 시간이 없다. 하루하루를 강렬하게 체험하고 숙고하며 진정한 삶을 산다는 느낌을 준다. 오랜 세월 간호사로 살았던 나도 응급실 문을 열 때마다 여전히 손이 떨린다. 응급소생 전문가로 응급실에서 많은 시간을 보냈지만, 온전히 응급실 소속으로 일한 적은 없었다. 간호에는 유동성이 필요해서, 상황에 빨리 적응하고 익숙지 않더라도 환자와 동료들이 필요로 하는 방향으로 에너지를 집중해야 한다. 그렇지만 여전히 나는 응급실이 겁났다. 식당에서 베티 때문에 응급호출을 울린 의료진들과 달리 응급실에서는 상황이 절망적일 때, 혹은 전문의가 필요한 위급 환자가 도착했을 때만 2222를 눌러 응급소생팀을 부르기 때문이다.

응급실은 예측할 수 없지만, 약간의 패턴이 있기는 하다. 주중 아침에는 밤새 아픈 아기를 돌보느라 한숨도 못 잤을 아기의 엄마들이 아이를 안고 찾아온다. 낮에는 사고와 부상 환자들이 많고, 저녁에는 근무시간에 병원을 가지 못한 직장인들이 주로 온다. 주중 밤에는 다양한 부류의 환자가 오는데 그때는 정말로 아픈 사람들이 응급실을 찾는다. 목요일 밤부터 월요일 새벽까지는 퀭한 눈이 미세한 경련으로 씰룩거리는 파티족들이 복도를 채운다. 이런 환자들은 일요일 아침에 줄지어 들어오고, 오후에 늦게 오는 사람일수록 상태는 더 안 좋다. 온갖 종류의 각성제를 복용한 젊은이들이 눈동자가 보름달만큼 커져서 오기도 하고,

술과 헤로인을 섞어 마신 후 동공이 바늘구멍만큼 수축하여 앞이 안 보이는 환자도 있다.

환자와 고함을 내지르는 보호자와 경찰들로 가득한 응급실은 일렬로 배치된 엉성한 커튼으로 공간이 나뉜다. 뇌졸중 노인 옆에 알코올중독자, 그 옆에 고혈압 임산부, 손을 다친 목수, 다발성 경화증이 처음으로 발현된 환자, 겸상적혈구빈혈을 앓는 젊은이, 혹은 패혈증 증세를 보이는 아이도 있다. 심근경색, 뇌동맥류, 뇌졸중, 폐렴, 당뇨병성 케톤산증, 뇌염, 말라리아, 천식, 간부전, 신장결석, 자궁외임신, 화상, 폭행상해, 정신발작, 개에게 물린 교상, 골절, 호흡부전, 간질, 약물과다, 정신질환, 칼에 찔린 자상, 총상…… 한번은 톱으로 머리가 반 정도 잘린 환자도 있었다.

베티의 얼굴이 찡그러졌다. 환자들이 플라스틱 의자에 앉거나 포스터가 붙은 벽에 기대선 넓은 대기실을 지날 때 그녀가 내 손을 더듬어 잡았다. 베티에게 눈길을 주는 사람은 아무도 없었다. 그녀가 투명인간인 것처럼, 시선들이 그녀를 통과했다. 지나면서 본 포스터에 이런 안내가 적혀 있었다.

> 지난 48시간 안에 구토나 설사가 있었던 분은 응급실 관리자에게 말씀해주십시오.
> 12세에서 50세 이하 임신 가능성이 있는 분은 방사선사에게 말씀해주십시오.

자해? 부상? 발작? NHS* 직통번호로 연락하세요.

가슴 통증? 호흡 곤란? 999로 전화하세요.

포스터 옆에 세면대가 있는데, 그 위로 작은 통 두 개가 벽에 고정되어 달려 있었다. 통 하나에는 물비누가 채워져 있지만, 다른 하나는 비어 있었다. 안에 있던 알코올 젤이 없어진 지 오래다. 젤 안의 알코올 성분이나마 얻으려고 알코올 중독자들이 병원에 들어와 젤을 마시곤 했다. 그런 짓을 할 만한 사람들은 분명히 도움이 필요한 환자들이지만, 한계에 다다른 응급실에서 할 수 있는 일은 젤을 치우는 것밖에 없었다. 아무도 세면대 밑에 널브러진 알코올중독 노숙인을 데려가서 이미 망가졌을 몸을 치료해줄 시간이 없었다. 식도 내부 정맥이 터져 피를 토하게 되는 간경변에 의한 식도정맥류의 출혈은 내가 본 것 중 가장 끔찍했다. 모든 알코올중독 합병증이 그렇듯 생각보다 적은 알코올로도 그 지경에 이를 수 있다.

우리 옆에 놓인 작은 의자에 앉은 환자들 대부분은 보호자와 함께 있었다. 다툼은 잊어버리고 손을 맞잡거나 머리를 쓰다듬고 있었다. 우는 환자도 있었다. 병원 대기실을 보면 런던 풍경을 묘사한 윌리엄 호가스William Hogarth의 〈진 거리Gin Lane〉**가 떠올랐다. 가난이 눈에 보였다.

* 영국 국민보건서비스National Health Service의 약어. 영국의 종합적인 공공의료시스템으로 전 국민에게 무상으로 의료 서비스를 제공한다. 의사와 간호사 등의 의료 인력뿐만 아니라 의료 보조 및 병원 행정 인력까지 포함해 영국에서 가장 많은 인원을 고용하는 고용주이기도 하다.

** 1751년 호가스가 규제 없는 술의 생산과 소비를 비판하기 위해 '맥주 거리Beer Street'와

술 취한 엄마와 뼈만 앙상한 아빠가 있고, 역한 체취와 오래된 피에서 나는 금속성 냄새가 났다. 수녀와 수도사들이 운영하던 런던 병원이 병들고 집 없는 가난한 사람들의 피난처로 여겨지던 1215년 이후로 응급실은 변한 게 많지 않다. 1860년 7월 9일에 한 병원에서 수련을 시작한 간호사들이 졸업하면서 나이팅게일의 집을 방문할 기회를 얻었다. 나이팅게일과의 직접 대면은 흥분되면서도 두려운 사건이었을 것이다. 나이팅게일은 학생들의 인품이나 성격이 어떠하다는 것까지 모두 기록으로 남겼다고 하는데, 나를 보았으면 뭐라고 했을까?

19세기에 와서야 간호는 체계를 갖추기 시작했지만, 병원은 계속 가난한 이들을 위한 곳이었다. 간호는 역사의 메아리를 간직한다. 예전에는 간호사가 결혼하면 일을 그만두어야 했다. 물론 지금은 결혼하고 계속 일하는 간호사가 아주 많다. 나는 주니어 간호사 시절 독신인 간호사를 많이 알고 있었고, 그중 일부가 살던 스펜서 하우스는 '노처녀의 집'*이라고 불렸다. 그때는 간호에 얼마나 많은 헌신이 필요한지 몰랐다. 간호는 하루도 빠짐없이 우리 정신의 상당 부분을 요구한다. 심신이 연약한 사람을 보살피는 데 드는 정서적 에너지는 끝이 없고, 대부분의 간호사들이 그렇듯이 나도 너무 지쳐 더는 타인을 도울 여력이 남아 있지 않다고 느끼는 날이 많았다. 그런 나를 이해해준 가족과 친구들이 곁에 있었던 것이 얼마나 다행인지 모른다.

함께 연작으로 그린 그림

* '스펜서Spencer'라는 건물 이름이 노처녀를 뜻하는 영어 단어 스핀스터Spinster의 발음과 비슷하기도 하다.

베티가 손으로 입을 막으며 기침을 했다. 야윈 어깨가 들썩였다. 발치에 놓아둔 핸드백을 집으려 해서 그것을 무릎에 놓아주었다. 베티는 휴지를 꺼내 입가를 훔치고서는 다시 핸드백에 넣었다. 그리고 어린아이를 안아주듯 핸드백을 꼭 껴안았다. 나는 그녀의 팔에 손을 얹으며 속삭이듯 말했다. "거의 다 왔어요."

우리는 응급실 출입문 옆을 지나간다. 문밖으로 줄지어 있는 구급차가 보였다. 아직 병상이 나지 않아 구급침대에 누워 기다리는 환자들을 의사 한 명이 살피러 오가면서 응급실의 침대가 부족하다고 사과했다. 연신 바닥을 닦아대는 미화원이 가끔 혼자 허공을 향해 소리를 질렀다. 그녀는 오랫동안 정신질환을 앓고 있지만, NHS는 차별이 없는 고용주다. 직원들은 전 세계 각기 다른 문화권에서 온 사람들이며, 이곳 환자들 모습을 그대로 반영한다. 나도 세계 각지에서 온 다양한 출신의 간호사들과 일해보았다. 한때 노숙 생활을 한 사람, 학비 때문에 데이트 아르바이트를 한 사람, 가족 중 불치병 환자가 있는 사람, 암 투병 중인 사람, 어린아이나 나이 든 부모를 돌봐야 하는 워킹 맘이나 워킹 대디, 게이, 스트레이트, 성전환자, 난민, 어마한 부호, 경찰도 혼자서는 순찰을 돌지 않는 험악한 공영주택단지 출신의 간호사……. 이렇게 다양한 인물이 포진한 직업도 찾기 힘들 것이다.

간호사들 사이에서 담당 병동이나 과를 변경하는 건 한 병원 안에서는 종종 있는 일이다. 병원 자체를 옮기는 경우도 런던 내에서는 흔하지만, 런던 외 지역에서는 간호사들이 한곳에 정착하는 경향이 있다. 시골로 자리를 옮긴 친구 하나는 "승진하려면 누군가가 은퇴하거나 죽길

기다려야 해"라고 푸념하기도 했다. 그러나 병원이 어디에 있든 대중의 요구를 충족시키기 위해 간호사 이외에도 많은 사람들이 NHS에서 일한다. 아기 옷을 만들거나 상점에서 일하는 여자들, 조리실과 세탁실 직원, 병원 약국 보조원, 생의학 기사들이 그들이다.

응급실 안에서만 십여 개의 다른 언어와 억양이 들리고 접수대 뒤에 적힌 통역사 명단은 계속 늘어난다. 그렇지만 통역사가 나설 일은 그리 많지 않다. 통역을 위해 어린 가족을 데려오는 환자가 많고, 이송기사나 미화원 중에 그 지역에서 온 사람이 더러 있다. 비전문가의 통역에 대한 논쟁이 있긴 하다. 간호사나 의사로서는 전하려는 말의 의미가 제대로 옮겨지는지 약화되는 건 아닌지 의심하기도 하지만, 통역사를 찾는 것보다 이것이 더 빠르다.

베티의 이동침대를 밀고, 따로 분리된 소아응급 구역을 지났다. 늘어선 침대 옆으로 긴 탁자가 놓여 있고 그 위에는 DNR 즉 연명치료포기 각서, 관찰일지, 입원양식 등 서류 더미가 쌓여 있었다. 벽장 유리문 뒤에는 앞으로 뺄 수 있는 커다란 의료용 트레이가 있었다. 문 앞에는 심장마비 발생 시 필요한 응급 장비 카트가 보였다. 베티가 핸드백을 가슴에 움켜쥔 채로 주위를 휘둘러보았다. 여전히 우리를 지나치는 사람들 모두가 나를 쳐다보고 베티는 보지 못했다. 베티는 계속 투명인간이었다.

심폐소생 구역 끝에 한 남자가 이동침대에 누워 있고, 그 옆으로 구급대원 두 명과 교도관이 서 있었다. 경찰도 있었지만, 간호사데스크 가까이에 서 있는 걸 보면 그 환자와는 관련이 없을 수도 있다. 언젠가 한 구급대원이 내게 이런 말을 한 적이 있었다. "환자분에게서 소지품을

회수했습니다. 이중 용기에 수납했습니다." 근무 중이 아닌데도 구급대원들은 다소 딱딱하게 격의를 갖춰 어색하게 말할 때가 있다. 응급 환자들을 우리에게 인계하면서 웃거나 울거나 혹은 구역질하지 않으려 일부러 그러는 게 아닌가 싶기도 하다. '이중 용기에 수납'이 무슨 의미냐고 물었더니 구급대원이 오염된 물품이라고 대답했다. "항문에 넣었던 것입니다. 휴대전화와 충전기를요."

앞치마처럼 생긴 타바드를 걸친 외상치료 전문팀이 환자 주위에 둘러서 있었다. 책임전문의, 1번 간호사, 마취과 의사, 정형외과 의사, 2번 간호사였다. 나는 베티의 이동침대를 한쪽으로 밀어두고 베티에게 말했다. "이송기사 제이미랑 여기 잠깐 계시겠어요? 금방 올게요."

응급실 수간호사 샌드라는 쉽게 눈에 띄었다. 잰걸음으로 응급실 구석구석을 훑는 그녀는 응급실 안에서 제일 지쳐 보였다. 응급실에서 일하는 의사와 간호사, 그들이 응급실을 선택한 이유는 확실히 알 수 없지만, 보통은 아드레날린 분비를 즐기는 사람들이 응급실에 남는다. 체력이 좋고 두려움이 없으며, 사고방식이 간단명료하며, 결정이나 반응이 빠른 이들이다. 내가 아는 응급실 간호사는 모두 굉장히 냉소적이지만, 그것이 응급실 근무의 전제조건은 아닐 것이다.

울고 있는 환자를 가운데 두고 의사와 간호사들이 모여 있는 침대로 샌드라가 다가갔다. 그런 샌드라를 발견하고 나는 그녀에게 다가가 물었다.

"안녕하세요, 샌드라. 베티라는 환자를 데리고 왔어요. 식당에서 응급 호출을 했는데, 가슴 통증이 있어요. 어디로 데리고 갈까요?" 샌드라가 고개를 주억대며 말한다.

"보다시피 응급실이 꽉 찼어요. 일단은 1번 침대로 안내할래요?"

나는 응급실 저쪽에서 아직도 핸드백을 움켜쥔 베티를 힐끔 보았다. 그녀는 눈을 뜨고 이송기사와 뭔가 대화를 나누고 있었다. 여기를 보고 있지 않아서 다행이었다.

"세 군데를 찔렸어요." 울부짖는 쪽으로 고갯짓을 하며 샌드라가 말했다. "밤새 쉬지 못했어요."

그녀가 전날 밤부터 당직이었다는 사실이 떠올랐다. 지금까지 쉬지 않고 내리 14시간을 일하는 중이었다. 간호사 월급으로 어떻게 런던에서 살 수 있을지 의아해하는 사람들이 꽤 많은데, 사실 런던에 사는 간호사는 없다. 샌드라를 포함해 대부분이 런던 근교에 거주하기 때문에 12시간 30분이라는 야간 근무 시간에 덧붙여 출퇴근 두세 시간을 더해야 한다.

두 간호사가 작은 적혈구팩에 적힌 세부사항을 확인했다. 환자의 가슴에 제세동기 패드를 막 부착한 간호사가 일사불란하게 다른 간호사들에게 오더를 내렸다.

앞에 있는 기계에서 경고음이 울리기 시작하자 샌드라는 자상 피해자 쪽으로 급히 다가가며 다시 내게 말했다. "1번 침대요."

이송기사의 도움을 받아 베티의 이동침대를 옮겼다. 통로에 있는 한 환자의 몸부림이 마치 자해라도 할 듯 위험해 보였다. 그녀는 안전을 위해 바닥에 쿠션을 깔아 만든 임시 병상에서 잠시 대기 중이지만, 끝이 날카롭거나 상처를 입힐 수 있는 물건이 없는 병실이 준비되는 대로 옮겨져 처치를 받을 것이다. 응급실에는 정신질환 환자들을 위한 특별 치료실이 있지만, 항상 만원이다. 심각한 정신건강 문제로 응급실을 찾는 사람들이 너무 오래 기다린다. 12시간 혹은 그 이상을 기다리는 환자도 있다. 이미 취약하고 혼란에 빠진 환자들에게 응급실은 매우 부적합한 환경이다.

응급실에서 정신과를 담당하는 간호사는 온몸에 문신이 있고 끈이 다 해진 닥터마틴 신발을 신고 있었다. 그들의 업무 강도는 날로 높아지고 있는 추세다. 책임의 정도는 엄청난데 업무 환경이나 시스템은 엉망이다. 그래도 정신과 간호사는 항상 침착함을 유지해야 한다. 이 환자도 확실히 도움이 필요해 보였다. 간호사는 허공에 주먹질을 해대는 환자 옆 바닥에 앉아 조용하고 부드러운 목소리로 말을 건낸다. 때론 맞거나 발에 차이면서 그 옆에 몇 시간이나 더 앉아 있어야 될지 알 수 없다. 영국 국립보건임상연구원의 보고에 따르면, NHS 의료진 폭행 사례는 한 해 68,683건으로 그중 69퍼센트가 정신보건 영역에서 일어난다. '보고'라는 말에 주의해야 한다. 병원 의료진에 대한 폭력과 공격 때문에 NHS가 지금도 매년 6,900만 파운드(약 1,045억 원)의 비용을 지불하고 있지만, 모든 간호사가 자신들이 겪은 사고를 모두 보고하면 어떻게 될까? 바닥에 쭈그려 앉은 저 간호사는 발에 차이며 지샌 오늘 밤을 보고하지 않을 것이다. 환자 곁에서 최선을 다하며 타박성 정도는 무시할 것이다.

"아이고, 저 간호사 불쌍하네. 간호사 선생님들 월급이 너무 짜." 베티가 지나가며 말했다.

우리는 샌드라가 여전히 바쁘게 일하는 응급환자 칸막이를 지나 심폐소생 구역을 떠났다. 일반 병동으로의 이송을 기다리는 환자들이 있는 중증 환자 구역을 가로질렀다. 상태가 심각해 입원 치료가 필요하지만 병실이 나지 않아 이동침대에서 대기 중이거나, 상태의 심각성을 먼저 진단받고 원칙적으로 4시간 안에 처치 받기를 기다리는 사람들이다. 오늘 같은 날엔 그보다 오래, 훨씬 오래 걸릴 수 있고, 때로는 아무도 모르는 사이에 이동침대 위에서 죽을 수도 있다.

이송기사가 베티를 막 정리가 된 빈 침대로 밀고 갔다. 모르는 간호사가 침대, 의자, 모니터를 닦으며 내게 미소 지었다. 벽에는 화이트보드가 있고 그 옆 세면대에는 일회용 장갑과 일회용 앞치마 상자가 구비되어 있었다. 세면대 위에는 물비누, 감염의 위험을 최소화하는 살균세정제, 그리고 알코올 젤이 있었던 빈 공간이 보였다. 나는 일회용 앞치마를 하나 꺼내 입고 베티를 침대에 옮기는 것을 도왔다. 내가 말을 꺼내기 전에 간호사가 "12유도 가져올게요"라고 말하며 서둘러 나갔다.

베티의 상태가 점점 더 나빠졌다. 얼굴이 움푹 꺼져 보이고 치아를 부딪치며 온몸을 떨고 있다. 안색이 머리 뒤 시트 색깔과 비슷해서 마치 구름 안으로 사라지는 것 같았다. 천천히 조심스럽게 움직이며 그녀에게 담요를 푹 덮어주었다. 시간차를 두고 생긴 것처럼 보이는 멍 자국들이 종잇장처럼 얇은 그녀의 피부를 늦여름 장미처럼 수놓고 있었다. 파란색 담요는 조금 까끌까끌했고 그녀는 여전히 떨고 있었다.

그녀의 귀에 체온계를 넣었다가 삐 소리에 꺼내 보았다. 지금은 베티의 살이 차갑게 느껴지지 않지만, 노인들 경우에는 체온 때문에 중요한 문제가 간과되기도 한다. 고령의 환자들에게는 고열이 아니라 저

체온이 생명을 위협하는 패혈증의 징후가 될 때도 있다. 근소한 허용치 안에서 우리 몸이 작동하는 체온의 신비에 나는 항상 흥미를 느꼈다. 생명 유지를 위해서 우리의 중심 체온은 꽤 엄격한 범위 안에 있어야 한다. 물론 꽁꽁 언 추위에서도 생존이 가능할 수 있다. 한겨울에 물에 빠졌을 경우 우리 몸은 효과적으로 두뇌 기능을 정지시켜 신체를 방어 체제로 전환한다. 또 다른 극단적 예는, 매우 드문 경우이지만 마취 약물에 대한 부작용으로 뇌가 속까지 익을 만큼 체온이 올라가는 악성 고열도 있다.

베티의 체온이 그렇게 극단적이지는 않았지만, 여전히 위험할 정도로 낮았다. 난방을 하지 않은 집에 있었던 것으로 의심되는 상황이었다. 난방비를 내지 못해 냉골에서 겨울을 나는 사람이 영국에서만 수백만 명에 달한다.

"베티, 베어 허거Bair Hugger*를 가져다줄게요. 뜨거운 바람이 몸 전체를 덮어 따뜻하게 해줄 거예요. 굉장히 포근해요. 그리고 다른 간호사가 심장박동을 잴 수 있는 기계를 가지고 올 거예요. 다 괜찮은지 확인하려고요."

"고마워요. 그렇지만 난 괜찮아. 짐이 되긴 싫어요. 모두들 많이 바빠 보이는데. 심장 기계라는 게……."

"절대로 그렇지 않아요. 그러려고 우리가 있는 건데요." 그녀를 향해 웃어 보이고 손을 살며시 잡아주었다.

* 체온유지기의 상표명. 곰 인형을 안는 것과 같은 따뜻한 포옹이라는 뜻의 'bear hug'와 같은 발음

"샌드위치랑 차를 좀 가져다 드릴까요?"

베티가 웃으며 답했다. "간호사님 정말 친절하시네요."

"빨리 가져올 수 있는 게 뭐가 있나 찾아볼게요."

베어 허거를 가지러 가려는데 한 간호사가 커튼 뒤에서 얼굴을 내밀더니 내게 웃으며 말했다. 실습 동기생인 스페인 출신의 프란시스코였다. "있을 수 없는 일이야. 5번 병상 여학생 있지? 피부가 완전 형광 노란색이라고." 그가 내 쪽으로 걸어와 옆에 서더니 손을 휘저어대며 설명을 이어갔다. "완전히 네온색이어서 소아청소년구급팀을 호출했다니까. 스페인에서는 신발을 한 짝만 신고 하수구에서 나뒹구는 젊은이는 없거든. 여기는 그런 사람이 많지만. 그래서 자살 시도, 진통제 과다복용에 의한 간 손상, 뭐 이런 건가 보다 했지. 혈액을 독성검사실로 보내고 처치를 시작했어. 곧이어 환자의 의식이 돌아오더라고. 그런데 우리가 질문을 시작하자 그 환자가 큰소리로 깔깔대며 웃는 거야. '자살 시도 아니예요. 인공 선탠한 거예요.' 이러는 거 있지?" 프란시스코는 담당 환자의 병상으로 들어가며 황급히 커튼을 쳤다.

체온유지기 베어 허거를 밀고 베티에게 가는 길에 달걀샌드위치를 집었다. 빵들이 하나같이 마르고 맛없어 보였다. 베티에게 갓 구운 두툼한 빵조각에 진짜 버터와 잼을 발라주고 싶었다. 침대로 돌아오니 간호사가 벌써 심전도 검사를 해서 베티의 가슴 주위에 초승달 모양의 스티커가 남아 있었다.

"괜찮아 보인다고 하네요." 베티가 내게 알려주었다.

예상했던 결과였다. 베티는 심장마비로 남편을 잃었고 본인도 가슴에 통증을 느꼈다. 섣불리 결론을 내리면 안 되지만, 공황발작이었을 것이라 거의 확신했다.

"좋은 소식이네요. 이제 몸을 좀 따뜻하게 해드려야겠어요." 베어 허거는 직물 비슷한 하얗고 몽글몽글한 종이로 만들어져 있는데, 그걸로 베티를 감싸고 전원을 연결하면 마치 작은 열기구 안에 그녀가 들어가 있는 것처럼 되었다. 한 시간 안에 베티의 체온이 1도 오를 것이고, 잘 먹지 못한 탓에 낮았던 혈당도 샌드위치와 차를 마시고 나면 분명 정상 수준으로 올라올 것이다. 연장 코드와 콘센트를 찾는 게 쉽지 않아서 의자와 장비, 그리고 베티를 조금 이동시켰다. 마침내, 베어 허거의 불이 들어왔다.

"진짜로 누가 안아주는 거 같아요." 베티가 말했다. 바로 효과가 있는지 좋아지는 게 눈에 보인다. 그녀는 목걸이 줄에 건 반지를 손으로 만지작거렸다.

"맞아요. 베어 허거가 하는 일이 바로 그거에요. 이제 좀 쉬실 수 있게 저는 갈게요. 다른 간호사가 곧 올 거예요. 괜찮으시겠어요?"

그녀가 반쯤 미소 지으며 고개를 끄덕인다. "이 감촉이 내 웨딩드레스를 생각나게 해요."

베어 허거를 살펴본 다음 베티의 눈을 보았다. 눈망울이 빛살로 가득 찼다. 잠시 멈추었다. 베티는 아픈 게 아니었다. 동맥이 두껍지도 않고, 수술이나 약물, 기술도 필요 없었다. 그러나 뭔가가 필요했다. 간호사가 줄 수 있는 것이다. 그녀의 손을 다시 잡으니 기계의 따뜻한 바람 덕에 우리 둘이 똑같은 체온이 되었다. 짧은 순간 내 손이 어디서 끝나고 베티의 손이 어디서 시작하는지 구분할 수 없었다.

"옷감을 구할 방법이 없었지만, 낙하산용 실크가 있었어요. 그때 달걀샌드위치도 먹었지요. 그 맛이 아직도 기억나요. 코로네이션 닭고기 요리*도 먹었어요. 남편이 건포도를 모두 골라냈지만요. 남편은 과일이나 채소를 절대 먹지 않았어요." 베티가 웃었다. "내가 당근이랑 순무를 삶아 으깨서 고기스튜에 몰래 넣으면 항상 알아챘죠. 스튜가 목에 걸린 시늉을 하면서 등을 쳐달라고 하는 거예요. 철없고 장난기 많은 사람이었는데."

평생을 함께한 배우자와 사별할 경우 홀로 남은 사람도 곧 따라 사망하는 경우가 자주 있다. 물론 사망진단서에 사망 원인을 '상심'이라고 쓸 수 없지만, 사실은 그렇다고 나는 믿는다. 상심한 사람들은 자신을 어느 순간 놓아버린다. 잘 먹지도, 씻지도, 자지도 않는다. 비탄에 젖어 차가운, 이승과 저승 사이의 세상에서 산다.

내 할머니와 달리, 베티에게는 달려올 가족이 없었다. 할아버지가 돌아가셨을 때 우리 가족은 할머니가 제대로 식사는 하시는지 살피고 포근하게 안아주며 온기를 나누고 수면제, 수프를 챙겨주었다. 깊은 상심에는 생리적 반응이 따르기 때문에, 충격에 빠진 사람에게 따뜻한 차를 마시게 하면 실제로 환자의 혈당이 위험하지 않은 수준까지 오르는데 도움이 된다. 달콤한 차 한 잔은 발작이나 혼수상태, 심지어 사망에 이르는 것을 막는 데 효능이 있다. 우리가 상상하는 것 이상으로 인간의

* 닭고기와 말린 과일, 각종 허브를 마요네즈 소스에 버무려 차게 먹는 음식

혈당은 중병이나 상심, 충격에 예민하게 반응하기 때문이다. 이런 경우 혈당은 당뇨병과 상관없고 쉽게 조절되지만, 그냥 두면 큰 재앙이 될 수 있다.

베티는 아파트에서 완전히 혼자 지내고 있었다. 이 사실이 그녀의 건강 상태와 가슴 통증, 그리고 말라비틀어진 샌드위치를 꿀꺽꿀꺽 삼키는 모습을 그 어떤 기계보다 잘 설명해주었다. 말을 하는 동안 베티의 혈색이 점점 좋아지고, 정신도 또렷해지면서 몸을 약간 일으켜 곧추앉을 수 있게 되었다. 나는 그녀의 손을 잡고 서서 이야기를 들었다. 종이처럼 얇은 손이 헝겊마냥 쭈글쭈글하지만, 이야기가 계속될수록 손의 떨림은 줄어들어 마침내 흔들림 없이 따뜻해졌다.

나는 오래 머물지 못했다. 조금 떨어진 커튼 뒤 환자의 보호자가 화난 표정으로 나를 쳐다보며 서성댔다. 응급소생팀 사무실로 가서 차트를 작성하고 정식으로 환자를 인계해야 한다. 수업을 준비하고 기구도 확인해야 한다. 내가 도대체 어디 갔는지 선임 간호사가 의아해할 것이다. 내가 이해할 수 없는 행동을 한다고 지적한 적이 있는 사람이다. 할 일이 너무 많았다.

그러나 몇 분만 더 머물며 눈을 감고 귀를 열었다. 베티는 멋진 이야기보따리를 가지고 있었다. 베티의 목소리에 귀를 기울이다 보니 병상에 홀로 누워 있는 연약하고 늙은 여인은 온데간데없고, 대신 낙하산 천으로 만든 웨딩드레스를 입고 새신랑과 춤추는 젊은 여성이 내 눈에 들어왔다.

2
/
상상할 수 있는 모든 것이 현실이다

친절은 들리지 않는 사람도 들을 수 있고,

보이지 않는 사람도 볼 수 있는 언어다.

_마크 트웨인Mark Twain

뒤돌아보면 여러 의미 있는 경험들이 나를 간호사의 길로 이끌었던 듯하다. 열일곱 살 때였다. 학교에서 집으로 돌아와 보니 다운증후군과 그 외 다른 장애가 있는 어른들이 거실에 한데 모여 있었다. 그중에 형광 분홍색의 짧은 윗옷을 입은 뚱뚱한 중년 여성이 있었는데, 그녀는 아버지 옆에 바짝 붙어 앉아 연신 "사랑해"라고 말했다. 아버지는 안경을 밀어올리며 어쩔 줄 몰라 하는 표정을 짓고 있었다. 그들 옆에서 한 남자가 큰소리로 웃고, 또 다른 여자는 알 수 없는 소리를 내며 몸을 천천히 흔들었다. 나는 알고 싶은 것이 많았다. 그러나 질문을 하기도 전에 어머니가 동생의 스타워즈 쟁반에 오렌지 주스와 컵, 크림빵을 내왔다.

당시 어머니는 사회복지사 수련 과정 중이었고 심한 행동장애를 포함한 중증 학습장애인들이 모여 사는 공동주택을 배정받았다. 나는 어머니가 공산주의자가 되어 가고 있다고 의심했다. 보수적인 아버지는 이 상황을 힘들어하며 얼굴이 점점 벌게지고 고장 난 장난감처럼 "사랑해"를 반복하는 여성에게서 벗어나려고 애를 썼다.

"오, 나타샤." 어머니가 말했다. "내 남편을 내버려 둬요. 가엾게 숨도 거의 못 쉬고 있잖아요!"

"어……. 무슨 일이에요?" 내가 물었다.

어머니는 사람들에게 주스를 따라 주며 말했다. "응, 사실은 시원한 주스나 한잔 마시려고 잠깐 집에 들렀는데, 저녁까지 같이 먹을 거야."

너무 놀란 나머지 나는 실제로 눈썹이 이마 위로 치켜 올라가는 것을 느끼며, 갑자기 집으로 놀러 오는 친구가 없기를 세상의 모든 신에게 빌었다. 그때는 내가 사회적 자유주의자가 되기 전이었다.

다행히도 그날 저녁은 화기애애한 분위기였고, 내 사고방식과 편견을 바꿔준 시간이었다. 그날 밤 나는 내가 가진 특권과 편견을 모르고 있었다는 사실에 부끄러움을 느꼈다. 어머니는 돌봄 관계에 존재하는 힘의 균형에 대해 많은 것을 가르쳐준 셈이다. "내가 환자들의 생활을 다 알고 그 사람들 집에서 시간을 보내면서, 왜 그들은 나에 대해 아무것도 모르지? 그건 공평하지 않아."

나타샤의 애정 공세로부터 벗어난 아버지도 양고기를 요리하며 그들과의 저녁 시간을 즐겼다. 그런데 집에 갈 시간이 되자 나타샤가 미니밴을 타려 하지 않았다. 다음에 또 같이 저녁 식사를 하자고 한참을 달랜 뒤에야 그녀는 아버지 곁을 떠났다. "당신 남편을 사랑해서 미안해요.” 집을 나서며 나타샤가 말하자, “괜찮아요. 충분히 이해해요”라고 어머니가 답했다. 아버지와 나는 그들에게 손을 흔들어 작별 인사를 하고 한동안 말없이 서서 조용하고 텅 빈 도로를 바라보았다.

그 일 이후에 일 년 후쯤 간호사 수련을 시작하기 전, 나는 어머니를 따라 경증에서 중증 정도의 학습장애와 신체장애가 있는 성인을 돌보는 일을 했다. 힘들었지만 보람도 있는 일이었다.

앤서니는 학습장애는 없지만, 조울증 진단을 받았다. 나는 그와 함께 많은 시간을 부엌에서 보냈다. 그가 음식 만드는 것을 돕고 먹는 것을 돕고 또 전동자전거 서른 개를 사들이고 결국 조울증 진단을 받게 된 경위에 대해 들으면서 말이다. 앤서니는 뇌성마비로 인해 말이 어눌한 편이라 그가 하는 말은 매우 집중해 들어야 했지만, 내가 다시 얘기해달라고 하면 단 한 번도 짜증 낸 적이 없었다. 내가 돌본 또 다른 환자는 말을 하지 못해 알파벳을 한 글자씩 응시해 만든 단어로 의사소통을 할 수 있게 만든 보드를 사용했다. 기술이 지금처럼 발전하기 전이었다. 요즘 기술 발전의 부정적인 측면이 부각될 때마다 나는 자주 그 환자를 생각한다. 기술 발달이 그이를 포함한 많은 중증 장애인들의 삶에 끼친 영향력을 간과할 수 없기 때문이다.

계속되는 근육경련 때문에 누군가는 밤낮으로 앤서니 옆을 지켜야 했고, 기분을 안정시키는 약물에도 불구하고 그의 정신건강은 위태로웠다. 그러나 그가 마주한 모든 어려움에도 우리는 같이 웃고, 웃고, 또 웃었다. 앤서니의 여동생이 가끔 방문했는데, 내가 알기에는 신체적으로나 정신적으로 아무 문제가 없는 그녀가 시종일관 우울해 보이는 것에 항상 놀랐다. 한번은 그녀가 왔다 간 뒤 앤서니가 말했다. "하여튼 쟤는 저렇게 늘 징징거려."

"행복은 원래 복잡한 거예요"라고 하자 앤서니는 씩 웃으며 나더러 이상하다고 했다.

우리는 묘한 관계였다. 앤서니는 예순 살의 남자이고, 열여덟 살의 어린 간병인인 나의 역할 중 하나는 그가 화장실 가는 것을 돕는 일이었다. 휠체어에서 그를 들어 올려 변기에 앉히고 용변 후 뒤처리를 해주고, 병에 소변보는 일을 도왔다. 이와 비슷하게 극히 사적인 용무를 돌봐주어야 하는 다른 환자들도 있었다. 생리대를 갈아껴주거나 나이 많은 실금 남성 환자를 위해 소변 수집통에 연결된 콘돔같이 생긴 싸개를 성기에 씌워주어야 했다. 지금 생각하면 돌봄을 받는 사람이나 돌봄을 주는 사람 모두 창피해하지 않고 어쩜 그렇게 아무렇지 않아 했는지 모르겠다. 앤서니는 신체적으로 심한 장애가 있었고 정신적으로 건강하지 못했으며 어떤 날은 특히 힘들었다. 그러나 내가 돌보았던 환자 중 그 누구도 마셨던 차를 코로 내뿜게 할 만큼 나를 웃게 한 사람은 없었다. 도대체 전동자전거를 서른 개나 사는 사람이 어디 있단 말인가!

영국에는 네 개의 간호사 수련 과정이 있다. 성인간호, 아동간호, 정신의학간호, 그리고 학습·장애간호다. 그런데 이런 분류가 꼭 필요한 건지는 모르겠다. 인간의 몸과 마음이란 게 분리될 수 없는데, 수련 초기부터 전공을 나누는 것이 간호사에게나 환자에게 얼마나 도움이 될지 모르겠다. 예를 들면 학습장애와 정신질환 둘 다 가진 청소년이 교통사고로 몸을 다쳐 우리가 간호를 해야 하는 일이 충분히 있을 수 있다.

나는 아버지에게 연신 사랑한다고 고백했던 나타샤를, 학습장애인들의 곁을 기꺼이 지켜주던 어머니의 모습을 떠올리며 학습·장애간호 전공을 두고 깊이 고민했다. 다른 사람이 자립적으로 살 수 있도록 돕는 일에 어머니가 얼마나 보람을 느꼈는지도 기억나고, 다른 요소들만큼이나 장애도 사회를 구성하는 일부분이라는 사실에 흥미를 느꼈다. 하지만 나는 정신의학간호를 전공으로 선택했다. 앤서니를 생각해서 그런 것도 있지만, 되도록이면 피를 덜 보고 싶은 마음이 컸다. 피 뽑는 것을 보고 기절한 이후 나는 극도로 예민해졌다. 피를 볼 때마다, TV에 나오는 것만 봐도 머리 뒤쪽이 띵해지면서 방 안이 빙빙 도는 것처럼 느껴졌다. 피가 흥건한 장면이나 끔찍한 살인에 대한 묘사가 나오면 읽던 책을 덮었다. 갑자기 공포증이 생기는 게 말도 안 되지만, 어쨌든 공포심이 깊어졌고 간호사라는 직업이 나와 맞지 않는다는 것을 시인하기에는 자존심이 상했다.

마음을 돌보는 게 몸을 돌보는 일보다 감당하기 쉬울 것 같았다. 더욱이 1808년 독일의 의사 요한 크리스티안 레일Johann Christian Reil에 의해 정립된 최초의 '정신의학'이라는 용어가 '영혼의 의학적 치유'라는 의미로 쓰였다는 사실을 알고서 나는 마음을 굳게 정했다. 문명의 발달이 더 많은 정신이상을 불러일으킨다는 레일의 진단에 전적으로 동의했기 때문이다. 현재는 '정신건강 간호mental-health nurse'와 '정신의학 간호psychiatric nurse'가 같은 의미로 쓰이지만, 간호를 표현하는 말은 바뀌어 왔다. 18세기와 19세기에는 정신건강 분야에서 일하는 간호사들을 지칭할 때 '관리인keeper'이라는 용어를 썼다. 이는 정신질환에 대한 끔찍한 이해와 치료의 역사를 반영하는 동시에 간호사의 역할이 통제와 제약임을 보여준다.

의과대학 학생들과 함께 매주 해부학과 생리학 시험을 보고, 모든 학생을 졸게 만드는 학술용어로 가득한 간호학 원론 강의를 들으며 대학에서 몇 개월을 보낸 뒤 드디어 병실에서의 첫날이 시작되었다. 나는 자살과 자해의 위험 모델과 치매 대응 절차를 배웠고, 조기 치료, 손상 최소화, 분류 체계, 정신약리학, 보호 계획, 질병 경계, 사회적 낙인과 차별, 권리의 옹호, 권력 불균형, 법, 윤리, 환자의 동의에 대해서도 공부했다. 정신의학사에 관한 많은 책을 읽으며 깊은 흥미를 느꼈다. 하지만 학생으로서 학교에서 수업을 듣는 일과 실제 병실 간호사로서의 일은 완전히 달랐다.

새벽 다섯 시에 잠에서 깼다. 너무 긴장한 탓에 잠을 잘 수가 없고 위장은 탱탱한 고무공 같았다. 정신의학과 간호사들은 유니폼이 따로 없고 청바지를 제외한 단정한 캐주얼의 사복 차림을 한다. "사복이 약간… 너무 사복스러운데요." 강사 한 분이 내 옷을 보고 지적을 했다. 병원 신분증을 만드는 데 아침 내내 시간이 걸렸다. 우선 꼬불꼬불한 병원 지하 복도를 따라 눈물이 날 만큼 매운 소독약 냄새가 진동하는 수중치료 수영장을 지나고 (물 안에서 실례를 하는 환자들이 꽤 있다), 병원 아트리움을 통과해 물품보관소를 지났다. 물품보관소 직원은 나에게 눈길 한번 주지 않고 벽에 가득한 물건을 정리했다. 벙커만 한 방이 잡동사니 가득한 서랍 속 같았다. 다음은 비밀번호를 눌러야 출입할 수 있는 이중문 구조의 병원 실험실이다. 진지하게 일하고 있는 창백한 얼굴을 한 직원이 보였다. "6개월 동안 피펫pipette*으로 효모균을 옮기는 일만 했어." 생의학화학공학에서 경영학으로 전공을 바꾼 친구가 한번은 내게 말한 적이 있었다. "이쪽 연구는 특별한 사람만 할 수 있어. 매우 특별한 사람." 나는 계속 걸어가며 치과 치료를 받으러 줄 선 사람들을 보았다. 응급 치료가 필요한 환자들이 얼굴이 두 배로 퉁퉁 부어 통증에 신음하는 끔찍한 모습이었다. 마침내 작은 방에 도착하자 몸에 커다란 문신을 새긴 경비 직원이 신분증을 프린터에서 뽑아 배지 형태의 명찰에 붙여주었다. 신분증 안의 사진을 보니, 왜 그랬는지 모르지만 입안에 공기를 머금은 내 얼굴이 다람쥐처럼 끔찍했다. 직원에게 다시 찍을 수 있냐고 묻자 그는 말없이 나를 뚫어지게 내려다보았다. 나는 뒷걸음질치다 의자에 걸려 넘어질 뻔하며 그 방을 떠났다. "죄송합니다. 죄송합니다." 뭔지 모르지만 그가 그런 표정을 짓게 한 것에 사과를 해야 할 듯했다.

그 끔찍한 사진을 셔츠에 달고 거울을 본 다음 깊게 숨을 들이마셨다. 몸이 떨리고 심장이 목까지 차오르는 것 같았다. 내가 아는 것이 뭐지? 나는 너무 '사복'스러운 내 사복을 살펴보았다. 티셔츠는 구겨졌고 바지는 너무 길며 바짓단은 해어져 있었다. 머리는 돈을 아끼려고 미용실에 가지 않고 직접 잘랐다. "거울아, 거울아, 이 세상에서 제일 겁먹은 사람이 누구니?" 거울에게 물었다.

* 자연과학 실험에서 작은 양의 액체를 옮기는 데 사용되는 실험 기구

주차장 뒤에 있는 건물은 간호사 숙소 건물과 비슷하게 생겼지만 창문에 작고 더러운 철창이 얼기설기 붙어 있었다. 정신 병동은 그렇다. 병동 전체가 완전히 분리되어 있다. 정신질환 치료를 위한 최초의 병원은 3세기에 인도에 설립되었다. 유럽에서 역사가 가장 오래된 정신병원은 600여 년 전 영국에 세워진 베들렘왕립병원Bethlem Royal Hospital이다. 현재 국립정신병부서National Psychosis Unit가 그 안에 있다. 일부 병원들은 정신 병동이나 외래 병동을 병원 본관 안에 두기도 하지만, 베들렘과 같이 순전히 정신건강 전문인 병원도 있다. 그러나 위치에 상관없이 정신 병동의 겉모습과 분위기는 다른 병동과 다르다.

나는 벨을 눌렀다. 다시 한 번 누르고 한참을 기다린 후에 한 여자가 나와 문을 열어주는데, 그녀는 내가 누군지 묻지도, 끔찍한 신분증 사진을 보지도 않은 채 승강기의 위치를 알려주었다. 응급 병동의 문도 잠겨 있는 바람에 나는 또 한 번 오래 기다렸다. 각각의 층에는 수속실, 여성·남성·혼성·청소년·노년 정신의학과, 기질적정신의학과, 섭식장애정신건강과, 약물·알코올중독재활과, 정신분열과, 법정신의학과, 심리의학과, 가정정신의학과, 전기충격요법과 등 십수 개의 전문 분과가 자리 잡고 있었다.

최근에는 정서적 고통이 원인이 되어 운동장애나 실금 등의 신체장애가 나타난 환자를 위한 병동도 있다. "정신신체장애 환자들이 점점 늘고 있는 추세에요." 사우스 런던 앤 모즐리 신탁재단South London and Maudsley NHS Foundation Trust에서 일하는 간호사가 말했다. "걷지도 못하고 화장실도 못 가며 몇 달째 침대에 누워 있는 환자들이 병실에 수두룩

해요. 앞이 안 보이고 아프다고 끊임없이 호소하고, 마비, 발작을 일으키는 환자도 있고요. 그런데 의학적으로 몸에는 아무 문제가 없어요. 감정이라는 것이 그렇게 무서워요." 저명한 신경과 전문의인 수잔 오설리반 Suzannes O'Sullivan은 정신신체장애 환자의 증가에 놀라워한다. "매주 누군가에게 당신의 장애는 정신적인 원인 때문이라고 얘기해야 하고, 그러면 환자들은 종종 화를 내며 믿지 않지요." 정신과 신체는 분리될 수 없다. 우리는 모두 신체 안에 자리 잡은 영혼들이다.

들어가서 직원실을 겨우 찾았을 때 나는 이미 지각이었다. 기다리는 데 20분을 허비할 줄은 몰랐다. 담당 간호사는 나를 향해 고개조차 들지 않고 검정색의 큰 일지에 뭔가를 쓰며 말했다. "인수인계 시간을 놓쳤네요." 그의 얼굴에는 수염이 지저분하게 나 있고 청바지를 입고 있었다. 그의 사복은 '사복'의 범주에서 벗어나 있었다.

"죄송합니다. 첫날이어서요."

그가 나를 흘깃 쳐다보더니 "가서 당신의 멘토인 수잔을 찾아요"라고 대꾸했다.

나는 꼼짝하지 못하고 서 있었다. 긴장해서인지 위장이 살아서 뒤틀리는 것 같았다. 인수인계 사무실에는 캐비닛이 있고 그 위에는 말라 죽은 무늬접란 화분이 아슬아슬하게 놓여 있었다. 세월 탓에 둥글게 말린 갈색 잎이 시선을 끌었다. 간호사가 기대어 있는 탁자는 커피 자국이 가득했고, 반쯤 남은 커피잔과 스티커가 잔뜩 붙은 찌그러진 헬멧도 보였다. 방에서 참치 깡통과 담배 냄새가 났다. 방은 너무 더웠고, 거대한 온풍기에서는 공장에서 들을 수 있는 윙 하는 기계음이 끊이지 않고 들렀다.

그가 다시 나를 올려다보았다. 잠시 미소가 보이는가 싶더니 황급히 사라졌다. 나와 눈이 마주쳤을 때도 뭔가를 계속 적고 있던 그가 말했다. "수잔을 찾으라고요. 당신의 멘토요. 그러면 돼요."

'저는 열아홉 살밖에 안 됐어요. 오리엔테이션 받을 때 기절을 했고요'라고 말하고 싶었다. 대신에 심호흡을 하고 중앙 병동으로 나가, 아일랜드 부엌을 닮은 사이드보드와 책상으로 구분된 조그만 사각형 간호사 업무 공간을 지나갔다. 업무 공간 뒤로 잠겨 있는 벽장이 보였다. 아마도 약품이 보관된 장일 것이다. 사람들이 둘러앉은 휴게소 뒤로는 야외 흡연구역이 있었다. 고맙게도 지금은 대부분의 정신병원이 정신질환에 대한 태도나 치료, 건물구조 면에서 이때보다 수백 배 진보되었다. 그러나 그렇지 않은 곳도 있고 더 바뀌어야 할 것도 많다.

어쨌든 때는 1994년이고, 흡연구역은 사람들로 가득했다. 늦은 밤 재즈클럽에서 볼 수 있을 것 같은 자욱한 담배 연기 사이로 십여 명의 사람들이 보였다. 내 앞에는 양쪽으로 병실이 줄지어 있는 복도가 뻗어 있고, 대체 수잔을 어디서 찾아야 하는지 전혀 알 수가 없었다. 환자와 직원을 구분하는 일조차 불가능했다.

나는 서서 환자와 직원들이 서성거리는 병동을 바라만 보았다. 도대체 내가 뭘 해야 하는지 몰랐다. "혹시 수잔이세요?" 모든 여자 환자와 간호사에게 물었다. 혹시 우연히 만날지 모르니까. 양쪽 벽에 렘브란트, 달리, 반 고흐의 그림 프린트가 걸린 병동을 헤집고 다녔다. 유리액자 없이 걸린 그림들은 오래된 컵받침처럼 끝이 말려 올라가 있어 슬퍼 보였다. 책은 전혀 없고 여자 둘이 정면을 응시하고 앉아 있는 독서실을 지났다. "수잔이신가요?"라고 물었지만 대답이 없었다. TV에는 주간 방송이 시끄럽게 흘러나왔지만 보는 사람은 없었다. 매우 혼란스럽고 불쾌한 곳이었다. 정신적으로 건강하지 않을 때 강제로 이런 곳에 들어와 살아야 한다면 어떨지 상상하기도 싫었다.

열쇠꾸러미를 든 작은 체구의 여자가 내 앞에 나타났다. 그녀는 청바지에 셔츠를 입고 얼굴에는 큰 미소를 띠고 있었다. "수잔을 찾으세요? 새 학생인가 봐요."

나는 고개를 끄덕이며 비로소 안도의 숨을 내쉬었다. "네, 저는 크리스티에요." 땀으로 축축해진 손을 내밀며 인사했다.

"그럼 우선 이곳에 익숙해지도록 해요. 그러고 나서는 환자들 차트를 읽으세요." 그녀는 목소리를 낮추더니 "환자들을 만나기 전에 꼭 차트를 읽어야 해요"라고 강조했다. 그녀 말투의 무언가가 내 신경을 곤두세웠고 머릿속 혈관이 쿵쿵 뛰는 게 느껴졌다.

키가 큰 남자 하나가 "그들이 내 신장도 훔쳐가고 있어"라고 중얼거리며 우리 앞을 서성거렸다. "심장도 꺼내가서 바꿔놓는단 말이야. 녹음기도 내 몸 안에 넣었어. 심장을 잘라서 그 안 심실을 감옥으로 바꿔놔. 내 간도 가져가려고 하고 창자도 모두!"

수잔이 그의 말을 무시하며 "데릭!"이라고 소리를 지르자 그는 병실로 들어갔다. 문 닫는 소리에 우리 왼쪽 방에서 여자 한 명이 나오더니 좌우로 주위를 살피고 데릭을 따라 그의 병실로 들어갔다. 수잔이 코앞에서 열쇠꾸러미를 흔들 때까지 나는 멍하니 그들을 바라보았다. "직원실은 항상 잠가야 해요. 약장도. 상해를 입힐 수 있는 기구가 있으니까 비품 보관 벽장도 잠가야 하고." 그녀의 말 하나하나를 머릿속에 새기며 따라갔다. "그리고 사람들이 물건을 슬쩍하기도 해요. 여기는 응급 입원 병동이어서 온갖 사람들이 다 모여 있어요. 조현병, 정신병, 우울증, 경계성성격장애 환자 등." 그녀는 목소리를 낮추고 내 쪽으로 몸을 기울이며 속삭였다. "그런 게 있다고 믿는다면 말이지만. 아, 방금 데릭을 봤죠? 데릭은 어젯밤에 들어왔어요. 보다시피 한동안 약을 먹지 않았기 때문이에요. 위층은 노인 병동이에요. 정신과적 문제와 연관된 신체 질환이 있는 환자들을 보는 곳이지요. 사이코패스, 성격장애, 범죄성정신질환 환자들은 보통 법의학 구역에 있지만……." 그녀가 미소를 지으며 덧붙였다. "물론 항상 그런 건 아니죠."

나는 수잔이 가리키는 대로 그녀를 따라 병동을 둘러보았다. 이곳에서 어떤 검사가 진행되는지 알기 때문에 어떤 정신질환자들이 응급으로 입원을 하는지 모든 경우를 떠올려 보았다. 열쇠가 많고 잠겨 있는 문도 많지만, 이곳은 사람들이 아무 때나 드나들 수 있는 개방 병동이다. 물론 어떤 경우에는 정신보건법에 의거해 최대 6개월까지 환자를 강제로 입원시켜 치료할 수도 있다. 지역사회 정신과 간호사인 친구가 정신적으로 취약한 사람들을 강제 입원시키는 이야기를 한 적이 있었다. "적절한 훈련을 받고 공인된 정신건강치료사 자격증이 있다면, 때로는 간호사가 환자의 자유를 박탈하고 병원으로 보내는 책임을 맡기도 해."

정신 병동 강제 입원에 관한 윤리 문제로 잠을 못 자고 고민한 적이 있었다. 정신능력법Mental Capacity Act과 정신보건법Mental Health Act은 간호사도 환자를 대신하여 의사결정을 할 수 있는 법적 틀을 제공했다. 간호사를 '관리인'으로 보는 시각은 끔찍한 생각이다. 정신능력법의 다섯 가지 원칙에 의하면, 어떤 결정을 내리기 전에 간호사는 그 결정이 환자의 권리와 자유의 제약을 최소화하는 것인지 생각해야 한다. 그러나 타인의 자유를 박탈할 수 있는 권리를 오직 한 사람에게 (적어도 최초의 결정 단계에서는) 위임한다는 것은 대단히 막중한 책임이 따르는 위험한 일이다. 물론 그러한 책임을 지기까지 거쳐야 할 수련 과정이 아직 몇 년 더 남았다는 게 내심 안도가 되었다. 그렇더라도 나는 언제든지 병원에서 나갈 수 있는데 내가 돌보는 사람은 병이 깊어서 집으로 돌아갈 수 없다는 사실에 이상한 불균형이 존재한다. 이를 바로잡아야 한다는 커다란 책임감을 느꼈다.

"여긴 직원 화장실이에요." 수잔이 말했다. "공작실이고요." 그녀의 손짓을 따라 여자 두 명과 남자 한 명이 작은 탁자에 앉아 뭔가를 만드는 곳으로 갔다. "거식증 환자들이에요. 저들을 주의 깊게 봐야 해요." 수잔이 후드티를 입은 여자 쪽으로 머릿짓을 하며 덧붙였다. "여기 들어온 지 얼마 안 된 환자인데, 입원 전 소지품 검사할 때는 분명 병원 내 반입 금지 물품이 하나도 없었거든요. 그런데 나중에 면도날 다섯 개를 간호사에게 주면서 '이것들을 빠뜨리셨네요'라고 말하는 거예요. 자해할 생각으로 그랬던 게 아니라 그냥 담당 간호사를 골탕 먹이려고 그런 거예요."

두 여자 환자는 보기에도 이상해 보여서 그들에게서 눈을 뗄 수가 없었다. 두 사람 다 갈비뼈가 앙상하게 드러나 있고 뼈대는 부러질 듯했다. 나는 벌어지는 입을 다물기 위해 어금니를 앙 물었다. 다른 사람이, 특히 간호사가, 고통받는 자신의 모습을 뚫어지게 쳐다보는 느낌은 얼마나 끔찍할까. 내 이웃 중에 어딘가가 아픈 게 분명한 사람이 있었다. 아침에 조깅을 할 때마다 그녀의 다리는 금방이라도 부러질 듯 위태해 보였다. 나는 항상 그녀에게 인사를 건네며 뚫어지게 쳐다보지 않으려고 노력했다. 지금처럼 말이다. 물론 어려운 일이었다. 그녀도 이곳의 여자들처럼 죽어가고 있는 것이 아닌가 생각했다. 거식증은 정신질환과 관련된 사망의 가장 흔한 원인이었고, 그 수도 매년 증가하고 있다. 그리고 최근에는 '오소렉시아orthorexia'라고 건강식품에 과도한 집착 내지 강박을 보이는 사람들이 늘고 있다. 오소렉시아는 미국정신의학회American Psychiatric Association가 공식적으로 사용하는 정신장애 진단 분류 체계인 《정신질환 진단 및 통계 편람Diagnostic and Statistical Manual of Mental Disorders, DSM》의 섭식장애 목록에 아직 수록되어 있진 않지만, 곧 포함될 것이라고 확신한다. 인스타그램과 소셜미디어의 시대, 결코 이룰 수 없는 완벽함을 추구하는 시대로 달려가다 보면 이와 같은 섭식장애는 해마다 증가할 수밖에 없다. 한 아동청소년 정신건강 전문 간호사의 말을 인용하면, "대개 이런 소녀들은 최고의 스펙을 가진 우등생인 경우가 많아요. 그리고 거식증은 보통 여학생들에게 나타나지만 남학생의 섭식장애도 지난 3년 동안 27퍼센트 증가했어요. 증가 속도가 여학생보다 두 배나 빠르지요. 요즘은 십 대 청소년으로 살기도 힘든 세상이에요. 스트레스가 너무 많아요."

우리는 병동의 반대편 끝으로 걸어갔다. "휴게실이에요." 사람들

몇 명이 차를 마시고 있고, 역시나 TV는 혼자 떠들고 있었다. "10시에 있는 미술치료에 사람들이 많이 와요. 1시는 음악치료인데, 보통 데이브만 참석해요. 그는 목욕을 안 하려고 하거든요. 그러고는 집단치료가 있는데, 자발적 참여 프로그램이지만 되도록 모두 참여시키려고 해요." 수잔은 미소를 지으며 물었다. "이제 대략 알겠어요?"

나는 고개를 끄덕이며 고맙다고 말했지만, 사실 앞으로 내가 해야 할 일이 뭔지 전혀 감을 잡을 수 없었다. 이곳에서 간호사로서 나의 역할은 무얼까? 그냥 환자들과 앉아 있으면 되는 걸까, 아니면 그들과 대화를 하려고 시도해야 하나? 그것도 아니면 그냥 지켜보기만 하면 되는 걸까? 약제과에서 조제하는 약과 그 약들의 부작용에 대해 배워야 할까? 아니면 환자들과 같이 도자기를 만들어야 하나? 거식증을 앓고 있는 아이들이 음식을 먹도록 옆에서 격려를 해야 하나, 아니면 먹는 것을 옆에서 지켜보면 될까? 왕립간호협회는 '예비 간호사 규범'에서 다음과 같이 언명했다. "정신건강 간호사는 다양한 방법으로 사람들과 관계를 맺어야 하며, 사회적 소속감, 인권, 건강의 회복에 초점을 둔 긍정적 관계를 지향해야 한다. 그것은 각 개인이 증상의 유무에 상관없이, 의미 있고 만족스러운 자기주도적 삶을 살 수 있는 능력의 함양을 의미한다." 다른 사람이 삶에서 의미를 찾도록 돕고 그 과정에서 내 삶의 의미도 추구한다는 생각은 훌륭하다. 그러나 그것을 어떻게 해야 하는지는 전혀 감조차 잡히지 않았다.

"점심 후에는 약효 때문에 저녁 때까지 사람들이 모두 약에 취해 있어요. 그러면 드라마와 영화 시간이지요. 당연히 공포영화는 안 되고요. 외계인 영화도 안 돼요. 지금은 특히 데릭이 들어와 있으니까요. 데릭은 자기가 외계 생물체에게 납치당해서 신장이 제거되었다고 믿어요." 수잔은 고개를 옆으로 저으며 말했다. "그가 틀렸다고 절대 말하지 말아요. 사실 우리가 뭐라고 데릭이 외계인들에게 납치된 적이 없다고 말할 수 있겠어요? 우주는 우리가 이해하는 것보다 훨씬 광대하잖아요. 증명할 수 없는 일이에요. 그렇다고 데릭에게 그가 옳다고 해서도 안 돼요. 그리고 팸은 〈코로네이션 스트리트Coronation Street〉* 보는 걸 좋아하지만, 그녀가 다시 자살을 시도하도록 자극해서는 안 되요."

"약에 취해 있다고요?" 아까 보았던 거식증 소녀들이 나를 보고 소리 내어 웃던 생각이 났다. "자살 시도라고요?"

"약은 화학적 구속복straightjacket**이라고 할 수 있죠. 그렇지만 내가 사는 현실이 데릭이 생각하는 세상보다 더 현실적이라고 어떻게 장담할 수 있겠어요? 외계인이 실제로 있을 수도 있어요. 말도 안 된다고 일축하는 것은 우리 일이 아니에요. 다른 은하계에 있는 외계인의 활동 가능성을 논의하러 여기에 온 게 아니니까요." 그녀는 짧게 킥킥거리며 웃었다.

나는 속이 점점 거북해지고 입안이 마르면서 뒷골이 당기는 느낌이었다. 수잔이 나에게 몸을 기울이며 속삭였다. "물론 환자들은 약에 비소가 잔뜩 들어 있다는 걸 몰라요. 그러니까 그들에게 말하면 안 돼

* 1960년에 시작한 영국에서 가장 오래된 드라마. 등장인물 중 한 명이 자살하는 에피소드가 있다.

** 정신질환자 중 폭력적인 사람을 제압하기 위해 착용시키는 겉옷

요. 알았죠? 물에 크립토나이트kryptonite*도 넣는다고요. 여기서는 아무 것도 마시면 안 돼요."

나는 천천히 고개를 돌려 허공을 응시하는 수잔의 얼굴을 쳐다보았다. "당신… 정말 수잔이 맞아요, 아니죠?"

그녀는 또다시 웃음을 터뜨리더니 촐랑거리며 말한다. "속았지? 속았다! 지금 수잔은 휴게실에서 쉬고 있을걸."

나는 몇 초간 꼼짝 못 하고 서서 목에서부터 얼굴로 열기가 오르는 것을 느꼈다. 두 뺨이 너무 뜨거워 얼굴이 얼마나 벌게졌을지 상상할 수 있었다. 바보가 된 기분이고 땅이 무너지는 듯했다. 그녀가 했던 말들을 다시 생각해보니 말도 안 되는 소리들이었다. 그녀에게 뭔가 잘못 말한 것은 없었나? 내가 벌써 규칙을 어기지는 않았을까? 간호사 자격증을 따기도 전에 자격을 박탈당하는 건 아닐까? 그녀와 눈이 마주치자 그녀는 배꼽을 잡고 웃었다. 그러자 나도 따라서 웃음이 나왔고 내 웃음소리는 그녀의 것과 함께 울려 퍼졌다.

알고 보니 그녀의 이름은 수잔이 아닌, 해일리였다. 바보가 된 듯하고 약간 겁이 나긴 했지만 그날 이후 나는 해일리와 대화를 나누고 함께 웃기 시작했으며, 일하는 동안 해일리는 매일 내게, 그리고 만나는 모든 사람에게 내 실습 첫날에 대해 이야기했다. "환자와 의료진이라고 다를 바 없어요. 우리는 모두 아플 수 있고, 누구나 언젠가는 아파요. 정신질환도 천식이나 골절과 마찬가지예요. 그러니까 걱정하지 말아요. 내

* 슈퍼맨 이야기에 나오는 가상의 화학 원소

가 수잔이 되면 왜 안 되지요?" 그러고는 나에게 비소에 대해 속삭이고, 다른 간호사들이 사실은 간호사가 아닌데 그녀의 생각을 조정하기 위해 정부가 보낸 사람들이라고 했다. 해일리가 환자임은 확실하지만, 그녀에게서 많은 생각거리를 얻게 되었다.

초기 정신과 간호사들은 '영혼의 친구'라고 불렸으며, 환자와 일대일로 짝을 만들어 우정을 기반으로 한 치료적 관계를 발전시켰다. 이 접근은 요즘 다시 인기를 얻어 병원들은 개인적으로 정신질환 경험이 있는 사람들을 고용해 재활원(임상적 접근이 아닌 교육적 입장에서 정신질환자를 돕는 기관)에서 일하게 한다. 나는 해일리와 짝을 이룬 것이 좋았다. 그녀는 예전에 앤서니가 그랬던 것처럼 나를 웃게 만들었다. 한번은 그녀가 남편에게 매일 전화하지 말라고 이르는 말을 들었다. "난 지금 휴가 중이라고요. 정신병 휴가요. 6개월 후에 집에 갈게요."

내 진짜 멘토인 수잔은 스케그네스 지방 출신으로 손가락에는 니코틴 얼룩이 있고, 밝은 보라색 아이섀도를 발랐으며, 열쇠꾸러미는 갖고 있지 않았다. 내가 해일리에 대한 얘기를 하자 그녀는 한참을 웃었다. "괜찮아요. 누구에게나 첫 경험이 있는 거니까요. 적어도 내가 첫날 신고식을 치르게 하진 않았잖아요!"

나는 웃옷에 달린 수잔의 신분증을 슬쩍 확인하고 나서 통제 의약품을 관리하는 임상실로 그녀를 따라 들어갔다. 질병 치료의 목적보다는 환자를 화학적으로 억제하려는 의도로 수많은 진정제가 투여되던 19세기와 비교해서 지금의 약리학은 비약적인 발전을 거두었다. 중독성이 매우 높고 불쾌한 부작용이 있는 클로랄수화물chloral hydrate*은 정신보건 분야에서 더는 사용되지 않지만, 치료 받기 두려워하는 소아 환자들을 진정시키는 목적으로 최근까지도 흔히 사용되고 있다. (요즘은 가끔 데이트 강간에 이용되기도 한다).

수잔은 계속해서 말을 이어갔다. "사실 약이 병을 다 낫게 하지는 않아요. 증상 완화에 도움을 줄 뿐이지요. 그리고 환자들의 의식이나 행동을 억제시키는 데 여전히 사용되고 있어요. 우리 병원 의사들이 훌륭하지만, 의약품 사용에 있어서는 약을 먹을 것인지 아닌지의 결정을 포함해서 환자의 선택권이 가장 중요하다는 사실을 명심해야 해요. 물론 강제 입원 상황이 아닐 때요. 여기는 환자들이 아침, 점심, 저녁으로 약을 타 가기 위해 줄을 서는 곳이에요. 대부분 괜찮지만, 환자에 따라 격려와 도움이 필요할 때가 많아요." 그녀는 담배 냄새를 풍기며 말했다. "실습생이 할 일은 모든 환자들의 약물 투여 상황표를 만들어서 의사가 용량을 잘못 처방하지는 않았는지 확인하는 거예요. 그리고 꼭 참석해야 하는 아침 회의에서는 각 환자에 대해 특이점은 없는지, 앞으로의 치료 계획은 어떤지 논의해요. 그러고 나면 환자 평가, 위원회 자료, 경과 기록과 관련된 서류를 끝없이 작성해야 하지요. 너무 걱정하지는 말아요. 하다 보면 어렵지 않을 거예요."

약물이 증상을 완화시킬 뿐이라면 근본적으로 병을 치료하는 것은 무엇일까? 미국의 지역사회 정신과 의사인 드래이크 박사에 따르면

* 진정제와 수면제로 사용되는 화학성분

"정신과 의사가 환자를 위해 동원할 수 있는 가장 효과적인 치료법은 환자가 직업을 갖고 일할 수 있도록 돕는 일이다. 사실 그것만이 유일한 방법이다." 수잔은 환자들의 정신건강을 관리하는 데 있어 무엇이 가능하고 그렇지 않은지 많은 것을 가르쳐주었다. 모든 간호사 실습생은 자신을 지도, 지원, 평가할 멘토를 지정받고, 가끔은 미술심리치료사, 심리학자, 사회복지사, 직업훈련사 등 다른 분야의 정신건강팀들과 협업하기도 하지만 대부분은 자신의 멘토와 함께 시간을 보낸다. 멘토와 멘티 선정은 완전히 무작위여서, 나같이 어리고 순진하고 잔뜩 겁먹은 실습생들을 이해해줄 만큼 친절한 멘토도 있지만, 위계질서 안에서 자신의 권력을 즐기는 듯한 멘토도 있었다. 나는 운이 좋았다. 따뜻한 성격의 수잔이 내 팔을 가만히 잡으며 말해주었다. "잘할 거예요. 데릭의 활력징후를 좀 확인해줄래요? 데릭은 이미 만나봤지요? 차트에 혈압, 맥박, 체온 등을 적어야 해요."

나는 안도의 숨을 내쉬었다. 활력징후 측정은 계속 연습해왔던 것으로 자신 있었다. 아직 배우지 못한 집단치료의 워밍업이나 치료적 집단 활동 같은 일이 아니어서 얼마나 다행이었는지……. 차트에 체온, 섭취한 음식, 호흡, 맥박 등을 적는 일은 그나마 쉬워서 그 정도는 할 수 있어 보였다. 나는 처음으로 턱의 긴장을 늦추고 미소를 지으며 데릭의 병실로 향했다.

데릭은 키가 185센티미터나 되고, 목소리는 병원 밖에서도 들릴 만큼 컸다. 그는 정신과 중환자실을 통해 이관되어 들어왔다. 그곳에서는 왜소한 체격의 필리핀 간호사가 데릭을 담당했었는데, 나는 종종 그녀가 정신과 중환자실에서 180센티미터가 넘는 거구의 환자들을, 때로는 약물이나 술에 중독되어 상태가 심각하고 폭력적일 수도 있는 환자들을 간호하는 것을 목격했다. 그녀는 오히려 남자 간호사들보다 자신이 공격당할 확률이 적다고 했다. "오히려 환자들이 위협을 덜 느껴 두려워하지 않아요. 대부분의 병은 공포에서 오거든요. 너무 폭력적이거나 공격적인 환자가 있을 때는 남자 간호사들이 우리를 부를 때도 있어요. 그러면 우리가 가서 환자를 진정시켜요."

데릭은 전혀 두려움이 없어 보였지만, 내가 들어가자 손을 뻗어 베개 옆에 놓인 두꺼운 성경책을 잡아드는 시늉을 했다. "안녕하세요. 전 크리스티예요"라고 먼저 인사를 건냈다. 붙박이 옷장과 서랍장 하나, 침대와 의자가 전부인 순전히 기능성 위주의 방이었다.

또 다른 남성이 데릭의 맞은편 의자에 앉아 있었다. "안녕하세요. 저는 빅이에요." 정신과 전문의인 그가 일어서더니 손을 뻗어 악수를 청했다. 데릭은 일어나지 않았지만, 나를 향해 고개를 끄덕였다.

"데릭 씨, 제가 혈압을 좀 재야 하는데, 괜찮으세요?" 내가 문밖에 세워둔 기계를 가지고 들어오려고 팔을 내미는데, "싫어요" 하고 그가 대꾸했다.

빅이 다시 자리에 앉았다. "데릭, 크리스티가 도와주려고 왔어요. 매일 하듯이 당신의 건강을 체크하려고 해요. 금방 끝날 거예요. 어젯밤에 혈압이 좀 높았잖아요."

갑자기 데릭이 일어나 주먹을 쥐더니 비명을 지르고 소리를 질렀다. "그들이 나를 훔쳐가려고 해. 콧구멍과 눈구멍을 통해 내 영혼을 빼내려 한다고. 내 눈을 먹어치우고 그 구멍을 통해 뇌를 빨아 마실 거야. 그리고 목에 뚫은 구멍으로 옷걸이를 쑤셔 넣어 나머지 뇌가 다 쏟아질 때까지 뇌 덩어리를 고리로 잡아 뺀다고. 그리곤 신경세포들을 조작하는 거지. 나를 재부팅한다고. 내 뇌세포에 염산을 부어 녹이는 거야. 그들이 뇌를 다시 내 몸에 넣으면, 나는 그들 중 하나가 되어있을 거야……."

빅은 계속 앉아 있었다. "괜찮아요, 데릭. 내가 있으니까 당신은 안전해요." 빅이 문밖에서 대기 중인 간호사들에게 고개를 끄덕여 보이자 그들이 우르르 몰려 들어왔고, 나는 조용히 문밖으로 돌아 나왔다. 몸부림치며 울부짖는 데릭을 사람들이 둘러쌌다. 그 모습을 문간에 서서 바라보며 내 눈에 고인 눈물이 뺨을 타고 내리는 것을 느꼈다. 내가 그를 더 안 좋게 만들었다. 내가 뭔가를 잘못 말했거나 잘못 행동했음에 틀림없었다. 내가 들어가기 전까지 데릭은 멀쩡했으니까.

수잔이 웃으며 위로했다. "크리스티 때문이 아니에요. 데릭은 많이 아프고, 여기 있는 다른 환자들처럼 데릭도 전혀 예측할 수 없어요. 빅이 훌륭한 의사이지만, 때로는 상황이 악화되어 환자를 강제로 제지하고 진정시켜야 할 때도 있어요." 그녀는 차 한 잔을 건네주었다. "데릭은 가여운 환자에요. 동네에서 모르는 사람들에게 여러 번 폭행당했거든요. 우리 사회에서 위협을 받는 쪽은 정신질환자예요. 그 반대가 아니고요." 수잔과 나는 내가 처음에 '사복스럽지 않은' 차림의 남자를 만났던 직원실로 돌아왔다. 고작 근무 시간의 반이 지났을 뿐인데 나는 벌써 녹초가 되어 정신이 몽롱했다. "일지를 적도록 해요. 반추훈련reflective practice*도 일의 한 부분이에요. 매일 일어났던 일을 다시 돌아보고, 되도록 글로 적도록 해요."

학교에서 반추훈련의 중요한 측면들에 대해 한 학기 동안 배우기는 했지만 이때 처음으로 반추훈련이란 게 내 일로 다가왔다. 당연히 수잔의 말이 옳다. 여느 간호이론과 마찬가지로 반추훈련에도 여러 모델과 견해가 있지만, 기본적으로 반추훈련은 실제 일어난 사건을 이해하는 과정이다. 심신이 연약한 사람들을 돌보느라 시달리는 간호사들을 위한 일종의 정서적 보호 장치이기도 하다. 자신의 성격이나 삶의 방식, 과거의 기억들이 현재의 사건에 어떤 영향을 주는지 자기 자신을 이해하는 데 도움이 되기 때문이다. 간호사이며 조산사이기도 한 베벌리 테일러Beverley Taylor는 자신이 개발한 반추훈련의 한 모델에 "아직 몇 가지 의문점이 남아 있다"라고 인정했다. 그러나 수잔이 무슨 말을 하는지 나는 이해했다. 질문 안에서 의미를 찾는 일이 도움이 될 수 있다. 왜 데릭이 그렇게 반응했을까? 그것이 나를 왜 그렇게 힘들게 할까?

"반추일지를 쓰는 게 내겐 도움이 돼요. 힘든 날에는 아직도 써요. 현장 실습을 계속 돌다 보면 나중에는 자기가 얼마나 많이 발전했는지 보게 될 거예요. 일과를 끝내고 진토닉 한잔과 함께 일지를 쓰면……." 수잔이 말했다.

조현병schizophrenia은 사람의 사고에 영향을 미치는 심각한 질병

* 일하는 방식을 발전시키기 위해 자신의 경험과 이론을 되돌아보는 학습 방법

으로, 이 병동에는 데릭 외에도 조현병 진단을 받은 흑인들이 많았다. 조현병은 해리성성격장애split나 다중성격장애multiple personalities와는 다르다. 조현병이 있는 내 친구는 "세상이 조각조각으로 보이는 거야. 그것들을 끼워 맞춰 보려고 노력하지. 물론 사람마다 증상은 다 다를 수 있어"라고 했다.

그러나 그 당시 정신과 중환자실에서 만나는 환자들에게는 어떤 공통점이 있었다. 대다수가 BAME(black, asian or minority ethnic), 즉 흑인이나 아시아인, 소수민족 사람들이었고, 대부분이 노동자 출신이었다. 내가 보기에 그들은 응급실에서 보았던 중산층 백인 여성인 베티와 별로 다를 바 없는 정도의 불안 행동을 보였을 뿐인데, 그들은 여기 있고 베티는 아니었다. 비록 내가 20년 전 상황을 이야기하고 있지만, 지금도 상황은 크게 달라지지 않았다. 정신건강법은 수년의 세월이 지나도 사회 전반에 퍼져 있는 문화적·인종적 고정관념을 헤아리지 못하고 있다. 프랑스 철학자인 미셸 푸코Michel Foucault는 '광기'란 사회적 맥락에 따라 다르게 규정되고, 사회의 문화적·지적·경제적 구조가 광기의 경험을 구성한다고 주장했다. 이 문제에 대해서는 아직도 많은 연구가 필요하다. 1997년부터 2000년까지 영국의 런던, 노팅엄, 브리스틀에서 동시에 진행된 AESOP*는 정신질환 환자를 직접 관찰하고 환자대조군 분석을 수행한 연구로서는 가장 큰 규모였다. 이 연구에 의하면 아프리카-카리

* Aetiology and Ethnicity in Schizophrenia and Other Psychoses의 약자로, 조현병과 기타 정신병의 원인과 인종에 관한 연구를 지칭한다.

브해 출신의 흑인들을 포함해 다른 아프리카 지역 흑인들의 조현병 발병률이 성별과 상관없이 전 연령을 통틀어 눈에 띄게 높았다. 특히 아프리카-카리브해 출신의 남성이 훨씬 더 빈번하게 조현병 진단을 받는 경향이 있었다. 1960년대 이후 조현병과 기타 정신병 발병률의 비교 연구가 활발히 진행되었는데, 흥미롭게도 흑인 남성의 정신병 발병률이 타 집단보다 2배에서 18배까지 높은 것을 보여주었다. 최근의 한 보고서는 흑인들과 카리브해 출신 남성이 처한 열악한 의료 환경을 경고하며, 이들이 시설에 감금되는 기간이 타 집단에 비해 평균적으로 5배 길다고 주장했다. 이런 일들이 왜 일어나는지 그 원인에 대해서는 아직 명확한 진단이 내려지진 않았지만, 분명한 것은 개인과 제도적 차원에서의 인종차별주의는 여전히 중요한 문제로 남아 있다는 점이다.

이 모든 것이 데릭에게 어떤 의미인지, 또한 정신건강 간호사로서 이런 불공평에 도전하는 내 역할이 무엇인지 생각해보았다. 왕립간호협회는 정신건강 문제에서 기인하거나 정신건강의 원인이 되는 불공평과 차별에 도전하는 것이 정신건강 간호사의 주요 책임이라고 천명한다. 인권법도 마찬가지로 정신건강 간호가 지향하는 목표를 뒷받침한다. 그렇지만 국민의 정신건강에 영향을 미치는 사회적, 정치적 환경은 아직도 진흙탕이다. 정신건강 및 정신질환자의 삶의 질 향상을 위한 많은 역할이 주로 지역사회에서 이뤄지는데, 고질적인 예산 부족과 사회보장 축소 등의 문제는 국가의 정신건강에 악영향을 미치고, 자살률 증가에도 기여하는 듯하다. 공중보건 전문가들이 언급하기 꺼려하거나 때로는 인정하고 싶지 않은, 정신건강 질환에 직접적인 영향을 끼치는 불편한 진실이 여전히 산재하고 있다.

런던에서 항상 보아온 풍경들이 있다. 이른 새벽 버스정류장에 길게 줄 서 있는 이들도, 맥도날드, 체육관 또는 공립도서관의 청소 노동자들도 대부분 흑인이다. 의료보건 분야의 간호보조원healthcare assistant*들은 흑인이고 관리직은 백인이다. 런던 남부 저소득층 지역의 지저분한 창문들에는 흑인 문화로 알려진 밝은색 드림캐처dream-catcher**가 걸려 있다. 데릭을 관리하면서 나는 흑인들의 높은 조현병 진단율과 통계에 얼마나 복잡 미묘한 의미가 함축되어 있는지 깊이 생각하게 되었다. '반추'를 시작한 것이다.

정기적으로 데릭과 시간을 보내는 업무가 할당되었고, 그의 상태가 점차 호전됨을 알 수 있었다. 이제는 별말 없이 자신의 혈압을 재도록 했고, 빅은 데릭에게 당일 외출을 허락할 것이라고 내게 알려주었다. 빅의 표현에 의하면 '긍정적 모험 시도'다. 데릭은 분명히 차분해졌으며, 자신의 감정을 정확하게 표현할 수 있었다. 정신병 증상이 완화되자 그의 성격도 드러났다. 안정적일 때 그는 미술과 체스에 관심을 보였다. 내가 체스 말인 '폰pawn'을 새우, 곧 '프론prawn'이라 부른 것을 재미있어 하며 나에게 체스와 미술을 가르치려고 노력했지만 매번 실패했다. 데릭에게는 바다 냄새가 나는 체스판이 있었다. 몇 세기에 걸쳐 세계를 여행한 체

* 정식 간호사의 지도 아래 병원에서 환자의 일상생활을 돕는 역할을 하는 간호 인력. 우리나라의 간병인과 비슷한 역할을 하지만 영국에서는 환자 개인이 아닌 NHS에 고용된다.

** 창문에 걸어두면 나쁜 기운이 들어오지 못한다고 믿는 원주민 공예품

스판이라는 얘기를 듣고 나는 눈이 휘둥그레졌다. 또한 데릭은 새우튀김 과자를 즐겨 먹기 때문에 손가락에 그 냄새가 배어 있었고, 눈물이 날 때까지 크게 웃곤 했다. 그는 나와 이야기를 할 때 프리다 칼로Frida Kahlo의 말을 종종 인용했다. "사람들은 나를 초현실주의자라고 하지만 난 아냐. 난 꿈을 그리지 않아. 내 현실을 그리는 거라고."

"그거 알아요? 그녀는 알고 있었어요." 데릭이 말했다. "내 말은, 프리다 칼로는 정말로 '현실'을 이해하고 있었다고요. '나는 꿈을 그리지 않아요'라고 했잖아요. 무슨 말인지 알겠어요?"

"음… 약간은요." 나는 대답했다. 정말 조금은 알 것 같았다. 정신건강 간호가 무엇인지 명확한 정의를 내리기 어렵지만, 차차 이해되기 시작했다. "정신건강 간호는 절망적인 사람들의 창문에 걸린 드림캐처예요"라고 말하자 데릭은 내가 한 말이 놀랍도록 정확하다고 생각했는지 아니면 말도 안 되는 소리라고 생각했는지 알 수 없는 표정으로 나를 바라보았다.

후에 빅은 나에게 이런 말을 했다. "우리의 일이라는 게 뭐가 더 위험하고 더 득이 되는지를 끊임없이 저울질하는 작업이에요. 정신과 치료의 많은 부분이, 환자들이 아플 때 그들에게서 결정권을 뺏었다가 그들이 좋아지면 감당할 수 있을 만큼 조금씩 그 권한을 다시 돌려주는 일이지요." 아직 배워야 할 것이 많지만, 빅의 생각에 나는 전적으로 동의할 수 없었다. 하지만, 정신질환자들의 많은 경우가 이미 무력하다는 내 생각을 빅에게 주장하기에는 아직 자신감이나 지식이 부족했다.

여러 간호 분야에 대해 생각해보았다. 예를 들어 중환자실에서는 환자가 아플 때 생명유지 장치들이 몸의 기능을 대신하다가 환자의 상태가 좋아지면 점진적으로 생명유지 장치들의 역할을 줄여간다. 빅과 수잔 같은 정신건강 전문가들도 데릭 마음의 생명유지 장치라고 할 수 있다. 때로 간호는 단순히 환자의 이야기를 들어주고, 자신감을 주며, 환자 스스로가 안전해질 때까지 그들을 안전하게 지켜주는 것이라고 수잔은 말했다. 사람들이 깰 때까지 나쁜 꿈을 잡아주는 드림캐처처럼 말이다.

데릭의 퇴원이 다가오자 수잔은 그녀가 '치료적 의사소통'과 '퇴원 계획'이라 부르는 과정에 들어갔다. 정신건강 간호에서 여러 분야를 아우르는 복잡한 작업이다. "입원 전, 환자가 아플 때는 불안정하고 폭력적이었을 수 있어요. 약물과 알코올에 중독되었을 수도 있고요. 거의 모든 환자가 직장과 돈 문제를 해결해야 해요. 그래서 환자를 집으로 보내는 일이 단순하지 않아요. 집이 아예 없을 수도 있고, 그들이 돌아가기에 적합하지 않는 곳일 수도 있어요."

영국에서는 국가 공공주택의 위기와 함께 정신질환 문제도 급속히 확산되고 있다. 우리 모두는 삶의 어떤 단계에서 신체적인 질병에 걸리듯이 정신적인 병에 걸릴 수 있다. 나 역시도 살면서 신체적으로나 정신적으로 더 건강할 때도, 그렇지 않을 때도 있었다. 그러나 정신질환으로 진단받을 만큼 정신적으로 아픈 사람은 성인의 경우 네 명 중 한 명, 소아의 경우는 열 명 중 한 명꼴로 나타나고 있다. 자살률은 증가하는데 정신과 진료를 받기 위해 대기해야 할 기간은 부끄러울 정도로 길다.

정신질환은 대단히 파괴적이다. 두려움에 사로잡힌 환자들, 부서질 듯 흔들리는 환자들, 때로는 아주 오랜 시간을 암흑 속에서 벗어나지 못하고 있는 환자들과 몇 주간을 병동에서 함께 지내면서 나는 수잔의 말에 동의하게 되었다. "심각한 정신질환보다 차라리 암이 나을 수도 있어요."

정신건강과 싸우는 나라가 비단 영국만은 아니다. 유엔은 정신건강을 세계가 해결해야 하는 최우선 과제로 인정했다. 한때 정신질환을 질병이 아닌 '정치적 악'으로 여겨온 중국에는 현재 1억 명의 인구가 정신질환을 앓고 있다. 모든 것을 소유한 시대, 건강과 교육 수준이 월등히 높아졌고, 전반적인 삶의 수준이 더 나아졌음에도 우리는 이전보다 더 많은 고통을 겪고 있다.

나는 데릭과 함께 식당에 가서 밥을 먹으며 이야기를 나누었다. 식당은 점심을 먹는 직원과 환자들로 가득했다. 어떤 사람은 음식을 너무 빨리, 또 일부는 너무 느리게 먹는데, 정신병원에서는 음식이 목에 걸려 숨을 쉬지 못하는 사고가 자주 일어난다. 때로는 자해의 방법으로 일부러 음식을 목에 걸리게 하는 환자도 있다.

사람들은 온갖 종류의 창의적인 방법으로 자해를 시도한다. 끈으로 목 조르기, 성기 훼손과 같은 성적 자해, 살을 지지거나 머리카락 뽑기, 면도칼이나 바늘, 핀, 건전지 등을 삼키기, 표백제나 부동액 마시기, 칼로 자신의 살을 찌르고 긋기 등등 말할 것도 없이 잔혹한 방법들이다. 자해는 항상 존재했지만 그 원인에 대해서는 아직 확실한 답을 찾지 못했다. 다만 일부 환자들에게는 자해가 자기 서사, 즉 자신을 표현하는 일종의 언어로 받아들여지는 경우가 있다. 식음을 전폐하여 죽음에 이르는 것만큼 자신의 고통을 더 잘 표현하는 방법은 없다. 죽을지 모를 만큼 폭식을 하는 것도 마찬가지이다. 비만증은 일종의 자해이며, 중독 또한 자해다. 우리는 고통스런 감정과 아픈 마음을 표현하기 위해 다양한 방식으로 스스로를 상하게 한다.

영국 왕립간호협회의 사라 채니Sarah Chaney 박사는 저서 《피부에 깃든 마음: 자해의 역사Psyche on the Skin: A History of Self-Harm》에서 정신질환의 역사가 자해의 역사적, 문화적, 예술적 서사로서 구성된다고 주장한 바 있다. 그러나 자해와 자살 시도는 구분되어야 한다. "프리다 칼로는 47세에 자살했어요." 데릭이 말했다. "사인이 패혈증이라고 하지만, 약물 과다복용이었어요."

데릭의 입에서 자살이란 말을 들은 게 그때가 처음이었다. 맞은편에 앉아 있던 수잔이 물었다. "자살을 생각할 때가 있어요?"

"자살이요?" 그는 미간을 찌푸리며 되물었다. "누구나 생각하지 않나요?"

수잔이 고개를 저으며 말했다. "그렇지 않아요. 아니에요."

데릭은 나이키 상표가 앞에 박힌 모직 모자를 쓰고 있었다. "마약을 많이 할 때는 그랬어요. 바보 같았죠."

"그래도 지금은 끊었잖아요." 수잔이 말했다.

"정말 열심히 집중하면 꿈을 꾸는 도중에 꿈이 일어나는 장소를 바꿀 수 있어요. 나는 뒷걸음질로 꿈에 들어간다고요."

데릭이 무슨 말을 하는지 모르겠지만, 조용히 앉아서 듣고 있었다. 그는 차분해 보였다. 몸은 긴장하지 않았고 쉽게 미소를 지어보였다. 그의 눈에서 분노나 두려움은 보이지 않았다.

반면 수잔의 얼굴이 찌푸려졌다. "아무래도 당일 외출을 허락하면 안 될 것 같아요." 데릭이 없는 자리에서 수잔이 내게 말했다. "다시 한 번 살펴봐야겠어요. 정신의학이란 맹인이 컴컴한 방에서 있지도 않은 검은 고양이를 찾는 것과 같아요. 아마도 올리버 색스Oliver Sacks가 한 말일걸요. 아니면 뭐 비슷한 말을 했을 거예요. 통찰이란 무서운 것일 수 있어요."

나는 데릭이 하는 말도, 수잔이 하는 말도 이해할 수 없었다. 심지어 올리버 색스의 말도 무슨 말인지 도통 알 수 없었다. 그렇지만 모두 중요하게 느껴졌다.

침대 옆 바닥에 쓰러져 있는 데릭을 제일 먼저 발견한 건 나였다. 그의 팔에서는 기괴하리만치 아름다운 아치 모양으로 피가 뿜어져 나오고 있었다. 피는 상상하는 것 이상으로 붉은색이었다. 그는 눈을 뜨고 있었지만 얼굴은 잿빛으로 변해 있었다.

나는 다리를 움직이지도, 입을 다물지도 못하고 몇 초간, 너무 긴 몇 초간을 멈춰 서 있었다. 바다 내음, 오래된 체스판, 그의 웃음소리가 모두 무無로 대체되었다. 한순간 나는 데릭과 함께 다른 공간에 있었다. 허공을 맴돌며.

해일리가 문밖에서 비명을 질렀다. 데릭의 팔 저만치에 작은 가위가 보였다. 그러고는…… 솟구치는 피를 향해 달려가고, 응급벨이 울리고, 온갖 고함 소리가 동시에 터지며 순식간에 병실은 이런 응급상황에 나보다 훨씬 잘 대처할 수 있는 사람으로 가득 찼다. 뛰어 들어오는 의사 뒤에 또 다른 의사가 나타나고, 병원 본관에서 구급팀이 도착했을 때 나는 바닥에, 붉디붉은 피 웅덩이 속에 무릎을 꿇고 있었다. 그것은 무늬가 있는 기름 같아 보였다. 누군가가 내게 장갑을 주며 지시했다. "꽉 누르고 있어요. 온 힘을 다해서 눌러요."

데릭의 팔은 붉은 상흔이 너무 많이 얽혀 있어서 그가 팔의 어느 살을 뚫고 정맥을, 아니면 동맥을 찾았는지 그 위치를 가늠하기가 어려웠다. 피는 빗발치듯 쏟아져 나오고 있었다. 팔은 온통 벤 자국인데, 깊은 상처로 속살이 보이는 곳도 있었고 그렇게 깊은 상처가 아닌데도 출혈이 더 심한 곳도 있었다. 피가 뿜어져 나오는 곳을 발견하고 거즈로 누르니 금방 피로 흠뻑 젖었다. 마침내 정확한 위치를 찾아 있는 힘껏 단단하게 눌렀지만 가느다란 핏줄기가 여전히 새어나왔다. 내 귀에는 아무것도 들리지 않았다.

"지혈대!"

"수술실로 곧장!"

"응급 수혈!"

혈액의 색깔을 보고 불가능할 정도로 붉다는 생각을 한 기억이 난다. 상상한 것과 이렇게 다를 수 있을까. 촉감은 따뜻하다 못해 뜨거울 정도였다. 흘린 피의 양을 어림해보려고 했지만 '너무 많다'라는 답밖에 얻지 못했다.

서서히 데릭이 기침을 시작하고 다른 쪽 팔을 움직인다. 모든 것이 슬로비디오 같았다. "괜찮아요. 괜찮을 거예요." 누군가가 데릭에게 말하더니 문가에 서 있는 간호사를 쳐다보며 요청했다. "응급수술실에 미리 전화해요. 당장 이 환자를 데리고 갈 거예요."

나는 피를 혐오한다. 그런데 지금, 양손과 팔이 온통 피로 물들어 있다. 내가 그토록 피하고 싶었던 붉고 따뜻한 피다. 그런데 이상하게도 어지럼증이 도지지 않았고, 기절하지 않았다. 데릭의 팔을 너무 꽉 누르고 있는 탓에 나는 손가락의 어떤 감각도 느낄 수 없었다. 딱딱하게 굳은, 두려움 서린 그의 얼굴에 시선을 집중했다. 유리조각 같은 눈물 한 방울이 눈꼬리에 고였다. 데릭의 얼굴은 공포로 가득했다. 그를 일으켜 세우고 담요를 둘러준 뒤 안전하게 지켜주고 싶었다. 그의 병세가 더 악화될 것이며, 재진단을 받아 병원에 더 오래 입원해야 한다고 말하는, 보이지 않는 세력과 싸우고 싶었다.

데릭은 창문 밖 먼 곳을 응시했다. 수잔이 부드럽게 데릭을 쓰다듬으며 그의 귓가에 무언가를 속삭이자 데릭의 얼굴에서 두려움이 조금 사그라들었다. 수잔이 뭐라 속삭였는지 궁금했지만, 그 모습에서 정신건강 간호사에 대해 뭔가를 배웠다. 좋은 정신과 간호사는 사람의 생명을 구한다. 정신건강 서비스와 정신과 간호 분야가 NHS와 사회보장에서 가장 많이 예산을 감축당했고, 이제는 한계점에 이르렀다. 정신보건 서비스는 안전핀 없는 수류탄이다. 이 세상에는 악몽에서 우리를 지켜줄 드림캐처가 충분하지 않다.

3
/
세상의 시작

먼지처럼 흩어지는 별처럼 우리는 무無로부터 자아졌다.

_잘랄 아드딘 아르 루미Jalāl ad-Dīn ar Rūmī

테러 현장으로 뛰어가는 간호사나 의사처럼 플로렌스 나이팅게일도 위험을 향해 달렸다. 영국 상류층 가정에서 유복한 어린 시절을 보낸 나이팅게일은 결혼해 아이를 키우며 우아한 안주인 노릇이나 하기 바라는 집안의 기대를 저버리고, 간호학을 공부하기 위해 독일의 카이저스베르트Kaiserswerth에 있는 프로테스탄트학교에 입학했다. 1854년 크림전쟁이 발발하자 당시 간호사 훈련 중이던 나이팅게일은 부상당한 군인들을 돌보기 위해 터키의 스쿠타리로 자원해 떠났다. 그곳에서의 첫 겨울, 4,077명의 군인이 전투에서 사망했다. 하지만 그보다 열 배가 넘는 수의 군인들이 발진티푸스, 장티푸스, 콜레라, 이질 등으로 사망했다. 나이팅게일은 집 안 응접실에서 사교 게임이나 십자수를 즐기는 대신 '끔찍한 참상, 피로 온몸이 흠뻑 젖은 상황'을 경험했다. 영국으로 돌아온 뒤 그녀는 세인트토머스 병원에 들어가 간호사와 조산사 양성에 힘쓰며 간호학의 토대를 세워나갔다.

과거 조산사가 되기 위한 조건들은 지금에 와서 보면 매우 모욕적이다. 존 모브레이John Maubray는 《1724년의 여성 의료인The Female Physician of 1724》에서 "조산사는 너무 뚱뚱하거나 거대한 체구이면 안 되고, 특히 손과 팔에 살이 많고 두터우면 안 되고, 손목은 뼈대가 굵어서도 안 된다"라고 했다. 물론 현대는 조산사에 대한 대우만큼이나 산모에 대한 케어와 치료도 몰라보게 달라졌다. 미국과 영국에서만 해도 1980년대 이후 40대 산모의 가임률이 세 배나 증가했고, 요즘은 10대보다 40세 이후에 아기를 출산하는 여성의 수가 더 많아졌다. 자연적 임신이 아니더라도 아기를 가질 수 있는 방법은 점점 더 많아지고 있다. 보조생식기술협회Society for Assisted Reproductive Technology, SART에 의하면, 아기를 갖기 위해 체외수정처럼 의학적 도움을 받는 여성은 그 어느 때보다 많다. 출산 방법 또한 변화하고 있다. 2014년 영국 국립보건임상연구원은 출산 장소를 선택할 수 있는 산모의 자유를 확대하는 방향으로 가이드라인을 수정했다. 위험 요소가 적은 정상 분만의 경우, 조산사가 주도하는 시설에서 분만하는 게 병원보다 더 안전하다는 통계자료도 있다. 이처럼 지역사회나 가정에서의 분만이 서서히 늘어나고 있으며 앞으로 더 증가할 것으로 보인다. 한편에서는 제왕절개를 통한 출산도 많아져 현재 영국에서는 넷 중 한 명이 제왕절개 수술로 아이를 낳는다.

출산 전후 산모를 어떻게 보살피는지는 세계적으로 다양하다. 출산 후 외부 출입을 통제하고 산모가 누워서 쉬도록 하는 건 수 세기 동안 내려온 관습으로, 비록 요즘 서양에서는 구식으로 여겨지지만, 여전히 전 세계 산모들이 취하는 방식이다. 중국에서는 출산 후 30일 동안은 산모가 외부와의 접촉을 차단한 채 아무 일도 하지 않고 쉬게 한다. 그러나 유급 출산휴가를 법으로 강제하지 않는 유일한 산업국가이자 4,300만 명의 노동자가 무급으로 병가를 내고 있는 미국에서는 산모의 25퍼센트가 출산 후 2주 내로 일터로 돌아간다. 어머니와 아기의 애착관계 형성은 어떻게 되는 걸까? 미국에서 태어난 신생아 네 명 중 하나는 애착장애를 갖게 되는 건 아닐까? 유럽 또한 병원에 따라 큰 차이가 있다. 프랑스에서는 산모가 출산 후 최소 3일간은 입원해 있도록 하지만, 영국에서는 몇 시간 만에 퇴원할 수 있다.

"출산은 하나의 과정이지 질병이 아니에요." 내가 섀도잉하는 shadowing* 조산사 프랜시스는 말했다. 정신과 수련 간호사들은 조산과에서 일할 필요가 없지만, 우리 학년에 분만 병동을 경험할 기회가 주어졌을 때 나는 재빨리 지원했다. 프랜시스의 목소리는 건조하고 사무적이어서, 피와 분비물로 오염된 패드를 노란색 폐기물 휴지통에 버리고 손을 씻고 침대보를 정리하며 거침없이 병실을 도는 그녀의 발걸음과 많이 닮았다. 프랜시스는 나를 데리고 다니며 병동을 보여주었다. 출산 전 병동은 "20주 이상 된 임산부 중 문제가 있는 환자를 돌보는 곳"이고, 당일 검사 구역에서는 "임신 중 문제를 파악하기 위해 초음파 검사, 혈액 검사를 한다"고 알려주었다. 한 여성이 태아의 심장박동과 자궁수축을

* 병원이나 직장에서 의사나 선배를 따라다니며 작업환경에서 일을 하는 모습을 관찰하고 학습하는 것

측정하는 태아심박진통도CTG에 연결된 채 누워 있는 검사실을 지날 때는 방 안에 서린 사산의 공포가 느껴졌다. 또 다른 곳에서는 극심한 입덧으로 탈수가 우려되는 여성이 부족한 영양과 수분을 보충하고 있었고, 거대한 태아를 출산할 수 있는 임신성 당뇨를 앓는 여성들도 있었다. 어떤 여성들은 신체적으로 아무 이상이 없지만 과거의 유산 경험(심하게는 다섯 번까지) 때문에, 또 아이를 잃을까 하는 두려움과 불안 때문에 병원을 찾기도 했다. 임신 중에 심장병, 천식, 면역체계 질환과 같은 질병이 생겼을 경우, 임산부에게 권장하지 않는 약인데도 복용해야 하는지 그 득과 실을 저울질하여 결정해야 하는 환자도 있다. 프랜시스는 합병증이 없는 임신부일 경우 조산사가 주도하는 출산 과정이 더 많은 자연 분만을 이끌고 진통제 투여량도 더 적게 들게 한다는 연구 결과를 알려주었다. 옆에 있는 병실 중 한 곳에서 산모의 비명이 들렸다.

유도분만실을 지나 우리는 커다란 칠판이 한눈에 띄는 인수인계실로 걸어갔다. 칠판에는 산모들의 이름 옆에 병실호수, 임신 기간, 출산 이력과 횟수, 건강 상태, 진행 상황, 진통제 투여 상황, 담당 조산사의 이름이 표로 정리되어 있었다. 오른쪽에는 수중분만을 위한 방이 있고, 그 옆에는 일곱 개의 분만실, 그리고 마지막에 다태아multiple-birth 분만을 위한 방이 따로 있었다. 수중분만실 한가운데는 물이 담긴 거대한 욕조와 물 안에서 산모가 잡고 매달릴 수 있는 그네 같은 것이 위에 달려 있었다. "아빠도 욕조에 같이 들어갈 수 있어요." 프랜시스가 말했다. "별로 아름답지 않을 수 있지만요. 영화 《죠스》 같아요."

수중분만 욕조 뒤에는 배설물이나 구토물을 걸러낼 수 있는 작은 뜰채와 음악을 틀 수 있는 스피커가 있었다. 나는 조산사들이 전날 밤 야간 근무자들이 남기고 간 출산 축하 케이크를 먹으며 초산 임산부들에 대해 얘기하는 것을 들었다. "처음 아기를 낳는 산모들은 자궁이 1센티미터 열렸을 때 산모수첩을 들고 병원으로 달려와요. 진짜 진통이 시작될 때까지 진통제는 먹지 않겠다고 하면서 편안한 음악, 아로마테라피 오일 등을 요구하지요. 그러다 결국 약장에 있는 모든 약을 가져오라고 비명을 질러요. 둘라doula*가 있는 산모는 최악이에요."

그러나 프랜시스는 둘라, 즉 분만 훈련이 되어 있는 여성을 좋아했다. "분만 계획에 둘라의 도움을 받는 것도 괜찮다고 생각해요." 전문 조산사가 생겨난 18세기 이전의 산파처럼 둘라는 출산하는 산모에게 동지가 될 수 있고, 해산 후 조력자가 될 수 있다. 최근에 읽은 한 자료에 의하면, 둘라가 진통하는 산모의 곁에서 계속 도움을 줬을 경우 분만 시간도 단축되고, 제왕절개 횟수도 적었으며, 태어난 아기들이 신생아중환자실에서 지내는 시간도 짧았다.

조산이라는 전문 분야 안에서도 여러 유형이 있다는 사실을 배운다. 조산사에 따라 신생아 생명보조 등 의료적 처치를 선호하는 부류가 있는가 하면, 불가피한 상황이 아니라면 의료적 개입을 최소화하고 전통 방식의 출산을 지지하는 부류가 있다. 사실 조산의 방식을 둘러싼 조산사들의 갈등은 밖에서 시작되었다. 18세기 이후, 의사들이 산파의 민

* 의료인은 아니지만 분만 전 과정을 산모와 함께하며 정서적, 육체적 도움을 주는 사람으로 출산도우미 혹은 분만코치라고도 한다.

간요법보다는 과학적인 의료 기술이 산모와 아기에게 더 도움이 된다고 주장하면서 이 둘 간의 갈등이 촉발되었다.

물론 영국에서는 조산사들이 더는 민간요법을 활용하지 않지만, 관대하다고는 할 수 있다. 하지만 나이지리아 같은 여타 국가들의 시골에서는 전통적 의미에서의 산파를 쉽게 찾을 수 있다. 이와 완전히 반대인 경우는 산부인과 의사가 모든 과정을 주도하고 조산 간호사는 옆에서 돕는 미국이다. 그렇지만 미국에서도 산부인과 의사 대신 조산 간호사만의 도움으로 분만하는 여성이 증가하고 있다. 조산사 겸 간호사가 되는 방법에는 여러 가지 있는데, 의학적 역할과 전통적 역할 중 그들이 어디에 비중을 두느냐는 직함이나 전문성과는 별개로 개인의 판단에 달려 있다. 예를 들어 나이팅게일이 스쿠타리에서 종합병원을 운영하는 동안, 메리 시콜은 하숙집과 가게를 운영하면서 약초에 대한 지식과 전통 요법을 배우고 원하는 사람에게 치료약을 팔았다. 치료약에 무엇이 들어 있는지 그녀는 밝히지 않았지만, 아마도 그것이 무엇이든 상관없다는 것을 그녀는 알고 있었는지 모른다.

프랜시스는 간호의 전통적 방식과 현대적 방식 양쪽 노선을 견지하는 숙련된 조산사다. 자칭 전생에 과학자였던 그녀는 아이를 출산한 후 다시 교육을 받고 지금과 같이 산부인과 의사와 조산사가 함께 일하는 병동에서 일하고 있다. "이 일을 한 지는 수십 년이 넘어요. 그동안 수백 명, 어쩌면 수천 명의 아기를 받았을걸요. 그렇지만 매번 새로워요."

그녀는 짙은 청색 수술복과 검은색 수술실용 신발 차림이고, 걸음걸이가 빠르기는 해도 긴장한 듯 보이지는 않았다. 반소매 웃옷은 소매 끝을 한 단 접어 깔끔하고 완벽하게 다림질이 되어 있고, 화장도 완벽하고, 머리카락 한 올 흐트러짐이 없었다. 나는 프랜시스를 따라다니는 것만으로 벌써 땀범벅에 머리 모양새도 엉망이 되었다. 분만 병동은 덥고 습했다. 아침에 서둘러 한 화장이 얼굴에 흘러내리는 것이 느껴질 정도다. 우리는 진통 초기에 있는 스칼렛이라는 젊은 여성을 돌보았다.

프랜시스가 말했다. "젊은 엄마들은요, 첫아이는 어떻게 나올지 예측할 수 없어요. 내가 맡은 산모 중에는 금방이라도 쓰러질 것처럼 연약해 보이는데 아기는 콩깍지에서 콩 나오듯 쑥 낳는 산모가 있는 반면, 소가죽처럼 튼튼해 보여도 진통제, 경막외마취를 하고 겸자분만forceps* 을 시도하다 결국엔 제왕절개로 분만하는 산모도 있어요. 절대 알 수 없어요."

우리가 들어갔을 때 스칼렛은 앉아 있었다.

"이리 와요." 문 옆에서 서성이는 나를 프랜시스가 손짓으로 불렀다. "여기는 크리스티에요. 오늘 나랑 다니는 간호실습생이지요. 괜찮다면 분만실에 같이 들어가도 될까요?"

스칼렛이 고개를 끄덕였다. "군대 한 소대가 와서 참관해도 상관없어요. 빨리 아기만 낳았으면 좋겠어요." 그녀가 웃었다. 아마도 처음에는 흰색이었겠지만 여러 번 빨다 보니 누렇게 바랜 브래지어를 하고,

* 날이 없는 기다란 가위 같은 도구로 아기를 꺼내는 분만

어깨에는 '로케트ROCKET'라는 글자 문신을 하고 있었다. '로케트'가 아기 아빠일까? 청록색 핏줄로 뒤덮인 거대한 가슴 아래 부푼 배는 믿을 수 없을 만큼 크고 빛났다. 그녀는 아기를 갖기에 너무 어려 보였다. 열네 살에 임신해 열다섯 살에 엄마가 된 친구가 있었다. 어느 날 방과 후 그 친구가 아기를 데리고 우리 집에 놀러 왔을 때의 아버지 얼굴이 생각났다. "도대체 이게 무슨 일이야?" 하는 표정 말이다.

스칼렛은 미혼이었다. "아이 아빠는 떠났지만, 오히려 다행이에요." 그녀 옆에 둘라는 없었지만, 대신 그녀의 손을 꼭 잡아주는 엄마가 있었다. "정말이에요. 전 괜찮아요. 빨리 아기가 나왔으면 할 뿐이에요." 빨강머리에 주근깨가 가득한 그녀가 나를 보며 말했다.

"피부가 얇아서 찢어질 것 같아요." 나중에 프랜시스가 내게 알려주었다. "그리고 산모가 어려서요. 임신선이 끔찍하게 있지만, 근육이 잘 아물 거예요."

볕이 병실 깊숙이 들어왔다. 솔직히 꽤 더웠지만 창문은 열 수 없게 되어 있다. 프랜시스가 어디서 선풍기를 찾아왔다. 고장이 나 풍향 선택은 안 되지만 바람세기를 최상으로 하니 그나마 없는 것보단 나았다. 그녀는 스칼렛의 얼굴 쪽으로 선풍기 바람을 보냈지만 스칼렛 얼굴에는 땀방울이 흘렀다. 그녀의 어머니가 회색 수건을 들어 스칼렛의 이마를 닦아주었다. "그래, 훨씬 낫고 시원하구나. 우리 딸, 엄마가 여기 당 보충 알약도 가져왔어. 다 준비되었어."

스칼렛의 어머니는 가슴에 야자수 그림과 함께 '멕시코'라고 쓰인 티셔츠를 입고 있었다. 내가 티셔츠를 쳐다보는 것을 느꼈는지 "4년 전에 갔었어요. 최고의 여행이었지요. 음식이 기가 막혀요! 치즈 타코를 하도 많이 먹어서 내가 타코가 될 것 같았다니까요"라고 이야기했다.

스칼렛이 얼굴을 찡그리며 수건을 밀쳐냈다. "토할 것 같아요." 프랜시스가 나를 밀치더니 잽싸게 작은 통을 그녀의 턱 밑에 받쳐주었다. "걱정말아요. 늘 있는 일이예요. 아기를 낳으면 다 괜찮아져요." 만약을 위해 프랜시스가 저 통을 계속 갖고 다녔던가? 그녀가 갖고 있는 걸 못 봤는데…….

운동할 때 쓰는 것처럼 생긴 커다랗고 탱탱한 고무공이 스칼렛의 침대 옆에서 흔들거리고 있었다. 나중에야 그것이 진통 중 좋은 자세를 취하도록 산모를 도와주는 분만용 공이라는 것을 알았다. 창문 옆 작은 요람에는 곰돌이 푸가 그려진 아기 옷과 노란색 모자, 신발이 가지런히 놓여 있었고, 창틀을 따라 커다란 종이컵, 햄버거와 감자튀김 포장용기 등 맥도날드의 잔해가 줄지어 있었다. 병실에 붙어 있는 작은 화장실 변기 옆에는 커다란 휴지통과 함께 다음과 같은 문구가 붙어 있었다. "사용한 생리대는 휴지통에 버리지 마시고, 휴지통 뚜껑 위에 그대로 놓아주세요. 의료진이 응혈을 보고 분만 후 모든 것이 정상인지 확인해야 합니다."

조산사가 스칼렛에게 진통이 어느 정도 진행되었는지 확인할 시간이라고 하면서 그녀의 다리를 벌렸을 때 나는 거의 기절할 뻔했다. 보티첼리가 1480년에 그린 〈비너스의 탄생〉은 내가 좋아하는 작품 중 하나인데, 그림에서 비너스 여신이 해변의 조개껍데기에서 나오는 장면은 여성의 외음부를 조개에 비유하는, 고대부터 사용되던 은유이기도 하다. 그러나 스칼렛의 외음부는 전혀 조개와 비슷하지 않았다. 붓고 찢어진, 터지기 일보 직전의 풍선처럼 투명하게 팽창된 그곳을 본 충격은 나를 어린 시절의 내 방으로, 조개껍데기를 귀에 대고 뭔가를 들으려 했던 말라깽이 소녀로 돌아가게 했다. 조개껍데기의 차가운 감촉이 느껴지는 듯했다. 아버지의 말이 떠올랐다. "아주 열심히 듣는다면, 아무것도 안 들리는 것 같지만 동시에 모든 것을 들을 수 있어." 그러나 들리는 건 비명소리 뿐이었다.

아기가 태어나는 모습을 보기는 처음이었다. 스칼렛이 힘을 주기 시작했을 때부터 나는 무언가가 잘못되고 있다고 생각하며 울고 있었다. 탯줄이 파란색이고 아기의 머리 모양이 아이스크림콘처럼 뾰족할 것에 대해서는 마음의 준비를 하고 있었지만, 산고의 과격함은 나를 충격에 빠뜨렸다.

신입에 진짜 초보 간호사이고, 이론을 배우고는 있지만 교실 밖에서의 경험은 전혀 없을 때였다. 간호이론가인 퍼트리샤 베너Patricia Benner는 나와 같은 발달단계를 가리켜 '무엇'은 알고 있지만 '어떻게'는 아직 모르는 상태라고 표현했다. 그러나 이 방에서, 삶의 끝자락처럼 사투를 벌이는 스칼렛과 새로운 삶을 향해 나오는 그녀의 아기를 보면서 나는 아무것도 모른다고 느꼈다.

나는 울고 또 울었다. 프랜시스가 힐끗 쳐다보며 얼굴을 찌푸렸지만 울음을 멈출 수 없었다. 그 모든 비명 끝에 스칼렛이 갑자기 조용해졌다. 그러고는 인간의 소리가 아닌 것 같은 낮은 신음을 뱉어냈다. 몇 세기 전에는 분만을 '신음하기' 또는 '비명지르기'라고 부르기도 했다. 심지어 아기의 탄생을 축하하러 온 손님이나 친구, 가족들에게 '신음 맥주'와 '신음 케이크'를 대접하기도 했다. 이런 사실을 알고 있었음에도 난 아직 그 '소리'에는 준비되어 있지 않았다. 스칼렛의 주근깨를 덮고 있는 땀방울을 세보았다. 그녀의 피부, 종잇장같이 얇은, 찢어지는 피부를 생각하지 않으려 노력했다.

"에피듀랄epidural*을 놓아줘요!" 스칼렛이 소리를 질렀다. "더는 못하겠어요. 더 이상 힘을 줄 수가 없어요."

프랜시스는 침착하게 "다음 진통 한 번만 더 견뎌요. 그러면 주사를 놓아줄게요. 알았죠?" 하고 말했다.

신음소리는 점점 커지고 스칼렛의 목소리는 평소 자신의 것과 다르게, 다른 세상에서 올라오는 듯한 낯선 소리를 내질렀다. 마치 옛날 옛적 먼 땅에서 들을 수 있는 소리 같았다. 스칼렛은 힘을 주고 분만 호흡을 하며 불 위에 있는 사람처럼 침대 위에서 몸을 비틀었다. 이 광경이 정상일 리 없다. 프랜시스의 눈은 스칼렛의 배를 향하고 있었지만, 손은 이미 스칼렛의 몸속으로 절반이나 들어가 있었다. 장갑이 끈적끈적한 점액질로 뒤범벅이 되었다.

"죽을 것 같아요!" 스칼렛이 소리쳤다.

스칼렛의 어머니도 울기 시작했고, '멕시코Mexico' 글자 M이 옆의 다른 알파벳 색으로 번질 때까지 눈물이 그치지 않았다. 프랜시스는 손을 빼더니 침대 발치에 있는 멸균된 하얀색 분만도구 꾸러미를 펼쳤다.

* 경막외강에 주입하는 국소 마취제

그녀의 목소리가 냉정하게 변했다. "죽지 않아요! 더 힘을 줘서 밀어내야 해요. 할 수 있어요. 잘했어요. 아주 잘하고 있어요." 스칼렛은 더 이상 비명을 지르지 않고 몸부림을 쳤다.

대망막이 덮인 아기의 머리가 보였다. 대망막은 태아를 감싸는 반투명의 얇은 막으로 분만 후 보통 산모의 자궁에 남아 있어야 한다. 프랜시스는 모자를 벗기는 것처럼 쉽게 아기의 머리에서 막을 걷어냈다.

"좋아요. 잘하고 있어요. 이제 호흡을 한 번 더 하고 내가 힘주라고 할 때 밀어내요." 아기의 머리가 나오자 나머지 몸통이 피와 대변, 끈적끈적한 하얀 이물질들과 함께 쏟아져 나왔다. 찐득찐득한 액체가 사방으로 쏟아지고 스칼렛은 벽이 흔들릴 만큼 마지막 비명을 질렀다. 프랜시스는 수건으로 머리를 말리듯이 아기의 등을 비벼주고 아무 일도 아니라는 듯 아기를 스칼렛의 가슴에 얹어주었다.

"딸이에요." 그녀가 말하자, 스칼렛은 울먹이며 말했다.

"어머! 세상에, 딸이에요." 그녀는 온몸을 흔들며 흐느꼈다.

"아, 이건 걱정 말아요." 프랜시스가 대망막을 가리키며 말했다. "아기가 훌륭한 인물이 될 징조라고 하는 사람들도 있어요." 그러고는 자신도 처음 보는 것처럼 놀란 표정을 지었다. 스칼렛이 새로 태어난 아기와, 또 자신의 어머니와 눈을 맞추는 모습을 보니 나는 눈물이 더 많이 났다. 스칼렛 딸의 울음소리는 신비하고 아름다운 음악처럼, 이제껏 들은 중 가장 듣기 좋은 소음 중 하나였다.

프랜시스의 일은 끝나지 않았다. 태반까지 나온 뒤 탯줄을 자르고, 너무 얇아진 스칼렛의 피부를 봉합하기 위해 도구를 준비했다. 심하게 찢어진 분만 후 상처는 여성에게 요실금을 남길 수 있는데, 생각보다 그 수가 많다고 한다. 영국 부인과학 학술지에 실린 연구에 따르면 질을 통해 정상 분만한 초산 여성 중 85퍼센트가 다양한 종류의 열상裂傷을 경험한다. 특히 많은 산모들이 산과항문괄약근부상으로 고생하는데, 출산 시 피부조직이 항문까지 찢어져 근육뿐 아니라 신경까지 손상을 입게 된 경우다.

얇은 피부임에도 불구하고 스칼렛은 다행히 그 '심각한' 외상 그룹에 속하지 않았다. 조금 찢어지기는 했지만 프랜시스가 봉합할 수 있는 정도인 '2단계'로, 다행히 수술실로까지 갈 필요는 없었다. 프랜시스는 봉합을 시작하기 전에 스칼렛 옆에 무릎을 꿇고 앉아서는 아기를 보며 감탄을 금치 못했다. "완벽한 아기에요." 프랜시스는 부드럽게 아기의 뺨을 쓸어보고는 손을 뻗어 스칼렛의 뺨을 어루만져주었다. "당신도 아기도 정말 운이 좋은 사람들이에요. 아주 잘했어요, '엄마!'"

나는 더 이상 병실에 있을 수가 없었다. 밖으로 나와 빨간 소화전 옆 아기 사진이 가득한 코르크 보드 벽에 기대어 마음의 평정을 되찾았다. 출산이란 유혈이 낭자한 일이다. 정신이 혼미하고 눈이 어질어질하다. 그렇지만 그게 선혈 때문만은 아니었다. 공기가 달라지고 세상이 달라졌다. 눈물로 목깃이 축축해졌지만 눈물은 계속 흘러내렸다. 나는 여성, 조산사, 인류에 말할 수 없는 경이로움을 느꼈다.

이후 지저분한 다용도실 안에서 태반을 어떻게 검사하는지 프랜시스가 보여주었다. 먼저 플라스틱 쟁반에 태반을 펼쳐놓는다. 내가 상상했던 것보다 컸다. "밖에 투명한 거품이 있는지 살펴봐요. 임신성 당뇨나 선천성 심장질환의 징후일 수 있어요." 프랜시스가 태반을 자세히 살펴보며 말했다. 어느 정육점에서나 볼 수 있는 간처럼 생겼는데, 그것보다는 약간 밝은 색으로 포도주 같은 적갈색이었다. "이 탯줄 주위가 바르톤젤리Wharton's jelly에요. 안구에도 있지요."

나는 그 흐물흐물한 물질을 보고 헛구역질이 나오는 걸 참았다. "돼지고기 파이pork pie*의 속 같아요."

"네 맞아요." 프랜시스가 웃음기 없이 대답했다.

"너무 동물적이었어요. 짐승이 내지르는 소리 같았다고요. 뭐라고 표현해야 할지 모르겠는데, 다른 세상에서 온 것 같은, 사람이 아닌 소리였어요. 소의 울음 같기도 하고요!"

내 말에 프랜시스가 흘끗 나를 쳐다본 뒤 다시 눈길을 태반으로 재빨리 돌리며 중얼거렸다. "맞아요. 그게 정상이에요."

인간의 분만은 다른 종種의 것과 상당히 다르다. 수많은 연구가 분만 중 산모와 태아, 그리고 태반 사이에 복잡한 생화학적 대화가 오고 간다는 사실을 보여준다. 동물의 분만을 자극하는 CYP17이라는 효소가 인간의 태반에는 없기 때문이다. 인간의 분만은, 프랜시스가 앞에 두고 있는 것과 같은, 태반을 통해 전달되는 산모와 아기의 언어라고 할 수 있다. 여성이 가진 비밀의 언어인 것이다.

"아이를 낳는다는 것은 인간에게 주어진, 세상에서 가장 자연스러

* 차갑게 먹는 영국 전통음식으로, 다진 돼지고기와 굳은 돼지기름을 속에 넣은 파이

운 일이에요. 인간임을 나타내는 더 나은 표현 방법은 없어요."

프랜시스의 설명은 알듯 하다가도 모르겠는…, 그럴 때가 있다.
"출생과 죽음은 서로 손을 잡고 있어요. 우리는 시작하고 동시에 끝을 맺지요."

1998년에 드디어 정식 간호사가 되었다. 나는 정신의학과에서 마주해야 하는 슬픔을 감당할 수 없을 것 같아 소아과로 전공을 바꿨다. 아이들의 병은 급격한 속도로 진행되기도 하지만, 대부분의 경우 그보다 더 빠르게 회복되는 것이 좋았다. 런던 남동쪽에 위치한 아파트에서 친구 셋과 함께 살기 시작했고, 조산사 수련생인 그들에게 나는 그때까지 경험한 단 한 번의 분만실 경험을 말해주었다. "스칼렛은 정말 용감했어. 어렸는데도 말이야. 평범한 분만이었어. 그렇지만 특별했어!" 친구들은 서로 눈빛을 교환하며 미소를 지어보였다. 조산사가 되기 위해서는 분만 경험이 40회 이상 되어야 하는데 벌써 절반 이상을 마친 친구들이었다. 타로카드를 산 친구들은 저녁이면 내 미래를 점쳐주었다. "조산사는 모두 마녀였다"라는 말이 생각났다. 싸구려 페인트를 칠한 거실 벽에는 로비 윌리엄스Robbie Williams*의 포스터가 양초 불빛에 일렁이었고, 선반 위에 가득 쌓인 코르크 마개에는 무슨 일로 마신 포도주였는지 '화요일 저녁, 빌어먹을 날' '금요일, 클럽 가기 전' '닉의 생일날, 보드카 젤리의 밤' 등등의 메모가 볼펜으로 쓰여 있었다.

* 1990년대 인기 영국 가수

"너는 분위기 있고 잘생긴 낯선 사람을 만날 거야." 친구들이 속삭이듯 말했다. "그리고 세계를 여행하며, 백 살까지 살 거야." 한번은 새벽에 일하러 나가야 하는 친구 옆방에서 밤새 시끄럽게 굴었더니 다음 날 친구가 엄중한 경고를 날렸다. "비극이 다가오는 것이 보여. 너는 혼란스럽고, 등 뒤에 칼이 꽂혀 있군."

친구들은 보름달이 뜨는 밤을 두려워했다. 보름달이 뜰 때 아기가 더 많이 태어난다는 과학적 증거는 없지만, 조산사 세 명과 사는 내가 볼 때 과학이 틀렸음이 분명했다. 보름날 야간 당직 후 아침에는 친구들이 항상 퇴근시간보다 늦게, 파김치가 되어 돌아오곤 했다. "밤새도록 잠시도 앉지 못했어! 분만실이 꽉 차고 대기자가 밀려 있었다고. 초승달 뜨는 주말에 당직을 하려고 애쓰는 데는 다 이유가 있다니까!"

그들은 억만 개의 일화를 직접 겪고 있었지만, 내가 간호사 수련 초기에 기적을 목격한 감정을 전달하려 애쓰면, 친구들은 고맙게도 열심히 들어주었다. 그것이 자신들에게는 일상인데도 말이다. "너희가 하는 일은 말로 표현할 수 없어. 너희는 모든 생명, 인간이 되는 시작의 중심에 있으니까." 나 또한 그들이 힘든 하루를 보낸 뒤에는 성심껏 이야기를 들어주었고, 내 직장에서의 고된 하루에 대해 불평하지 않았다.

"태아가 죽은 지 오래되었어. 며칠간 태동이 느껴지지 않았는데도 산모는 무서워서 아무에게도 얘기하지 못했대. 진통을 10시간이나 하는데, 분만 촉진을 위해 도와주려 해도 산모가 거부하는 거야. 자기 힘으로 아들을 낳을 거라고. 한 시간 넘게 힘을 줬다니까."

"태아의 어깨가 걸렸어. 견갑만출장애shoulder dystocia였지. 맥로버

츠기법McRoberts maneuver*도 통하지 않았어. 결국 의사가 태아의 쇄골을 부러뜨리니까 아기가 축구공처럼 튀어나오더라고."

"아기가 뇌낭류**를 가지고 태어났어. 말 그대로 뇌가 머리 밖으로 나왔지. 엄마가 아기를 안고 있는데, 아빠가 밖으로 나가는 거야. 도저히 아기를 쳐다볼 수 없어서. 솔직히 나도 보기가 힘들더라."

힘든 감정에 대처하기 위해 우리는 항상 파티를 했다. 우리가 살던 집은 런던 변두리 지역의 거대한 빅토리아식 저택을 여러 가구가 살 수 있게 나눈 집이었다. 위층에는 다른 조산사 수련생들이 살고 우리는 가운데층을 썼다. 비어 있는 아래층을 두고 우리는 항상 걱정을 했다. "누가 우리의 소음을 참을 수 있을까?" 거의 정기적으로 친구들을 불러 낡은 건물이 떠나가도록 밤새도록 음악을 틀었다. 젊고 잘생긴 남자 둘이 부동산 중개인과 같이 걸어오는 것을 보았을 때도 우리는 아직 잠옷 차림으로 칵테일을 마시고 있었다. 시간은 정오고 우리는 닷새 동안 야간 근무를 마친 뒤다. 조산사 친구 한 명이 창밖을 내다보았다.

"저기요! 아래층 아파트를 보러왔나요?"

문에 들어서기도 전에 남자 중 한 명이 부동산 중개인을 돌아보며 말했다. "이 집으로 할게요."

다른 모든 간호사, 조산사, 의사 들처럼 우리의 근무 시간은 들쑥날쑥했다. 때로는 화요일이 토요일이 되기도 하고, 월요일 아침에 보통

* 분만 중 태아의 어깨가 걸렸을 때 산모의 다리를 복부에 더 가깝게 붙여 태아가 쉽게 나오게 돕는 기법

** 뇌의 일부가 혹처럼 머리 밖으로 돌출된 형태의 신경관 결함

사람들이 토요일 밤에 하는 것처럼 마음껏 놀기도 했다. 연속해서 근무가 없는 날엔 싸구려 포도주와 독한 술을 마셨다. 화장실 창문을 통해 건물의 부서진 지붕에 올라가 담배를 폈다. 한번은 가정 분만을 하고 남은 아산화질소*를 흡입하기도 했다. 영국에서와 달리 미국에서는 아산화질소가 흔하게 처방되지 않는데, 이를 두고 미국의 전문 조산사인 주디스 룩스Judith Rooks는 "아산화질소를 사용하면 떼돈 버는 사람이 없어요"라고 꼬집어 말하기도 했다.

아산화질소는 NHS에서 분만 시 산모의 통증을 줄이는 무통제로 쓰이는데, 기존 마취제보다 안전하고 효율적인 것으로 알려져 있다. 로켓 추진연료의 산화제로도 쓰인다. 쾌락을 위해 이 물질을 이용한 사람이 우리가 처음은 아니었다. 1799년부터 영국의 상류층은 소위 '웃음 가스'** 파티를 열었다. 지붕 위에서 우리도 붉게 물들어가는 런던의 석양을 보며 미친 듯이 웃었다.

그러나 파티는 오래가지 못했다. 결국 친구들이 타로카드로 예견한 마녀와 비극 이야기가 옳았다. 6개월 사이에 우리 모두의 인생이 바뀌었다. 한 명은 어머니가 암으로 돌아가시고, 또 다른 친구는 애리조나주에서 급류에 휩쓸리는 사고로 세상을 떠났다. 그리고 어릴 적부터 같이 자란 나의 단짝 친구, 캘럼이 스스로 목숨을 끊었다.

새해 바로 전날 캘럼이 목을 매었을 때, 나의 세상도 모두 붉은빛

* 마취성이 있어 외과 수술 때 전신마취에 사용되기도 하는 투명한 기체

** 흡입하면 얼굴 근육이 수축하면서 웃는 표정이 되기 때문에 얻은 아산화질소의 별칭

으로 타들어갔다. 우울증, 자살, 자유…… 그리고 데릭의 모습이 떠올랐다. 열일곱 살의 캘럼과 나는 다른 친구들과 어울리지 못하고 겉돌았다. 우리는 스스로 똑똑하다고 여기며 학교에서 가르치는 것들을 무시했다. 대신 우리는 카뮈에 대해 대화를 나누며, 필터가 황금색인 러시아산 시가를 피웠다. 그게 우리를 꽤 지적으로 보이게 할 거라 굳게 믿으면서 말이다. 캘럼의 머릿결을 생각하자 스칼렛 생각도 났다. 그도 빨강 머리였고 얇은 피부를 가지고 있었다. 너무 쉽게 찢어지는……. 나는 아무것도 이해할 수 없었다.

전생에 나는 초음파검사 기사였을지도 모른다. 그도 그럴 것이 나는 심장 초음파 보는 것을 좋아한다. 그러나 간호사로서가 아니라 작가의 눈으로 화면 속 살아 있는 심장을 주시한다. 심장박동 소리가 주는 감각적 경험, 산소가 들어 있는, 혹은 들어 있지 않은 혈액의 빨갛고 파란 아름다운 색. 우리 모두의 몸속에 있는 문양, 그것은 이 세상에서 상상할 수 있는 가장 아름다운 풍경이다. 몸속을 도는 혈액의 움직임, 그것은 우리가 몸 안에서 추는 춤과 같다. 자신이 좋아하는 노래의 드럼 소리를 몸으로 느끼며 걷는 사람이 있듯이, 나는 심장 초음파 검사 때 들리는 쉬익 쉬익 소리와 항상 함께한다. 박동 소리를 기억한다. 작은 아기일수록 쉬쉭 소리는 더 크고 빠르다. 마치 살기 위해 전속력으로 달리는 듯하다. 아기의 심장 초음파는 생존이 본능이라는 것을 일깨워준다. 아마도 출생의 순간이 한 신생아의, 한 종족의 생존을 향한 의지가 가장 강렬하게 드러나는 순간일지도 모른다. 우리는 생명을 향해 달린다.

심장촬영이 모두 놀랍지만 어떤 것은 두려움을 주기도 한다. 일부 심장은 다르게, 위험하게 박동한다. '심실상빈맥supraventricular tachycardia, SVT'은 주로 아이들에게서 나타나는 증상이다. 생존 의지가 위협받을 정도로 아이의 심장이 너무 빨리 뛰어 온몸으로 나가야 하는 피가 미처 심장에서 나가지 못하는 상태다. SVT를 가진 아기들을 돌보며 나는 인간의 시작을 다시 생각하게 되었다. SVT의 처치는 얼음장같이 찬물에 아기를 얼굴부터 집어넣거나, 이 방법도 듣지 않으면 얼음으로 얼굴을 덮는 것이다. 인간의 아기는 돌고래, 수달, 펭귄을 포함한 일부의 바닷새처럼 생후 6개월까지는 잠수부의 반사반응을 가지고 있다. 이것은 다른 반사보다 더 우선하기 때문에 아기들이 익사하지 않고 평소보다 더 오래 물속에 있게 해준다. 이것은 인간과 자연의 연결이며, 살고자 하는 의지다.

잠수부의 반사반응으로 문제가 해결되지 않으면 의사들은 심장에 충격을 주는 '아데노신'이라는 약물을 쓴다. 그러고 나서, 일직선으로만 흐르는 심전계 화면을 숨죽이며 관찰한다. 신호가 나타나기를 기다리는 그 몇 초의 순간은 영겁의 시간만큼 길기만 하다가 마침내 정상적인 심실의 전기적 활동을 보여주는 QRS파가 나타난다. 이 방법에 비해 얼음물 요법이 물론 부작용이 적다. 아데노신은 정맥에 투약되는데, 아데노신이 신속히 몸안에 퍼지도록 많은 양의 식염수를 뒤이어 주사한다. 아데노신은 혈장에 오래 머물지 않고 신장이나 간에 의해 빨리 대사되기 때문에 최대의 효과를 얻기 위해서는 빠른 처치가 필요하다. 이 순간만큼은 어쩔 수 없이 환자도 다가오는 죽음에 자신을 내맡기게 된다. 더 정확히 말하자면, 심장이 멎어 있는 몇 초 동안 환자는 죽음의 문턱에서 죽음을 경험한다. 그사이 심전계의 파동은 멈춰 있다. 할 수 있는 건, 그저 정상의 리듬으로 돌아오기를 기다릴 뿐. 공포가 가득한 쉼이다.

어떤 의사가 나에게 말했다. "오케스트라라고 생각해봐요. 플루트와 첼로가 서로 다른 곡을 연주하고 있다고요. 서로 듣지를 않아요. 연주 소리가 엉망이겠지요. 아데노신이나 전기적 제세동cardioversion*은 지휘자가 지휘봉을 드는 것과 같아요. 몇 초간의 정적이 있은 뒤 모든 연주자가 박자와 음정을 맞추어 다시 연주를 시작하지요."

나는 그것이 삶과 죽음의 간극이라고 생각했다. 몇 초간의 정적…….

선천성심장병은 태아 및 신생아 1천 명당 8명꼴로 나타난다. 반면 성인의 심장병 원인으로 나쁜 생활 습관을 주로 꼽는데, 실제로 심장마비는 영양섭취가 불균형하거나 과음과 흡연을 하고, 또 움직임이 많이 없는 노인들에게서 빈번히 발생한다. 최근에는 소아비만이 증가함에 따라 젊은 연령층의 유병률도 높아지고 있는데, 심지어 초등학생까지 심장마비로 쓰러지는 사례가 늘고 있다. 그러나 선천성심장병은 유전적 요인에 의해 임신 기간 동안 태아의 심장에 구멍이 생기거나 구조적인 결함이 생기는 것을 의미한다. 한 태아 심장 전문의는 많은 아이들이 기형으로 태어나는 것이 놀라운 일이 아니고, 오히려 정상으로 태어나는 아기들이 놀랍다고 말하기도 했다.

이런 아이들 여덟 명 중 세 명은 생존하지 못한다. 이들은 몇 시

* 전기충격으로 심장박동을 정상으로 회복시키는 것

간, 며칠, 또는 몇 주밖에 살지 못하고 성인기를 누릴 가능성은 희박하다. 잃어버린 아이들이다. 어디를 보나 완벽한 아기가 태어난 것 같지만 오래 살지 못하는 아픈 심장을 갖고 태어난 것이다. 곧 멈추게 될 불완전한 시계처럼 말이다. 온 인생이 단순히 몇 초 동안의 정적 후에 멈춘다.

나는 지금 소아중환자실에서 일하고 있다. 다양한 질환의 소아중환자가 입원해 있지만, 심장병 소아중환자들을 위한 별도 구역은 다른 층에 있다. 심장병 소아중환자실은 수술실과 가까운 곳에 네 개의 침대로 이루어져 있다. 창문이 없고 약간 어색한 인공 형광 조명이 내부를 비춘다. 아이들이 이곳에 오래 머물지는 않는다. 여기는 수술실과 심장 병동 사이, 삶과 죽음 중간이다. 네 개의 침대는 따닥따닥 틈 없이 붙어 있고, 벽에는 주사기, 식염수 세척제, 거즈, 붕대, 작은 가위, 압박붕대 두루마리, 하얀 반창고 등 여러 의료용 재료와 기구가 수납된 서랍이 줄지어 있다. 보통 심장외과 의사와 마취과 의사가 수술 후 곧바로 아이들을 이곳으로 데려오며, 만약을 대비해 다시 신속하게 데려갈 수 있도록 수술실과 가깝게 있다.

소아 환자들은 저마다 다른 장치를 달고 있다. 휴대용 스피커처럼 생긴 상자에 연결된 얇은 전선은 아이들의 심장박동이 불규칙하게 뛸 때 전기 자극을 줌으로써 심장의 리듬을 다시 찾아주는 역할을 한다. 환자들은 보통 침대 아래 바닥에 있는 커다란 직사각형의 배수통과 연결된, 큰 지렁이만 한 두꺼운 관을 옆구리에 꽂고 있는데, 이를 통해 몸속에 있는 과도한 혈액이 배출된다. 간호사들은 관이 흔들리고 안에 거품이 보이는지 정기적으로 살핌으로써 이 장치가 막히지 않고 제대로 작동하는지 확인한다. 때때로 환자의 출혈이 너무 심하면 간호사들은 배수통이 차는 양을 보고 과다출혈로 위급한 상황이라는 것을 감지하며, 이런 경우 너무 늦지 않게 환자를 다시 수술실과 의사에게로 보낸다.

한번은 폐동맥고혈압 진단을 받은 아기를 담당하게 된 적이 있었다. 판막에 구멍이 있는 심장이 너무 세게, 너무 오래 피를 펌프질해서 생긴 질환이다. 그 아기는 스스로 호흡을 할 수 없어서 살기 위해서는 산화질소 치료를 받아야 했다. 산화질소를 내가 조산사 친구들과 흡입했던 아산화질소와 혼동해서는 안 된다. 신생아, 소아, 성인 중환자실에서 호흡기 장치를 통해 풍부한 산소와 함께 종종 제공되는 산화질소는 세포독성 산화질소로 변할 수 있는 잠재적 위험이 있다. 세포독성 산화질소는 핵실험에서 생성되는 기체와 같은 것으로 빨간 버섯구름의 원인이다. 병원에서 쓰는 또 다른 기체인 헬리옥스heliox*는 너무 빨리 소진되어 하루 종일 빈 통을 들고 병원을 뛰어다녀야 할 때도 있다. 헬리옥스는 호흡관을 제거했을 때 아기의 목소리가 변하는 부작용이 있다. 정확히 얘기하면, 환자의 목소리는 그대로이지만 헬리옥스가 가볍기 때문에 공기 중 전달 속도가 떠 빠르고 따라서 소리가 더 높게 들린다. 말소리는 가벼운 공기에서 더 빨리 전달되기 때문이다.

"헬리옥스는 헬륨 풍선에 든 것과 같은 거야." 나는 아기 얼굴에 덮인, 쉭 소리가 나는 산소마스크 너머로 얘기해주었다. "돌고래한테서

* 헬륨과 산소의 혼합 기체

들리는 '삑삑' 소리 알지? 그 소리가 사실은 돌고래 소리가 아니래. 나도 헬리옥스 덕분에 알게 되었어." 아기의 눈이 동그래지며 나를 쳐다보았다. 웃으며 아기를 들어 올려 무릎 위에 앉히고 돌고래에 관한 이야기를 맘대로 지어 얘기해주었다. 그러나 모든 날이 옛날이야기와 포옹으로 채워질 수는 없었다.

처음 간호사가 되었을 때, 아픈 아기를 돌보는 일만큼 속상한 건 없으리라 생각했다. 그러나 한번은 아무 이유 없이 심장이 확대되는 질병심근증cardiomyopathy이 생긴 소아 환자를 만났다. 코에 가느다란 산소관이 연결된 십 대 소녀였다. 그 소녀도 의사가 들고 있는 엑스레이 사진에서 엄청나게 비대해진 자신의 심장을 바라보았다. 예후가 좋지 않았다. "심장이 너무 크다고요?" 그녀가 물었다.

모든 출산은 극단적이다. 인간으로서 겪는 경험의 끝자락에 있다. 이보다 훨씬 이후에 직접 아이를 낳아보니 더욱 처절하게 알 수 있었다. 나의 경우에는, 산부인과 의자 발걸이에 다리를 벌리고 누워 있는데 사람들은 분만실을 드나들며 아기 아빠와 악수를 해댔다. 남편이 의사이다 보니 그 병원에서 일하는 의료진들을 거의 다 알고 있었기 때문이다. 그들이 다가와 내 질의 상태를 살펴보고 갔지만, 나는 거기에 신경 쓸 겨를이 없었다. 서서히 트럭에 깔리는 기분이었기 때문이다. 경고음이 울리는 장치들과 의사들, 의료 기계로 가득한 분만실에서 나는 의료적인 도움을 받으며 분만을 했다. 결국 기구를 이용해서 자궁 안에 걸려 있던 딸을 꺼내고 심한 출혈이 있었다. 그래도 그것은 정상 분만이었다.

스칼렛의 출산처럼 완벽한 정상 분만도 비현실적으로 느껴졌다. 한 아기가 태어나는 순간을 목격하는 것은 굉장한 일이며 모든 출산은 믿을 수 없을 만큼 놀랍다. 그러나 아기가 생명을 위협할 수 있는 심각한 질병을 갖고 태어난다는 사실을 부모가 이미 알고 있을 때의 분만은 또 다른 차원의 경험이다. 정상 분만이 아닌 경우 말이다.

머피 가족의 아기는 집에 가지 못할지도 모른다. 산모인 클레어 머피가 턱을 바짝 가슴으로 당기고 있었고, 그녀의 치아가 서로 부딪쳐 갈리는 소리가 들렸다. 클레어의 조산사 프리티는 작은 체구로 짙은 보라색 수술복에 앞치마를 두르고 있었다. 방 안에는 소아과 의사, 신생아 전문의, 그리고 내가 모르는 또 다른 조산사 등 많은 의료진들이 호흡회복기 옆을 서성였다. 호흡회복기는 위쪽에 가열장치와 다이얼이 장착된 일종의 인큐베이터로, 필요한 경우 아기의 호흡을 돕기 위해 작은 자루를 통해 산소와 공기가 펌프질해 들어가도록 되어 있다. 클레어 곁에서 그녀의 머리카락과 뺨을 쓰다듬고 있는 남편 리처드는 곧 쓰러질 듯 보였다. 그의 한 팔은 플라스틱 의자 등받이를 꽉 잡고 있고, 숨 쉴 때마다 어깨가 들썩였다. 호흡회복기 옆의 조산사가 기계 세팅에 대해 의사들과 이야기를 나누었다. 그렇지만 방 안의 이 많은 사람들 틈에서 클레어와 그녀를 돕는 조산사는 둘만의 세상에 있었다.

"내 목소리 들리죠?" 프리티가 말했다. "당신은 할 수 있어요. 우리가 같이할 거예요. 아기의 머리가 보여요. 벌써 숱이 많네요." 그녀는 장갑을 끼고 분만도구 꾸러미를 연 뒤 침대 아래쪽에서 산모를 올려다보았다. 분만도구 옆에는 분비물을 닦고 아기를 감싸기 위한 수건들이 준비되어 있었다.

클레어는 상의 티셔츠 하나에 양말만 신고 있었고, 하반신은 시트로 덮여 있었다. 보라와 분홍 줄무늬가 있는, 겨울에 신는 보송보송한 양말이었다. 그녀는 이쪽저쪽 둘러보는데, 지금은 진통이 온 상태도, 힘을 주는 상태도 아니었다. 옆에는 아기의 심장박동을 규칙적인 소리와 파동으로 알려주는 기계가 있었고, 알람음이 계속 울렸다.

"걱정하지 말아요. 내 목소리에만 집중해요. 다음번 진통에 약간 힘을 주어야 해요. 너무 힘껏은 아니고요. 아기가 거의 나왔어요. 조금만 힘을 줘요." 프리티가 말했다.

의사들이 서로 쳐다보며 물었다. "클로뎃을 데려와야 할까요?" 클로뎃은 제왕절개 수술을 집도하거나 일종의 흡인기구인 흡반 또는 겸자로 아기를 꺼낼 수 있는 산부인과 전문의였다.

프리티가 올려다보며 말투를 바꿔 말했다. "괜찮아요. 클레어 혼자 할 수 있어요."

조산사의 일은 신기한 작업이다. 분만을 수월하게 해주는 의료 기술적 측면보다는 순간적인 판단이 중요하다. 프리티는 내게 이런 말을 한 적이 있었다. "경험 많은 조산사는 산모를 보면 모든 것을 알 수 있어요. 산모가 아기를 밀어낼 수 있는지 아닌지, 국소마취제 없이도 견딜 수 있는지 없는지, 그리고 마취제를 원하면 언제 줘야 하는지 등이요. 우린 그냥 알아요." 이것은 몇 년 전에 프랜시스가 해준 얘기와 완전히 달랐다. 간호와 마찬가지로 조산에도 다양한 결이 있는 것이었다.

그런데 클레어가 충분히 힘을 주는 것처럼 보이지 않았다. 그러자 프리티가 반쯤 일어서서 그녀를 똑바로 쳐다보았다. "지금 힘을 주지 않으면 의학적 처치가 들어갈 수밖에 없어요. 우리가 함께 이에 대해 이야기했었고, 그걸 원치 않는다고 했잖아요. 그러니까 원하는 대로 아기가 나오게 하려면 힘을 줘야 해요. 할 수 있어요."

클레어가 깊게 숨을 들이마셨다. 그녀는 울고 있었다. "못하겠어요. 정말 못하겠어요. 만약, 만약에……. 그러면 어떻게 해요?"

그녀가 남편인 리처드에게 눈길을 돌렸다. 그도 울고 있었다. 방 전체가 조용하고 기계의 알람음조차 고요했다. 마침내 클레어가 이를 악물며 턱을 가슴으로 당겼다. 비명이 새어나왔다.

우리가 있는 방은 10호실로 스칼렛의 방과 크게 다르지 않았다. 옆에는 화장실이 딸려 있고, 좁고 긴 창문 아래 몇 개의 간이의자가 보이며, 방은 너무 더웠다. 침대 밑으로 밀어 넣을 수 있게 고안된, 어느 병동에서나 볼 수 있는 나무색 상판의 작은 탁자 위에는 커다란 물병과 컵이 있었다. 아기의 호흡을 도와야 할 때를 대비해 나는 정상적인 공기보다 산소가 적게 들어간 공기통을 들고 침대 발치에 서 있었다. 상황이 얼마나 심각한지는 생각하지 않았다. 아직 초보 간호사일 뿐이었다. 공기통은 생각보다 많이 무겁고 팔이 저려왔다. 나는 산모의 가족들도, 곧 세상에 나올 아기에 대해서도 거의 아는 바가 없었다. 다만 아기가 좌심형성부전 증후군hypoplastic left heart syndrome이라는, 좌심실과 대동맥이 너무 작아 심장이 피를 온몸으로 보낼 만큼 뿜어내지 못하는 선천적 장애를 안고 있다는 사실만 알 뿐이었다.

좌심형성부전 증후군을 가진 아기에게는 보통의 의료 위급상황에서 목숨을 구하기 위해 쓰이는 산소가 치명적일 수 있다. 아기가 양수 안에 있는 동안 혈액의 순환을 돕는 작은 관이 있는데, 보통은 출생 후 며칠 안에 이 관이 닫힌다. 머피 가족의 아기 같은 경우에는 이 관이 계속 열려 있어야 하는데, 산소는 이 구멍이 닫히는 속도를 촉진할 수 있다. 따라서 좌심형성부전 증후군을 치료하기 위한 세 번의 수술 중 1단계인 노르우드 처치Norwood procedure 전에 간호사가 제일 먼저 해야 하는 일은 아기가 울지 않게 하는 것이다. 이렇게 간단한 일이 심각한 결과를 초래할 수 있다. 내 임무는 갓 태어난 아기 머피가 호흡에 도움이 필요할 때 즉시 공기통을 전달하는 것이었다.

클레어는 사람들에게 둘러싸여 있었다. 그녀의 짙은 색 머리카락은 산발로 베개에 흩어져 있었고 티셔츠는 허리까지 말려 올라갔다. 나는 그녀의 분홍보라 줄무늬 양말에 정신을 집중했다. 그녀의 눈은 리처드를 향했고, 그들이 주고받는 눈빛에는 공포가 서려 있었다. 그는 침대 맡에 바짝 서서 아내의 곁을 지켰다. 이제 클레어는 힘을 주고, 비명을 지르고, 다시 힘을 주었다.

“내 목소리에 집중해요!” 프리티가 말했다.

신생아 전문의, 조산사, 그리고 소아과 의사는 모두 물러서서 장비 근처에 서 있었다. 나는 가능한 한 문에 가까이 서서 자리를 지켰다. 이는 아무도 산소를 주지 못하게 막는 ‘산소지킴이’ 역할이며 누구라도 할 수 있는 하찮은 일이었다. 그러나 아기에게 아무 일이 없기를 바라며 나는 숨을 죽였다.

클레어의 낯빛이 변하면서 헐떡이기 시작했다. 아기 머피가 급작스럽게 쑥, 순식간에 나왔다. 프리티가 태아의 목을 두르고 있던 탯줄을 풀고, 오래된 풍선처럼 벌써 가라앉고 있는 클레어의 배 위에 아기를 올려주었다.

"아들이에요."

아기가 가년스레 울었다. 아기의 첫울음은 경이로운 것이지만, 이번만큼은 그 울음이 아주 잠깐 동안이기를 바랐다. 아기 머피가 조금 울고 말자 그때서야 난 비로소 숨을 내쉴 수 있었다.

프리티는 손짓으로 다른 의사들이 가까이 오지 못하게 했다. 모두들 긴장해서 아기를 쳐다보며 가만히 기다렸다. 다른 조산사가 프리티에게 따뜻한 수건을 건네주었다. 의사들이 조금씩 가까이 다가오자 프리티가 그들을 돌아보며 "조금만 더 시간을 주세요"라고 얘기했다.

흐느끼던 리처드가 의자에서 팔을 떼더니 양손으로 클레어의 얼굴을 감쌌다. 그러고는 내가 이전에 본 적이 없던 그런 키스를 했다. "아들이래." 그가 나지막이 클레어에게 말했다. 그는 아기를 쳐다보며, "난 탯줄을 못 자르겠어. 당신이 할 수 있겠어?"라고 물었다.

클레어는 아기를 내려다보더니 "잠시 이대로 더 있으면 안 될까요?"라고 말하며 프리티에게 얼굴을 돌렸다. "조금만 더 안 돼요?"

"원하는 만큼 시간을 가져요." 프리티의 목소리는 차분했지만 또렷했다.

아기 머피는 세 번의 대수술을 받아야 했다. 이 중 첫 번째 대수술인 노르우드 처치 1단계를 마치고부터 나는 머피의 담당 간호사가 되었다. 이름만 들으면 별것 아닌 것 같지만, 대동맥을 자르고 혈액의 방향을 돌리기 위해 션트shunt라는 작은 연결관을 삽입하는 엄청난 수술이었다.

아기의 이름은 아직 없다. 심장수술을 받은 다른 신생아들과 마찬가지로, 그의 쪼그만 가슴은 아직 부어오른 심장을 담을 만큼 크지 않았고, 따라서 의사들은 그의 가슴을 열어놓을 수밖에 없었다. 호두알만 한 그의 심장이 얇은 거즈에 덮인 채 내 앞에서 정신없이 뛰었다. 병동에 초파리가 침입했던 때가 생각난다. 절개된 심장에 초파리라니! 초파리들은 마치 먼지처럼 허공을 떠돌았다. 그것들이 어디에서 왔는지 알 수 없었다. 카펫도 깔려 있지 않고 가구도 없는, 항상 깔끔히 소독되어 있는 이 병동에 말이다. 이후에 알게 된 일이지만, 초파리는 의료진이 커피를 내리는 스태프룸에서 생겼던 것이었다. 분명 병원관리자가 "여기는 커피머신을 쓸 때만 들어가세요"라고 강조했던 게 기억났다. 그러나 초파리들은 끝내 커피머신 안에 보금자리를 만들었다. 우리는 한동안 커피를 마시지 못했다.

여러 고민 끝에 아기 머피의 여덟 살짜리 누나인 시오반이 중환자실로 동생을 보러왔다. 자그마한 몸 여기저기에 온갖 호스와 전선들이 주렁주렁 매달려 있는, 아직 눈도 제대로 뜨지 못한 동생을 보고 시오반이 어떻게 반응할지 모두 걱정했지만, 못 보게 할 경우 그녀가 부릴 생떼가 더 무서웠다. 시오반은 거침이 없었다. 깃털과 같이 살포시 동생의 머리를 만져보고, 함박 미소를 지었다. "내 동생이 로봇 같아." 연결된 온갖 기계 장비를 보며 그녀가 말했다.

마침내 로버트 머피에게 이름이 생기는 순간이다.

나는 중환자실 업무를 빠르게 배워나갔다. "여기는 첫 시험장 같은 곳이에요." 선배 간호사가 말했다. "다른 부서는 인원이 더 많지만, 여기서는 주니어 간호사들도 병증이 복잡하고 위중한 환자들을 케어하게 돼요. 우리는 '러너runner'가 없을 때도 많아요." 러너는 다른 간호사가 휴식하는 동안 그를 대신해 필요한 장비를 준비해 가져다주거나 약 처방을 확인해주는 예비 간호사다. 굳이 이렇게까지 할 필요가 있냐고 생각할 수 있지만 중환자실 간호에서는 필수다. 생명을 위협하는 심장병 때문에 대수술을 받아야 하는 어린 생명을 돌보던 난 아직 배우고 이해해야 할 것이 많은 이십 대 초반의 간호사였다. 하지만 중환자실에서 얻은 가장 큰 배움은 간호의 기술적 측면이 아닌 환자와의 관계였다. 엄마와 아기가 물리적 거리에 상관없이 서로 떨어질 수 없는 것처럼, 간호사와 환자도 영원히 연결되어 있다는 갑작스런 깨달음이 나를 간호사로 다시 '탄생'하게 했다. 때로는 탯줄을 통해 혈액이 거꾸로 흐를 때도 있다. 타고난 간호사는 아니었어도 여러 탄생의 순간들을 경험하며 나는 조금씩 간호사가 되어갔다. 환희와 비극이 함께 간호사를 만든다. 그리고 무슨 일이 일어날지 우리는 예측할 수 없다. 끔찍한 우려에도 아기 로버트 머피는 살아남았고, 잘 자라고 있다.

그리고 여기 다른 아기가 있다. 초음파로는 완벽하게 건강한 아기였다. 병원 동료인 스튜어트는 수천 명의 신생아와 어린이를 돌본 훌륭하고 다정한 간호사였다. 그녀 또한 아이를 낳았다. 너무나 귀엽고 사랑스러운 아이였다. 그런데 갑자기 아프기 시작하더니 상태가 점점 심각해지면 입원을 하게 되었다. 엄마가, 또 우리가 일하는 병동에 말이다. 가장 경험이 많고 가장 명석한 간호사들이 아기가 누워 있는 칸막이를 끊임없이 드나들고, 최고의 의사들도 간호사와 함께 아기를 보러 왔다. 모두 국제적으로 인정받는, 내가 같이 일한 팀들 중 가장 훌륭한 팀이었다. 다년간의 임상경험을 갖추었고, 많은 사례를 겪은 사람들이었다. 대다수 간호학자들은 간호사들이 임상경험을 반추함으로써 자신의 경험에서 의미를 찾을 수 있다고 강조한다. 수많은 경험이 간호 전문가를 만들지만, 그 경험에 대해 깊게 생각하고 의미를 찾을 수 있는 능력은 종종 타고난 자질로 여겨진다.

함께 일했던 간호사와 의사 팀은 경험과 내적 성찰을 모두 갖춘 사람들이었다. 그들을 알고, 곁에서 일하면서 배우는 것은 특권이었다. 그들은 가장 믿을 수 있는 팀이다. 그럼에도 아침에 칸막이에서 나오는 담당 간호사 카트리나의 얼굴은 잿빛에 충혈된 눈으로 패배한 표정이었다. 모든 간호사들이 각자 자기 환자 침대 끝에 서서 동시에 그녀를 돌아보았다. 공포스러운 멈춤, 그리고 몇 초간의 정적 끝에 그녀가 천천히 머리를 가로저었다. 아직 초보자인 나조차도, 때로는 경험에서 의미를 찾을 수 없음을 이해했다.

4
/
처음에는 갓난아기

인생에서 두려워할 것은 없다. 이해만 하면 된다.

_마리 퀴리Marie Curie

나는 간호학 이론을 건조하고 이해하기 어려운 학술 용어로 배웠다. 실제 환자들을 보살피면서 간호의 철학을 구현해보려 했지만, 일단 병동에 가면 철학자들과 간호학자들이 하는 말을 더욱 이해할 수 없게 된다. 《나이팅게일의 환경이론Nightingale's Environmental Theory》에서 나이팅게일은 환경이 환자의 회복에 중요한 역할을 한다고 주장했다. 책에 따르면 "간호의 많은 부분이 청결 유지에 있다". 솔직히 그 말이 간호가 체액을 닦는 일에 불과한 것처럼 보여 썩 기분이 좋지는 않지만 어쨌든 이를 기억하고 행동으로 옮기려 노력했다. 벽에 묻은 혈액을 닦고, 아기의 등과 목에 돌멩이처럼 말라붙은 대변을 물에 적셔 씻어내고, 눈물이 줄줄 흐를 만큼 독한 소독약을 푼 비눗물로 기구들을 닦아냈다.

어떤 날은 간호사가 하는 일이 단지 서류 정리일 때도 있다. 환자들을 위한 간호 계획서를 쓰고 또 쓰고, 관찰한 것들을 문서로 남기며, 정확한 약물이, 정확한 시간에, 정확한 환자에게 갔는지 확인했다는 서명을 천 번도 넘게 한다. 또 다른 날은 점검의 날이다. 약품의 재고, 유통기한을 점검하고 기구들이 올바르게 설치되었는지, 문구류는 수납장에 충분히 준비되어 있는지 살펴본다. 한꺼번에 여러 일이 몰리는 날일지라도, 예를 들면 수술실에서 소아 환자가 오고, 병동에서 발생한 의료사고를 처리하고, 보호자에게 안 좋은 소식을 전한 뒤 그들을 위로하는 일을 할 때도 이론은 내가 실제로 하는 일에 대해 충분히 설명해주지 못했다.

간호학 전문가 힐데가르드 페플라우Hildegard Peplau는 1960년대에 최초로 대인관계 이론Interpersonal Theory을 주창하며 '치유의 예술'로서 간호를 정립했다. 간호사와 환자가 함께 노력해가는 과정에서 양자가 모두 성숙하고 지식을 확장해간다는 것이다. 하지만 여전히 나는 나 자신이 미성숙하다고 느껴졌다. 거의 매일이 업무에 압도되고, 어떤 날은 완전히 내 역량 밖이라고 느꼈다. 넌더리가 나거나, 단순히 지겹고 피곤하다고 느끼는 날도 있었다. 간호사이자 학자이며, 20세기에 가장 영향력 있는 간호사라고 불리는 버지니아 헨더슨Virginia Henderson의 《욕구이론Need Theory》을 읽고 간호에 대한 그녀의 유명한 정의를 이해하려고 노력했다.

> 간호사가 가진 고유한 기능은 개인의 건강, 건강 회복, 또는 평안한 죽음에 기여함으로써 그 사람이 (건강하든 병자든 상관없이) 체력이나 의지, 지식이 있다면 남의 도움 없이 수행했을 활동을 지원하는 것이다.

사람을 간호한다는 건 그가 건강했다면 직접 행했을 일을 그를 위해 해준다는 의미다. 그들에게 의지와 여력이 생길 때까지 말이다. 나는 몸이 안 좋은 이웃을 위해 시장을 대신 봐주고, 최근에 출산한 친구를 위해 요리를 해주었다. 할머니를 대신해 우체국을 가고 아버지를 위해 경마권을 사다드렸다. 그렇다고 이런 일을 다 간호로 보기는 어렵다. 또 다른 간호학자인 도로시아 오렘Dorothea Orem이 1959년에서 2001년 사이에 발전시킨 거창한 간호 이론을 읽게 되었는데, 오렘에 따르면 "사람들은 자립적이어야만 하고 스스로를 돌볼 의무가 있다". 내 머릿속은 간호가 대체 무엇인지에 대한 상반되는 주장들로 가득 찼다.

아동발달, 건강과 질병에 관한 교과서들도 탐독했다. 애착이론에 대해서도 공부했는데, 심리학자이며 정신과 의사인 존 볼비John Bowlby의 아동발달이론도 연구했다. 또한 심리학자인 해리 할로Harry Harlow가 진행한 애착심리 실험에서 불거진 윤리 문제에 대해서도 깊은 관심을 가졌다. 1960년대에 해리 할로는 갓 태어난 원숭이들을 상대로 일련의 애착형성 실험을 진행했다. 이 실험을 위해 아기 원숭이들은 태어난 뒤 일 년 동안 어둠 속에서 혼자 지내게 되었다. 이는 곧 정서적으로 심각한 문제를 가진 원숭이를 만들어냈고, 인간의 우울증 모델로 사용되었다. 할로는 원숭이들을 두었던 구덩이를 '절망의 우물'이라 불렀다. 그도 자신의 '절망의 우물'에 빠졌고 만년에는 중증 우울증 때문에 전기충격요법의 치료를 받았다.

내 책장은 대부분 헌책으로 구입한 무거운 학술서로 가득해 새로 이사한 방에서도 오래된 도서관 냄새가 났다. 《소아과학Textbook of

Paediatrics》,《웡의 유아동 간호Wong's Nursing Care of Infants and Children》,《아동 피부과학 색상 사전The Colour Dictionary of Childhood Dermatology》을 특히 집중해 읽었다. (마지막 책은 마음이 약한 사람에게는 권하지 않는다. 하루는 어머니가 아무 생각 없이 이 책을 집어 훑어보고는 그날 밤에 한숨도 못 주무셨다.)

앤 케이시Ann Casey는 소아종양학과에서 일하면서 '케이시 간호 모델'을 개발한 영국 간호사다. 그녀의 이론은 소아 병동에서 많이 적용되는데, 모든 글에서 가족 중심의 보살핌이 강조된다. 즉, 아픈 아이를 보살피기 위한 가장 좋은 사람은 (간호사의 도움 아래) 부모나 가족 또는 평소에 그 아이를 돌보는 사람이라는 것이다. 최근 인터뷰에서 그녀는 좋은 간호사의 자질은 타고난 친절kindness이라고 했다. 그러나 지금 우리는 원래 '친절'의 의미라고 생각했던 것에서 꽤 멀리 와 있는 것 같다.

역사적으로 소아간호에서는 가족의 방문을 권장하지 않았다. 가족을 보면 아이들이 동요할 수밖에 없기 때문이었다. 하지만 가족의 병문안을 자제하다 보니 아이들은 병상 위에서 홀로 옴짝 못하고 앓아야만 했다. 요즘은 입원 기간 내내 가족이 아이의 곁에 있을 것을 권장한다. 소아 환자의 침대 옆에 가족을 위한 간이침대도 있고, 장기입원 아동의 가족을 위해서는 병원 안에 특별 숙소를 마련해두기도 한다. 이런 시설들은 종종 자선기부금으로 비용을 충당하며, 이외에도 의사와 간호사들이 근무 외 시간에 100마일 걷기, 등산, 메가 바이크 라이딩 등을 통해 모금활동에 참여한다. 병원의 특별 숙소가 꽉 차면 소아 환자들의 부모는 근처 호텔에 할인된 가격으로 투숙할 수 있다. 안타깝게도 여기는 런던 중심부이기 때문에 주변 지역의 성매매 종사자들도 할인 호텔을 이용하는 것 같지만 말이다. 어떤 부모님은 "수상하게 생긴 남자들이 자꾸 노크를 하며 패티라를 여자를 찾아요. 옆방에서 들려오는 소리에 대해서는 말하고 싶지도 않고요"라고 토로하기도 했다.

물론 나에게 간호란 무엇이며 어떻게 해야 하는지를 가르쳐준 건 책과 학술이론만은 아니다. 교실에서, 책과 도서관에서, 간호학 강의에서 배운 것을 눈을 감고 떠올려본다. 기억나는 것은 열 살 때 폐렴으로 입원했던 일인데, 항생제 과민반응으로 고생했다고 한다. 어린 시절의 일들은 꽤 잘 기억하고 있는 편이지만, 그때 입원했던 일은 사실 잘 기억나지 않는다. 오직 작은 숟가락으로 오렌지 요구르트를 천천히 한 숟가락씩 떠먹여주던 간호사만 생각난다. 나를 치료해준 의사는 전혀 기억나지 않고, 오렌지 요구르트의 맛만 아직도 기억한다.

런던의 간호학 전공생들은 이중의 성姓*을 쓰고 길고 찰랑찰랑한 머릿결을 가졌다. 우리 학년에 남학생은 한 명뿐이었고, 그만 유일하게 백인이 아니었다. 남성 간호사는 항상 존재했다. 3세기 알렉산드리아에서는 남성 간호사를 '생명의 위험을 무릅쓴 사람들'이란 의미로 파라발라니parabalani라고 불렀다. 전염성 강한 질병에 쉽게 노출되어 있기 때문이다. 여성 간호사들에게는 그런 명칭이 주어지지 않았다. 유럽에서 전염병이 창궐했을 때 주된 간병인은 남성 간호사들이었다. 미국에서는

* double-barrelled surnames. '대니얼 데이-루이스'에서처럼 두 개의 성을 쓰는 것. 영국에서 상류층이 주로 사용했다.

1900년대 초반까지 남성을 위한 간호학교가 상당히 흔했으나 1930년에 이르러서는 간호사의 1퍼센트만이 남성이었다. 의료계에서 여성을 위해 기회를 늘리고 홍보하는 캠페인과 달리, 간호 분야의 남성을 위해서는 그런 노력이 없었다.

아프리카에 있는 일부 프랑스 우호 국가들, 예를 들면 차드, 카메룬, 기니, 세네갈, 르완다와 같은 나라에는 여성 간호사보다 남성 간호사가 더 많다. 스페인, 이탈리아, 포르투갈과 같은 유럽의 국가들도 남성 간호사 비율이 20퍼센트 정도 된다. 그러나 2016년 영국에 있는 간호사의 11.4퍼센트만이 남성이다. 남성 간호사의 비율이 낮아지게 된 저변의 배경과 더불어 공감과 배려라는 자질이 여성의 전유물로 귀속된 것에 대해 비판하는 글들이 종종 발표되고 있다. 하지만 이 문제의 핵심은 남성 간호사에 대한 거부나 차별이 아니라 간호를 사회적 지위가 낮은 여성의 일로 보는 시선이다. 다시 말해 간호 분야의 여초 현상은 성비 균형의 문제가 아니라 간호의 행위를 가치 있게 보지 않는 그릇된 인식의 문제라고 주장할 수 있다. 여성 의사들이 남성이 다수인 의사 집단에서 환영 받는 반면 우리 간호사들은 남성 간호사들을 그다지 달가워 하지 않는 분위기가 있다. 그들을 환영하지 않아서가 아니라 더 깊고 신경이 쓰이는 뭔가가 있기 때문이다. 경험에 의하면 함께 간호 분야에서 일했던 남자들은 빠르게 관리자의 위치로 승진한다. 그리고 여성 간호사보다 남자 간호사가 평균적으로 더 많은 급여을 받는다는 조사 결과도 있다.

한 여자의 남편이자 세 아이의 아빠인 간호실습생 이스마일은 끊임없이 자신의 가족에 대해 이야기했다. 나는 그가 환상적인 소아과 간호사가 될 것이라 생각했다. 실습생 동기 중에는 유복한 중산층 출신의 이십 대 학구파 여성들이 꽤 있었다. 베드퍼드에서의 동기들이 나이와 인종 면에서 다양했고, 거의 대부분이 노동자 집안 출신이었던 것과 큰 차이가 있었다. 런던과 베드퍼드가 거리상 그리 멀지 않음에도 그러했다. 나는 런던 내 지역마다, 심지어 병원마다 각기 다른 간호 문화가 있다는 것을 처음으로 알게 되었다.

각각의 병원은 타 병원과 구별되는 기반시설과 철학을 지닌 고유하고 독립된 개별 국가와 마찬가지다. 이 당시 내가 일하던 병원의 간호사들은 다소 거만하고 구식인데다 권위적이기까지 했다. 하지만 지금 내가 있는 이곳은 소아과 분야에서만큼은 최고 수준의 의료 기술과 의료진이 있는 국제적 본거지이기 때문에, 이곳에서의 시간에 큰 기대를 가지고 있었다. 소아 환자를 어떻게 간호하는지 배우고 싶으면 단언컨대 이곳이 적임지다. 1918년에 메리 공주는 그레이트 오몬드 스트리트 병원Great Ormond Street Hospital의 소아병원에서 실습을 받았고, 하일레 셀라시에 황제Emperor Haile Selassie*의 딸 차하이 공주Princess Tsahai도 1936년에 런던에서 간호사 훈련을 받았다. 다른 간호실습생들과 마찬가지로 차하이 공주도 연봉으로 20파운드를 받으면서 주당 56시간의 의무 실습을 마쳤다. 하지만 그녀는 간호사로서의 자질을 펼치기도 전에 스물네 살이라는 나이에 안타깝게도 세상을 떠났다.

나는 차하이 공주를 상상하며 (그녀는 품위 있고 우아했다고 한다) 어

* 1930년에 즉위한 에티오피아의 황제

깨를 당당하게 펴고, 간호사 후반 교육에서 얻는 지식뿐 아니라 런던 중심부에 사는 시민으로서 누릴 수 있는 문화, 고급 레스토랑, 연극, 오페라, 발레, 미술 등의 온갖 문화들을 최대한 이용하리라 다짐했다. 하지만 품위와 스타일은 어쩌지 못했다. 우리 2학년 학생들은 동네 술집에서 금속성 푸른빛의 칵테일과 불붙은 삼부카sambuca*를 들이키며 연애를 논했다. 우리는 한번 마시면 진탕 마셔댔다. 한번은 이사하는 날이었는데, 아버지는 우리를 돕겠다며 동네 친구까지 대동해오셨고, 나는 트럭 조수석 밑에 있는 그분의 신발에 그만 토를 하고 말았다. 아버지는 내 간호사 망토와 모자, 벨트 버클을 치우면서 "이놈들 정말 가지가지 하는구나!" 하셨고, 나는 먹은 게 잘못돼서 그렇다는 뻔한 핑계를 댔다.

처음으로 소아과 실습을 나간 병원은 런던 동부의 해크니 거리에 있었다. 재개발되어 지금처럼 트렌디한 술집들이 생기기 전에는 이 일대가 '우범지역'이었다. 지역 병원으로, 소아전문 상급종합병원과 진료 연계가 되어 있었는데 그동안 주로 교육을 받았던 병원들과는 여러 면에서 딴 세상이었다. 나는 단정하게 다린 간호사복과 반짝반짝 윤나는 벨트 버클을 착용한 뒤, 간호사용 회중시계를 옷깃에 고정하고 색색의 펜을 주머니에 꽂았다. 광택이 도는 새 신발은 걸을 때 찍찍 소리가 났다. 준비 완료다.

하지만 2주도 되지 않아 상처 딱지와 물집, 그리고 서캐가 생겼다.

* 무색에 약간의 향이 있는 이탈리아 술

아이에게 물렸고, 간염주사를 맞아야 했다. 기저귀를 갈던 중 아기가 내 얼굴에 설사 폭탄을 터뜨려 눈 소독까지 했다. 기대하던 최첨단 소아과 진료가 아니었다. 대신, 잘못된 식생활로 변비가 심해 관장이 필요한 아이, 비타민D 부족으로 구루병에 걸린 아이, 태어나면서부터 2년 동안 젖병으로 콜라를 마셔 이를 모두 뽑아야 하는 아이, 성장하지 못할 만큼 심각한 영양실조에 걸린 아이, 저지방 식단이 필요한 비만한 아이, 또는 예방접종을 받지 않아 홍역에 걸려 심각한 합병증으로 고생하는 아이를 돌보는 데 대부분의 시간을 보냈다. 마치 찰스 디킨스의 소설 안에 살고 있는 것 같았다. 실제로 디킨스는 어떤 만찬 행사에서 그의 작품 《크리스마스 캐럴》을 낭독함으로써, 파산 직전이었던 런던의 한 어린이 병원을 구하는 데 중요한 역할을 했다.

"죄송하지만, 무슨 말씀이시죠? 진단이 뭔지 잘 이해가 안 돼요." 내가 물었다. 인수인계 시간이면 우리는 간호사실에 다 모여 종이에 각종 정보를 휘갈겨 썼다. 벽에는 날짜 지난 공고문이 붙어 있었고, 방의 모든 것이 피곤해 보였다. 의자는 가라앉아 부서질 지경이고 탕비실 한편에 놓인 화분은 죽은 지 오래다. 구석에 있는 휴지통 밖으로 과자봉지와 빈 종이컵이 삐져나와 있었다. 모든 것에서 발 냄새와 소고기 감미료 냄새가 났다.

수간호사가 미간을 찌푸리며 나를 보았다. 그녀는 비쩍 마르고 사나운 아일랜드 사람으로, 한밤중에 병원을 돌며 텔레비전에 손바닥을 대본다는 소문이 있었다. 만약 어떤 텔레비전이 따뜻하다면 그 방의 담당 간호사는 각오해야 했다. 그녀의 이 행동을 목격한 적이 한 번 있는데, 거의 종교의식 같아 보였다. 팔을 앞으로 뻗어 손가락을 펼치고 화면에 지그시 댄다. 마치 기도하듯 TV 앞에 무릎을 꿇기도 한다.

"죄송해요. 당뇨병인가요?" 내가 다시 물었다. 그간의 읽었던 책의 내용들을 떠올려보려 했지만, 저지방 치료법에 대한 언급은 기억나지 않았다. 어린이 질병에 관한 정보를 머릿속으로 검색한다. 선열, 열성경련, 당뇨병, 기관지염, 맹장염, 장겹침증, 겸상적혈구 빈혈, 콩팥증후군, 가막성후두염, 혈우병, 낭포성섬유증…….

나는 머리를 북북 긁어댔다. 이제는 끝이 갈라지고 부석부석해진 머리카락을 티트리 오일로 끊임없이 감는데도 이가 또 생겼다. 온몸이 가려웠다. 팔뚝에는 작은 크롭 서클crop circle* 같이 하얗게 부푼 둥근 버짐도 생겼다.

"저지방 식단은 비만 아동을 위한 식단이에요." 안경을 코끝까지 내리고 나를 응시하며 수간호사가 대답했다. 나는 프레이더-윌리 증후군Prader-Willi syndrome**에 대해 읽은 기억이 있어 다시 한 번 질문하려 했다. 그러나 입을 떼려는 순간 그녀가 앙상한 손으로 나를 제지했다. 입을 다물 수밖에 없었다.

"사실, 의학으로 고칠 문제가 아니에요. 모두 사회적 질병이에요." 그녀가 말했다. "아이들은 비만해요. 위험할 정도로 비만하죠. 고

* 곡물 밭에 나타나는 원인 불명의 원형 무늬

** 특정 유전자 손실로 생기는 유전질환. 아이가 계속 허기를 느끼고 종종 2형 당뇨로 이어진다.

도비만. 그래서 저지방 식단이 필요한 거예요. 아니면 다른 식의 나쁜 식습관 때문에 변비가 생기기도 해요. 또는 정서장애, 정신건강 문제, 야뇨증으로 이곳에 오는 아이들도 있어요. 불안증, 거식증, 강박장애, ADHD(주의력 결핍 및 과잉 행동 장애), 우울증 모두 마찬가지에요." 수간호사는 안경을 콧등 위로 밀어올리고 얇은 입술을 힘주어 다물었다. "여기 소아 병동에서는 온갖 형태의 아동학대도 볼 수 있어요. 여기뿐만 아니라 진료과에 상관없이 병원 전체에서 그래요. 더는 고요하고 평화로운 세상이 아니에요."

실습 현장에서 돌본 아이들 중에는 그냥 봐도 비만한 아이들이 꽤 있었다. 국제보건기구World Health Organization, WHO는 2015년 5세 이하의 비만 아동이 전 세계적으로 4,200만 명이 넘는다고 추정했다. 영국에서는 아동의 약 10퍼센트가 비만이고, 계속 증가 추세다.

나는 제롬이라는 열다섯 살 소년이 몰래 들여온 치킨이나 햄버거 포장지, 또는 병동 여기저기에 숨겨놓은 것들을 감시하는 데 실습 첫날을 다 써버렸다. 제롬은 행동장애뿐 아니라 겸상적혈구병을 앓고 있어서 통증을 완화하기 위해 모르핀을 투여받았다. 형광 연두색 망사 조끼 차림에 방긋 웃는 입술 위로 애벌레 같은 콧물을 줄줄 흘리는 뚱뚱한 아기 천식환자도 돌보았다. 담당 간호사는 '행복한 쌕쌕이'라고 아기를 부르며 "자, 깨끗하게 콧물을 닦아줘요"라고 지시했다.

소아과 간호사는 겁먹고 아파하는 아이들과 소통할 수 있는 '차일드-위스퍼러child-whisperer*'가 되어야 한다. 나이팅게일 자신도 알고 있었던, 친절은 고통과 통증까지도 줄일 수 있다는 사실을 아이들이 우리에게 상기시켜주었다. 나이팅게일은 환자에게 밖을 내다볼 수 있는 창문, 또는 꽃 한 다발을 안겨주는 것이 그들의 치료 경험에 중요한 영향을 미친다는 사실을 발견했다. 병원에 있는 아이들에게도 놀이는 필요하다. 어린 시절에는 노는 게 일이고 치료다. 따라서 놀이치료사는 필수다. 내가 아동간호를 배우고 있을 때 어머니는 치료 사회복지사가 되었다. 어머니는 일하는 곳의 놀이방과 모래밭, 아이들이 그린 그림의 사진을 보여주면서 신통력을 가진 사람이 점괘를 읽듯 자신이 어떻게 아이들의 그림을 읽어내는지, 아이가 모래밭에 만든 난장판을 보고 어떻게 그의 미래를 예측할 수 있는지를 설명했다.

그러나 때로는 창문이나 꽃도, 심지어 놀 기회조차 아이들에게 주기 힘들 때가 있다. 로한은 중증 복합면역결핍증severe combined immunodeficiency disorder, SCID를 가진 여섯 살 소년이었다. 이 희귀 유전 질환 환자들은 면역체계가 제대로 기능을 하지 못하기 때문에 감염이나 바이러스, 세균이 매우 치명적일 때가 있다. 우리는 이들을 'SCID 아동'이라고 부르지만, 죽을 때까지 12년 동안 비닐로 만들어진 멸균 '버블' 방에서 살았던 데이비드 베터David Vetter 이후에 이 질병을 '버블보이 증후군bubble boy syndrome'이라 부르기도 한다. 베터는 여섯 살 때 의료진이 실수로 놓고 간 주사바늘로 버블에 구멍을 내기도 했다. 나중에 나사NASA에서는 베터가 집 밖으로 외출할 수 있도록 특수제작한 옷을 만들

* 말과 공감하고 소통할 수 있는 조련사를 뜻하는 호스 위스퍼러horse-whisperer를 빗대서 한 표현

어주기도 했는데, 아쉽게도 딱 일곱 번밖에 입어보지 못했다고 한다. 옷이 작아진 후 다시 만든 새 옷은 단 한 번도 입지 못했다.

공기가 항상 병실 안쪽으로만 흐르도록 설계한 음압병실과 발전된 기술 덕분에 로한에게는 버블 방이 필요 없지만, 여전히 외부 공기가 차단된 방, 극소수의 방문객, 그리고 제한된 장난감만이 삶의 전부였다. 무척이나 외로운 삶이었다. 로한은 유리 창문을 통해 밖을 내다보고 가끔 지나가는 간호사에게 손을 흔들었다. 느리고 어설픈 그의 손짓은 전혀 열정적이지 않았다. 그는 발달이 느리고 또래에 비해 체격이 작았다. 로한의 부모는, 많은 장애아 가족이 그렇듯, 별거한 지 오래되었고 아이를 번갈아 방문했다.

간호사에게서 로한의 상태를 시시각각 점검하고 새로운 정보를 얻느라 병실 밖에서 주로 시간을 보낸 엄마와 달리 로한의 아빠는 곧바로 에어록 문을 열고 로한의 병실과 외부 세계 사이에 있는 공기정화구역으로 성큼 들어가서 손을 씻고, 로한의 방으로 달려 들어가 아이를 공중으로 번쩍 들어올린다. 아버지가 도착하면 나는 되도록 그 근처에 있으려 했다. 아빠한테 번쩍 들어올려질 때 로한의 표정이 내 하루의 피로를 씻어주기 때문이었다. 잠시나마 로한은 삶으로 돌아온다. 마치 주사바늘로 버블에 구멍을 내는 것처럼.

무엇이든 일상이 될 수 있다는 사실은 놀랍고 슬프다. 로한은 채혈을 하도 많이 해서 울지도 않았다. 그저 팔을 내놓고 의사들이 언제든지 피를 뽑을 수 있게 했다. 만성적 설사 때문에 기저귀를 빈번하게 갈아주고 그때마다 오래 손을 씻어야 하는 간호사들이 아이와 놀아주기에는 너무 바빴다. 눈물이 말라버린 아이의 눈만큼 세상에 슬픈 건 없었다.

병이 심하다고 병원학교*에서 제외되는 법은 없다. 아이들은 수액거치대를 끌거나 휠체어에 앉아 선생님이 있는 교실로 온다. 물론 병원학교 선생님들은 특수교사들이다. 어린이 환자가 너무 아파서 침대를 떠날 수 없거나 배관에 묶인 인질처럼 투석용 기계에 매여 지루함에 몸을 꼬고 있다면, 선생님들이 직접 찾아가 한동안 그들 옆에 앉아 공부할 거리를 주기도 한다. "교육과 건강은 하나고 같은 거예요. 기본적인 인간의 권리죠. 병원에 있는 아이들도 기본적인 인권 이상의 것을 존중받아야 해요." 병원학교의 교사가 내게 전해준 말이다.

하지만 로한의 엄마는 아들의 감염 걱정 때문에 종종 병원학교 교사들과 언쟁을 벌여야 했다. 로한의 엄마 입장에서는 간호사를 비롯해 매일 다른 사람들이 병실을 드나드는 게 아이를 위해서 좋지 않다고 생각했을 것이다. 골수이식 수술이 가까워졌기에 더욱 예민해졌다. 누군가 방에 들어갈 때마다, 아무리 손을 잘 씻고 소독을 한다 해도 로한에게 치명적일 수 있었다. "위험이 너무 커요. 이미 여러 번 빠졌는데, 몇 주 더 빠진다고 크게 달라지지 않아요. 걔는 고작 여섯 살이라고요. 오리엔테이션 따위가 지금 중요한 게 아니에요." 엄마가 주장했다.

로한의 엄마가 사나운 암사자가 되어 그 무엇보다 아들을 보호하려 드는 것을 난 이해할 수 있었다. 그게 그녀의 일이다. 그러나 자유를 주려고 NASA가 특별 제작해주었던 데이비드 베터의 외출복, 하지만 시

* 장기입원 소아 환자들을 위해 병원에서 운영하는 학교

간이 지날수록 거의 입을 기회를 찾지 못한 그 옷이 자꾸만 생각났다. 극히 제한된 사람들과 접촉하며 버블 안에서만 살면 로한의 생존 확률은 더 높아질 수 있을 것이다. 그런데 그 대가는 무엇일까? 다행히, 나중에 로한의 골수이식이 성공적으로 이루어져 집으로 돌아갔다는 소식을 들었다. 얼굴에 내려앉는 햇볕과 바람을 맞으며 공원에서 자전거를 타고 있을 로한을 그려본다.

*

"머리 안에 거미가 있어요."

일곱 살짜리 티아는 부드러운 토끼인형의 귀를 입에 물고 말했다. 그녀의 고모 캐롤라인이 티아 옆에 앉아 있었다. 부모는 의사들과 이야기를 나눈 후 병실을 나갔다. 둘 다 울고 있었다.

"티아야, 진짜 거미가 아닌 거 알지?" 캐롤라인은 나를 보며 반쯤 웃었지만, 미소가 눈꼬리까지 올라가진 못했다.

나는 티아 앞에서 바닥에 무릎을 대고 말했다. "그래, 네 머리 안에 있는 혹이 꼭 거미 모양같이 생겼지. 난 네가 무슨 말하는지 알아."

티아는 악성 성상세포종astrocytoma을 진단받았다. 성상세포종은 종양의 일종인데, 티아의 경우는 어려운 곳에 종양이 자라고 있었다. 수술을 앞두고 있었고, 그 후에는 화학 치료와 방사선 치료를 할 예정이었다. "아침마다 토했어요. 뿜어내듯이 토를 하더라고요. 그러면서 눈이 안 보인다고 해서 우리는 시력이 약해지는 거라고 생각했지요. 동네 보건소에 갔더니 이 병원으로 가보라고 권해줬어요."

"분명히 거미에요. 토끼도 그렇게 생각한대요." 캐롤라인의 말이 끝나자 티아가 질겅질겅 씹던 토끼 귀를 뱉으며 말했다. 보름달만 한 눈을 가진 티아가 나를 똑바로 쳐다보며 속삭였다. "거미를 꺼낼 거래요." 내가 가까스로 미소를 지으며 목소리를 떨지 않으려고 애쓰는데, 캐롤라인이 손으로 입을 막으며 듣기 힘든 소리를 내었다.

드디어 소아과 간호사 자격증을 땄다. 나는 아직 스물두 살이었고, 실습생 첫날 옷깃에 달아맸던 간호사용 회중시계는 여전히 지니고 있지만, 더 이상 찍찍 소리를 내며 걷지는 않았다. 그동안 하도 많은 감염에 노출되어 내 면역체계는 이제 온갖 박테리아, 바이러스, 곰팡이에 맞선 방어체계를 구축했다. 운이 좋게도 로한의 것보다는 훨씬 좋은 면역체계가 나를 보호해주어 신체적 건강은 완벽했다. 그럼에도 몹시 두려웠다. 자격증을 딴 뒤 첫 업무를 맡은 '호박 병동'*은 아기들과 어린이들이 척추수술, 신경수술, 두개안면수술을 받는 고위험 병동이다.

티아를 위해 디즈니 만화영화를 틀어주고 캐롤라인의 어깨를 감싸준 후, 또 다른 환자인 조지프를 살피러 갔다.

"조지프가 태어났을 때 축하한다고 저한테 인사를 건네는 사람이 단 한 명도 없었어요. 직장 동료, 친구, 가족 모두 다 그랬어요. 상상이 되세요?" 비쩍 마른 조지프의 엄마 데보라는 물어뜯어 너덜너덜해진 손톱에 무심하게 틀어올린 머리를 하고 손에는 커피를 들고 있었다. 마지막으로 거울을 본 게 언제였을까 나는 문득 궁금해졌다. 조지프는 네이

* 소아 환자들에게 친근감을 주기 위해 붙인 병동 이름

거 증후군Nager syndrome이라는 희귀유전질환을 앓고 있었고, 그 때문에 얼굴에 턱이 거의 없었다. 곧 안면 성형수술을 받을 예정인데, 열한 살 나이에 벌써 다섯 번째 수술이다.

"이비인후과 문제이긴 하지만, 기관절개를 또 시키고 싶지 않아요." 데보라는 평범한 아이 엄마가 쓰지 않는, 아니 쓸 필요가 없는 의학용어를 섞어가며 말했는데, 의사들과 시간을 많이 보낸 티가 역력했다. 하지만 외국어 학습에서 초급 단계 없이 고급반을 듣는 것처럼 그녀가 사용하는 용어들은 뒤죽박죽이고, 맞지 않는 게 많았다.

"전에 기관절개를 했는지 몰랐어요. 첫아이인가요?"라고 나는 물었다.

"첫아이이자 마지막이에요. 조지프에게 집중해야 하거든요. 일도 파트 타임으로 바꿨지만 여전히 바빠요. 바쁜 게 뭔지 알잖아요."

그때만 해도 사실 난 잘 몰랐다. 자격증 있는 간호사로 일한 지 겨우 이틀밖에 안 됐으니 모른다고 느끼는 게 당연했을지도 모른다. 그래도 그렇게 말하지 않았다. 그녀의 불안감을 가중시키고 싶지 않았다. 배울 것이 너무 많았다. 네이거 증후군 외에도 다른 유전질환과 희귀한 증후군을 앓고 있는 환자가 우리 병원에만 수십 명이 넘었다. 학생 때 한 친구가 표현했듯이 우리는 여기서 '이상하고 놀라운' 환자들만 본다.

내가 일하는 병원은 3차 진료기관으로 지역 병원에는 없는 전문적인 간호와 특수 치료를 제공하는 곳이었다. 따라서 전국 각지에서(런던에서 온 환자는 50퍼센트다), 그리고 해외에서 환자들이 찾아왔다. 그들의 병을 다 아는 것은 거의 불가능하다. 그래도 나는 런던에서 볼 수 있는 친족 간 결혼으로 인한 유전적 기형의 발생 빈도를 찾아보고 희귀 질환, 예를 들면 이마뼈 융합Metopic Craniosynostosis, 아퍼트 증후군Apert syndrome, 쏠린머리증Plagiocephaly, 파이퍼 증후군Pfeiffer syndrome, 섬유이형성증Fibrous Dysplasia, 카펜터 증후군Carpenter syndrome의 이름과 증상들을 외우며 밤늦도록 공부했다.

두개안면 이상의 사진이 실린 책에서 나는 프리먼-셸던 증후군Freeman-Sheldon syndrom을 예전에는 '휘파람얼굴 증후군Whistling-face syndrome'으로 불렀다는 것을 알았다. 미숙하게 형성된 입과 오므린 입술 때문에 휘파람을 부는 모습처럼 보이기 때문이다. 이 사진을 의사인 친구에게 보여주었더니 "내가 자란 이집트의 시골 마을에서는 이런 아이들은 죽게 그냥 바깥에 둬"라고 말했다.

어쩌다 보니 주위 친구들이 모두 의사, 간호사, 조산사가 될 사람들이고, 의료인이 아닌 친구들이 점점 줄게 되었다. 사무직에서 일하는 한 친구는 항상 자기가 얼마나 힘들게 일하는지 토로했다. 아이가 너무 울어서 혹시 뭐가 잘못된 게 아닌지 걱정하는 또 다른 친구에게 나는 "정말 아픈 아기들은 울지 않아"라고 말해주곤 했다. 일상적인 일에 동정심이 줄어들고 있었다. 함께 자란 친구들이 간호에 대해 물을 때 "설명하기 힘들어"라고 대꾸하자 친구들이 나에게 "너 변했어"라고 말했다.

"크리스티, 와서 준중환자실High-Dependency Unit, HDU*에 빈 병상

* 보통 중환자실 가까이 있으며, 보통 병실보다는 특별한 주의가 필요하지만 중환자실에 갈 만큼은 아닌 환자들이 머무는 곳

이 있나 봐줄래요?" 수간호사인 애나가 방 안으로 얼굴을 들이밀며 물었다. 그녀가 입은 옛날식 짙은 남색 간호사복의 소매 옆 선이 완벽하게 풀 먹여 다림질되어 있었다.

"나중에 봐요." 나는 데보라에게 인사를 하고 조지프를 돌아보며 "꼬마 신사, 너도"라고 그의 얼굴에 시선을 얼마나 둘지 의식하며 말했다. 눈코입이 쏠려 있는 날카롭고 뾰족한 얼굴이 너무 특이해서 빤히 쳐다보지 않기가 힘들었다. 사람들의 시선 때문에 자기가 다르게 생겼다는 것을 끊임없이 상기해야 하는 조지프와 그의 엄마의 마음은 어떨까 상상조차 할 수 없었다. 조지프는 나를 보고 크게 미소 지었고, 그의 얼굴은 금세 아름다워졌다.

복도에서 애나를 따라갔다. 앞으로 애나를 섀도잉하며 수술을 마친 조지프를 돌볼 것이다. 새로운 병동에서의 첫 시작과 간호사 자격증 취득이 의미하는 건 업무 요령을 익히기 위해 며칠 또는 몇 개월까지 경험 많은 간호사를 따라다닌다는 것이다. 선배 간호사는 신입에게 앞으로 환자를 맡겨도 좋을지 이 기간 동안 판단한다.

"응급 기관절개를 해야겠지만, 구강인두 기도유지기가 저기 침대 옆에 있어요."

침대 옆에는 조지프의 얼굴 크기에 맞춰 훨씬 작게 만든 세 개의 튜브가 있었다. "조지프의 호흡이 멈춰도 마스크를 너무 세게 누르지 말아요. 아니면 얼굴이 무너질 수 있어요. 기도유지기부터 넣어요."

나는 눈이 휘둥그레지고 목구멍이 타는 느낌이 들었지만 고개를 끄덕였다. 그리고 어렵게 침을 삼킨 뒤 천천히 숨을 쉬려고 노력했다.

"아니면 얼굴이 무너질 수 있어요"라고 할 때 애나의 목소리는 조금도 변하지 않았다. 멈칫하거나, 심호흡을 하거나, 내 어깨에 손을 얹지도 않았다. 극히 사무적이었다.

애나가 웃으며 말했다. "걱정하지 말아요. 내가 있잖아요." 그녀는 소아신경과에서 오래 근무했다. 반듯하게 다림질된 제복에, 말하면서 흘깃 쳐다보는 간호사 시계를 찬, 위엄 있고 흠잡을 데 없는 전통적 이미지의 간호사였다. 애나는 신경외과적 희귀 질환 연구로 박사과정을 밟고 있었으며, 그녀의 사무실은 의학 논문으로 꽉 차 있었다. 다른 간호사들에게도 병동이 너무 바쁘지 않을 때 책상 밑에 쌓아둔 잡지 말고 논문을 읽으라고 권했다. 오늘은 자신의 근무일이 아닌데도 집안 장례식에 참석한 다른 수련 간호사를 대신해서 일하고 있었다. "경조휴가를 써도 되는지 모르겠어요. 직계 가족이 아니거든요"라는 수련 간호사의 말에 애나는 간호사가 서로를 위로하지 않는 날이 온다면 그것은 세상의 종말을 예고하는 것이라고 답했다. "괜찮아요. 원하는 만큼 쉬어요. 내가 대신 근무할게요."

나는 길 잃은 강아지처럼 애나를 졸졸 따라다니며 그녀가 하는 모든 걸 머리에 담으려고 애썼다. 그녀가 하지 않는 일은 없었다. 청소 미화원이 올 때까지 기다리는 대신 "환자가 당장 쓸지 모르니까"라며 직접 더러운 변기를 청소했다. 그리고 신경외과 의사들과 치료 계획에 대해 언쟁을 벌이기도 했다. 애나는 스캔자료를 들고서는 나는 도무지 짐작도 할 수 없는 이상한 소용돌이 형태를 가리키며 "환자의 호흡이 더 나빠지면 필요하겠지만 지금은 미심쩍어 보이는 스캔자료 근거만으로 대

공감압 수술이 타당하지 않다는 설명이 있다. 후에 애나가 나에게 이야기했다. "우리는 인격을 가진 환자 그리고 그 가족을 치료해요. 그저 단순히 스캔만 보지 말아요. 수입을 올리려고 불필요한 수술을 하면 안 돼요. 우리에게는 아직 NHS가 있잖아요." 그녀가 한숨을 쉬었다.

이런 애나의 열정과 지식은 병동 전체에 널리 알려졌다. 주니어 의사들은 모두 나처럼 애나와 가깝게 지내며 사안마다 그녀의 의견을 듣고 싶어 했다. 그러나 그녀는 간호사들에게 더 많은 관심을 두었다. 이곳 병동은 이직률이 낮고 간호사들이 오래 근무하는 편이었다. 평생을 머무는 간호사도 있었다.

"병실 상태가 어떤지 확인하고 또 확인하세요. 나도 살펴보겠지만, 크리스티가 혼자 해내는 것을 보고 싶어요." 그녀는 앞서 걸어가며 뒤돌아보지 않고 말했다. 내가 계속 따라올 것을 알기 때문이다.

나는 애나처럼 곧은 자세를 유지하며 보폭을 맞추어 옆에서 함께 걷고자 애썼다. 걸으면서 양옆으로 머리를 휙휙 돌려가며 각 방의 청결, 위험 여부, 정리정돈 상태를 평가하는 그녀를 따라 하려고 노력했다. 약품 냉장고가 낮게 '윙' 하는 소리, 잘 닦인 바닥에서 그녀의 신발이 내는 찍찍거리는 소리, 양쪽에 늘어선 각 병실에서 느껴지는 소아 환자와 그 부모들의 고요함…….

부엌 맞은편 욕실에는 어린이용 욕조와 혼자 설 수 없는 아이들이 욕조에 들고 나는 것을 도와주는 의료용 호이스트hoist*가 있다. 그러나 보통은 아이를 안아서 옮겼고, 나중에 나는 이것 때문에 꽤 고생을 했다. 모퉁이의 간호사 데스크는 책상으로 분리된 정사각형 공간으로 엑스레이판, 기록 보관카트, 두꺼운 참고도서와 플라스틱 파일이 꽂혀 있는 선반이 뒤에 있다. 책상 위에는 컴퓨터 한 대와 전화기 두 대가 있고, 작은 정사각형 모양의 경고등은 병실에서 보호자가 누르면 주황색이, 응급상황일 때는 빨간불이 깜박인다. 야간 근무 때 먹는 간식을 펼쳐놓는 곳에 지금은 환자 가족들이 가져다준 사탕이나 초콜릿, 과자, 체코에서 온 간호사가 할머니의 비법으로 만들었다는 닭요리가 놓여 있다.

간호사 데스크 맞은편에는 특별한 주의가 필요한 준중환자실이 보이고, 이어서는 화장실과 간이침대가 딸린 1인실(부모가 아이와 함께 병원에서 지낼 수 있도록)이 길고 좁은 복도에 줄지어 있다. 간호사 데스크 다른 편에 온갖 장비로 꽉 찬 치료실에서는 의사들이 아이들에게 주사약을 연결하기도 하고, 놀이치료사 멀린이 아이들 앞에 무릎 꿇고 앉아 풍선을 불어주는 동안 간호사들이 환자의 머리에서 붕대를 풀고 두개골에 박았던 철사침이나 실밥을 뜯어내기도 했다. 치료실 옆으로는 직원실과 의국이 있는데, 이곳에서 여러 과 의사들이 모여 생존 가능성과 사망률을 고려하여 치료 계획을 결정하는 회의를 하기도 하며 동료들의 출산 축하파티나 송별회를 하면서 음료와 케이크를 함께 나눠 먹기도 한다.

의약품실은 좁고 긴 공간이다. 눈높이 정도 되는 선반마다 다양한 약품이 쌓여 있고, 체크리스트를 가지고 온 약사가 매일의 재고를 확인한다. 선반 끝에는 투명한 플라스틱 쟁반이 가득 포개어져 있으며, 그 옆에 정맥주사나 척수관주사(척수에 직접 주사함으로써 약물이 혈액-두뇌 장벽을

* 거동이 불편한 환자를 앉혀 이동시키는 그네 모양의 기구

거치지 않아도 되는)를 준비할 때 사용하는 개수대가 있다.

우리는 간호사 데스크 맞은편에 있는 준중환자실에서 멈췄다. 총 네 개의 병상이 있는 이곳에서는 간호사 한 명이 어린이 두 명을 보살피며, 중환자실이 아닌데도 종종 마취과 의사가 인공호흡기가 필요한 환자를 이곳으로 데려온다. 신경외과 간호사와 의사들의 전문성 덕분에 이곳이 일반 중환자실보다 아이들에게 더 안전한 환경이 된다는 것이다. 아직 주니어 간호사지만, 나는 벌써 이곳이 초보 간호사에게 얼마나 두려운 곳인지 알 수 있었다. 칠판에 적힌 환자들의 이름과 병명을 보고, 신생아부터 18세 사이의 소아청소년이 여기서 신경외과 수술을 받을 수밖에 없는 상태를 생각하며, 나는 겁을 먹지 않으려고 애썼다. 난치성 간질, 뇌수종, 뇌종양, 척수 손상, 동맥류, 뇌졸중, 신경섬유종증 등 불안감을 느끼지 않을 수 없는 질환들이다.

알코올과 소독약으로 침대를 닦고, 알코올이 들어간 비누 범벅으로 수없이 닦은 내 손은 건조하고, 피부가 벗겨지고, 쓰라렸다. 수술 성격상 '호박 병동'에서 가장 위험한 감염은 뇌수막염이다. 어린이 환자의 감염 여부를 확인하기 위해 나는 벌써 요추천자lumbar-puncture*를 도우라는 지시를 받았다. 요추천자를 할 때 아이는 몸을 새우처럼 구부리고, 의사가 굵은 주사바늘을 직접 골수 공간으로 삽입해 뇌척수액을 뽑아낼 동안 절대 움직여서는 안 된다. 채취된 뇌척수액은 감염지표와 수액압을 확인하기 위해 사용된다. 이때 의사에게 요구되는 것이 극히 기술적

* 척추 아랫부분에 바늘을 꽂아 골수를 뽑아내는 것

인 능력이라면, 간호사의 경우는 다소 모호한 측면이 있다. 구부정한 자세로 조금만 움직여도 위험할 수 있는 고통스러운 시술을 받는 동안 아이가 움직이지 않고 가만히 있도록 해야 하는데, 이 일의 성패는 간호사가 그 아이에 대해 얼마나 잘 알고 있느냐에 달려 있기 때문이다.

네 살배기 아메드는 도널드덕을 무척 좋아했기 때문에 담당 간호사에게는 도널드덕 성대모사 능력이 중요했다. 즉 시술에서 중요한 순간에 도널드덕 이야기의 절정 부분을 효과적으로 전달해 아이가 자기 등에서 무슨 일이 일어나고 있는지 신경 쓸 겨를이 없게 하는 것이다. 그런가 하면 열세 살의 샬리니는 중증 장애인으로 아무런 이유 없이 갑자기 몸을 홱 움직였다. 며칠 동안 그녀의 가족과 친해진 후 어머니는 샬리니가 프린스의 노래 〈리틀 레드 콜르벳〉의 도입부분이 흘러나올 때 미동도 하지 않는다고 말해주었다. 나는 시술 전에 CD 플레이어를 찾아 음량을 적절하게 조절한 뒤 노래의 정확한 지점에서 '일시정지'를 눌러두었고, 의사가 손을 소독하는 동안 내 손가락은 '재생' 단추 위에서 대기를 했다.

이 모든 과정 동안 수간호사 애나는 침착함을 유지했다. 아이들이 수술실에 들어오기 전, 마치 폭풍 전의 고요함과 같은 시간이 있다. 나는 비눗물과 알코올에 적신 천으로 모든 것을 다시 닦고, 산소, 흡입기, 모니터를 확인하며 밸브 마스크와 구강인두 기도유지기를 가까이에 놓았다. 그리고 조지프가 수술 후 호흡이 멈추지 않기를 마음속으로 기도했다.

"가서 차와 토스트를 좀 먹어요." 애나가 말했다. "내가 여기 있을 거니까 괜찮을 거예요."

병동 주방에는 직원들이 주전자 물이 끓기를 기다리며 귀한 시간을 낭비할 필요가 없게끔 매일 아침 끓는 물을 담아놓는 커다란 보온 물통이 구비되어 있었고, 식기세척기, 대용량 커피, 그리고 가끔은 아직 유통기간이 남은 우유가 냉장고에 있었다. 토스터기도 있긴 하지만, 빵이 탈 때마다 울리는 화재경보에 소방대원들이 오기 때문에 토스터기는 곧 없어질 거라는 소문이 있었다.

커피를 타고 있는데 미화원 볼라가 들어왔다. 그녀는 호들갑스러운 데가 있는 밝은 성격으로 웃지 않는 모습을 본 적이 없다. "크리스티, 둘째 날이네. 정식 간호사가 된 소감이 어때?"

"겁나요." 웃으며 내가 말했다.

"그렇군. 좋아. 말린 새우를 좀 줄게." 그녀는 벽장을 열어 여기저기 뒤지더니 자신의 낡은 갈색 핸드백을 꺼내더니 호일로 싼 꾸러미를 건네주었다. 안에는 고추처럼 보이지만 사실은 말린 생선이 들어 있었다. 나는 웃으며 하나를 먹어보았다. 켁켁 기침이 나왔다. "고마워요."

볼라가 설거지를 시작하자 나는 주방에서 나왔다. 그녀는 "식기세척기는 믿을 수가 없단 말이지"라고 중얼거리며 개수대로 돌아가 찬송가를 부르며 그릇을 씻었다. 나는 그녀와 하루 종일 주방에 숨어서 매콤한 음식을 먹으며 그녀의 목소리를 듣고 싶었다.

조지프는 붕대에 뒤덮인 채 병동으로 돌아왔다. 내가 환자의 상태를 기록하고 애나가 진통제를 주사하는 것을 옆에서 지켜보는 동안 조지프의 엄마는 침대 옆에 서 있었다. 조지프의 상태는 안정적이었고, 옆에 있는 튜브는 쓰지 않은 채로 새것이었다. 몇 시간밖에 지나지 않았는데 조지프는 앉아서 비록 빨대를 통해서지만, 물을 좀 삼켰다. "씩씩한 우리 아기"라고 조지프의 엄마가 아들을 격려해주었다.

애나를 따라 일반 병동의 8호실로 갔다. 그녀는 내게 척추 수술 후 진통제가 필요한 17세 환자에게 주사를 놓으라고 지시했다. 나의 첫 근육주사였다. 애나가 조지프에게 했던 것처럼 환자의 허벅지 바깥쪽에서 위치를 찾고 근육에 주사바늘을 찌른 후 혹시 혈관을 건드려 피가 주사기로 들어오지는 않는지 살짝 빼봤다. 피가 역류되지 않아 주사액을 주입했다. 긴장하여 손이 저절로 떨렸다. 학생 때 다양한 주사법을 연습했지만 모두 가짜 팔다리와 오렌지에 주사를 놓는 것이었다. 한번은 학생들끼리 비강내 캐뉼러 삽관을 연습한 적이 있었다. "자기가 그런 주사를 맞지 못할 것 같으면, 앞으로 간호할 가여운 아이들은 어떤 마음일지 상상해보세요."

실제 사람에게, 환자에게, 아이에게 주사를 놓는 것은 더 무서웠다. 처음부터 끝까지 애나가 뒤에서 지켜보고 단계마다 내가 뒤돌아보면 고개를 끄덕여 보였다. 그런데 맨 마지막 순간에 바늘을 뽑다가 바늘이 부러지면서 일부는 주사기와 함께 내 손에, 나머지는 환자의 다리 근육에 박혀버렸다.

"아, 어떡하지? 어떡하지!" 그때 애나의 손이 내 등허리에 얹어지는 것을 느꼈다.

"침착해요. 아무 일도 아니에요." 그녀는 순식간에 앞치마와 장갑을 장착하고 손가락으로 신속히 부러진 바늘 조각을 빼내 들더니 마치 옷에 묻은 머리카락이나 보풀을 버리듯 가볍게 주사바늘 폐기통에 던져

버렸다. 환자가 웃었고, 애나도 웃었지만, 나는 눈물을 흘렸다.

휴게실로 걸어가는데 울음이 멈추질 않았다. 애나가 내 어깨에 팔을 두르며 말했다.

"실수를 해봐야 돼요. 누구도 첫 업무에서 완벽할 수 없어요. 어쩌면 영원히 완벽은 없어요." 그녀는 웃으며 말을 이었다. "나도 항상 실수를 하거든요. 내가 아는 간호사 한 분은 아이의 외부뇌실배액external ventricular drain, EVD* 튜브를 잘랐어요. 상상해봐요! 뇌척수액이 줄줄 흘러나오는 것을. 심각한 사고였지만 우리는 해결했어요. 그밖에도 예측할 수 없는 일들이 벌어져요. 지난주에 필립은 히크맨 관Hickman line**을 물어뜯는 바람에 거의 죽을 만큼 피를 흘렸어요. 내가 활력증후 확인을 위해 들어가보지 않았으면 무슨 일이 일어났을지 모르지요. 그렇지만 결국 아무 일도 없었어요." 그녀는 내 팔을 꼭 잡으며 말했다.

16세기 르네상스 시대 프랑스 철학자인 미셸 에켐 드 몽테뉴는 "인간이란 무엇인가"라는 질문에 오랫동안 천착했다. 그는 "태양은 그들의 성공을 드러내고, 대지는 그들의 허물을 덮는다"라고 하면서 의사들에게 부여된 특권을 묘사한 바 있다. 의사들과 달리 간호사들의 실수는 다르게 취급된다는 사실을 나는 이미 알고 있었다. 어떤 소아 환자에게 약물이 정맥이 아닌 경막***에 투여됐고, 그 약물이 척추관과 지주막 아

* 뇌실에 튜브를 넣어 고인 혈액이나 뇌척수액을 몸 밖으로 배출하는 치료법

** 약물 주입 및 채혈을 위해 정맥에 삽입하는 관

*** 뇌막 가운데 바깥층을 이루는 두껍고 튼튼한 섬유질 막. 뇌경질막이라고도 함

래로 흘러 돌이키기 어려운 결과를 초래한 적이 있었다. 정확한 환자에게 정확한 약품, 정확한 용량만 맞추면 되는 간단한 처치였다. 잘못된 것은 투여방식이었다. 그 사건 후에 동료 중 한 명이 이렇게 말했다. "우리는 의사들이 하는 것처럼 서로 뭉치지 않아요. 장담컨대 환자에게 약물을 투여한 건 의사인데, 책임은 의사에게 약액을 가져다준 간호사에게 물을 거예요." 그러나 애나는 의사와 간호사를 동등하게 대할 것이다. 그들의 실수를 덮지 않고 결국 우리는 모두 인간이고, 가끔 후회할 일을 저지른다는 사실을 인정할 것이다. 나의 신체적 면역체계는 강건할지 몰라도, 정서적 면역체계는 너무나도 부서지기 쉬웠다.

"첫 주사였는데요. 난 형편없는 간호사가 될 것 같아요."

내 말에 애나가 "말도 안 돼요. 내 밑에 있는 간호사는 모두 훌륭해요"라고 받아주었다.

밤에는 업무량이 그리 많지 않기 때문에 야간 근무 간호사의 수도 적다 하지만, 신경외과 병동에서는 규칙적으로 정맥주사를 놔야 하기 때문에 자주 소아 환자들을 깨워 글래스고 혼수 척도Glasgow Coma Scale를 사용해 환자들의 반응성과 의식 정도를 확인한다. 아이가 목소리에 반응하지 않으면 간호사는 목과 어깨 사이의 승모근을 지그시 눌러 환자가 정상적으로 반응하는지 살펴야 한다. 과거에는 의사들이 주먹으로 흉골을 비빈다든지 펜으로 손가락을 찌르나 귀를 잡아당기며 환자의 반응을 살피던 시절도 있었지만, 현재는 그런 고통스러운 자극이 허용되지 않는다. 혹시 모를 의사들의 이런 행위를 저지하는 것도 간호사의 몫이다.

“소아 환자가 고통을 느끼면서도 반응하지 못할 수 있어요. 그러니까 의사가 야만적인 고문 방법을 쓰려고 하면 막으세요”라고 애나가 내게 일러주었다. 그녀는 글래스고 혼수 척도도 중요하지만 차트로는 표시되지 않는, 하지만 간호사는 알고 있어야 하는 다른 신경학적 지표와 증상들이 있다고 알려주었다. 규칙적인 딸꾹질, 말투의 변화, 몸이 뻣뻣해지거나 흐느적거리는 증상, 굳거나 불룩하게 솟은 숨구멍, 구토, 해거름징후sun-setting signs*, 부모나 보호자가 알려주는 이상한 징후들이 그것이다. “항상 엄마들을 믿어요. 엄마는 우리보다 더, 이 세상 어느 의사보다 더 자기 아이를 잘 알아요. 엄마가 와서 자기 아들이나 딸이 이상하다고 하면 믿으세요. 아, 그리고 하품도 주의 깊게 봐야 해요.”

나는 새어나오는 하품을 막느라 어설프게 손으로 입을 막다가 들켰다. 이렇게 바삐 돌아가는 병동에서 나의 쓸모는 없는 것 같았다. 긴장하고 피곤한 데다가 야간 근무가 익숙치 않다 보니 감기는 눈을 주체하지 못했다.

“잠깐 눈을 붙여도 돼요. 그렇지만 아주 잠깐요. 션트가 막힌 응급환자가 오고 있는데, 크리스티가 ‘15분 신경지표 검사’를 해줬으면 좋겠어요.”

병동에서는 자리가 없어도 션트가 막힌 환자들을 받는다. 아니, 없는 자리를 만든다. 이들은 신경외과 응급환자로 분류된다. 뇌실복강

* 눈동자가 아래로 치우쳐 위쪽으로 눈의 흰자위가 노출되는 증상

션트ventricular peritoneal shunt는 뇌수종이나 가끔 '뇌에 물이 차는 병'에 대한 처치법 중 하나다. 이 질환의 아기들은 외계인 같은 큰 머리를 가지고 있고, 높은 뇌압으로 눈이 아래로 튀어나와 있다. 수술에 대해 사전 교육을 받았음에도 불구하고 나는 이 거칠고 잔혹한 션트 수술 중간에 나올 수밖에 없었다. 이미 절차를 알고 있었고 두개골을 자르는 부분은 생각보다 나쁘지 않았다. 빵 타는 냄새가 날 거라고 동료가 미리 경고를 했기 때문이다. 그러나 카테터catheter*가 뇌에 삽입되어 고정되는 한편, 또 다른 카테터가 귀 뒤에서부터 가슴을 지나 과도한 수액이 다시 아기의 몸으로 흡수되는 배까지 밀고 들어가는 것을 보는 느낌이 어떨지는 미처 생각하지 못했다. 이 조그만 몸뚱이 사이로 관을 밀어 넣는 것에 외과 의사가 얼마나 많은 노력을 들이는지 상상하지 못했다. 거의 매달 션트가 막힌 환자가 이곳에 온다. 수술 실패율이 높지만 수술을 하지 않으면 아이가 죽기 때문에 꼭 해야 한다. 마침내 환자가 수술실에 도착한 시간은 새벽 3시였고, 신경외과 의사와 수술팀들은 집에 있다가 호출을 받고 대기 중이다. 아침까지 기다릴 수 없다.

한편, 보라색 작은 토끼인형을 안고 새근새근 잠든 티아를 살피러 간 나는 아이를 깨우지는 않았다. 티아는 뇌에 종양이 있지만 규칙적인 관찰이 필요하지는 않았다. 소아 뇌종양 환자는 특히 무섭다. 아주 괜찮아 보이다가 치료 중 갑자기 상태가 나빠지기 때문일 수도 있고, 그들을 보면서 생명이 얼마나 무작위인지를 깨달으면서 자연의 섭리를 통제하

* 장기 내로 삽입하기 위한 튜브형의 기구

지 못하는 우리 인간이 얼마나 무력한 존재인지를 알게 되기 때문일 수도 있다. 지금 티아의 부모가 마주한 것은 이 세상 어느 부모도 겪어서는 안 되는 일이다.

내가 간호사 데스크에 앉는 것을 보고 지나가던 애나가 말을 건냈다. "잠을 좀 자요. 회의실에 가서 좀 누워요."

"아뇨. 괜찮아요. 그냥 밤새도록 한 번도 앉지 못해서 그래요."

"걱정 말아요. 모두들 짬짬이 쉬어요. 지금 쉬는 게 훨씬 나요." 애나는 말하면서 내 옆을 지나쳐 그녀를 기다리는 사람들, 질문이 있거나 투약량을 문의하고 입원이나 직원 배치 등의 문제로 그녀의 도움이 필요한 사람들에게로 멀어져갔다.

손등에 적어두었던 비밀번호를 누르고 회의실로 들어갔다. 책상과 컴퓨터, 벽에 걸린 스케줄표와 작은 소파가 있는 작고 깔끔한 방이다. 아마도 여기서 자는 사람이 내가 처음은 아닐 것이다. 소파 위에는 쿠션이 있고, 개켜진 얇은 담요가 팔걸이에 걸쳐져 있었다. 문 뒤에는 옷을 걸 수 있는 고리가 있었다. 내 옷을 내려다보니 아직도 빳빳하게 풀 먹인 완벽한 모습이다. 깃을 세우고 풀을 먹여 다림질하는 데 많은 시간을 들였고, 허리띠에 달린 은색 버클에 광까지 냈다. 이 옷을 구길 수는 없었다. 나는 문이 잠긴 것을 두세 번 확인하고 옷을 벗어 먼지를 턴 후 고리에 잘 걸어두었다. 그리고 소파로 올라가 담요를 덮었다.

웃음소리에 잠에서 깼다. 남자 의사 서너 명이 나를 내려다보고 있었다. "어…… 음…… 좋은 아침이에요." 그 중 한 명이 말했다. "저는 닥터 반스입니다." 그는 줄무늬 양복에 청진기를 목에 두르고 서류가방을 들고 있었다. 중요한 사람 같아 보였다. 꽤 오랫동안 나는 움직일 수도, 아무 말도 할 수 없었다. 아침이었다. 밝은 햇빛이 쏟아지고, 배식 직원들이 접시를 부딪치는 소리, 아이들의 울음, 사람들의 대화, 라디오 소리 등 아침을 여는 소리가 들렸다. 서서히 내가 어디에 있는지 정신이 들고 문 뒤에 걸린 간호사복이 보였다. 내가 시트콤의 한 장면에 들어와 있는 듯 느껴졌다.

"죄송합니다." 담요를 턱밑까지 끌어올리며 말했다. "정말 미안합니다." 화끈거리는 얼굴을 숨기기 위해 고개를 돌린 채 웅얼거리며 다시 말했다. "죄송해요. 동료들이 저를 잊었나 봐요. 신입이거든요. 옷이 구겨지지 않게 하려고 했어요."

오래지 않아 나는 스스로도 알아보지 못할 정도가 되었다. 무엇을 배웠는지 정확히 표현할 수는 없어도 과학과 예술의 중간 어디쯤이란 사실은 알았다. 모든 것은 아주 작은 디테일이고, 작은 디테일이 큰 차이를 만든다는 것을 이해하는 과정이었다.

오늘 내가 맡은 아이는 네 명이다. 첫 번째 환자는 뇌척수액을 측정하기 위해 외부뇌실배액을 했다. 그 옆 침대의 티아는 나중에 방사선 치료를 하러 가야 한다. 티아는 얼마 전 수술을 했지만 암이 재발했다. 이번이 그녀의 두 번째 화학 치료와 방사선 치료다. 다른 두 환자는 신경섬유종증과 자폐증을 앓고 있는 열 살짜리 남자아이와 다음 날 수술이 예정된 열두 살짜리 중증 뇌전증 소녀다. 나는 난치성 간질 때문에 뇌의 반을 절제해야 하는(뇌반구절제술이라고 한다) 아이의 아버지와 이야기를 나누었다. 그 아이는 수술 전에 수많은 서류작업을 해야 했고, 수술 후 관리에 관한 서류를 제출하면서 피검사를 해야 했다. "프랑켄슈타인 같아요." 그녀의 아버지가 말했다. 다부진 체격의 트럭운전사인 아버지의 손마디는 문신으로 덮여 있었고, 축구 경기 얘기를 즐겨 하며, 담배를 태우기 위해 온종일 병원을 들락거렸다. "그러니까 경련을 멈추기 위해 뇌를 반이나 잘라낸다는 거군요." 아버지가 중얼거렸다.

간질치료를 위한 뇌수술은 새로운 기술이 아니다. 잉카문명 이전 남아메리카에서는 두통, 간질, 정신질환뿐 아니라 영적이고 주술적인 문제를 다루기 위해 청동과 날카로운 화석암으로 만들어진 외과 도구를 이용하여 두개골에 구멍을 뚫고 뇌의 일부분을 절제했다. 물론 외과 의술은 초기 문명 시대 이후에 어마어마하게 발전했고 뇌절제술은 간질치료법 중 하나일 뿐이다. 대부분의 중증 뇌전증 환자는 항간질 약물로 이 질환에 성공적으로 대처한다. 그러나 소수의 중증 뇌전증 환자는 계속되는 경련에 의한 장애가 너무 심해 성공률이 높아야 70퍼센트밖에 되지 않는 위험한 수술을 받아야 한다. 안타깝지만 선택의 여지가 없는 환자들이다. 운이 좋아 그 70퍼센트 성공에 포함된 환자들 중 일부에서는 발작 증세가 완전히 사라지기도 한다. 그러나 간질 발작은 모 아니면 도가 아니다. 원인, 양상, 결과에 따라 바람만큼이나 다양한 발작이 있다. 환자 아버지가 내게 묘사한 뇌반구절제술은 수술 후 딸이 뇌졸중 환자처럼 몸의 한쪽을 움직이지 못할 것을 의미했다. 그리고 그녀에게 자주 찾아오는 '쓰러짐 발작'은 멈출지 몰라도, 그래서 더는 헬멧을 쓰지 않아도 되고 발작 때문에 머리를 다칠 걱정은 없을지 몰라도, 다른 성격의 경련이 더 자주 올 수도 있다. 수술을 통해 날씨의 패턴을 변화시킬 수 있을지 모르지만 날씨 자체는 자연만이 바꿀 수 있다.

티아는 내가 보살피고 있는 아이 중 가장 덜 아픈 아이지만, 동시에 나의 시간을 가장 많이 들이는 아이기도 하다. 신경검사를 위해 티아를 찾으니 아이는 놀이방에 있었다. 처음에는 티아가 갖고 노는 것이 고무찰흙인 줄 알았다. 그러나 놀이선생님이 그건 티아의 방사선 치료에 필요한 마스크 틀을 만드는 기공실에서 가져온 물질이라고 이야기해줬다. 티아의 보라색 토끼는 탁자 위에 놓여 있었다. "마스크를 얼굴과 머리 전체를 덮게 맞춰야 해요. 티아가 방사선 치료를 받을 때 사용할 건데, 아이가 누워 있는 침대에 나사로 완전히 고정해서 환자가 절대로 움직이거나 말을 하지 못하게 하는 거죠. 1밀리미터의 오차도 없이 레이저가 정확해야 해요."

이미 알고 있는 사실이지만, 그걸 견뎌내는 아이들의 용감함에 감탄한다. 내 얼굴 전체에 딱딱한 마스크를 덮어놓고, 움직이지 못하게 결박했다고 상상해보니 생각만으로도 힘들었다. "그것을 어떻게 견디죠? 당연히 전신마취를 하겠지요?"

"티아는 여덟 살이기 때문에 가능은 하지만, 하지 않는 것이 훨씬 좋지요. 놀이치료가 가장 좋은 대안책이에요."

놀이치료사 멀린은 간호사가 아니기 때문에 월급이 많지가 않았다. 의사들이 자주 그녀의 능력을 간과하지만, 멀린은 뇌종양 치료 중인 여덟 살짜리 환자를 상담할 수 있고, 극심한 통증에서 아이의 관심을 분산시킬 수 있다. 아동발달에 대한 그녀의 지식과 이해는 아이가 겪는 고통의 수준과 그것에 대한 기억에 큰 차이를 만든다. 어린 환자들은 자신의 생명을 구해준 의사는 기억 못 해도 비눗방울을 불어준 멀린은 항상 기억할 것이다. 어릿광대 차림으로 마술을 보여준 의사, 자선단체에서 병원으로 데려오는 갈색의 래브라도종 강아지, '7번 병동 10번 병상 밀리'에게 응원을 전한 병원 라디오 직원, 작은 수레에 해리포터 책을 가져다주는 자원봉사자도 마찬가지다.

그러나 티아는 웃고 있지 않았다. 고무찰흙처럼 생긴 마스크를 손가락으로 잡고 한동안 아무것도 만들지 않았다. 여덟 살 나이의 티아는 근심으로 일그러진 노파의 표정을 하고 있었다. "용감해야 해, 소프티." 티아는 토끼인형에게 말하며 토끼의 얼굴에 마스크 틀을 얹었다가 곧 다시 떼어내는 행동을 반복하더니 토끼를 들어서 뽀뽀를 했다. "용기를 내."

마스크를 맞추러 아래층으로 내려가야 할 시간이 되자 티아는 뼛속까지 울리는 비명을 질러댔다. 티아의 몸은 아직까진 튼튼하다. 티아에게 절실하게 필요한 치료들이 아직 그녀의 면역체계를 손상하지 않았기 때문에 지난번 치료 후 쇠약했던 상태를 떠올리기 쉽지 않다. 그때만 해도 티아는 움직이지도 못하고, 손상된 면역체계가 제대로 작동하지 않아 입안 가득 궤양이 생겨 말을 하지도 못했다. 다시 그 상태로 가야 한다는 것을 상상하기 어렵다. 나는 티아의 암이 다시 재발하진 않을까, 그 확률은 어느 정도나 될까 생각조차 하기 싫었다. 현재 티아의 몸이 병과 싸우고 있다는 것만 생각하기로 했다. 그러면서 내 정서적 면역력도 강해지는 중이었다. 나는 그녀의 절규를 먼 곳에서 들리는 소리마냥 듣고 삼켜버렸다. 해야 할 일이 있는데 운다고 해결되는 것은 없다. 티아가 몸을 젖히며 버둥거려서 그녀를 들어올릴 수가 없다. 티아의 비명이 잦아들 때까지 엄마가 아이를 안고 달래주도록 하며, 우리는 마스크 만드는 일정을 잠시 미룰 수밖에 없다.

나는 승진과 함께 '호박 병동'을 떠나게 되었다. 중증 장애 아동을 위한 지역 요양원의 부팀장으로 일하게 되었다. 병원의 모든 간호사와 의사와 아이와 그 가족들이 축하해주었다. 마지막 근무 날, 미술 작품 대신 여러 뇌종양 스캔이 벽에 걸려 있는 회의실에서 송별회를 했다. 나는 티아의 스캔을 보지 않으려고 노력했지만 눈길이 자꾸 그곳으로 향했다. 사진 중앙에 너무나 큰 하얀 거미 모양이 보였다. 내 시선을 돌리려고 동료들이 내게 말을 걸었다. 그들로부터 카드도 받고, 가벼운 포옹도 나누었다. 그런데 뭔가 어색했다. 모두들 미소를 너무 오랫동안 짓고 있었고, 어떤 동료들은 내 담당 아이들의 병실을 들락날락거렸다. 애나는 먼저 자리를 떠야 한다면서 서둘러 나를 꼭 안아주었다. 그녀의 얼굴에는 표정이 없었지만 나는 그녀를 잡고 영원히 놓아주고 싶지 않았다.

"그동안 제 멘토가 되어주셔서 감사합니다." 많은 말을 하고 싶었지만, 이 말밖에 나오지 않았다. 내가 그녀같이 되기를 얼마나 바라는지 그녀를 통해 친절, 팀워크, 직업정신을 배웠고, 강인함과 부드러움이 어떻게 양립할 수 있는지를 보았으며, 항상 그녀에게 감사할 거라는 사실을 말하지 못했다. 애나는 내게 간호사가 되는 법을 가르쳐주었다. 3년간 간호학교를 다녔지만, 간호사가 되는 공부는 자격증을 딴 뒤 병원에서 근무하는 첫날 비로소 시작되었다. 그러나 애나에게서 배운 것을 모두 표현할 말을 찾지 못했고, 그녀는 벌써 서두르며 말했다.

"아직 교대 시간이 남았어요. 아직은 크리스티가 내 팀원이고 우리는 지금 6번 침대에 가봐야 해요."

동료들이 화장실에서 도와달라고 큰 소리로 요청했다. 소아 환자가 발작을 하거나 심장마비를 일으키는 줄 알고 달려가니 동료들이 큰 소리로 웃으며 나를 버섯수프가 가득한 욕조로 밀어 넣었다. 역겨운 냄새에 구역질이 나고 온 피부에 끈적끈적한 수프가 달라붙었다. 욕조에서 나오려고 허우적거렸지만 다시 빠졌다. 욕조를 채울 만큼의 수프를 어떻게 구했는지 알 수 없는 노릇이다. 차가운 버섯수프가 코로, 입으로 들어가고 머리에 엉겨 붙었다. 찬물을 끼얹은 것 같은 몇 초간의 정적 후에 우리는 건물이 떠나갈 듯 웃음을 터뜨렸다.

이 안에서의 소동을 들여다보려고 한 무리의 사람들이 화장실 앞에 몰려들었다. 휠체어에 앉거나 수액거치대를 잡고 옹기종기 모인 아이들의 웃음소리만큼 아름다운 소리를 여태껏 나는 들어보지 못했다. 욕조에 빠진 나를 더 잘 보려고 까치발을 들고 둥그렇게 모여든 대여섯 명 아이들의 얼굴이 보였다. 티아는 맨 앞에 서서 나를 손가락으로 가리키며 배를 잡고 웃었고, 그녀의 웃음소리는 화장실에 가득 울려퍼졌다. 결국 티아는 웃고 또 웃다가 바닥에 데굴데굴 굴렀다. 까르르 까르르 까르르. 그녀의 웃음소리는 우리 모두를 웃게 만들었다. 의사들도 방에서 나와 아이들 뒤에 서고, 볼라도 부엌에서 나왔다. 옆 데스크 간호사들도 왔다. 수프를 뒤집어쓴 나를 그들도 흘깃 보긴 했지만 모두의 주의를 끈 것은 티아였다. 나도 미친 듯이 웃었다. 정말로 오랜만에 배꼽이 빠지게 웃었고, 아마도 캘럼이 세상을 떠난 이후 처음인 것 같았다. 간호사와 환자의 관계는 쌍방의 과정이기 때문에 티아의 웃음은 내가 자초한 정서적 면역력의 손상을 복구하는 데 충분했다. 그녀의 웃음은 나를 낫게 했다. 우리는 같이 울고, 같이 웃을 수 있었다. 티아의 소리는 아름답고, 티아 엄마는 뒤에 서서 나를 향해 미소 지으며 딸의 웃음소리를 영원히 간직하려는 듯 허공에서 손을 폈다가 접었다. 나도 똑같이 했다.

'기억하자. 기억하자. 기억하자.' 나는 스스로에게 다짐했다. 간호는 슬픔에 대한 면역력을 키워주지만 아이들 간호는 가끔 '바보같이 되기'가 필요하다. 수프가 가득한 욕조에 기꺼이 들어가서 아이를 웃게 만드는 것과 같은……. 아이의 뇌 스캔 한가운데 희뿌연 큰 구름이 끼어 있을 때, 아이의 엄마는 잡고 버틸 수 있는 뭔가가 필요하다. 이 사실을 이해하는 것이 간호다.

5
/
생존을 위한 투쟁

내게 아이를 일곱 살까지 맡기면 어떤 어른이 될지 보여주겠다.

_아리스토텔레스

소아과 간호사로서 가장 좋은 점은 아기를 안아주는 것이 업무의 일부라는 사실이다. 나는 특수간호 업무를 좋아한다. 특수간호영아실Special-Care Baby Unit, SCBU을 포함하는 신생아중환자실은 미숙아와 출생 직후의 아기들이 입원하는 곳이다. 여기 있는 아기들 대부분은 너무 일찍 세상에 나오는 바람에 아주 많이 작다. 어떤 아기들은 이곳에서 몇 달을 머물고, 조산으로 인한 다양한 후유증을 앓는다. 태어난 지 일 년이 넘었어도 여전히 신생아만 한 작은 아기를 보살핀 적도 있다.

모든 신생아중환자실 문에는 비밀번호가 설치되어 있다. 병원에서 아기를 훔쳐가는 여자들이 있기 때문이다. 휴게실 벽에는 “이 여성을 보면 즉시 보안실로 연락하십시오. 간호사로 위장해 침입한 적이 있는 위험 인물입니다”라는 문구가 흐릿한 인물사진과 함께 붙어 있곤 한다. 종종 사진을 보며 그들을 절박하게 만들었던 그 사연에 궁금증을 품어

보기도 했다.

비밀번호를 누른 뒤 둔탁한 '딸깍' 소리와 함께 문을 열고 들어가면 모유의 시큼한 냄새와 방 안 가득한 후끈한 공기가 나를 맞았다. 이 방은 일 년 내내 높은 온도를 유지한다. 다른 병동에서 입던 도톰한 간호사복 대신, 면으로 만든 헐렁한 간호사복을 입고, 발이 숨을 쉴 수 있는 간호사 슬리퍼를 신어 다행이다. 약품이 보관된 냉장고를 지나 일회용 물품으로 채워진 투명한 벽장 옆을 지나간다. 그 안에는 반창고, 주사기, 스티커, 종이접시, 기관내관, 흡입 카테터, 붕대, 그리고 '간호사연맹'과 같은 거창한 이름을 지닌 은퇴한 간호사들의 모임에서 증정한 털모자 등이 있다. 새로운 연구나 의사들의 당번 일정을 알리는 게시판도 있고, 벽 한 면은 감사카드로 빼곡하다.

우리는 5개월간 있었어요. 일생 중 가장 긴 5개월이었지만 간호사님들의 유머와 친절에 정신 잃지 않고 잘 버틸 수 있었어요.

캐롤과 모에게 감사드려요. 그리고 제 남편의 썰렁한 농담을 참아준 모든 의료진들 감사합니다. (저의 쌍둥이들을 살려주신 것도요!)

특수간호실의 의사 선생님들과 간호사 선생님들, 영원히 은혜 잊지 않겠습니다.

애도 조산사* 매디께. 살면서 가장 힘들었던 시간을 견딜 수 있게 도움을 주셨어요. 비록 짧은 시간이었지만, 덕분에 아기와의 추억을 영원히 간직할 수 있게 되었어요. 고맙다는 말로는 충분하지 않지만, 다른 말을 찾을 수가 없네요. 고맙습니다.

감사카드가 붙어 있는 벽 옆면으로 늘 잠겨 있는 의약품 수납장이 있다. 의약품 카트 위에는 검정과 빨강 색깔의 '통제약품관리부'가 놓여 있다. 이 커다란 장부는 모르핀과 같이 중독성 있는 약물의 사용을 엄격히 관리하기 위한 것으로, 도난 방지를 위해 약물을 꺼내기 전 반드시 두 명의 간호사가 동시에 서명해야 한다. 중독은 간호사와 의사들 사이에 흔한 문제다. 최근 통계까지 포함된 정확한 자료는 없지만, 몇 해 전 '알코올 컨선Alcohol Concern'** 과 '드럭스코프Drug Scope'***가 NHS 종사자의 알코올과 약물 소비에 관해 시행한 설문조사에 따르면, 분야를 막론하고 60퍼센트의 고용자가 직원의 알코올중독 문제를 겪은 적이 있고, 27퍼센트는 약물을 오남용하는 직원이 있었다. 아마도 그 수는 더 증가했을 것이다. 물론 대부분은 저급한 파티와 과음 영향이 컸고, 한편으로는 "열심히 일하고 더 열심히 놀자"는 좌우명이 한몫했을 것이다. 요즘은 다섯 개의 의대가 연합하여 정기적으로 '클럽의 밤'을 만들어 다른 현장 직원들과 함께 술을 퍼마시기도 한다. 다른 일반 젊은이들이 나이트

* 태아를 사산했거나 신생아의 죽음을 겪은 산모와 가족을 돕는 조산사

** 과도한 알코올 소비로 인한 폐해를 알리기 위해 설립된 영국의 자선단체

*** 2000~2015년까지 약물 사용에 관해 활동한 영국의 자선단체

클럽에서 하는 것처럼 일부 의대생이나 간호사들도 그런 파티에서 약물을 복용할 것으로 생각된다.

NHS에서 다년간 일을 한 의료인들은 그보다 더 심각한 문제를 안고 있다. 중독 혹은 우울증과 싸우는 NHS 소속 의료진들을 꾸준히 진료해온 한 일반의는 말했다. "그들을 일주일에 한 번은 만나려고 해요. 의사들이 특히 자살 위험이 높아요. 스트레스가 너무 많고 손쉽게 자살 시도를 할 수 있는 방법이 주위에 널려 있으니까요. 의사들은 자살을 '시도'하는 게 아니고, 그냥 해버려요." 내가 알던 어떤 의사와 간호사는 심각한 중독으로 어려움을 겪다가 극단적인 선택으로 생을 마감했다. 그들은 진정제나 마취제 같은 약물에 쉽게 접근할 수 있었는데도 그런 약은 사용하지 않았다. 요즘은 종합의료협의회General Medical Council에서 의사들을 위해 24시간 전화상담 서비스를 제공하고 있지만, 간호사를 위해서는 그런 서비스가 존재하는지 모르겠다. 의사와 간호사들을 대상으로 무작위 약물테스트를 하자는 이야기가 종종 있지만, 물론 시행된 적은 없다.

병동 사무실을 지나 들어선 중앙 구역에는 여섯 아기가 생명유지 장치에 연결되어 누워 있었다. 그곳에는 아기들의 미숙한 허파를 대신해서 일하는 인공호흡기를 포함해 수많은 기계음 사이에서 간호사들이 바쁘게 움직였다. 왼쪽의 특수간호영아실은 중앙 구역의 아기들만큼 위중하지 않기 때문에 상대적으로 주의가 덜 필요하지만 그만큼 간호사 한 명당 돌보아야 하는 아기의 수도 많다. 둘 사이에 있는 통로가 서로 다른 나라를 가르는 국경선처럼, 두 구역은 확연한 차이를 보인다. 신생아중환자실은 정치적으로 안전하지 않은 나라, 특수간호영아실은 안정적이고 조용한 나라다. 신생아중환자실의 아기들은 모두 인공호흡에 의존하고 있었다. 즉, 모두가 히포크라테스(BC 460~375)가 최초로 설명했던 기관내 삽관 방식의 호흡관을 통해 생명유지 장치에 연결되어 있는 것이다.

간호사들이 아무리 노력을 해도 신생아중환자실은 조용하기가 어렵다. 과잉감각자극은 나중에 아기의 발달에 심히 부정적인 영향을 미친다고 오래전부터 알려져 왔다. 소리와 빛에 대한 과도한 노출이 지각 및 학습 장애로 이어진다는 것이다. 그럼에도 신생아중환자실은 전기설비, 밝은 실내등, 그리고 각종 용기들이 부딪치는 소리로 가득하다. 간호사들은 배경이 되는 진동기의 윙윙 소리, 흡입기와 경보음 소리를 주의해야 한다. 물론 아기들이 항상 놀라는 건 아니다. 이곳의 아기들은 무의식적인 기본 반사조차 없다. 이것으로 이들이 얼마나 아픈지를 알 수 있다. 간호사들은 조용히 속삭여 말하고, 조도를 낮추고, 매일 일정한 시간 동안 인큐베이터 위에 수건을 덮어서 소리와 소음을 제한하려고 노력한다. 하지만 이 또한 아기에게 부정적인 영향을 끼칠 수 있다. 조산아의 청각피질은 아직 결정적 발달 시기crucial stage*에 있으며, 언어를 배우려면 먼저 말소리를 들어야 한다. 문제는 환경의 소음이 대부분 '칙칙,' '꽝' 또는 공기를 빨아들이는 소리와 같은 백색소음이라는 사실이다. 이곳의 아기들은 이 세상과 저 세상 사이, 생명의 끝자락에 있는 연약한 생명들

* 발달 과정에서 특정한 심리적 특성이나 행동을 습득할 가능성이 높은 시기

이다. 폐는 덜 발달되었고, 폐포를 열어주는 물질인 표면활성물질이 결여되어 있다. 아직 정상적인 면역체계, 제대로 된 신장 기능이 발달하지 못했고 위장체계도 취약하다. 이 아기들은 뇌출혈의 위험도 높다.

신생아실 간호사들에게는 군대와 같은 엄격함이 있다. 아기가 규칙적인 일상과 체계적인 관리 아래서 잘 자라면, 간호사들은 이 엄격함을 더 발휘한다. 오래 일하다 보면 간호사들의 전공과 전문 분야를 느낌으로 알 수 있다. 특히 응급실 간호사와 수술실 간호사, 신생아실 간호사를 각각 알아맞힐 수 있는 나의 눈썰미에 스스로 놀란다. 가령 나와 동료는 간호사 보수 교육을 진행할 때 교육생들이 어느 자리에 앉아 있냐에 따라 그들이 어디서 일하는지 맞히는 내기를 하곤 한다. 뒤에 앉아 겁먹은 표정을 하고 있는 사람들은 수술실 간호사다. 그들은 과제 지향적이며 환자들과의 접촉이 거의 없다. 또한 이 훈련을 통과하지 못해 재수강을 할 확률이 높다. 맨 앞자리에 앉은 간호사들은 중환자실이나 응급실에서 온 경우가 많고, 그들은 강사로부터 질문을 받기보다 오히려 자신들이 질문할 준비가 되어 있다. 임상전문 간호사는 교실 가장자리에서 지루한 표정으로 의자에 기대어 앉는다. 늦게 오는 사람들은 내과 병동과 노인 병동의 간호조무사이거나, 간호사들과 함께 교육을 받는 것에 기분이 상해 보이는 의사들이다. 이런 의사들은 하나같이 급하게 처리해야 할 일이 있다고 먼저 자리를 뜬다. 교육 중 정신을 차리라고 일어서서 수업을 듣게 할 정도로 심하게 조는 사람들도 늘 있는데, 이들은 서서도 눈을 감고 있다.

신생아실 간호사들은 지칠 줄 모르는 것 같다. 그들 대부분이 체구가 작고 탄탄하며 재빠르다. 한 아기에서 다음 아기로 빠르게 움직이며 동시다발적으로 일을 처리하고, 통제와 타이밍을 중요하게 여긴다. 신생아실 간호사들은 또한 아기가 얼마나 아픈지에 상관없이 책임자의 위치에서 아기를 이끌어가고 절대로 아이에게 끌려다니지 않는다. 언제 아기의 눈을 씻고 입을 헹궈줄지, 기저귀는 언제 갈아줄지 등을 결정하는 것도 그들이고, 캐뉼라cannula*를 삽입하거나 물리치료를 한다고 아기의 조그만 가슴이 소형 드럼인양 두드리는 의사들로부터 언제 아기를 떼어놓을지를 결정하는 것도 신생아실 간호사다. 이들은 훌륭한 웨딩플래너의 자질을 갖고 있다. 호흡관을 청소하거나 인공호흡기를 서서히 떼야 하는 두세 명의 아기 환자를 동시에 돌보는 상황에서도 머릿속으로 큰 그림을 그리며 간호의 우선순위를 정하고 체계화한다. 예를 들면, 물리치료 또는 자세 바꿔주기, 환자 관찰, 코를 통한 수유와 약물 투여 등의 순서로 말이다. 때로는 근육수축 촉진제를 동시에 투여해야 할 때도 있다. 주사 두 대를 한 번에 놓는 경우인데, 강한 심장병 약물을 조심스럽게 줄이면서 나머지 하나를 늘리는 식이다. 조그만 실수가 고혈압으로 이어지고 아기가 심장마비를 일으킬 수 있기 때문에 처음부터 끝까지 동맥혈압의 변화를 세밀하게 관찰해야 한다. 일정한 패턴은 없다. 아기마다 민감한 약물에 다르게 반응하기 때문에 간호사들은 자신의 경험을 믿고 느낌대로 따른다.

* 체내로 약물을 주입하거나 체액을 뽑아내기 위해 꽂는 관

약물을 준비하고 투여량을 결정할 때는 엄격한 공식을 따라야 하기 때문에 때로는 신생아실 간호사는 수학을 잘해야 한다. 수학 연산 능력은 간호 업무에서 새로운 것이 아니다. 《차라카 삼히타》는 인도 전통 의학인 '아유르베다Ayurveda'에 관한 기원전 1세기의 산스크리트 문헌으로 현재까지 전해내려오는 두 권의 기초 문헌 중 하나다. 이 문헌은 간호사들이 "지식을 갖추어야 하며, 투여량을 계산하고 준비하는 데 숙달되어야 하고, 모든 사람에게 호의적이고 청결해야 한다"고 조언한다.

투여량 계산에서 소수 자리만 틀려도 아기가 죽음에 이를 수 있다. 나노그램(ng. 1g의 10억분의 1)과 마이크로그램(㎍. 1kg의 10억분의 1)은 기호가 비슷하게 생겼지만 천 배의 차이가 난다. 동료 중 한 명이 단위를 착각하고 아기에게 강한 약품을 천 배 많은 용량으로 주입한 적이 있었다. 다행히 아기는 살았지만, 나처럼 주니어 간호사였던 친구는 죄책감에 휩싸여 서서히 죽어갔다. 계산기를 믿을 수 없다며 사용하지 않는 간호사들을 만나기도 한다. 그들은 신생아중환자실의 시끄럽고 정신없는 환경에서 온종일 여러 개의 복잡한 암산을 한다. 닷새 동안 밤에 자지 않고 12시간 30분씩 야간 근무를 한 끝에 새벽 네 시에 다음과 같은 계산을 하는 것이다.

> 아기의 체중은 1.697kg이고 정맥주사 50ml당 40mg의 도파민이 들어간다. 12.5 mcg/kg/min을 투여하려면 주사액 투입 속도를 어떻게 정해야 할까?

고등학교 검정 시험에서 수학과목은 D학점을 받았고, 숫자들이 머릿속에서 갈팡질팡 떠다니는 나로서는 두렵기가 이만저만 아니다. 모든 계산을 검산하고 또 검산하며, 끝없이 긴 메모를 한다. 오만 가지 처리해야 할 일이 머릿속에 있으면서도 깔끔하고 완벽하게 시간에 맞춰 해내는 동료들에게 깊은 감명을 받는다. 이렇게 철두철미하고 감염에 거의 강박적이며 일의 우선순위와 구조화를 중요시하는 완벽한 간호사들이 새벽 4시에 큰소리로 부르는 소리에 나는 특수간호구역에서 중앙에 있는 중환자실로 뛰어갔다. 놀랍게도 흰 비닐식탁보를 덮은 긴 탁자 위에 뷔페가 펼쳐져 있었다. 소세지롤, 치즈, 샌드위치, 주스, 닭다리, 키쉬, 피자, 그리고 볼로방vol-au-vent*까지 있다. 마치 크리스마스 가족 모임 때 할머니가 차려준 식탁 같다. 한쪽에 종이접시가 쌓여 있는 모습까지, 방 안의 아기들과 기계음, 유니폼만 아니라면 어떤 가족 모임이나 결혼식 피로연에 와 있다고 착각할 정도였다. "딱 10분이에요"라는 책임간호사의 말에 우리 모두는 재빨리 먹고, 마시고, 수다를 떤 뒤 깔끔히 뒷정리를 하고 손을 씻고 각자의 일터로 돌아간다. 피곤하던 차에 뷔페는 정말 반가운 휴식이었다. 나는 인도 배낭여행을 위해 돈을 모으려고 연속해서 연장 근무를 하는 중이었다. 생활비를 아끼려고 간호사 숙소에서 친구와 함께 살고 있지만, 친구와 나의 근무 시간이 서로 반대이다 보니 서로 볼 일이 없다. 내가 잘 때 친구가 일하고, 내가 일할 때 친구가 자기 때문에 그러잖아도 저렴한 월세를 나누어 내며 살 수 있다. 근무시

* 크림소스에 고기, 생선 등을 넣어 조그맣게 만든 파이

간 중 짧은 휴식과 음식은 내가 다시 정신을 차리고 버틸 수 있게 해준다.

일을 마친 후, 다른 간호사와 함께 승강기로 걸어갔다. 뷔페에 대해 묻자 그녀는 매일 있는 일이라고, 가끔은 의사들이 도넛을 가지고 오기도 하고, 간호사들이 번갈아 간식을 가져온다고 했다. "여기서 일하는 게 참 좋아요. 간호사들이 자신을 위해 갖는 그 10분이 아기들에게 전혀 해를 끼치지 않아요. 오히려 아기들에게 도움을 주지요. 내 배가 부르고 수분 섭취가 잘되면 스스로 존중받는다는 느낌이 드니까요. 물론 간식 뷔페가 병원 규칙에는 어긋나지만……."

직원실 옆에는 더러운 의료폐기물을 미끄럼 같은 좁은 통로로 던져 내려보내는 의료폐기물실이 있다. 한번은 사망한 아기를 바구니에 담아 영안실로 옮겨갈 이송기사가 올 때까지 이 방에 두었는데 시간이 좀 지난 후 죽은 줄 알았던 아기의 울음소리가 들리는 게 아닌가. 출입문에 '상담 중'이라는 표지판을 걸어놓은 사무실 안에서 아기의 부모는 때가 낀 소파에 앉아 까끌까끌한 휴지에 얼굴을 묻은 채 울음을 쏟고 있었고, 내 옆의 의사는 아기가 너무 세상에 일찍 나오는 바람에 안타깝게도 생명을 다 채울 수 없었던 것뿐이라고 그 부모들을 열심히 위로하는 중이었다. 그때 노크 소리가 들리더니, 주니어 간호사 (울음소리의 정체를 알기 위해 폐기물실에 들어갔던) 한 명이 문틈으로 얼굴을 내밀고 매우 심각한 목소리로 "잠깐 드릴 말씀이 있어요. 급한 일인데요"라고 말했다. 그 후 아기는 아주 짧은 시간밖에 더 살지 못했고, 부모는 상실의 충격을 두 번이나 경험해야 했다. "저희가 실수를 했습니다. 뭐라고 드릴 말씀이 없습니다." 의사는 사과를 했다. 부모는 아이 이름을 '희망이'라고 지어주었다.

직원실에서 샌드위치를 먹을 때 보면, 의료폐기물실에서 혈변 냄새가 새어나올 때가 종종 있다. 아기의 내장출혈을 말해주는, 피가 섞인 고약한 설사 냄새다. 그러나 오늘 직원실에서는 커피 향과 땀 냄새, 어떤 간호사가 아침 대신 먹은 과자 냄새만 났다. 앉을 곳이 없어서 바바라 옆에 걸터앉았다. 바바라는 병실 이쪽 끝에 있으면서도 저쪽 끝에 있는 아기의 울음을 그치게 할 수 있는 그런 발군의 능력을 지닌 간호사다. 나는 인수인계를 받은 후 내가 돌보는 아기들의 침대로 갔다.

아기 이매뉴얼은 귀중한 선물처럼 싸여 있지만, 그를 싸고 있는 건 포장지가 아니라 소형 온실 역할을 하는 샌드위치 봉지 같은 것이었다. 이매뉴얼은 영국의 낙태 허용 기준인 24주의 경계를 겨우 넘겼을 때 태어났다. 임신 37주 이전의 출산을 조산으로 보는데, 조산은 신생아 사망의 제일 큰 원인이고, 5세 이하 유아 사망 원인으로는 두 번째다. 세계적으로 임신의 열 중 하나는 조산으로 이어지며, 그 비율은 증가하고 있다. 아기를 낳는 나이가 늦어지고, 체외수정으로 인해 다태아 분만이 많아지기 때문이다. 머리가 부자연스럽게 큰 이매뉴얼이 동그란 눈을 천천히 깜박였다. 그는 아직 빠는 힘이 부족해 테이프로 고정된 작고 가는 관을 통해 코로 영양을 공급받는다. 피부는 잿빛이며 머리에 푸르죽죽한 혈관이 무늬처럼 뻗어 있었다. 그래도 꽁꽁 싸인 채 투명한 인큐베이터 속에 있는 아기는 꽤 편안해 보였다. 하지만 모든 상황이 아기에게 불리했다. 출발이 좋지 않았던 거다. 900그램이 채 안 되는 몸무게로 태어나 뇌출혈까지 있었다.

이매뉴얼의 침대에 도착해서 제일 먼저 산소와 벽에 걸린 흡입기를 확인했다. 관은 제대로 삽입되어 있었다. 장갑 낀 손으로 벽에 있는 흡입기의 스위치를 켜면서 압력을 확인하고, 거치대에 꽂혀 있는 카테터의 사이즈가 바른지 재빨리 살펴본 뒤, 산소의 양이 적당하고 제대로 작동하는지, 아기의 기관내관이 빠졌을 경우를 대비하여 아기에게 맞는 백밸브마스크bag valve mask*가 근처에 준비되어 있는지 확인했다. 뭔가 잘못될 수 있는 경우는 수백만 가지이고, 사소해 보이는 것도 제대로 확인하지 않으면 생명에 위험을 주는 사고가 발생할 수 있다. 산소의 압력이 너무 낮거나 높으면 아기는 미숙아망막증으로 인해 시력을 잃을 수 있다. 또한 아기의 산소포화도가 일정하지 않으면 다른 합병증을 유발하여 여러 가지 치명적인 장애로 이어질 수도 있다. 흡입기가 제대로 작동하지 않아 아기의 관이 막히면 질식사를 할 수 있고, 백밸브마스크가 없으면 아기는 저산소증으로 뇌손상을 입을 수도, 창자허혈 또는 느린맥박이 생길 수도 있다. 딱 맞지 않고 너무 큰 마스크도 미주신경을 건드려 생명을 위협하는 느린맥박을 초래할 수 있다. 물론 실수는 어디에나 있다. 우려가 되는 건 NHS에서의 의료 과실이 증가한다는 점이다. 심각한 임상 의료 과실을 의미하는 '네버 이벤트never events'가 최근 4년 동안 가장 많았다. 충분히 막을 수 있는 일들이 환자를 장애나 죽음으로 내몰

* 자동으로 팽창하는 주머니가 붙은 산소마스크

수 있는 것이다.

응급 장비가 제대로 구비되어 있고 작동하는지 확실하게 점검한 후 ABCDE라는 빠른 평가로 이매뉴얼을 살펴보았다.

Airway(기도): 기도가 확보되어 있는지 튜브의 위치 확인

Breathing(호흡): 산소량 확인, 흉부의 소리를 들으며 양쪽 폐의 대칭 확인, 가슴 두드려보기, 공명 있으면 정상, 과다공명 또는 둔탁한 소리면 심각한 문제 암시

Circulation(혈액순환): 심장 소리 듣기, 동맥혈압 확인, 손으로 피부의 체온 확인, 환자의 발을 손으로 눌렀다가 떼었을 때 피부색이 돌아오는 시간을 확인하고 흉골도 같은 방법으로 확인

Disability(신체장애): 피부색, 자세, 숨구멍, 동공 반응, 의식 수준 확인

Exposure(외부노출): 신체의 앞과 뒤를 머리부터 발끝까지 살펴보며 부기, 출혈, 멍 또는 다른 이상한 징후는 없는지 확인

전 세계 모든 간호사와 의사는 환자가 한 명이든 백 명이든 상관없이 이 방법으로 중환자를 평가한다. 그러나 아기의 해부학적 구조는 성인의 그것과는 다르기 때문에 간호사에게는 각각의 징후들이 모두 중요한 단서가 된다. 아기들은 (그리고 조금 덜하지만 아동들도) 가능한 한 오래 주요 장기를 보호하기 위해 체내 보상 활동을 한다. 예를 들면, 성인의 80퍼센트는 심장마비가 일어나기 24시간 전부터 임상적으로 신체 기능 악화의 징후가 나타나지만, 아기들은 심장마비 직전까지 정상적인

혈압 수준을 유지한다. 이는 아동, 특히 영유아를 돌보는 간호사들이 예리한 관찰력을 가지고 있어야 함을 의미한다. 아기들의 상태가 나빠질 때 보이는 생리적 징표 중 일부는 해부학적인 것이다. 예를 들어, 갈비뼈가 수직 방향이 되어 숨을 깊이 쉴 수 없기 때문에, 대신 아기들은 머리를 까딱거린다든지 콧구멍을 벌름거리는 등 공기를 빨아들일 수 있는 가능한 모든 부수적 근육을 동원해 얕고 빠른 숨을 내쉰다. 그러나 해부학만으로 온전히 설명할 수 없는 고도로 발달된 보상 기제compensatory mechanisms도 있다. 중증 호흡장애를 겪는 아기는 끙끙거리며 숨을 뱉는데, 이것은 허파의 폐포를 억지로 열어 공기를 내보내기 때문이다. 이는 인공호흡기가 작동하는 것과 같은 방식으로, 보통은 의사들이 복잡한 생명유지 장치에 설정하는 호기종말양압Positive End-Expiratory Pressure, PEEP*을 스스로 만드는 셈이다. 마치 풍선을 크게 불기 위해 부모에게 처음만 좀 불어달라고 부탁하는 어린아이처럼 이렇게 폐의 가장 작은 부분을 열어놓음으로써 호흡의 어려운 첫 단계를 극복할 수 있다. 이런 보상을 위한 '끙끙거리는 숨쉬기' 능력은 아기들만의 것이다. 또한 아기들은 산소가 포함된 혈액을 뇌로 흘려보내기 위해 성인보다 더 오래 정상 혈압을 유지하고, 머리 꼭대기에 있는 숨구멍 덕분에 (성인이라면 죽었을 정도로) 심하게 뇌가 붓는 것도 견디며, 쉽게 부러지지 않는 부드럽고 유연한 뼈를 가지고 있다. 여러 면에서 아기들이 연약하지만, 본능은 믿을 수 없을 만큼 강하다. 그리고 어른이 되면 이런 보호적 능력, 혹은 무슨

* 폐 속 압력 유지를 위해 날숨이 끝났을 때 가하는 일정한 양압

수를 써서라도 살아남겠다는 의지를 잃는다. 육체적으로 강해지면서 정서적으로 연약해진다.

이매뉴얼의 엄마 조이는 아들의 인큐베이터 옆에 앉아 거대한 젖가슴에서 모유를 짜고 있다. 그녀의 모유는 튜브를 통해 이매뉴얼에게 들어갈 것이다. 우간다 출신의 조이는 얼굴에서 미소가 떠나지 않았고, 오늘도 모유를 짜면서 나에게 수다를 늘어놓는다. 처음에는 자기 나라 우간다에 대해, 이를테면 우간다 사람들은 친절하지만, 정치 상황이 복잡하게 얽혀 있다는 얘기를 한 후, 결국 자기 아들이 커서 무엇이 될지 이야기한다. "아이 아빠는 키가 195센티미터예요. 그러니까 이매뉴얼도 커서 농구선수가 될지 몰라요. 우리 집안은 학구적인 편이지만요. 할아버지와 아버지 두 분 다 의사였고, 나는 법대를 나와 계속 망명 신청자를 위해 일했어요."

그녀는 자신을 낮출 줄 아는 겸손한 사람이다. 내가 그녀에게 "그동안 많은 사람에게 도움을 주었겠어요"라고 말하자 부끄러워하며 "그 사람들이 도망쳐 나온 그곳의 참상은 이루 상상도 못해요"라고 대답했다.

조이의 아들에게 투여하는 긴 약품 리스트를 정리하며 때때로 나는 그녀에게 미소를 보낸다. 코로 연결된 튜브를 통해 이매뉴얼의 몸속으로 카페인이 주기적으로 투여되는데, 이는 아기가 숨 쉬는 것을 잊지 않도록 하기 위해서다. 카페인은 주요 호흡 자극제로 장기적 무호흡증을 가진 어린 아기들에게 널리 쓰인다. 이에 대해 설명하자 조이는 "아침 나절의 나랑 똑같네요"라고 말하지만, 목소리에는 걱정이 묻어 있다. 유축기의 쉭쉭 소리, 모니터 경고음, 노란색 임상 폐기물 휴지통이 닫히는 소리, 반짝반짝한 바닥에 끄는 신발 소리를 넘어 그녀의 목소리가 바뀌는 게 느껴진다.

"조이, 애기 한번 안아볼래요?"

나를 쳐다보는 그녀의 눈가에 갑자기 눈물이 맺혔다.

"괜찮을까요? 아이가 다칠까 봐 무서워요."

"그럴 리 없어요. 오히려 도움이 될 거예요. 엄마의 따뜻한 품이 최고지요."

조이는 아직도 아들을 안아보지 못했다. 지난 회의 때 우리 의료진들은 이 점을 논의했었는데, 간호사들은 엄마가 아기와의 유대감을 형성하지 못한 것을 걱정하고 있었다. 간호사들은 외과적 치료와 의료기술적 처치뿐 아니라 가족 중심 돌봄이 아기의 인지적 결과에 중요한 영향을 미칠 수 있다는 것을 잘 알고 있다. 예상하건대 이매뉴얼은 농구선수나 의사, 또는 인권 변호사는 되지 못할 것이다. 그리고 조이도 이 사실을 알 거라 생각한다. 태어난 후 열흘 동안 이매뉴얼의 심장은 벌써 여러 번 멈췄고, 창자도 제대로 운동하지 않았다. 자기 나이 또래의 정상 지표를 따라가기만 해도 운이 좋다고 할 수 있다. 맹인이나 농아가 될 수 있고, 신체 건강 문제뿐 아니라 심각한 학습장애를 겪을 수도 있다. 평생 누군가가 보살펴줘야 할 수도 있다.

다행히 조이 옆에서 이매뉴얼은 생명의 끈을 놓지 않으며 조금씩 호전되고 있었다. 하지만 인큐베이터에서 나오기에는 위험 부담이 커서 아직은 무리였다. 예를 들면, 호흡관이 쉽게 빠질 수 있다. 호흡관을 고정하기 위해 마취 없이 아기의 입에 관을 봉합하는 잔인한 시술을 그만 둔 게 얼마 되지 않았다. 과거에는 미숙아들이 통증을 느끼지 못한다는 의료계 믿음이 있었다. 감사하게도 이매뉴얼의 호흡관은 하얀 테이프로 제자리에 고정되어 있다. 테이프로 붙여 놓았어도 아기가 움직이면 호흡관이 입에서 빠질 위험이 있어 걱정은 되었지만, 그래도 조이가 아들을 안아보지 못했을 때의 위험이 훨씬 더 컸다. 조이의 정신건강도 걸려 있는 문제였다. 연구에 의하면 임신 기간을 모두 채운 산모보다 조산한 산모가 산후우울증을 겪을 확률이 두 배로 높다. 출산은 영혼을 둘로 나누는 것과 같기 때문에 그렇게 힘들다. 아기를 안아보지 못하면 조이는 여전히 자신의 반쪽을 잃어버린 것이고, 아기도 엄마가 안아주기까지 현실에서 완전체가 아니다.

긴 시간에 걸쳐 온갖 전선들로 연결된 이매뉴얼을 조심스레 인큐베이터에서 꺼낸 다음 조이의 팔에 안겨주었다. 인큐베이터 밖에서 보니 아기가 더 작아 보였지만, 아이는 울지 않았다. 눈 한번 깜빡이지 않고 아기는 엄마를 한동안 쳐다보았고, 조이도 아들을 지긋이 바라보았다. 그리고 몇 초 만에 그들은 사랑에 빠졌다.

"완벽한 아기에요." 조이가 말했다.

나는 고개를 들어 가슴에 손을 대고 감동하고 있는 동료를 향해 동조의 미소를 지어 보였다. 모든 상황이 이매뉴얼에게 불리하게 돌아갔지만, 이 순간만은 모든 것이 가능했다. 물리학자 뉴턴도 미숙아로 태어나 사람들은 그가 몇 시간 살지 못할 거라고 생각했다. 신생아중환자실의 엄마를 관찰하는 것은 특별한 일이다. 아기라는 기적이 더 기적적으로 보이는 곳이다. 조이는 그윽한 눈빛으로 이매뉴얼을 한동안 바라보았다. 아기는 세상의 모든 가능성을 지니고 있었다.

"우리 아기는 괜찮아질 거예요. 그죠? 난 알아요" 하는 조이의 말에 나는 "엄마랑 아기 모두 괜찮을 거예요"라고 대답했다.

병동 전체가 바쁜 탓에 오늘은 나 혼자 특수간호영아실에서 네 명의 아기를 돌보았다. 대체로 나는 이곳이 좋다. 아기들은 거의 예외 없이 사랑스럽고, 상태가 호전되어 집으로 돌아간다. 부모들이 보여주는 인내와 차분함은 자신의 아기가 삶의 벼랑 끝에서 안전지대로 옮겨올 거라는 믿음과 희망에서 비롯된 듯 보였다. 그렇지만 병동에 침대가 부족할 때가 있고, 특히 감염성 호흡기 질환으로 병원 전체 환자 수가 급증하는 겨울에는 병상이 없는 아기를 플라스틱 아기 바구니에 넣어 우리가 '세면대 공간'이라고 부르는 세면대 밑에 두기도 한다. 그럴 때는 아기에게 물이 튀는 것을 방지하기 위해 수도꼭지를 반만 튼다. 신생아 병동에는 건축 구조에 관한 엄격한 가이드라인이 있고, 각각의 침대 옆에 의자를 둘 적정 공간을 확보해 아기와 부모 사이에 유대감이 형성될 수 있도록 돕도록 규정되어 있다. 그러나 병원에 환자가 넘쳐나면서 어쩔 수 없는 경우도 있다.

그래도 오늘은 포근하고 고요한 날이었다. 특수간호영아실의 아기들은 옆방의 중환자실 아기들만큼 병세가 심각하지 않다. 평소와 다르게 지금은 아이 곁에 있는 엄마가 한 명도 없다. 여기 간호사들은 엄마와 아기가 하나라는 일체감을 가질 수 있게 최선을 다하지만, 개인병원은 많이 다르다. 일부 개인병원의 산과에서는 분만 후 아기들이 곧 신생아실로 옮겨져 아주 유능한 간호사들로부터 보살핌을 받는다. 그러나 그들은 여전히 낯선 사람일 뿐이다. 직원 탈의실 사물함에 "일곱 살 아이를 내게 보여주면 어떤 어른이 될지 알려주겠어"라고 쓴 엽서가 붙어 있는데, 어떤 간호사가 그 밑에 "12시간 된 아기와 엄마를 보여주면, 어떤 어른이 될지 알려주겠어"라고 덧붙여 썼다.

데이비드의 엄마 맨디는 램버스에서 온 성매매 종사자로, 이미 아홉 명의 아이를 아동보호 시설로 보냈다. 데이비드는 특수간호영아실에서 가장 얌전한 아기로 별로 움직임이 없었다. 이제까지 내가 보살핀 약물중독 산모의 아기들은 미세한 경련이나 발작을 겪기도 했는데, 데이비드는 자신과 비슷한 환경의 아기들과 많이 달랐다. 파란색 뜨개 모자를 쓰고 있는 데이비드는 작은 관을 통해 콧구멍으로 공기를 넣어주는 지속기도양압Continuous Positive Airway Pressure, CPAP 기계에 연결되어 있었다. 병원에 있는 제일 작은 기저귀를 찼는데도 그의 몸통은 기저귀에 파묻혀 있는 듯했고 나뭇가지 같은 두 다리는 기저귀 사이로 삐져나와 삼각형 모양을 이뤘다. 피부는 노인의 피부처럼 주름지고 늘어져 있어 마치 맞지 않는 헐렁한 옷처럼 골격에서 분리되어 보인다. 의료기기가 아기의 피부를 뚫을 때는 아이 엄마의 시선을 돌리려고 아무렇지 않은 일인 양 간호사들이 데이비드의 길쭉한 발과 손가락을 과장되게 언급하며 호들갑을 떨었다. "아기 손가락 좀 봐요! 피아니스트 손가락 같아요."

양쪽 콧구멍으로 들어가는 CPAP관과 뺨에 테이프로 고정해 귀 뒤로 넘기는 비강튜브 때문에 얼굴 전체가 보이지 않지만, 데이비드는 길고 곱슬곱슬한 눈썹 아래 큰 눈을 가진 잘생긴 아기다. 이렇게 예쁜 아기들이 가장 많이 아프거나 생존 확률이 낮은 것은 잔인하지만 사실이다. 데이비드의 눈은 안대로 덮여 있다. 그는 황달이 있고 눈 흰자위가 노랗다. 드물지 않은 일로, 조산된 아기의 85퍼센트가 임상적으로 확연한 황달을 앓는다. 광선요법과 간 기능 확인을 위한 정기적인 혈액검사가 필요한 경우다. 중국의 가장 오래된 의서이자 2천 년 넘게 중의학에서 가장 중요한 고대 문헌으로 꼽히는《황제내경黃帝內經》에는 우리 몸의 간이 군대의 장군으로 묘사되어 있다. 중의학에서는 간이 혼, 또는 천상의 영혼을 품고 있다고 생각했다. 서구에서는 태양으로 간의 황달을 치료한다. 데이비드는 안대와 기저귀를 제외하고 발가벗겨져 마치 일광욕하는 소형 인간처럼 태양등 아래 누워 있다. 나이트클럽과 같은 섬광을 내리쬐는 형광등은 광산화를 통해 빌리루빈(적혈구 대사물)이 물에 쉽게 용해되도록 산소를 제공한다. 이는 아기의 간이 황달의 지표인 혈액 속 빌리루빈을 쉽게 분해하고 제거할 수 있게 만든다. 네일숍 조명 밑에서 매니큐어를 말리는 손처럼 네온 불빛 아래의 데이비드는 편안해 보였다.

데이비드의 기록을 읽으며 약물 투여 시간을 맞추고, 활력징후들의 동향과 치료 계획을 살펴보았다. 기록에는 데이비드의 보호자인 엄마에 대해서 아주 간단한 정보만 있고, 아빠에 대한 것은 없었다. 데이비드는 임신 중 흡연과 알코올뿐 아니라 코카인에도 노출된 것으로 의심되며, 엄마 맨디는 출산 전 한 번도 검진을 받지 않았다. 맨디의 식사는 엽산은커녕 아마 제대로 된 비타민과 영양분도 부족했으리라 짐작된다. 데이비드는 일찍 작게 태어났지만, 불길한 출발에도 불구하고 의학적으로 탄탄해 보이며 아직 태아알코올 증후군Foetal alcohol spectrum disorder, FASD 증상은 나타나지 않았다. 통계적으로는 아직 영국에서의 태아알코올 증후군의 출현 비율이 알려지지 않았지만, 어떤 형태로든지 뱃속에서 알코올에 노출되면 위험하다. 아직까지 이에 대한 치료법은 없다. 아기의 뇌와 장기 손상을 되돌릴 수 없으며, 가끔 자폐 혹은 주의력 결핍 및 과잉행동 장애ADHD로 잘못 진단되기도 한다. 엄마가 마신 알코올이 태아의 몸으로 전달되면, 태아의 뇌와 장기가 정상적으로 자라는 데 필요한 산소와 영양분이 부족해진다. 데이비드의 미래는 불확실성으로 가득했고 모든 것이 불리했다. 그의 간이 특수간호영아실의 광선요법으로 치료가 가능할 수도 있지만, 이 혼돈의 책임자인 엄마 맨디의 간이 초래한 문제들 때문에 데이비드의 몸은 계속 전쟁을 치러야 한다.

간호의 기능은 간의 그것과 비슷하다. 간은 감염을 통제하고, 혈액응고와 조직재생에 관여하는 효소와 단백질을 만들어 상처를 치유하며, 건강 유지를 위해 음식을 소화시켜 영양을 책임진다. 간호사들이 간처럼 몸 안의 독소를 직접 제거해줄 수는 없지만 희망, 위로, 친절을 통해 나쁜 것들을 변화시키려고 많은 시간을 들여 노력하는 것만은 확실하다.

교대 시간이었다. 그래인에게 업무를 인계하고 잠시 휴식 시간을 가졌다. 그래인은 대학원까지 마친 간호사로 미숙아의 생리뿐만 아니라 간호사 윤리에 관한 강의도 많이 하고 있다. 장비도 잘 다루어서 인공호흡기의 문제나 복잡한 관을 설치하는 일, 또는 혈액가스분석기까지 무엇이든 고칠 수 있다. 또한 응용물리학을 몹시 좋아해서, 예를 들면 압력 변화에 따른 동압과 정압의 순응에 관한 복잡한 공식을 내게 설명하려고 여러 번 애썼다. 쉬운 말로 다시 설명해달라고 부탁해도 짜증 한 번 내는 법이 없다. 물리학이 간호에 중요하지만, 나는 잘한 적이 없었다.

"불쌍한 강아지……. 집에 데려가고 싶어요. 크리스티도 그렇지 않아요?" 우리는 데이비드의 얼굴을 찬찬히 들여다보며 안대를 벗기고, 곱실하게 말려 올라간 그의 눈썹을 보며 미소를 지었다.

"어떻게 된 거예요? 이 아이 엄마는 오지 않나요?"

그래인이 고개를 저었다. "한 번도 온 적 없어요. 그 엄마의 다른 아기들을 돌본 적이 있는데, 마지막 아기는 죽었어요. 두 명은 입양되었고, 몇 명은 장기 위탁시설에 있어요."

"왜 계속 임신을 한대요? 정신적으로 상처가 클 텐데요. 왜 반영구 피임을 하지 않지요?"

그래인이 다시 고개를 젓는다. "그러게요. 이 아이 인생도 어떻게 될지 모르겠어요."

결국 맨디가 방문을 했다. 그녀는 똑바로 서지 못하고, 팔은 상처로 엉망이며, 감지 않아 엉클어진 머리에 말투는 시속 100킬로미터 속도로 빨랐다. 그녀에게서 술과 땀 냄새가 났다.

"아기는 좀 어때요? 좋아지나요? 괜찮을까요? 손을 씻고 올게요. 아기를 깨우지는 않을게요." 팔을 긁으며 그녀가 말했다.

"안녕하세요." 사람을 섣불리 판단해서는 안 된다고 속으로 되뇌며, 미소를 지은 채 그녀에게 내 소개를 했다. "아기는 괜찮아요. 데이비드는 잘 버티고 있어요."

이미 법원이 아기 보호명령을 내렸지만, 의료진 감독 아래 아기와의 접촉은 허용된다. 나는 맨디의 위험 정도를 가늠했다. 너무 취하지는 않았나? 아기를 안고 도망치려 하지 않을까? 그녀가 데이비드의 얼굴을 바라보는 표정, CPAP 기계에서 삐 소리가 날 때마다 찡그리는 얼굴을 관찰했다.

맨디는 구석에 있는 세면대로 걸어갔다. 그녀가 오랫동안 손을 씻고, 닦은 손을 다시 씻기 시작하는 모습을 보았다. "지금 맨디의 손이 병원 안에서 가장 깨끗할 거예요"라고 말해주었다.

"아기에게 균을 옮기고 싶지 않아서요. 깨우지 않을 거지만, 어떤 균은 항상 활동하니까요."

그녀가 앉자 티셔츠 두 군데에 젖이 스며나온 자국이 보였다. 휴지를 주었지만, 그녀는 어깨를 으쓱하며 말했다. "내 몸이 아기를 알아보는 거예요. 이미 아기를 아홉이나 낳았거든요." 데이비드는 다른 엄마가 기증한 모유를 먹고 있었다. 간호nursing라는 명칭의 유래가 된 유모wet nurse는 오늘날까지 건재하며 그 정신은 아직도 간호의 중심이다. 도움이 필요한 사람을 돕는 것이 간호다.

병실 안은 아주 조용하고 몹시 더웠다. 옆 침대 아기에게 비강튜브를 통해 영양분을 공급해야 했다. 보통 20ml 주사기를 통해 자기 엄마의 모유를 넣어주는데, 가느다란 튜브에 액체가 아주 느리게 떨어지기 때문에 많은 아기에게 한꺼번에 먹여야 할 때는 각자의 침대 옆에 일회용 밴드로 주사기를 고정하기도 한다.

그러나 나는 맨디 옆에 의자를 끌어다 앉았다. 아마도 그녀는 대화할 사람이 많지 않을 것이며, 친구나 가족 또는 도와줄 사람도 없을 것이다. 그녀는 사회복지기관의 도움도 안 받고, 강압적이고 학대하는 남자와 사귀고 헤어지기를 반복했다고 그래인에게서 들었다. 그 남자가 데이비드의 아빠일 수도, 아닐 수도 있다.

"아이가 열이나 된다니, 전 아이 하나 낳는 것도 너무 힘들 것 같은데……."

맨디가 데이비드를 한번 쳐다보고서는 고개 들어 나를 보았다. 그녀의 눈가에도 누런빛이 어려 있었다. "내가 안 키운다는 말 안 하던가요? 내 아이들이요. 모두 입양되거나 시설에 있어요."

나는 고개를 끄덕였다. "네. 기록에서 봤어요. 힘들었겠어요."

"난 좋은 엄마가 될 수 있었을 거예요. 근데 기회를 주지 않아요. 나보고 피임약을 먹거나 불임수술을 하래요. 말이 돼요? 나치처럼요? 하지만 이번에는 달라요. 데이비드를 키울 수 있어요. 살 집도 있고, 모든 게 준비되었어요."

맨디는 자기가 아이들에게 끼치는 피해에 대해서는 생각지 못하는 듯했다. 아이들의 장래가 어떨지는 언급하지 않고, 자기의 감정이 어떤지, 어떻게 아이들을 찾아올 수 있을지, 사회복지사들이 얼마나 섣부르게 판단하고 기회를 주지 않는지만 늘어놓았다. 그렇다고 그녀에게 화를 낼 수 없었다. 그녀도 지금과 같은 삶을 원하지 않았을 테니 말이다. 맨디의 어린 시절에 관해서는 나나 맨디 둘 다 이야기를 꺼내지 않았다. 그러지 않아도 알 수 있었다.

"아기가 없으면 허전함을 느끼지만, 더는 아기를 갖지 않을 거예요. 그저 데이비드만은 잘 키웠으면 해요. 이 아이는 내 심장이자 영혼이에요. 임신 시절이 그립기는 할 거예요. 난 임신한 상태를 좋아하거든요. 특히 배 속에서 아기가 움직이기 시작할 때요. 심장박동이 느껴지는 뭔가가 내 안에서 꿈틀대고 있는 그 느낌은 내가 살아 있음을 느끼게 해줘요."

옆 침대에는 소피아가 누워 있다. 이분척추spina bifida를 갖고 태어난 아기다. 이분척추는 척추와 보호막이 몸 밖으로 돌출되는 '척수수막탈출증'을 동반하는 선천성 기형으로, 쉽게 세균에 감염되거나 척수 손상을 가져올 수 있다. 조심스럽게 소피아의 기저귀를 갈아주며 나는 실습생일 때 샴쌍둥이에게 기저귀와 배냇저고리를 갈아입히던 기억을 떠올렸다. 간단한 일이었지만 까다롭고 손이 떨렸다. 똑딱단추나 찍찍이에 걸려 아기들을 다치게 할까 봐 무서웠다. 아기들은 복부가 붙은 채 서로를 둥그렇게 안고 둘 다 나를 바라보고 있었다. 기저귀를 갈라고 시켰던 상급 간호사가 내게 좋은 공부가 될 것이라 했었다. 그때 나는 "앞으로 이렇게 해부학적으로 복잡한 아기들의 기저귀를 갈 일은 절대 없을 거예요"라고 대답하며 단순히 기저귀와 배냇저고리를 갈아입히는 데만 30분을 썼다. 그녀가 고개를 옆으로 저으며 말했다. "내 말은 그 뜻이 아니에요."

소피아의 부모인 에마와 헬렌은 매일 인큐베이터 옆에서 오래 머문다. 인큐베이터의 작은 구멍을 통해 놀랍도록 조그만 아기의 손을 잡고, 얼굴을 마주하고 노래를 불러주며, 몸 밖으로 흘러나온 내부 조직을 보지 않으려 애쓴다. 그들은 부모로서 할 수 있는 모든 일을 다했다. 엽산을 복용하고 정기검진을 지켰으며, 임산부 교육에도 참여했다. 임신과 육아에 관한 책을 섭렵하고 아기를 위해 예쁘게 방도 꾸몄다. 에마가 사진을 보여주며 이야기했다. "화가인 친구가 있어서 아기방 그림을 부탁했어요. 여기 나비 보이죠? 딸인 걸 알았거든요. 딸이어서 너무 좋았어요. 벌써 나보다 옷이 많다니까요. 말 다 했지요!"

소피아의 미래는, 데이비드가 그런 것처럼, 불확실성으로 가득하다. 걷지 못할 수도 있고, 대소변을 가리지 못할 수도 있다. 수없이 입퇴원을 반복하며 평생 장애를 안고 힘들게 살아가게 될 것이 거의 확실해 보였다.

나는 모든 준비가 끝난 수술실로 소피아를 데려갔다. 그녀 삶의 첫 번째 고비다. 소피아가 수술실로 들어가는 길에 소피아의 부모는 서로의 손을 꼭 부여잡았다. 아직 출산에서 회복 중인 에마의 휠체어는 내가 밀고, 환자 이송기사가 소피아의 인큐베이터를 밀었다. 헬렌은 에마의 손을 잡은 채로 우리 옆을 걸어갔다. 단단히 맞잡은 그들의 손가락 마디가 하얬다.

6
/
왼쪽 갈비뼈 아래 어딘가에

크게 숨을 들이마시고 오랜 심장의 소리를 듣는다. 나는, 나는, 나는…….

_실비아 플라스Sylvia Plath, 《벨 자The Bell Jar》

환자에게는 수술실 풍경이 무서워 보이겠지만, 내게는 일상이 되어갔다. 적응력이란 정말이지 놀랍다. 나도 항상 이렇지는 않았다.

처음으로 참관한 수술은 심장-폐 이식수술이었다. 그때 나이 스물한 살이었고, 간호실습생이었다. 수술은 무척 오래 걸려 12시간 넘게 지속되었다. 이런 수술은 이어달리기처럼 여러 명의 외과 의사가 팀을 이루어야 한다. 다만 선수들은 배턴 대신 사람의 심장과 폐를 주고받는다. 그날 나는 새 허파를 기다리는 환자를 돌보고 있었다. 열여섯 살 소년 아론은 낭포성섬유증 환자로, 병색이 드러나는 잿빛 피부에 코에는 산소 튜브를 꼈다. 힘없는 젖은기침을 하고 침대에서 움직이지 못했다. 나는 아론의 수술 준비를 도왔다. 건조한 그의 무릎에 코코넛버터를 발라주고, 목숨 걸고 지키겠다는 맹세와 함께 그의 게임기를 맡아주었다. 환자를 어떤 균에도 노출시키지 않겠다는 마음으로 주황색 스펀지를 소독수에 담가 그의 입술을 적셔주었다.

아론의 병실은 침대 주변으로 붙여 놓은 별과 달 모양 반짝이로 은은하게 빛났고, 배게 밑에는 일기장이 숨겨져 있었다. 아론의 새아버지가 침대 옆 벽에 붙여준 코르크 보드는 아론과 친구들이 함께 활짝 웃고 있는 사진들로 빼곡해 마치 모자이크 같다. 소아 병실을 자기 방처럼 꾸미는 일은 흔하다. 벽에 있는 산소 파이프와 두껍고 투명한 관이 연결된 흡입기를 제외하면 여느 십 대 소년의 방과 다름없다.

우리는 마치 아무 일도 없는 것처럼 수다를 떨었지만, 이송기사가 환자를 마취실로 옮기려고 나타나자 아론이 엄마를 붙잡았다. "내가 잠들 때까지 있어야 돼." 그러고는 나를 보며 물었다. "간호사님도 수술 내내 함께 있을 거지요?"

"물론이지. 함께 있을 거야. 준비됐니?"

그가 아니라고 고개를 저었다. 그래도 나는 이송기사들에게 고갯짓을 했고, 아론의 침대는 병실 문을 지나 병동 밖 복도를 따라 옮겨졌다. 이송기사 중 한 명은 활달한 젊은 여성으로 계속 휘파람을 불었다. 복도 벽을 따라 어린아이들이 좋아하는 동물과 꽃 그림들이 걸려 있었다. 우리 옆으로 수액거치대를 밀며 지나가는 아이들을 부모나 간호사가 웃으며 뒤따랐다. 아론이 다시 한 번 고개를 가로저었다. 엄마가 침대 옆에서 빠르게 걸으며 아론의 손을 잡았다. 나는 아론의 침대 발치에 있는 혈액산소포화도를 주시했다. 수치를 떨어뜨려서는 안 된다. '지금은 아냐. 제발 그대로, 그대로 가자.' 속으로 중얼거렸다. 고장 난 승강기 안에서 어린 환자의 상태가 악화되었다는 이야기를 들은 적이 있다. 승강기 수리기사가 오기 전에 산소가 소진되면서 심장마비에 제대로 대처하지 못했다고 한다. 나도 불안했지만, 겉으로는 간호사다운 표정을 애써 지어보였다. 숨을 고르고, 여유 있게 움직이며, 편안한 몸짓과 엷은 미소를 표현하는 데 집중했다. 어떤 간호학 강사는 임상 실습을 통해 얻는 경험의 이점을 설명하면서 이렇게 말했다. 환자가 숙련된 간호사의 걱정스런 표정을 본다면, 그 환자는 이미 죽은 것과 다름없다고.

수술 병동은 통로와 카트가 뒤섞인 미로다. 체내제세동기 패들과 기도장비 세트를 갖춘 카트는 살균된 파란색 천으로 덮여 있다. 수술실 간호사들은 매우 민첩하게 움직인다. 그때마다 간호사용 신발이 반질거리는 바닥에 끌리며 찍찍 소리를 내고, 몸을 반쯤 가리는 수술 가운이 펄럭이며 마술사 같은 분위기를 내뿜는다. 수술 병동에는 각종 장비 보관실이 많다. 때문에 아침저녁으로 간호사가 쭈그리고 앉아 물품의 개수와 유효기한, 신규 주문일자 등의 품목 리스트를 하나하나 확인하고 서명해야 한다. 한편에는 기구들을 소독하는 가압멸균처리기가 있고, 동맥혈가스 기계는 간호사에게 환자의 마취 상태, 산소 공급, 이산화탄소 정도를 알려준다. 낮은 조도 아래 구불구불한 통로는 기억을 냄새처럼 머금고 있다. 실수로 반대쪽 신장을 제거했던 사고, 갑작스럽게 정전이 되었는데 비상 발전기가 작동하지 않았던 순간, 제세동기를 쓸 때 주위의 산소를 치우지 않아 굉음과 함께 폭발이 일어나 마취과 간호사가 머리에 큰 부상을 입은 사건 등등의 기억들을……. 벽이 말을 할 수 있다면, 많은 이야기를 들을 수 있을 것이다.

대다수 사람들은 수술실에 대한 기억이 없다. 마취로 의식을 잃은 후 나중에 다시 깰 뿐, 수술을 받는 동안 무슨 일이 벌어지는지 알지 못한다. 그러나 간호사는 모든 것을 보고, 때로는 기이한 일도 목격한다. 의사와 간호사가 시트보관 캐비닛 안에서 벌거벗은 채 함께 있는 모습을 목격하기도 하고, 간단한 수술을 받는 남자 환자가 마취 때문에 발기가 되어 의사 칼날의 움직임에 따라 성기가 오르락내리락하기도 한다. 같이 일했던 의사 중 한 명은 수술의 아주 중요한 순간에 수술복 하의가 흘러내리는 바람에 만화가 그려진 속옷이 노출된 적도 있다. 옆에 있던 간호사가 어색하게 바지를 올려주려고 하자, 의사는 "그냥 놔둬요. 놔두라고!"라고 소리를 질렀다.

수술실은 삶과 죽음이 말 그대로 '남의 손'에 달려 있는 곳이다. 대부분의 경우 모든 것이 제대로 돌아가지만, 그렇지 않다면 재앙이다. 갑자기 환자의 상태가 악화되면, 조직적이고 차분하며 균 하나 없을 것 같았던 수술실이 마치 전쟁터처럼 된다. 마취과 의사들이 문제가 생길 수 있는 환자 집단(예를 들면 비만, 흡연, 임신 등)을 예측하는 데 최선을 다하지만, 항상 뜻밖의 상황이 발생한다. 가끔은 수술 중 몸은 움직일 수 없지만 의식은 깨어 있었다고 주장하는 환자들이 있는데, 이는 투여된 특정 마취제에 대한 반응 결여 때문에 생기는 현상이다. 반대로 마취제에 대한 과민반응으로 혈압이 위험할 정도로 떨어져 심장발작까지 일으키는 환자도 가끔 있다.

수술실에서 위험한 상태였지만 겨우 안정을 되찾은 환자를 돌본 적이 있다. 간호의 언어라는 것이 어렵다는 걸 새삼 느꼈던 때이기도 했다. 예를 들어, 심장 세포 하나가 배양 접시 위에서 뛰고 있다. 다른 배양 접시에는 또 다른 사람의 심장 세포 하나가 다른 속도로 뛰고 있다. 그러나 이 둘이 맞닿으면 이들은 속도를 맞춰 같이 뛴다. 이 현상을 의사는 과학적으로 설명할 수 있을지 모르지만, 일반인에게는 의학적 설명이 소용없다는 걸 간호사들은 안다. 수술실 간호사들은 "당신의 남편이(또는 아내나 아기가) 수술실에서 세 번이나 숨이 멎었지만, 엄청난 양의 전기 충격과 갈비뼈 몇 개가 부러질 정도의 흉부압박으로 간신히 호흡이 돌아왔어요"라는 말을 일반인이 이해할 수 있는 평이한 말로 풀어준다. 일종의 기묘한 시라고나 할까.

아론의 수술실에서 일어날 수 있는 상황, 뭔가가 잘못될 수 있는 모든 가능성에 대해 생각하지 않으려 애썼다. 안정감을 주는 장비가 가득하고, 얼굴에 미소를 띤 침착한 마취과 의사가 있는 마취실에 도착할 때까지 나는 겁에 질린 속마음을 감춘 채 겉으로는 여유 있는 모습을 취했다. "어머니, 이제 됐어요. 안녕, 아론." 마취과 의사가 아론과 눈을 맞추며 자신을 소개하는 동안 그녀 뒤에서 수술 어시스턴트들이 모니터를 준비하고 주사기에 이름표를 붙이는 등 부산하게 움직였다. 나는 침대 아래쪽 아론 엄마 곁에 가까이 서서 아론이 잠이 든 후 엄마를 이끌고 나가야 할 상황을 준비했다. 보호자는 마취 후의 다음 단계를 보지 않는 것이 좋다. 감은 눈 위에 테이프를 붙이고, 목을 최대한 뒤로 젖혀 기도로 튜브를 집어넣으며, 바늘로 정맥을 찾아 찌르고, 남은 옷을 벗기는 모습을 보호자가 봐야 마음이 좋을 리 없기 때문이다. 그러고는 환자가 더 이상 사람이 아닌 하나의 고깃덩어리처럼 보일 때까지 탁한 구릿빛 소독약을 피부에 바르고 집도할 의사를 기다린다. 1800년 영국 국회의원이었던 설로 경Lord Thurlow은 "외과학은 도축보다도 더 과학적이지 않다"고 언급한 적이 있다. 이전에는 외과학을 천한 직종으로 여겼기 때문에 중세 시대에는 여성에게도 허락되었으나, 1700년대부터 대학에서 외과학을 가르치기 시작하면서부터 여성에게 빗장을 걸었다. 외과학에 대한 대중의 시각은 간호에 대한 시각보다 훨씬 더 급변했고, 때로는 이 둘에 대한 사회적 시선이 마치 정반대로 향하는 것처럼 보인다.

자식을 낯선 이들의 손에 맡겨야 할 부모와 곧 자신의 목숨을 낯선 이들의 손에 맡겨야 할 아이 사이에서 나는 어금니를 앙다문 채 그 애처로운 순간을 기다리고 있다. 고위험 환자를 온전히 책임지면서도 냉정함과 침착함을 잃지 않고 환자 곁에 믿음직하게 자리를 지키고 있는 마취과 의사에게 경외감을 느꼈다.

아론의 어머니와 함께 수술실 밖에서 잠시 서성이다가 그녀를 안아주고, 뭔가 도움이 되는 말을 하고 싶다는 생각에 마음속으로 위로의 말을 찾았다.

"가슴이 찢어질 것 같아요. 이보다 더한 게 있을까요." 아론의 어머니가 울음을 삼키는 듯한 말투로 혼잣말을 내뱉었다. 그녀의 모습을 보며 타인에게 자식의 목숨을 맡겨야 하는 것이 얼마나 힘든 일인지 절대로 과소평가하지 않겠다고 나는 다짐했다. 아무리 실력이 좋은 전문가더라도 말이다.

수술실 앞에서 간호사가 보호자를 토닥이며 수술이 잘될 거라고 안심시키는 모습을 종종 볼 수 있다. 새하얀 수술실 복도를 떠나 아론 엄마와 함께 병실로 돌아오자, 그녀가 비로소 울음을 터뜨렸다. 나는 아무

말 않고 한동안 그녀 곁을 지켰다. 마침내 그녀가 시계를 보았다.

"시간이 꽤 걸릴 거예요. 한나절은 더 걸릴 테니 뭔가 시간 보낼 일을 찾으세요. 전 아론에게 잠깐 가볼게요."

"아, 여동생을 만날 거예요. 어떻게든 바쁘게 시간을 보내 보려고요."

나는 그저 미소를 짓고 그녀가 듣고 싶어 하는 말은 하지 않았다. 이미 배운 것이 있기 때문이다. 지난주에 처음으로 맡은 한 아기 환자가 심장에 난 구멍을 고치는 비교적 복잡하지 않은 수술을 받았다. 부모에게 난 "아기는 괜찮을 거예요"라고 반복해서 말했는데, 아기는 수술 중 사망해 결국 부모 곁으로 다시 돌아오지 못했다. 내가 큰 실수를 한 것이다. 환자 부모는 혼란을 느끼며 매우 괴로워했다. 울고 또 울며 책임 간호사에게 내 잘못을 고백하자 그녀는 나를 위로했다. "그 부모는 크리스티가 뭐라고 했는지 기억도 못할 거예요. 뭐라 했든 똑같았을 거예요. 크리스티가 잘못한 거 없어요." 그렇지만 잘못했다는 것을 안다. 아직도 아이의 노란색 카디건이 눈앞에 보이는 듯하다. 아론 엄마에게는 아들이 괜찮을 거라고 말하지 않았다. 다른 환자의 보호자에게도 절대로 그 말을 하지 않을 것이다. 왜냐하면 정말 아무도 모르기 때문이다.

"네. 되도록 바쁘게 지내세요. 시간이 정말 느리게 가는 것처럼 느껴질 거예요."

대수술실은 사람으로 꽉 찼지만, 바늘 떨어지는 소리도 들릴 듯했다. 집도의 뒤의 높은 선반 위에 놓인 라디오마저 고요했다. 수술이 잘 진행될 때 들리는, 안도감을 주는 음악 소리가 없었다. 수술실에서 "음악 소리를 낮추세요"라는 말은 무언가가 매끄럽게 진행되지 않음을, 예를 들면 동맥이 베이거나, 출혈, 혈압강하, 심장발작 등이 발생했다는 것을 의미한다. 그러나 오늘 음악의 부재는 그저 수술의 심각성을 반영한다. 한 무리의 의과대학생과 주니어 의사들과 함께 관찰실 안에서 수술실을 내려다보았다. 흥미롭거나 획기적인 수술의 경우 대수술실에 사람이 가득 차는 것은 보통 있는 일이며, 수술 중 수업도 이루어진다. 요즘은 교육을 목적으로, 또는 여러 나라의 의사들로부터 조언을 얻기 위해 수술 장면을 촬영하고 그것을 전 세계 의사들에게 전송하기도 한다. 이제는 LA에 거주하는 특정 분야 수술 전문가가 LA를 떠날 필요가 없다. 적나라하게 모든 것을 보여주는 수술실 모니터는 주로 수술실 안 사람들과 실제 수술에서 조금 떨어져 있는 사람들을 위한 것이다. 대부분의 사람들은 화면을 통해 외과 의사의 손을 주의 깊게 관찰한다. 마치 무용수의 손처럼 완벽하게 한 동작으로 비틀리고 돌려져 박동하는 심장 주위를 능숙하게 움직인다. 그 순간 눈앞에서 뛰고 있는 아론의 심장만큼 아름다운 것을 본 적이 없다. 물론 몇 년 후 나는 더 아름다운 것을 보게 되지만 말이다. 초음파검사 화면을 통해 내 아기의 아주 작은 심장이 팔딱거리는 그 모습을…….

수술실 한가운데 누워 있는 아론의 몸은 속을 파낸 카누와 같았다. 의사가 손을 그의 몸 안으로 넣었다. 자신의 손을 다른 인간 '안'에 넣고 손가락으로 심장을 건드리며, 짧게나마 하나가 되는 것은 얼마나 신기한 특권인지! 수술을 관찰하며 생각했다. 외과 의사와 환자는 잠시나마, 산모와 태아가 그렇듯이, 신체의 외피를 공유하는 하나의 존재다. 수술실에서는 염소제, 표백제, 그리고 땀 냄새가 난다. 낯설고 자극적인 금속성 냄새도 나는데, 아마도 피 냄새일 것이다. 수술실의 벽이 현재는 깨끗하지만, 예전 어떤 수술 중에 한 사람 혈액 전체에 해당하는 양의 피가 들어 있던 에크모ECMO(체외막산소공급장치)가 열리면서 벽과 천장, 스태프, 장비들이 모두 피범벅이 된 사고가 있었다. 공포 영화가 따로 없었다.

피범벅 생각을 떨쳐내며 나는 삐져나온 아론의 머리카락에 집중했다. 아론의 머리카락을 보고 있으니 그가 도살당하는 고깃덩어리가 아닌 어린 소년, 천문학에 푹 빠져 있으며 닳고 닳은 게임기를 내게 맡겨둔 한 아이라는 사실이 떠올랐다. 아론의 몸 위에서 집도의의 몸은 미동도 없이 오직 팔과 손만 움직인다. 수술대 주위의 다른 외과 의사들은 (세어보니 모두 네 명이다) 집도의를 지켜보고 있다. 그중 한 명은 집도의가 잘 볼 수 있도록, 흡입 카테터로 집도의 손 주위로 고여드는 피를 빨아들였다. 또 다른 의사는 머리 위 커다란 조명 불빛이 아론의 몸속을 비추도록 잡고 있었다. 수술실은 조명이 가득해서 얇은 수술복을 입고 있어도 말도 안 되게 덥다. 그렇지만 조명은 밝을수록 좋다. 대부분 머리가 희끗희끗한 남성이고, 가끔 여성이 섞여 있는 수술팀을 바라보며 나는 조명을 붙들고 있는 저 의사는 어느 직급 정도 되었는지 상상해보곤 한다. 조명을 잡다가 흡입기를 책임지고 결국 메스를 능숙하게 다루기까지는 아마도 평생에 걸친 훈련이 필요할 것이다. 외과 수술은 항상 매력적이지만, 특히 평범한 수술이 없고, 있더라도 의학적으로 복잡하고 특별히 주의해야 하는 소아 환자를 대하는 이곳 3차 상급 종합병원에서의 수술은 더욱 흥미롭다.

그러나 오늘은 외과 의사를 관찰하려고 여기 있는 것이 아니다.

의사 옆에는 두건 아래 앞머리가 듬성듬성하게 보이는, 어깨가 딱 벌어진 여성이 이중 장갑을 끼고 몸 앞쪽으로 양손을 든 채 서 있었다. 그녀의 손가락은 불가사리처럼 펼쳐진 채 손바닥이 아래로 향해 있고, 그 밑에는 금속 기구들이 새하얀 천장에 빛을 반사하며 긴 테이블 위에 놓여 있다. 때때로 집도의가, 또는 어시스트 의사 하나가, 시선을 들지 않고 뭐라 말하면, 그녀는 메스, 바늘, 수술가위나 겸자와 같은 금속 기구를 집어 손잡이가 그들의 손에 잡히도록 건네주었다. 가끔은 의사가 달라고 말하기 전에 주기도 했다. 그들 사이에는 팽팽한 시선이 오갔다. 그녀는 수술실 간호사다. 기구 사용이 끝나면 수술실 간호사는 뒤에 플라스틱 쟁반을 들고 서 있는 간호사를 향해 고개를 돌려 눈짓을 한다. 그러면 간호사가 수술대 뒤에 있는 테이블에 플라스틱 쟁반을 내려놓는다. 수술실에서는 모든 것의 개수를 세고, 또 재확인하기 전까지 아무것도 밖으로 나갈 수 없다.

"의사가 실수로 복강에 탈지면을 남기거나 허파에 메스를, 장에 거즈를 놓아두었을까 봐 그래요." 다음 날 수술실 간호사가 진지한 목소리로 말했다. "더한 것도 잃어버린 적이 있는데요, 뭘. 상황이 안 좋으면 기구를 던지는 바람에 잃어버리기도 해요."

"던진다고요?"

"네, 집도의가요. 가끔은 간호사에게 던지기도 하고요." 그녀는 나를 쳐다보며 눈을 찡긋하고 웃었다. "수술실 일은 스트레스가 아주 많아요."

그녀의 말이 사실인지 아닌지, 혹은 의사나 간호사란 직업이 스트레스가 많다고 그냥 하는 소리인지 아닌지 알 수 없지만, 나는 너무 겁이 나서 더는 묻지 못했다.

그녀의 눈은 생기로 반짝였다. 이전에는 모르고 지나쳤던 점이다. 코에 조그만 피어싱 자국이 있는 그녀가 오토바이를 광적으로 좋아한다는 사실을 나중에야 알았다. 그녀는 내가 상상하던 간호사의 모습이 전혀 아니다. 물론 나는 내가 수술실 간호사 깜냥이 아니란 건 이미 알고 있었다. 요즘은 수술실 간호사가 수술 준비실, 주수술실, 회복실, 당일 수술실 등 여러 영역에서 일하지만, 그때는 수술실 간호사는 계속 수술실만 담당했다. 지금은 모든 간호사가 낮과 밤 근무를 돌아가면서 하지만, 그 시절 야간 간호사는 계속 밤에만 일하던 것과 마찬가지였다. 나는 딱히 조직적이지도 않고, 몇 시간 동안 가만히 서 있지도 못하며, 수술실 조명의 열기를 견딜 수 없어 한다. 하지만 수술이 진행되는 동안 수술실 간호사의 진중한 손놀림을 유심히 관찰했다. 완벽하게 미동도 없다가 갑자기 결단력을 보여 거의 공격적이다 싶게 움직이는 모습을. 그런 뒤 다시 한 번 정지된 손은, 우아하고 섬세하게 움직이는 집도의의 손놀림과 완전히 대비되었다.

간호사의 시선이 어떻게 움직이는지 그녀가 보았을 모든 것을 상상해보았다. 그녀의 눈길이 가끔 수술대에 머물기도 했지만, 곧 방 안을 휘둘러보고 의사 뒤에 있는 모니터에 꽂혔다. 그녀는 활력징후를 눈으로 확인한 뒤 알록달록한 두건을 쓴 체외순환기사Perfusionist*를 보았다. 그는 심폐바이패스 옆 오뚝한 의자에 앉아 클립보드에 뭔가를 정신없이

* 개흉 수술 시 인공 심폐기를 관리하는 의료 전문직

적고 있었다. 수술 중 심장과 폐의 기능을 일시적으로 우회시켜주는 바이패스는 미래에서 온 기계 같아 보였다. 놀이공원에 있는 복잡한 워터 슬라이드와 비슷한 형태로 튜브들이 구불구불 연결되어 있었다. 수술실 간호사는 고개를 살짝 돌려 문 옆에 있는 어시스트 간호사들, 그리고 다른 사람의 심장과 폐가 담긴 상자를 들고 있는 장기기증코디네이터를 힐끗 보았다. '인체 조직'이라는 글자만 덩그러니 쓰인 하얗고 네모난 상자다. 수술실 간호사의 시선이 그 상자에 꽤 오래 머물렀다가 코디네이터를 쳐다보았다. 두 사람 사이에 뭔가가, 나는 이해하지 못하는 뭔가가 스쳐갔다. 그게 뭔지는 몰라도 나는 지금 일어나는 일의 중요성은 이해하고 있었다. 수술실에는 기적이 살아 넘친다. 기술, 외과적 역량, 과학, 행운이 만드는 기적이 간호사들이 기리는 죽음, 슬픔과 공존한다.

장기기증코디네이터는 삶과 죽음의 중간에 서 있는 사람이다. 다른 사람을 살리기 위해, 방금 사랑하는 사람을 잃은 가족들과 사망자의 장기기증을 의논한다. 아론과 같은 환자를 위해서다. 수년간 장기기증 코디네이터들로부터 많은 이야기를 들었다. 그들은 모두 간호사로 심장이식, 생체 장기 제공, 또는 다양한 장기기증과 관련된 역할을 전문적으로 한다. 이들은 기증자와 수혜자 사이의 절차를 조정하며, 전화기는 24시간 동안 언제라도 울릴 수 있다. 그럼에도 영국에서는 매일 세 명의 환자가 장기를 기다리다가 죽는다. 장기기증은 자신이 거부하지 않는 한 필수가 되어야 한다. 다른 국가에서처럼 '선택적 참여'가 아닌 '선택적 거부'여야 한다. 만약 자기가 죽어갈 때 장기를 받고 싶은 사람이라면, 먼저 스스로가 장기기증자로 등록해야 한다. 남의 장기를 받느니 차라리

죽겠다는 사람이 과연 있을까? 결국 땅에 묻혀 썩을 콩팥인데, 그것을 기다리다 죽는 사람은 절대로 없어야 한다.

심장은 환자가 뇌사 판정을 받은 뒤에도 72시간 동안 박동할 수 있다. 장기기증코디네이터는 기증자의 가족과 이에 대해 의논하며, 사랑하는 사람의 심장이 뛰고 있더라도 그는 이미 사망했다는 사실을 이해시키려 노력한다. 만약 가족이 기증을 원하지 않거나 심장박동이 완전히 멈춘 뒤에 기증하고 싶어 하면 (이 경우 심장판막 기증은 가능하다), 간호사들은 그 결정을 존중하고 지지한다. 장기를 기증하는 사람은 많은 사람을 도울 수 있다. 신장 하나는 사우샘프턴에 있는 투석환자에게, 다른 하나는 신장부전을 앓는 브래드퍼드의 어린이에게, 간은 덤프리스에 사는 재활 알코올중독자에게 갈지 모른다. 뼈, 힘줄, 연골, 피부, 각막, 췌장, 폐, 심장도 각각 그것을 절실히 필요로 하는 환자들에게 전달될 수 있고, 그중에는 이식을 받지 않으면 대기자 명단에 머물다가 사망할 사람들도 있다. 이보다 더 좋은 선물이 어디 있을까? 단지 다른 사람의 생명을 구하고 싶어서, 건강하게 살아 있는 동안 신장을 기부하는 사람도 있다. 나로서는 상상도 되지 않는 친절의 수준이다.

장기기증코디네이터가 장기 수혜자나 그 가족을 만나는 일은 드물다. 보통은 의료전문 운반책이 반쯤 녹은 빙수처럼 보이는, 영양분이 풍부한 액체에 장기를 담아 전달하기 때문이다. 이에 반해 장기기증코디네이터는 기증자 가족과는 충분한 시간을 함께하려 노력한다. 가족이 장기기증에 동의하면 (또는 많은 국가의 경우 환자가 생전에 동의했으면), 이식 수술 이전에 조직검사를 하거나 가족과의 이별을 준비할 시간이 조금 남아 있다. 장기기증코디네이터는 가족들이 이 시간 동안 스트레스를 받지 않도록 가능한 모든 조치를 취한다. 예를 들어 미국에서는 코디네이터가 환자의 핸드프린팅을 만들어주거나 반려견을 데려오기도 한다. 그런 뒤 코디네이터는 기증자의 장기가 적출되는 동안 가족들과 함께 머물며 사망 후 환자를 관리한다. 그리고 기증자의 장기들은 다른 사람의 몸속에서 다시 살아난다.

수술실 간호사를 포함하여 수술팀이 세 번 바뀌는 동안 내내 서 있다 보니 발에 감각이 없을 정도다. 하지만 몸은 피곤할지 몰라도 정신이 지금처럼 또렷한 적이 없었다. 눈이 말똥말똥하다.

수술 후 몇 주 만에 아론은 전혀 다른 아이가 되어 있었다. 안색이 밝아지고, 산소튜브도 사라졌으며, 깊고 잦았던 기침도 완전히 없어졌다. 병실은 책과 게임기, 카드로 어지럽혀져 있었다.

"난 딸기 아이스크림이 좋아요." 아론이 말했다. "이전에는 딸기 아이스크림을 별로 좋아하지 않았는데, 지금은 하루 종일이라도 먹을 수 있어요. 아침, 점심, 저녁, 간식까지요." 아론이 의미심장한 표정으로 나를 쳐다보았다. 이 아이는 장기를 기증한 사람의 성격과 감정이 자기에게 옮겨왔다고 확신하고 있었다. 낭포성섬유증을 고치기 위해 아론에게 필요했던 것은 폐였지만, 아론의 머릿속은 폐 옆에 있는 심장으로, 마음으로 가득했다.

심장이 근육, 세포, 판막 그 이상을 품고 있다고 믿는 사람은 아론뿐이 아니었다. 브리스톨대학의 인지신경과학자 브루스 후드Bruce Hood

는 잠재적 기증자에 관한 정보와 그것이 수혜자에게 미치는 변화를 살펴보았고, '살인자의 심장'에 압도적으로 부정적인 반응을 보인다는 사실을 발견했다. 이것을 읽었을 때, '나라면 살인자의 심장을 받을까?'라는 질문을 스스로에게 던져보았다. 살인자의 심장을 가진 뒤 성격이 변했다면 심장이식이 그 변화의 원인일까?

의사들은 이런 생각에 (심장 안에 기억이 있다는 개념을 포함해) 대체로 회의적인데, 그렇게 생각하는 근거가 있다. 심장은 단순히 신경, 근육, 그리고 화학물질의 집합체다. 아론과 같은 심장이식 환자 47명을 대상으로 한 연구에서 환자의 15퍼센트가 이식 후 자신의 성격이 바뀌었다고 느꼈지만, 이는 생명이 위태로운 병을 앓다가 생존한 경험 때문일 수 있다. 심장이 감정을 담고 있거나 정서와 관련 있다는 정보 대부분은 입증되지 않은 일화들뿐이다.

그러나 심장이 진실을 상징한다고 믿었던 고대 이집트 이후 4,000년이 넘는 시간 동안 인류의 미술, 문학, 철학은 심장의 더 큰 의미들을 찾아왔다. 고대 이집트에서는 사람이 죽으면 사후 세계에 들어가기 전 심장을 진실의 깃털과 함께 천칭에 달아 무게를 잰다고 믿었다. 심장이 깃털과 평형을 이루지 못하면 그의 영혼은 악마에게 잡아먹혀 영원히 잠들지 못한다는 것이다. 나는 요즘과 같은 '탈진실의 시대post-truth world'*에 우리의 영혼이 어떻게 평가될 수 있을지 궁금하다. 영혼의 무게를 잴 기준이 아무것도 없기 때문이다.

* 객관적 사실보다 개인적인 신념이나 감정이 여론 형성에 더 큰 영향을 미치는 시대

특별히 간호사라는 직업을 가진 사람들이 의미를 찾는 건 아니지만, 의미는 간호사 본업의 본질적인 부분이다. 간호사는 분명히 심장의 언어를 사용한다. 환자를 '마음이 상한' 사람들로 이해하고 묘사한다. 많은 간호사들이 이를 목격해왔다. 가장 훌륭한 간호는 머리가 아닌 마음(심장)에서 나온다는 것을 말이다.

아론은 자기에게 심장을 주고 떠난 아이의 어머니에게 편지 쓰는 것을 도와달라고 했다. 수혜자의 편지가 유족들에게 직접 전달되는 건 아니다. 먼저 장기기증코디네이터가 기증자 가족에게 그런 편지를 읽고 싶은지 묻고, 원할 경우에만 적절한 시간에 익명으로 전달된다. 벌써 20년 전의 일이지만 아직도 나를 웃게 했던 아론의 문장이 기억난다. "아들이 딸기 아이스크림을 좋아했었나요?" 그리고 울게 만들었던 문장도……. "당신의 아들이 죽고 내가 산 것이 공평한 것 같지 않아요. 당신의 아들을 절대로 잊지 않겠다고 약속할게요."

내가 보았던, 수술실 간호사와 장기기증코디네이터 사이에 오가던 눈빛이 생각난다. 간호가 때로는 수술실에 들어가고, 의사에게 기구를 건네며, 탈지면을 세는 일이다. 때로는 집도의의 수술복 끈을 묶어주고, 그가 말하기 전에 기구를 집어주는 일이다. 그리고 가끔은 슬픔과 상실을 알아주고, 아이가 어려운 편지 쓰는 것을 돕는 일이다.

근무 시간이 끝날 때 아론 어머니가, 아론이 항상 딸기 아이스크림을 좋아했지만 유제품이 점액 생성을 증가시키기 때문에 그동안 주지 않았다고 말했다. 그리고 끊임없는 미소를 지으며 말했다. "이제 아론이 딸기 아이스크림을 원하는 만큼 먹을 수 있겠네요."

7
/
산다는 것의 놀라움

사랑이 있는 곳엔 어둠이 없다. _부룬디 속담

〈간호사 및 조산사의 직업행동강령The Nursing & Midwifery Code of Professional Conduct〉에는 간호사들이 지켜야 하는 규율이 나열되어 있다. 나는 그것을 매우 중요하게 받아들인다. 물론 알면서도, 또는 몰라서 그 규율에서 벗어나는 경우도 여러 번 있었다. 특히 뒷담화를 좋아하는 나 같은 사람에게는 강령 중에서도 비밀유지 의무가 가장 곤란하다. 그러나 나는 간호사로서의 규범을 존중하고 준수하며, 간호사 및 조산사 협의회Nursing & Midwifery Council, NMC가 제시한 전문성과 모범을 추구한다는 생각으로 위안을 삼는다.

5.1 간호의 모든 과정에서 타인의 사적 권리를 존중한다.

간호사와 조산사는 돌봄을 받는 모든 사람에게 비밀유지의 의무를 갖는다. 이는 환자들이 자신이 받는 간호에 대해 제대로 숙지하도록 하는 것과 환자에 대한 정보를 적절하게 공유하는 것을 포함한다.

전문 간호사 자격시험을 준비하며 병원에서 일반 간호사로 일할 때의 일이다. 간 수술을 받은 담당 환자가 한 명 있었는데, 그때 나는 간 질환 환자들의 끔찍한 출혈을 처음 보았다. 출혈 장면이 나에게는 매우 충격적인 일이었지만, 다른 간호사들은 매우 여유 있어 보였다. 야간 근무 간호사 한 명이 쇼핑 카탈로그를 뒤적이고 다른 한 명은 배달음식을 주문하는 모습이 심하게 느긋하다고 속으로 생각했다. 내가 도덕적 우위에 있다고 자부하며, 그들이 건네는 간식을 거부하고 밤새 내 환자 곁을 지켰다. '뭐 이런 곳이 다 있지?'라고 생각하며…….

한번은 내 담당 환자 차트 전체가 핏자국으로 얼룩져 있었다. 소스라치게 깜짝 놀라 책임 간호사에게 책망하듯 말했다. "누가 여기에 핏자국을 남겼어요. 보호자가 봤으면 어떻겠어요!"

그녀는 차트를 보더니 웃었다. "아, 그거 피 아니에요. 초코 아이스크림 자국이에요. 주치의가 회진을 돌며 아이스크림을 먹다가 흘린 거예요."

나는 할 말을 잃고 한동안 서 있었다. (물론 그때는 몰랐지만, 문제의 그 아이스크림 의사는 나중에 내 연인이 되고, 아이들 아버지가 되었다.)

근무 시간 후반에 신뢰감 있어 보이는 의사가 한 명 나타났다. 조금 마음이 놓였다. 그는 새것처럼 보이는 흰 의사 가운을 입고 진지한 모습으로 환자들을 둘러보았다. 그가 나를 쳐다보았을 때 간호 데스크의 다른 간호사들은 모두 쇼핑 카탈로그에 빠져 있었다.

"제가 안내를 할까요?" 내가 물었다.

"그러는 게 좋겠네요" 하며 그가 머리를 끄덕였다.

환자들의 상태, 치료 계획 등 파일에 보관된 필요한 정보들을 설명하면서 그와 함께 회진을 돌았다. 그는 차트를 보고 환자를 본 뒤 다음 환자로 넘어갔다. 드디어 내 환자 차례가 되었다. 회진을 돌면서 아이스크림을 먹어도 된다고 생각한 의사를 그에게 고자질하고 싶은 충동을 느낄 때, 저 끝에서 책임 간호사가 내게 소리쳤다. 그녀는 좀 무서운 사람이었다. 그 의사는 내게 고맙다고 한 뒤 서둘러 자리를 떠났고, 나는 그가 그럴 만하다고 생각했다.

책임 간호사는 얼굴이 반으로 접힐 만큼 눈살을 찡그리며 다가왔다. "방금 저 사람한테 무슨 얘기 했어요?" 그녀가 물었다.

"음, 모두 바쁘신 것 같아 제가 업데이트해드렸어요. 간단하게 회진하고요."

그녀가 짜증스럽게 혼잣말을 내뱉었다. "아유, 어떡해……. 경위서 쓰게 생겼잖아!"

"무슨 말이에요?"

"저 사람 의사가 아니에요."

나는 그가 닫고 나간 출입문을 바라보았다. "의사 맞아요. 하얀 가운을 입고 있었거든요. 의사가 아니면 여기서 뭐하고 있던 거예요?"

그녀는 간호사들이 커다란 스티로폼 포장 박스에서 닭다리와 닭날개를 꺼내고 있는 간호사 데스크를 가리켰다. "음식 배달하러 왔어요. 치킨 가게에서." 나는 입 안 가득 아이스크림을 물고 있는 것처럼 입을 다물 수가 없다. '치킨가게 배달원이라니.'

*

내가 아이스크림 의사와 사랑에 빠지긴 했지만, 외과 간호에는 푹 빠지지 못했다. 여러 이유로 외과는 나에게 가장 맞지 않는 분야였다. 업무량이 일정하지 않고 일의 진행 속도가 급격히 변하는 점이 힘들었다. 신경외과 근무부터 복잡한 심장 수술이 끝난 아기를 돌보는 일까지 나는 업무의 극단적 성향에 익숙해지지 못했다. 수술환자는 수술이 끝나고 얼마간은 집중적인 간호가 필요하지만, 단순하고 조용한 회복의 시간이 오면 이때는 지루하기까지 하다. 그러나 외과에서는 급박한 변화가 갑자기 찾아와 숨 돌릴 시간도 없을 만큼 힘들어지기도 한다. 환자가 과다출혈로 사망에 이르는 건 순식간이고, 모든 수술 뒤에는 체내 출혈의 위험이 있다. 그럴 경우 외과 의사는 즉시 수술실로 다시 가서 문제를 해결해야 한다. 수술 결과는 거의 전적으로 외과 의사의 기술에 달려 있다. 간호사들이 환자의 경험에 중요한 차이를 만들 수 있지만, 수술 자체의 성공 여부가 환자에게 무엇보다 중요하다.

항상 예외는 있게 마련이다. 내 친구 개비는 외과 병동에서 근무하는 시니어 간호사다. 간호사 등급은 '밴드'라고 알려진 급여체계에 기반을 둔다. 일반 간호사 자격증을 취득하면 5급 밴드로 시작해서, 주임 간호사급에 해당하는 8급 밴드까지 오를 수 있다. 현재 개비는 6급이지만 머지않아 간호부장까지 될 재목이다. 외과 병동 전체를 책임지는 개비는 훌륭한 군대 전략가 같은 사람이다. 자기 병동에서 일어나는 모든 것을 꿰뚫고 한 치의 오차도 없이 일정을 계획하며 모든 결과와 변수까지 고려해 계획을 재정비한다.

외과 간호는 잠재적인 합병증과 예상치 못한 사건을 어떻게 통제하느냐가 중요하다. 외과 간호사는 위기관리자이고 전략가이며 우선순위를 명확히 정리할 줄 아는 조정자이어야 한다. 즉, 어떤 변화가 있는지 끊임없이 관찰하며 상황을 가늠하는 능력이 탁월해야 한다. 예를 들어, 출혈이 처음에는 눈에 띄는 징후 없이 몸 안에서 일어나는 경우가 많다. 외과 간호사는 복부의 피부가 번들거리지 않는지 주의 깊게 살피고, 수술실에 있는 의사를 불러내 환자를 한번 봐달라고 얘기할 수 있을 만큼 소신이 있어야 한다. 경험 많은 외과 간호사는 대화와 솔직한 의견 표출, 그리고 의사에게 문제의 소지를 알리는 올바른 화법이 생명을 살릴 수 있다는 사실을 안다.

웨브 씨는 대장암 때문에 결장의 일부분을 제거하는 수술을 하고 외과 병동에 입원한 68세 남성이었다. 병동에는 웨브 씨 같은 사람이 아주 많다. 개비가 일하는 이 외과 병동의 간호사들은 하나 같이 뛰어나 보였다. 책임 간호사와 병실 간호사만 봐도 나머지 다른 간호사들이 얼마나 친절한지 알 수 있고, 이곳에서는 멘토링과 코칭을 해주는 확실한 리더십 문화가 있었다. 수술은 그 자체가 중요하지만, 수술 후 관리 또한 중요하다. 결장절개수술 후 인공항문주머니를 달아야 하는 환자들에게 스토마stoma* 관리 담당 간호사는 매우 중요하다. 간호사는 환자들에게 스토마를 어떻게 다루는지 알려주고, 주머니를 갈아주며, 이보다 더한 많은 일을 처리한다. 이 모든 것이 고통스러운 경험일 환자들을 상담하고 심리적으로 북돋아준다. 그러나 웨브 씨는 스토마 관리 간호사가 필요하지 않았다. 인공항문주머니가 필요 없이 암세포가 제거되었고 수술도 성공적이었다. 그런데 수술한 지 이틀이 지난 날 그의 아내가 도와달라고 다급하게 외쳤다.

"남편이 이상해요!"

웨브 씨 가족을 이미 잘 아는 개비는 아내의 목소리에서 심각한 상황임을 직감했다. 그녀는 하던 일을 당장 멈추고 웨브 씨에게 달려갔다. 재빨리 환자의 복부(번들거림이 없다)와 배출관(꽉 차 있지 않다)을 훑어보고 색깔(별로 좋지 않다)을 확인했다. 개비는 웨브 씨에게 달려가기 전에 이미 담당 간호사에게 의사를 부르라고 지시해두었던 참이다. 웨브 씨는 호흡도 심상치 않아 숨이 가빴다가 다시 느려지는 이상한 리듬으로 숨을 쉬었다. 게다가 자전거를 타는 듯 다리를 돌리기까지 했다. 환자에게 말을 거니 그의 얼굴이 뒤틀어지면서 알 수 없는 소리를 낼 뿐 제대로 반응하지 못했다.

몇 분 뒤 의사가 도착했을 때 개비는 웨브 씨 아내를 진정시키고 있었다. "많이 놀라신 거 알아요. 그런데 곧 여기서 여러 가지 일이 벌어질 수 있어요. 지금은 남편분 상황을 제대로 파악해서 환자에게 필요한 조치를 빨리 취하는 것이 아주 중요해요."

웨브 부인은 남편의 얼굴이 왜 이렇게 되는지 자꾸 물어보았다.

"아직은 뭐라 말씀드릴 수 없어요." 개비는 웨브 부인의 어깨를 가볍게 안아주며 환자의 산소 공급을 높였다. "응급 호출 좀 해줄래요?" 그

* 직장암 등의 수술 후 복벽에 만들어진 개구부

녀는 또 다른 간호사에게 지시했다.

응급소생팀이 도착했을 때 웨브 씨의 자세는 더 뒤틀려지고 호흡도 더욱 불규칙해졌다. 그의 아내는 울면서 침대 끝에서 누군가에게 전화를 했다. "아니, 멀쩡해 보였어. 병원에서 괜찮다고 했어." 흐느낌 사이로 그녀의 말소리가 들렸다.

웨브 씨의 기도를 열어놓기 위해 의사들이 환자의 코에 튜브를 삽입했다. 웨브 씨는 그것을 잡아 빼려고 애쓰지 않았다. 어쩌면 잡아당길 힘도 없었는지 모른다. 걱정스런 징표다. 개비는 웨브 부인을 사무실로 데리고 가서 상황을 설명하고, 그녀가 남편의 몸에 꽂히는 온갖 바늘과 갑작스러운 조치, 스캔 등을 못 보도록 했다. 스캔 결과 웨브 씨는 뇌출혈이었다. 이런 경우 치료의 선택이 어렵다. 뇌출혈 치료에 사용하는 약물 중에는 출혈 증가의 원인이 되는 것들도 있는데, 웨브 씨는 최근에 받은 수술 때문에 더 위험했다. 어쨌든 그는 가능한 처치를 할지 또는 조심스럽게 추이를 지켜볼지 전문가들이 결정을 내릴 초급성hyper-acute 뇌출혈실로 옮겨졌다.

웨브 씨는 운이 좋은 편이었다. 초급성 뇌출혈실은 사망률과 만성장애 비율을 감소시킨다고 알려져 있다. 뇌출혈을 겪은 사람의 절반은 1년을 살지 못한다. 뇌출혈협회의 최근 보고에 따르면, 영국에서는 매년 십만 건의 뇌출혈이 발생하며 세계적으로는 2초에 한 명꼴로 뇌출혈로 쓰러져 목숨을 잃거나 후유증을 앓는다.

내과 병동 환자들은 회복 속도가 더디거나 상태가 서서히 악화되기 때문에 내과 간호는 외과의 경우와 완전히 다르다. 두 병동의 겉모습은 같다. 긴 복도 가운데에 간호사 데스크가 있고 그 양쪽에 간호사와 환자 화장실이 있으며, 화장실에는 응급 호출 때 필요한 빨간 버튼이 있다. 응급 카트*는 환자기록지가 쌓인 거대한 카트 옆에 대기 중이다. 환자용 변기, 의료용 호이스트, 수액거치대가 보관된 장비실, 지저분한 다용도실, 치료실, 보호자 대기실도 있다. 외과 병동이 있는 4층에는 수술실, 회복실, 중환자실이 함께 있다. 내과 병동은 여기서 더 올라가 10층에 있다. 병원 승강기는 한참 기다려야 온다. 거의 모든 층에서 멈추기 때문이다. 임산부가 5층 산부인과에서 내리고, 신경과를 방문하는 가족이 6층에서 줄줄이 내린다. 클립보드를 손에 든 의사는 심장 병동이 있는 7층, 어떤 여성은 8층 호흡기 병동, 또 다른 여성은 9층 이비인후과에서 내린다. 눈에 반투명 안대를 착용한 남자는 더 위에 있는 안과로 가는 길일 것이다.

내과 병동은 병원의 기본이다. 외과는 심장마비 같은 위급한 상황이 발생할 수 있는 곳이지만 내과는 장기간에 걸친 회복을 위한 곳이다. 내과 간호에도 급성 환자와 만성 환자가 있다. 그러나 모든 것은 디테일의 차이이다. 내과 의사가 외과 의사와 다른 것처럼 내과 간호사도 외과 간호사, 간호보조원, 소생전문 간호사와 다 다르다. 물론 원칙은 같지만, 간호는 다양한 악센트를 가진 언어다.

응급소생 전문 간호사라는 내 일이 좋은 이유는 병원 곳곳을 돌며

* 응급 소생에 필요한 약품과 기구들이 준비되어 있는 카트

다양한 환자들을 만날 수 있기 때문이다. 근무 시간도 짧다. 보통 사람들에게는 이것이 정상적인 근무 시간이겠지만 간호사에게는 짧은 편이다. 과거에는 이 일을 간호사의 일로 보지 않았다. 하지만 정식 간호사의 일로 여겨져 왔던 일들이 요즘은 자격증을 따기 전인 수련 간호사에게 점점 맡겨지는 추세다. 또한 간호사와 수련의의 역할 분담이 모호해지고, 전문적인 간호의 역할과 책임이 환자의 건강과 권리가 아닌 경제적 이득 등의 다른 목적에 따라 결정된다. 이전에 의사가 했던 일을 간호사가 하게 되면 일단 병원 입장에서는 인건비가 적게 들기 때문에 간호사들이 수액을 꽂고, 채혈하고, 혈액검사의 결과를 해석하고 심지어 삽관이나 동맥라인 삽입까지 하게 되었다. 의사의 처방 없이 간호사가 직접 투약할 수 있는 마취제가 있으며, 의사의 교대 시간에 간호사가 응급환자의 처치를 주도하는 분야도 있다.

간호사가 이끄는 병원도 있고, 임상전문 간호사가 체외막산소공급장치 에크모가 필요한 성인 환자를 돌보기도 한다. 또한 진단, 치료, 처방을 하고 심장마비 대응팀을 이끌며, 의사를 상대로 생명유지장치 고급 과정을 강의하고, 그들을 평가한다. 그러고는 고작 간호사 월급을 받는다. 그렇지만 진짜 손실은 간호의 심장이라고 할 수 있는 곳, 즉 침대 시트를 갈고, 환자를 관찰하며, 환자의 수분 섭취와 배변을 돕고, 그들의 이야기를 듣는 간호 현장에서 생긴다. 환자에게 보살핌을 제공한다는 간호의 본질과 의미가 잊힐 위험에 처해 있는 것이다. 전통적으로 간호사들이 하던 일이 요즘은 종종 간호보조원에게로 넘어간다. 확실히 이 병동에서도 나를 비롯하여 감염통제 간호사, 약사, 미용사 등 일시적으로 왔다가는 병원 스태프들을 제외하면, 눈에 보이는 건 간호보조원들뿐이다. 모두 자격증 없는 간호인들로 최저 시급(7.50파운드)보다 조금 많은 시간당 7.87파운드(약 12,000원)를 받고 일한다. 간호 또는 간호보조 역할에는 환자를 씻기고, 입히며, 먹이고, 배변을 돕고, 더 편하게 해주는 일이 포함된다고 병원은 규정한다. 이러한 일들이 환자들의 치료와 경험에 영향을 미치는 가장 중요한 측면으로서 대부분의 병동에서 요구되는 간호의 핵심이다. 친절, 공감, 연민, 그리고 환자의 품위를 지켜주려는 마음이 좋은 간호사를 만든다.

글래디스는 내과 병동 침대에 누워 몇 분에 한 번씩 소리를 질렀다. 아까는 변기 사용을 거부하더니 지금은 간호보조원에게 "나 똥 쌌어, 똥!"이라고 빽빽거렸다. 외침을 들은 간호보조원이 옷소매를 걷어붙이고 달려갔다.

"나 좀 도와주실래요?" 주위를 커튼으로 가리며 파티마가 내게 물었다.

침대 시트를 가는 일은 아주 끔찍했다. 악취 때문에 눈물이 맺힐 정도였다. 간호사가 되면 온갖 종류의 냄새에 익숙해진다. 지금껏 주로 소아 환자를 돌보던 나로서는 성인의 구토, 설사, 출혈의 맹렬함에 끝까지 적응하지 못했다. 한번은 참을 수 없어 병실에서 나왔고, 나중에 그 환자가 복부폐색으로 인해 자기 얼굴에 구토물을 쏟아냈다는 것을 알고는 내 행동에 더 부끄러움을 느꼈다. 아픈 사람들 중에는 인공항문주머니를 바꿔주어야 하는 환자도 있고, 기관절개 후 초록색 분비액을 뿜어내는 환자도 있다. 음경의 누런 분비물, 질에서 나오는 회색 분비물도 있지만 가장 지독한 냄새가 나는 것은 위장 출혈 때문에 배출되는 흑색변이다. 위에 삽입한 인공관의 감염, 다리의 궤양, 주먹이 들어갈 만한 크기에 뼈가 보일 정도로 진행된 욕창도 있다. 이런 부위들에서는 푸르누런 고름이 흘러나오고 낭포가 터지면서 상한 마요네즈와 같은 냄새가 난다. 상처 부위를 씻고 소독하며 붕대를 갈고 분비물을 처리한 뒤 창문을 열고 방향제를 뿌리는 사람은 간호사나 간호보조원이다.

이런 것들을 보고 만지고 냄새를 맡는 순간이 너무 힘들지만, 이 모든 것 한가운데에 두려움과 수치심으로 힘들어하는 환자가 있음을 기억해야 한다. 간호사는 숨 참기의 중요성을 아는 포커페이스의 달인이다. 환자들이 눈치채지 못하도록 교묘하게 숨을 들이쉬지 않고 최대한 무표정을 유지한다. 환자들이 너무 깊게 생각하지 않도록, 자존감을 잃고 나약해지지 않도록 간호사라면 우리 몸, 그 인간적인 살과 피의 참상을 견뎌내야만 한다. 간호사와 환자를 하나로 묶어주는 것은 인간의 연약함이고, 병마에 맞서서 환자의 존엄성을 지켜주는 것이 간호사가 환자에게 해줄 수 있는 최고의 선물이다. 간호사 및 조산사의 직업행동강령 제일 첫 구절은 다음과 같다. "간호사는 친절, 존중, 공감으로 환자를 대해야 한다."

존엄은 주로 철학적 관점에서 논의되어 왔다. 예를 들어 이마누엘 칸트는 모든 인간의 평등한 본질적 가치로서 존엄을 서술했으며, 가톨릭과 개신교에서는 하느님의 형상으로 창조된 모든 인간은 존엄하다고 강조한다. 이슬람교의 무하마드 선지자도 아담이 신의 형상으로 만들어졌음을 언급했다고 전해진다. 인간의 존엄은 유대교의 중추적 신념이기도 하다. 존엄성과 고귀함은 모든 인간의 천부적 권리로, 유엔은 세계인권선언문을 통해 "모든 인간은 태어날 때부터 자유롭고, 존엄하며, 평등하다"라고 선포했다. 동료 인간에 대한 존중 상실과 존엄성 박탈은 과거 집단학살의 핵심인 비인간화로 이어졌다.

"똥을 쌌어요, 내가 똥을 쌌어." 글래디스가 계속 되뇌었다. 괴로워하며 몸을 비틀고 들썩이는 바람에 악취는 더 퍼져나갔고 온몸은 대변으로 범벅이 되었다. 햇병아리 간호사 시절에 여러 종류의 대변 사진을 보고 비정상 정도를 가늠하는 브리스톨 대변 등급Bristol stool-scale을 공부하던 게 생각이 났다. 그러나 책으로 보았던 그림과 지침서, 등급은 현실에 대한 준비가 되기에 부족했다. 글래디스의 대변은 그림에서 보았던 모든 등급의 특징을 한꺼번에 보여주었다. 응어리, 방울, 고르지 못한 표면에 액체는 방수패드 위로 흘러 환자의 등과 베갯잇까지 적셨다. 글래디스의 머리카락에 초록빛의 대변이 묻었고, 주변으로까지 튀면서 우리 얼굴에도 묻었다. 헛구역질을 참는 것만이 겨우 내가 할 수 있는 일이었다.

"글래디스, 우리가 도와줄게요." 파티마는 대야에 따뜻한 비눗물을 담아 와서는 아기의 목욕물을 살필 때처럼 팔꿈치로 물의 온도를 확인했다. 글래디스가 이를 보며 뒤척이는 것을 멈췄다. 마치 마음속 어딘가에 있는 기억이 되살아나는 듯 보였다. 다른 많은 이들처럼 글래디스는 치매 환자다. 2021년에는 영국의 치매 환자가 백만 명이 될 것으로 추정된다. 치매는 기억을 잃게 하고, 성격을 변화시키며, 혼란과 환각을 가져오는 잔인한 질병이다. 끔찍한 악몽 속을 살고 있는 것과 같을 것이다.

글래디스는 친구인 도피를 자꾸 찾았다. 어딘가에 갇혀 있던 그녀의 기억은 지나간 삶에서의 순서와 상관없이 띄엄띄엄 찾아왔다. 나중에 파티마에게 들은 바에 의하면, 도피는 호주에 살고 있는데 글래디스와는 60년 전 어느 학교 식당에서 요리사로 같이 일한 친구라고 했다. 글래디스는 몸이 아플수록 더 옛날 시절로 돌아갔다. 사람은 계속 축적되는 새 경험들 때문에 옛날로 똑같이 돌아가는 것이 물리적으로 불가능하다. 그러나 치매 환자들은 삶에서 지나왔던 옛날 순간을 완벽하게 다시 살 수 있다. 끔찍한 상황이지만 한편으로는 묘하게 위로가 된다.

"도피 아직 안 왔어요? 이러다 늦겠네. 지금 몇 시에요?"

나는 글래디스의 한쪽 다리를 다른 쪽 다리 위에 겹쳐놓고 그녀의 엉덩이와 어깨에 손을 올려 내 쪽으로 조심스럽게 돌려 눕혔다. 간호사들은 모두 허리 통증으로 고생한다. NHS에 보고되는 의료진들의 질병 중 40%가 허리 부상과 통증 관련이며, 간호사들이 아파서 쉬는 유급 휴일에만 4억 파운드(약 6천억 원)가 지출된다. 간호보조원까지 포함하면 거의 10억 파운드(약 1조 5천억 원)에 이른다. 근육과 골격 부상은 환자를 들어올리거나 움직일 때 발생한다. 간호는 중노동이다. 물론 요즘은 병원 재단이 간호사들을 위한 훈련과 장비 마련을 철저히 해 손으로 직접 환자를 움직여야 하는 상황을 최대한 줄이고, 사고가 생겼을 때 병원이 소송을 당하지 않도록 조심한다. 하지만 지금 이곳처럼 직원이 부족해 대소변을 가리지 못하는 환자를 같이 옮길 사람이 없거나, 환자를 들어올리는 호이스트가 고장 났는데 아직 고치지 못했다면 상황은 곤란하다. 환자가 질병이나 약물, 손상으로 인해 스스로 근육을 움직이지 못한다면, 간호사는 자신의 골근육계에 미칠 위험을 감수하면서 환자의 근육이 되어 종종 같은 동작을 반복한다. 파티마가 대야에 물을 채우는 동안 글래디스를 오래 붙잡고 있는 일처럼……. 글래디스가 갑자기 홱 몸을 비틀 때, 나는 배운 대로 그녀를 꽉 잡았다. 그녀의 표정에는 창피함과 고통이 역력하고, 비록 허리가 저렸지만 이 불쌍한 여인을 놓쳐 다시 대변 바닥에 뒹굴게 하는 것보다는 내가 아픔을 참는 게 훨씬 낫다고 순간적으로 판단했다. 언젠가 내가 글래디스가 될 수 있고, 우리 모두 마찬가지다.

글래디스의 피부는 약하기 때문에 상처가 나지 않게 조심해야 했다. 아물지 않은 아주 작은 상처도 욕창, 멍, 부상이 될 수 있다. 파티마가 씻기기 시작하자 내 복부 근처에 있는 글래디스의 얼굴이 나를 올려다보았다. 파티마 옆에는 노란색의 커다란 임상 쓰레기봉투와 물휴지가 있었다. 물휴지를 거의 반 통이나 쓰고 더러워진 휴지로 휴지통이 채워지며 대야의 물은 점점 탁하고 지저분해졌다.

"글래디스, 괜찮아요?" 파티마가 물었다. "거의 끝났어요. 곧 편하게 해드릴게요." 그녀는 화장실로 가더니 변기에 대야의 물을 버리고 다시 깨끗한 물을 받아왔다. 다시 한 번 팔꿈치로 수온을 확인한 뒤 글래디스의 등을 두 번째 닦고, 시트를 팽팽하게 당겨 자리를 정돈했다. 시트가 접히거나 헝클어진 부분이 피부에 문제를 일으킬 수 있기 때문이다. 우리는 글래디스를 다시 돌려 눕히고 베개를 제자리에 놓은 뒤 침대를 약간 세워주었다.

나는 시계를 흘낏 본 뒤 조금 더 글래디스 곁에 머물렀다. 글래디스는 아직도 내 손을 꼭 잡고 창밖 먼 곳을 바라보았다. 이제는 소리를 지르지 않고 호흡도 규칙적이며 차분한 모습이다. 그녀에게서 신생아의 냄새가 났다.

잠시 그녀는 정신을 차린 것 같았다. 고맙다는 인사도 했다. "기분이 훨씬 좋아요. 우리 늦지 않았어요. 곧 준비될 거고 도피가 금방 도착할 거예요. 아이들을 배고프게 하면 안 되죠." 그녀는 다른 침상들 너머 얼룩져 더러운 유리창 밖 하늘로 다시 눈길을 돌렸다. "지금 몇 시에요? 도피가 곧 오나요?"

곧 5시가 된다고 일러주자 그녀는 나를 바라보았다. "정말요? 벌써 그렇게 되었어요? 정말 시간이 빨리 가네요. 시간이 빨리 흘러요."

외과 병동, 내과 병동, 신경정신과 병동, 소아과 병동, 산부인과 병동에 있는 환자들을 모두 경험해보고 나서야 나는 모든 전공 분야가 혼재되었을 때 간호의 즐거움을 더 느낀다는 걸 깨달았다. 다시 말해 중환자실이 나의 적성에 맞았고 그곳에서 토미를 만났다.

토미는 햇빛을 싫어한다. "경치가 아주 좋아." 창밖을 보며 나는 말했다. 토미의 병실은 9층 병동의 창가쪽 방이고 희뿌연 런던 위로 해가 떠오르는 모습이 아름다웠다. 그렇지만 내가 커튼을 열 때마다 토미는 눈을 감고, 얼굴을 잔뜩 찡그렸다. 열한 살인 토미는 자동차에 치이는 교통사고로 목과 골반이 부러진 뒤 목 아래가 마비된 환자다. 기관절개를 했기 때문에 입으로 소리를 내거나 말을 할 수 없고, 대신 거칠게 반복되는 공기 흡입 소리와 흐느끼는 모습만 보여준다.

지난 몇 개월 동안, 때로는 연속으로 며칠씩 토미를 돌보기도 했고, 12시간 넘게 나랑 토미 단둘이만 있을 때도 있었다. 토미의 아빠는 베개에 끈적끈적한 얼룩이 생길 만큼 매일 아침 아들의 검고 삐죽삐죽한 머리를 헤어젤로 세워주었다. 침대 옆 작은 탁자에는 토미와 엄마, 아빠, 사촌들이 함께한 여행 사진, 그리고 금속이 박힌 목줄을 한 고양이 사진이 놓여 있었다. 주파수가 음악 방송에 고정된 작은 라디오, '그레이스톤 중학교 도서관'이라고 도장 찍힌 반납 기한이 지난 책들도 한 무더기 있었다. 휙휙 책장을 넘기는 나를 보며 토미의 엄마가 말했다. "좋은 학교에요. 토미는 공부를 잘해서 100점만 받았어요. 고등학교 졸업자격시험에도 떨어진 나를 닮지 않았거든요. 토미, 너 옥스퍼드대학 갈 거지, 그치? 그리고 아빠를 닮아 축구를 엄청나게 좋아해요." 나는 마른침을 삼키는 그녀를 보다가 그녀의 남편, 그리고 토미에게로 시선을 돌렸다. 토미가 천천히 눈을 깜박이다가 울기 시작했다.

예전의 토미가 어땠을지 궁금했다. 나는 내가 맡은 환자를 도울 수 있는 단서를 찾으려고 항상 그들의 삶을 상상해보곤 한다. 지금 상황이 그들 삶의 전체 그림에 어떤 영향을 줄지 그려본다. 몇 주씩 집을 떠나 석유 굴착지에 가야 하는 토미 아빠의 직업, 토미 엄마를 도와주는 주변 사람들, 그들의 관계, 회복력, 기대…….

토미를 잘 돌보기 위해서는 토미와 그 가족들에 관한 모든 정보가 중요했다. 매시간 정각에 나는 토미의 활력징후와 인공호흡기 수치를 색색 가지의 펜을 사용해 커다란 포스터 크기의 표에 기록한다. 그리고 각 점을 연결하여 패턴을 살핀다. 체온이 오르고 있고, 혈압도 상승 추세다. 토미와 같은 척수 환자들은 손상된 척수신경에 대한 비정상적 생리 반응으로 심한 고혈압을 일으키는 자율신경반사부전autonomic dysreflexia의 위험이 있다. 이것은 변비나 소변줄의 이물질 같이 단순한 문제가 원인이 될 수 있기 때문에 세심한 간호가 매우 중요하다. 생명을 위협하는 응급상황이 오지 않도록 토미를 주의 깊게 관찰했다. 토미의 간호에는 개인적인 보살핌도 포함된다. 그를 씻기고, 욕창 방지를 위해 같은 자세로 너무 오래 있지 않도록 자주 자세를 바꿔주어야 한다. 지금은 안정되었지만, 토미의 몸 안은 그를 지탱하는 금속 보조물로 가득하고, 곧 골반 수술도 해야 한다. 모든 것에 취약하기 때문에 세세함이 큰 차이를 만든다. 예를 들면, 양말이 돌돌 말려 올라가지 않도록 정기적으로 확인하는 일 자체는 매우 간단하다. 하지만 토미는 특히 항생제 내성 세균과 같은 감염에 저항력이 많이 떨어졌기 때문에 양말이 말려 올라가는 그 사소한 것 하나도 토미에게는 대단히 안 좋은 결과를 초래할 수 있다. 토미의 식사 관리도 나의 일이며, 현재 토미는 입으로 먹을 수 없기 때문에 위로 연결된 관으로 우유 비슷한 유동식을 직접 공급하는 커다란 주머니를 걸어주어야 한다. 이 관을 통해 약물도 투여된다.

이렇게 토미의 몸을 돌보지만 가장 보살핌이 필요한 것은 마음이다. 내가 하는 일이 겉으로는 물리적인 간호처럼 보이지만, 엄격히 말하면 토미의 정신건강을 보살피는 것이다. 무엇보다 가장 도움이 되는 건 토미와 신뢰를 쌓고, 치료적 관계를 형성하며, 그의 말을 들어주는 일이었다. 정말로 '듣는' 것이다.

우리는 감정으로 소통을 했다. 그가 집에 가고 싶다고 입 모양으로 말하면 나는 "당연히 그렇겠지. 나라도 그럴 거야. 사고 나기 전으로 돌아갔으면 하고 얼마나 바라겠니"라고 말해준다. 한동안 토미는 입을 꾹 다물고 있었다. 아무도 이렇게 말해주는 사람이 없었다. 모두들 곧 갈 거라고, 몸이 나으면 집에 가서 네 방에서 친구들과 놀 수 있을 거라고 했다. 그러나 나는 토미의 말을 제대로 알아들었다. 토미가 집에 가고 싶다고 하는 건 옛날로 돌아가고 싶다는 말이란 걸 말이다. 물리적인 집을 얘기하는 게 아니었다.

"그렇지만 계속 이렇게 느끼지 않았으면 좋겠어. 솔직히 얘기하면, 괜찮아질 거라고 믿어. 끔찍한 일이 생긴 거여서 어떤 느낌일지 나는 상상도 안 돼. 그렇지만 조금이라도 네 기분이 좋아진다면 내가 뭐든지 할게. 모든 시간, 1분 1초라도 함께할게." 내가 토미의 머리를 쓰다듬으며 말했다. "내가 같이 있을 거야. 바로 여기에 밤새도록 있을게." 충분하지 않지만, 이게 내가 할 수 있는 전부였다.

그날 밤, 그리고 또 다른 많은 밤에 토미가 어둠 속에서 말똥말똥한 눈으로 잠들지 못하고 있으면 《해리포터》를 읽어주었다. 이야기가 진전되기 시작하면서 토미의 눈이 약간 풀리기 시작했다. 잠깐 현실에서 벗어나는 것이다. 그는 목 골절로 혼자 숨을 쉴 수 없어서 인공호흡기에 의존해 숨을 쉰다. 그 때문에 상태가 꽤 안정되었음에도 여전히 중환자실에 머물러 있다. 그 외 여러 복잡한 처치가 필요해 이곳을 나가려면 몇 달이 걸릴 수도, 자신의 '물리적인' 집에 가려면 몇 년이 걸릴 수도 있다. 녹농균 감염으로 인해 토미의 목에서는 하수구 냄새가 났다. 절개된 기관절개부에서 녹색 고름이 나오고, 녹색 가래를 뱉어냈다. 토미는 결장루낭과 소변 배출관도 달고 있다.

병실 밖에 앉아 쉭쉭거리는 기계 소리를 들었다. 오직 머리만 움직일 수 있는, 현대 기술에 의존해 하이브리드 인간으로 탈바꿈한 아이. 세상이 너무 잔인하게 느껴졌다. 토미 엄마와 이야기를 하다 보면 그녀가 어떻게 버틸까 걱정이 된다. 토미 아빠가 일하러 떠난 동안 그녀는 거의 한부모와 다름없으며, 우울증까지 앓고 있었다. "아내가 불안정한지는 오래되었어요." 토미의 아빠가 말했다. "우리는 안 좋은 상황이었죠. 어쩌면 이런 일이 인생을 달리 보게 만드는지 몰라요. 이런 일이 생기면 사람들이 가까워지거든요. 그전에는 자기가 얼마나 운이 좋은지 깨닫지 못해요." 내가 고개를 끄덕여 그의 말에 동의하려고 애썼지만, 속으로는 그게 아님을 알았다. 토미의 사고가 엄마를 고칠 수 없었다. 심각하게 아픈 아이는 부서지기 쉬운 엄마의 정신건강, 재정 상태, 부부관계에 스트레스를 가중시킬 뿐이었다. 아픈 아이는 도미노의 첫 조각일 뿐이다.

병상에 있는 동안 토미는 열두 번째 생일을 맞았다. 간호사들이 크리스마스에 쓰고 남은 반짝이 장식으로 침대 주위를 꾸몄고, 침대의 금속 레일과 인공호흡기에도 의료용 테이프로 카드를 붙였다. 휴일인데도 풍선을 사서 헬륨가스를 채워온 간호사도 있었다. 그러나 중환자실의 눈부신 불빛 아래 풍선은 슬퍼 보였다. 너무 밝은 데다 모든 것이 플라스틱으로 가득 차 생명마저 인공적으로 느껴졌다. 중환자실에서 가장 오래 근무한 간호사 중 한 명인 트레이시가 자기 집 정원에서 야생으로 자란 각양각색의 꽃으로 조그만 다발을 만들어와 작은 플라스틱 컵에 담아 인공호흡기 위에 올려놓았다.

"훨씬 낫네. 토미, 저 예쁜 꽃들 좀 보렴. 얼마나 예쁘니?" 내가 말하자 토미는 한번 쳐다본 뒤 눈을 감았다. 당직 간호사가 지나가며 말했다. "거기 꽃을 놓으면 안 돼, 트레이시. 절대 금지라고!" 트레이시는 콧방귀를 뀌더니 근처에 있는 탁자 위로 꽃을 옮기고, 토미 쪽으로 몸을 숙였다. "우리 아가가 생일인데 당연히 꽃이 있어야지." 그녀는 자신의 두 손가락에 입을 맞추고 토미의 뺨에 대며 말했다. "열두 살밖에 안 됐는데 벌써부터 사람 마음을 설레이게 하는구나!" 그녀는 토미를 아끼고 사랑했다. 우리 모두가 그러했다. 트레이시는 토미를 씻기고, 피부에 로션을 발라주고, 다리를 펴 운동시키는 동안 온종일 그에게 말을 걸었다. 라디오에서 축구 경기 중계나 댄스음악이 흐르면 몸치인 그녀가 허공에 팔을 휘저으며 춤을 추었다. 유일하게 토미가 웃는 시간이다.

토미의 침대 발치에는 선물이 잔뜩 쌓여 있다. 간호사들이 준 것도 많았지만, 토미 아빠가 커다란 선물 자루를 들고 들어온 것이다. "오늘 생일인 우리 아들!" 아빠는 토미의 이마에 뽀뽀를 하고 서로 마주보며 웃었다. "올해도 잘 해냈어!" 그는 토미의 눈이 휘둥그레질 때까지 선물을 하나씩 꺼내 침대에 올려놓았다.

토미가 잠들 때까지 부모님이 병실에 머물렀다. 엄마가 말했다. "토미가 자전거를 갖고 싶어 했어요. 그렇게 조르더라고요. 그래도 버릇나빠질까 봐 기다리라고 했어요. 대신 생일 선물로 사주겠다고 약속했었는데……. 진작에 사줄걸 그랬어요. 그게 참 가슴이 아파요." 그녀는 윗몸을 숙이고 배를 움켜쥐며 흐느꼈다.

나는 그녀의 어깨에 손을 얹으며 “정말 안타깝네요”라는 말밖에 하지 못했다. 눈시울이 따끔거렸다. 그녀가 느끼는 고통은 어떤 사람도 겪어서는 안 되는 것이다.

토미의 아빠가 엄마의 어깨를 감싸고 꼭 안아주었다. “잠시일 뿐이야. 어쨌든 난 그렇게 생각해. 토미는 강한 아이거든. 다시 일어나 걸을 거란 걸 알아. 그냥 알아. 의사들이 틀리는 경우가 수두룩하고, 미국에서 진행되는 여러 가지 치료법에 대해서도 들었잖아. 치료비가 더 필요하면 내가 두 배로 일할게. 금방 축구장으로 돌아올 거야, 그렇지요?”

아빠는 갖은 의료 장비와 기계에 둘러싸여 잠들어 있는 토미를 바라보았다. 토미 엄마의 시선이 나를 지나쳐 허공으로 향하고, 아빠는 나를 쳐다보며 동의를 구하듯 느리게 고개를 끄덕였다. 그러나 내가 할 수 있는 일은 면도날처럼 따가운 눈물을 머리 뒤로 더욱 깊이 삼키는 것뿐이었다. 거짓 미소를 지으며……. 나는 시선을 피해 트레이시가 가져온 야생 꽃다발에 초점을 맞추었다. 자연 그대로인…….

8
/
큰 사랑이 깃든 작은 것들

삶이란 지속하는 것뿐 아니라 그 자체를 능가하고자 하는 과정이다.
그저 유지하려고만 한다면, 산다는 건 죽지 않고 있는 것과 다름없다.
_시몬 드 보부아르Simone de Beauvoir

대부분 나는 엄마들의 얼굴을 보게 된다. 쳐진 눈꼬리, 앙다문 입술, 벌건 눈시울 등 예전에 눈여겨 보지 않았던 세세한 부분까지 말이다. 그렇지만 가장 큰 슬픔을 간직한 얼굴은 리아나 할아버지 얼굴이었다. 할아버지의 얼굴은 다림질이 되지 않은 시트처럼 구겨지고 일그러져 있었다.

리아나는 재능 있는 가수이자 댄서, 배우다. 그녀는 네 살 때부터 지역 무대예술 전문학교에 다녔고 남는 시간에는 근처에 사는 할아버지와 함께 뮤지컬을 보러 다녔다. 학교가 끝나면 할아버지 집으로 달려가 숙제를 서둘러 끝내고 엘비스 프레슬리의 초기 영화나 〈남태평양〉, 〈마이 페어 레이디〉, 〈메리 포핀스〉를 할아버지와 함께 보았다. 리아나 엄마의 말에 따르면, 리아나의 방은 할아버지에게서 받은 '탭댄스 시절' 기념품으로 가득했다. 할아버지가 본 쇼의 관람권, 해진 구두끈으로 묶은 오래된 무용 신발, 언젠가 남서쪽 휴양 도시에서 팬터마임 배우로 활동할 때 썼던 높은 실크해트silk hat, 액자에 보관된 무대조명 자격증, 영화 〈사랑은 비를 타고〉에 나왔던 여러 우산 중 하나라는 '진짜' 우산.

리아나는 그동안 자신이 출연한 (물론 할아버지가 모두 관람한) 공연의 무대의상으로만 채운 옷장도 있었다. 바닥에 금빛 부스러기를 떨구는 반짝이 타이츠, 비취색 인어공주 드레스, 하얀색 층층이 튀튀가 보관되어 있는 곳이다. 이불에는 작은 발레리나가 춤추는 모습이 수놓아져 있고, 침대 옆에는 그녀가 가장 소중하게 여기는 태엽 감는 뮤직 박스가 있었다. 매일 아침 눈을 뜨면 리아나는 태엽을 감아서 뮤직 박스 위의 발레리나 인형이 빙글빙글 도는 모습을 행복하게 지켜보았다. 리아나만의 일종의 아침 의식이었고, 리아나 부모에게는 아침마다 흐르는 배경 음악이 되었다.

뭔가가 잘못되었음을 가장 먼저 알려준 건 뮤직 박스 음악이 사라진 아침이었다. 아침 시간이 조용했다. 리아나 방에서 흘러나와야 할 그 차랑차랑한 소리가 들리지 않았다. 문을 열고 들어가 보면 리아나는 여직 깊이 잠들어 있었고, 전보다 오래 잤지만 더 피곤해했다. 리아나가 밤에 일어나 화장실을 가는 횟수를 부모님이 세기 시작했다. 엄마는 자기 전에 우유를 너무 많이 마시지 말라고 얘기했지만 내심 걱정이 되었다. 리아나는 또래에 비해 체구가 작았지만, 최근 들어 옷이 더 헐렁해져 보였다.

어느 날 아침 리아나는 복통을 호소했고, 엄마 아빠 둘 다 출근을 해야 했기에 할아버지가 오셔서 리아나를 돌봐주셨다. 부모님이 퇴근했을 때 리아나는 정신이 몽롱했고 엄마 아빠를 알아보지 못하는 듯 보였다. 엄마는 온갖 생각이 들었다. 리아나는 이제 아홉 살이다. 방에서 매니큐어 리무버 냄새가 났는데, 혹시 화장실에 있는 걸 방에 가져와 쏟았을까? 매니큐어를 자주 바르면서 몸에 해로운 냄새를 많이 맡아서 그런가? 아니면 학교에서 따돌림을 당하나? 최근에는 그렇게 좋아하던 노래, 춤, 연기에도 흥미를 잃은 듯 보였고, 그렇게 활기차고 자신감 넘치던 소녀가 매우 조용한 아이가 되었다. 다시는 아침에 뮤직 박스의 음악 소리를 듣지 못할까 봐 엄마 아빠는 두려웠다.

리아나의 상태는 점점 나빠져 이제는 호흡도 얕고 빨라졌다. 응급실 의사들이 신속하게 대처해 증상의 진행 상황을 묻고 혈액검사를 했다. "당뇨가 있어요. '당뇨병성 케톤산증diabetic ketoacidosis, DKA'*이라고 하는 겁니다." 의사가 부모님에게 알렸다. 리아나는 소아중환자실로 이송되었고, 트리샤와 내가 처음으로 리아나를 만났다. 트리샤는 몇 달 전에 필리핀에서 와서 간호사 교육 중에 있었고, 내가 그녀의 멘토였다.

선배의 지도를 받는 주니어 간호사에서 경험 있는 멘토 간호사가 되는 과정은 나도 모르는 사이에 슬금슬금 다가왔다. 간호사 등급이 올라가 시니어 간호사가 되면 간호학과 학생들이나 교육 프로그램, 그리고 NHS가 채용한 인도, 유럽 또는 필리핀 출신의 간호사들을 책임져야

* 당뇨병의 급성합병증 중 하나로 극도의 인슐린 결핍으로 인해 고혈당, 고케톤혈증, 산증을 보인다.

한다. 외국에서 온 간호사를 지도하는 일은 국내 간호사의 멘토가 되는 것과 다른 경험이다. 함께 일한 대부분의 필리핀 주니어 간호사들은 자기 나라에서는 수간호사로 관리자급이던 사람들이어서 나보다 훨씬 더 많은 경험을 갖고 있었다. 그들은 자신들이 이미 알고 있는 것을 내가 말해도 어쨌든 미소로 답해주었다. 우리 모두는 간호사와 의사가 교실에서가 아닌, 경험을 통해 팀워크를 배운다는 사실을 충분히 이해하고 있었다. "우리의 지식은 경험으로부터 시작된다는 데는 의심의 여지가 없다"라는 칸트의 말이 이를 잘 표현한다.

"우리 나라도 당뇨병이 많아지고 있어요." 트리샤의 말에 나는 "어디서나 점점 많아지고 있지요. 특히 제2형 당뇨는요"라고 호응했다. 당뇨병은 기원전 1550년경 고대 치료사들이 몸이 수척해지고 배뇨 횟수가 많아지는 환자의 소변에 개미가 꼬이는 것을 보고 처음 발견했다. 당뇨를 앓고 있는 사람이 영국에서만 390만 명으로 추정되며, 이 숫자는 걱정스러울 정도로 급격히 증가하고 있다. 한편에서는 거대한 도마뱀의 독을 포함하여 흥미로운 제2형 당뇨 치료법들이 개발되고 있다. 2005년 승인된 엑세나타이드exenatide라는 치료약은 '길라 몬스터Gila monster'라는 커다란 독성 도마뱀의 침샘에서 추출한 성분을 화학합성한 것이다. 그러나 리아나가 앓고 있는 당뇨는 희귀하고 훨씬 더 급성으로 위험해지는 제1형이었다.

리아나의 부모님은 망연자실했다. "몰랐어요. 어떻게 모를 수가 있었을까요? 아이가 우유를 그렇게 마셔댔는데요. 항상 목이 마르다고 했고, 엄청 먹어대기까지 했어요. 그런데도 살이 빠졌죠."

"부모님 탓이 아니에요. 리아나가 아픈 건 부모님 때문이 아니에요." 나는 그들에게 반복해 강조했다. 소아중환자실은 일반적으로 간호사 한 명당 환자 한 명의 비율이기 때문에, 리아나는 내가 맡고 있는 유일한 환자였다. 그녀에게는 다양한 처치가 필요했다. 인슐린 투여, 칼륨과 수액 처치, 그리고 치료의 타이밍을 놓치면 위험해질 수 있기 때문에 면밀한 관찰이 중요했다.

리아나의 할아버지는 아무 말도 하지 않았지만, 그의 눈은 고통과 죄책감으로 가득했다. 가끔 머리를 가로저으며 리아나가 가쁘게 숨 쉬는 모습을 지켜보았다. "저희가 리아나를 세심하게 보고 있어요. 활력징후와 혈액 수치를 계속 확인하고요. 숨을 저렇게 쉬는 건 이산화탄소를 배출하기 위해서고, 환자가 열심히 싸우고 있다는 좋은 징조에요."

당뇨병성 케톤산증 환자가 대상부전decompensation이 되면, 즉 조직이 정상 혈압 유지 같은 생리적 기능을 도와주지 못하게 되면, 환자는 싸우기를 멈춘다. 그만큼 생존 확률은 감소한다. 리아나의 몸은 '보상compensation'을 하고 있었다. 그녀의 가쁜 호흡을 할아버지는 지켜보기 괴로워했지만, 나는 안심했다. 그녀의 혈액 산성도potential hydrogen, pH* 는 내가 본 것 중 가장 낮았다.

산염기 균형 기제는 놀랍다. 죽음에 가까워지면 피가 극단적으로 산성 또는 염기성이 되는데, 이때 몸은 그것을 바로잡기 위해 '보상'을 한다. 살고자 하는 의지다. 매우 산성이면 이를 중화시키기 위해 우리 몸

* 수소이온 농도의 지표로 혈액의 산성-염기성 정도를 나타낸다.

은 수소를 생성한다. 마치 스펀지로 오물을 흡수하여 닦아내는 것과 같은 이치다. 환자가 얼마나 아픈지 가늠하려면 먼저 얼마나 많은 스펀지를 만드는지, 세포 수준에서 스펀지들이 잘 작동하는지 아닌지 항상성을 보면 된다. 인체는 믿을 수 없을 만큼 유약해서 혈액 산성도를 매우 좁은 범위 안에서 유지해야 한다. 그래서 정상 pH 수치는 7.35~7.45 사이여야 하고, 만약 환자의 pH가 6.8이면 생명 유지가 어렵다. 결국 스펀지 만들기를 포기하고 대상부전이 된다. 인간이 싸우는 데는 한계가 있기 때문이다.

어떻게 봐도 리아나의 pH는 생명을 유지하기 힘든 수준이다. 0.1만 떨어져도 죽을 것이 확실했다. 의료 기술을 가진 우리가 할 수 있는 그 어떤 처치보다 그녀의 호흡이 그 0.1을 더 잘 지키고 있었다. 인공호흡기는 그녀를 죽일 수도 있다. 천식 환자를 치료할 때도 마찬가지로 위험하다. 나는 선임 고문의인 두잔이 주니어 의사들을 가르치는 단기 교육 과정에 청강을 했던 적이 있다. "삽관하는 순간 마취과 전문의의 조기 투입이 불가피한 과팽창과 양측 기흉, 피하 기종의 위험이 있습니다." 나는 옆에 서 있던 트레이시를 쳐다보며 속삭였다. "저게 다 무슨 말이죠?"

"산소를 몸에 넣을 수는 있지만 몸 밖으로 빼지 못한다는 뜻이지요." 그녀가 어깨를 으쓱하며 대답했다.

천식 환자와 마찬가지로 당뇨병성 케톤산증 소아 환자 치료에도 당연히 약물과 전문 지식이 있어야 하지만, 자연에 대한 믿음도 필요하다. 최근 들어 의학은 단순히 수치를 바로잡으려 했던 과거와 달리 전체적인 관점에서 접근하는 데 익숙해지고 있다. 즉 예전에는 당뇨병성 케톤산증에 대한 의료적 처치가 수액, 인슐린, 중탄산염 투여를 포함해 수치를 바로잡으려 덤벼드는 경향이었지만, 이제는 이런 공격적 치료가 아이들의 뇌를 붓게 하고 혼수상태에 빠지게 하거나 사망을 앞당기게 할 수도 (심지어 사망의 원인이 될 수도) 있다는 사실을 안다. 요즘은 당뇨병성 케톤산증 치료에 부드럽고 느리게 접근한다. 쐐기풀로 생긴 가려움증엔 그 옆에서 자라는 수영쟁이풀을 쓰는 민간요법이 생각난다. 우리는 리아나가 안정되면서 가쁜 숨을 쉬도록, 수치가 불안해 보이도록 잠시 두고 자연의 힘을 믿어보았다. 누군가 너무 많은 처치를 하려고 한다면 막을 것이다.

트리샤와 나는 오늘 트레이시 담당 환자와 같은 병실에 입원해 있는 환자를 맡게 되었다. 은퇴할 때가 다가오는 트레이시는 관리직이나 간호사 교육 업무를 원하지 않았고, 현재의 급여 수준에 만족하며 평생을 환자 간호에 바치기로 결정했다. 지금 간호사 데스크 앞에서 엑스레이 사진을 보며 샌드위치를 먹고 있는, 이 병원 최고 선임 고문의인 두잔보다 중환자실 경험이 20년 더 많다.

신입 의사 하나가 처방전을 쓴 뒤 트레이시 담당 환자의 인공호흡기로 다가가더니 압력조절기를 만지기 시작했다. 1회 호흡량 컨트롤을 조정하자 인공호흡기에서 삑 소리가 나고 환자의 가슴이 전보다 많이 부풀어 올랐다. 트레이시가 재빨리 동작을 취했다. 먼저 의사의 손을 탁 쳐버리고, 컨트롤을 그녀가 해두었던 이전 세팅으로 돌려놓은 뒤 환자의 호흡을 확인했다.

신입 의사는 당황한 듯 보였다. "이 환자의 이산화탄소 수준이 오르고 있는 거 안 보여요?"

"나도 알아요." 트레이시는 인공호흡기를 몸으로 막고 팔짱을 낀 뒤 의사에게 말했다. "나중에 관을 뺄 예정이에요."

"회진 때 그런 얘기 없었는데요." 의사는 혼란스러운 표정이었다. "환자 의료기록에 그런 계획은 적혀 있지 않았다고요."

트레이시가 웃으며 의사에게 아무 말 말고 그냥 가라는 손짓을 해 보였다.

의사가 불쾌해하며 말했다. "주치의 선생님께 이 문제를 제기할 겁니다."

"그러세요. 선생님 저기 계시네요." 트레이시가 답했다.

영국에서는 의사가 소아 환자의 생명보조장치를 관장하고 (그러나 보통 간호사가 한다), 미국과 캐나다에서는 일정 기간 훈련 후 자격증을 취득한 호흡치료사가 맡는다. 트레이시는 인공호흡기를 조정할 수 있는 전문 자격이 없다. 그러나 내 가족을 누구에게 맡기고 싶은지를 묻는다면 나는 단연코 트레이시를 제일로 꼽을 것이다.

신입 의사는 씩씩거리며 자리를 뜨더니, 마지막 샌드위치 조각을 입에 넣고 있는 두잔에게로 가서 몸을 기울여 속닥였다. 두잔은 신입의 어깨에 손을 얹고 고개를 저으며 트레이시에게 미소를 지었다. 두잔과 트레이시는 오랜 친구로 중환자실에 있는 우리들 대부분이 평생 경험할 것보다 더 많은 일들을 함께 겪었다. 그들은 서로를 신뢰했다.

트레이시가 고개를 절레절레 흔들며 말했다. "히포크라테스 선서가 '해를 끼치지 않는다'라면 간호사의 선서는 '의사들이 그 선서를 지키도록 만든다'여야 해. 모든 의사들이 간호사로 한 달은 살아봐야 해. 그러면 싱크대에 담가두기만 한 컵들을 우리가 설거지할 일은 확실히 없어질 거야."

리아나의 호흡이 느려지고 깊어졌다. 쿠스마울 호흡Kussmaul breathing으로 진행되고 있었다. 힘을 들여 깊고 길게 내쉬는 호흡이 혼수상태나 죽음의 징후임을 밝힌 19세기 독일의 의사 아돌프 쿠스마울Adolph Kussmaul의 이름에서 유래된 명칭이다. 더 끔찍한 말로 '공기 굶주림air hunger'으로 불리기도 한다. 리아나는 거의 의식이 없이 코앞에 있는 공기를 들이킬 뿐이었다. 내가 처음 출산을 도운 산모 생각이 났다. 사람이 어떻게 태어나고 어떻게 죽는지, 우리가 인간임이 가장 잘 드러나는 순간은 가장 인간 같지 않은 모습일 때다. 리아나의 눈이 뒤로 돌아가고 허공의 공기를 들이키며 괴상한 숨을 내쉴 때마다 몸이 수축했다.

"우리가 하는 말을 알아들을 수 있나요?"

"네. 물론이죠." 나는 거짓말을 했다.

그렇지만 리아나의 엄마는 무슨 말을 할지 아무 생각이 나지 않는 듯했다. 할아버지가 말하기 시작했다. "빨리 나아야지. 연말 공연이 다가오고 있어."

"나아질 수 있겠죠? 언제까지 중환자실에 있어야 하죠?" 리아나의 엄마가 물었다.

당뇨병성 케톤산증은 뇌부종(뇌의 부피가 커진 상태), 혼수상태, 사망으로 이어질 수 있다. 리아나처럼 아이들에게 뇌부종이 생기면 약 58퍼센트가 완전히 회복되고, 21퍼센트는 약간의 뇌손상을 가지고 생존하며, 21퍼센트는 사망한다.

리아나 엄마가 딸의 회복에 대해 계속 물어왔지만, 리아나가 회복되지 않을 수도 있다는 사실을 일단 나만 알고 있기로 했다. 지금 단계에서 리아나의 엄마에게 알려 득이 될 게 없다. 앞으로도 알 필요가 없기를 바랐다. 지금으로서는 내가 리아나를 위해 해줄 수 있는 간호가 별로 없다. 시간만이 도울 수 있지만, 그렇지 않을 수도 있다. 그러나 간호란 앞으로 나아갈 길이 보이지 않더라도 앞일을 생각해야 한다. 나는 가구를 벽 쪽으로 밀고 응급 카트가 가까이 있는지 확인했다. 리아나의 부모님이 커피 한잔하러 잠시 나갔다 오겠다고 말하자 나는 혹시 그사이 담당 의사가 환자의 상태를 업데이트해주러 올까 봐 트리샤에게 대신 커피를 타다 달라고 부탁했다. 병실의 분위기가 무거웠다. 내가 할 수 있는 최선의 간호는 리아나가 세상을 떠난다면 최소한 부모님이 곁에서 임종을 지킬 수 있도록 하는 것과 그들의 정신적 버팀목이 되어 주는 일이었다. 아이를 잃는다는 건 생각할 수도 없는 일이지만, 더 끔찍한 건 아이가 혼자 떠나게 하는 것이다.

"제가 대신 전화해드릴 분이 있나요? 이런 상황에서 같이 있었으면 하는 사람이요. 가족이나 친지, 이웃, 교회 분들 중에 아무라도."

리아나의 남동생이 왔다. 열 살 아이는 눈을 동그랗게 뜨고 천천히 움직였다. 두 손이 계속 주머니에 머물고 있었다. 나도, 트리샤도 그 모습을 보았다. 트리샤도 비슷한 또래의 아들이 필리핀에 있는데, 친정엄마에게 맡기고 왔다고 한다. 여기서 번 돈은 꼬박꼬박 집으로 보냈다. 드문 일이 아니다. 내가 함께 일했던 모든 필리핀 간호사들이 자식을 두고 영국으로 일하러 왔다.

트리샤는 아이의 눈높이에 맞춰 쭈그려 앉았다. "여기 있는 것들 만져도 돼. 손 잘 씻고 오면 이 관들이 무슨 일을 하는지 이야기해줄게. 그리고 누나 손도 잡게 해줄게." 그녀가 남동생을 세면대로 데리고 가 손 씻는 걸 도와준 뒤 돌아왔을 때, 아이의 눈이 조금 작아져 있었다. 트리샤가 웃으며 말했다.

"누나가 좀 이상해 보이지? 그럴 거야. 그래도 훌륭한 의사 선생님들 덕분에 많이 좋아졌어. 어쩌면 너도 커서 의사가 될 수도 있겠다."

"난 축구선수가 되고 싶어요."

"물론이지." 그녀는 잠시 바닥에 눈길을 떨구고 말했다. "내 아들도 그렇단다."

비번으로 며칠을 쉰 후 출근을 하니 리아나가 준중환자실에 없었다. 그녀의 빈 침대는 다른 환자를 위해 깨끗이 치워져 있었다. 휴일을 보내고 돌아왔을 때, 상태가 심각했던 환자가 어떻게 되었는지 보이지 않으면 두려워지는 순간들이 있다. 퇴근할 때 봤던 환자를 다음 날 아침 다시 볼 수 있을지 전혀 알 수 없는 게 병원이다. 이에 대해 너무 깊게 생각하면 이 일을 버틸 수 없다.

"일반 병실로 갔어요." 모니터에 떠 있는 심전도 그래프를 보며 두잔이 무심한 듯 말했다.

머릿속을 떠나지 않았던 끔찍했던 통계 수치를 더는 리아나 가족이 알 필요가 없게 되어서 다행이었다. 그 후 리아나와 그 가족들을 다시 보지 못했지만 오래된 뮤직 박스 옆을 지날 때는 그녀가 종종 생각난다.

그리고 그 가족이 다시 음악 소리를 들을 때 어떤 기분일까를 상상해보곤 한다. 리아나가 할아버지 집으로 달려가 서둘러 숙제를 끝내고 같이 옛날 영화를 보며 스타가 되기를 꿈꾸는 모습을 종종 그려본다. 당뇨병성 케톤산증에 대한 올바른 의학적 이해가 인간 생리와 그 보상기제를 존중하는 치료로, 그리고 단순히 수치를 개선하려는 시도 대신 인간을 전인적으로 보살피려는 노력으로 이어진 것에 안도한다. 리아나의 뇌는 손상 없이 회복되었고, 현재 진짜 삶을 살고 있다.

*

소아중환자실에 남아 있는 다른 환자들은 죽어가는 중이거나 아니거나 하지만, 어쨌든 진짜 삶을 '살고 있는' 사람은 없다. 이곳에선 사람을 조각내어 한 부분만 보살필 수 없다. 소아중환자실에서 간호사로 일한다는 건 기저질환과 학습장애가 있는 소아 환자의 수술 후 상태를 살피는 일이지만, 동시에 자식이 아픔으로써 더 악화된 부모의 정신건강을 챙기는 일까지 포함된다. 이곳에서의 간호는 모든 것을 아우르며, 하루하루가 완전히 다르게 돌아간다.

내가 일하는 소아중환자실은 병원 9층에 있는 '판다 병동'에 있다. "공상과학 영화에 나오는 우주선 같아요"라는 어느 부모의 말대로 미래적인 모습이다. 기계들이 뱉는 윙윙 소리와 인공호흡기의 나른한 리듬만으로 채워진 음산한 고요가 흐르는 곳이기도 하다. 이곳에 있는 아이들은 중대한 질병에서 회복되는 동안 종종 복합장기부전으로 생명보조장치의 도움을 받는다. 이곳 병동은 응급실과 전적으로 다르다. 모든 것이 통제되고 조직화되었으며(나를 포함해 중환자실 간호사들 중에서도 통제광들이 많다), 첨단 기계들이 각 병상을 둘러싸고 있다. 환자의 호흡을 대신해주는 인공호흡기와 때로는 에크모가 구비되어 있다. 에크모는 몸 밖에서 혈액에 산소를 공급하여 노을 끝자락 같은 진홍색 피로 만들어 순환시키는, 임시로 환자의 심장과 폐 역할을 하는 기계다.

이 모든 중심에는 아이들이 있다. 이 아이들은 진정제 때문에, 가끔은 약물로 유도된 마비로 인해 아무것도 의식하지 못한다. 다양한 일을 하는 튜브도 가득하다. 입 또는 코에 연결된 기관내관, 위로 통하는 비강 영양 튜브, 환자의 목에서 공작새 날개처럼 기이하게 펼쳐진 중심정맥 라인이 있고, 혈압을 재는 동맥 라인은 정기적으로 혈액 샘플을 얻어 의료진이 미세한 수치까지 확인하게 해준다. 숙련된 중환자실 간호사는 피가 혈액가스분석기에 들어가기 전에 수치를 예상할 수 있다. 그저 피의 색깔을 보고 산소 농도 수준을 의사에게 말해줄 것이다.

간호사 데스크 벽에는 엑스레이를 볼 수 있는 라이트박스가 있고, 중앙전산망에 연결된 컴퓨터 스크린도 있어 소아중환자실 환자의 활력징후를 시시각각 자세히 확인할 수 있도록 한다. 그렇지만 여기서 이런 확인을 하는 사람은 아무도 없다. 간호사 데스크에 앉을 새가 없기 때문이다. 관찰 결과를 컴퓨터에 기록하거나 메모를 해야 할 경우 환자 바로 옆에서 한다. 마치 보이지 않는 끈에 묶여서 행여 잘못될 수 있는 수만 가지의 일들 근처에 붙들려 있는 듯하다. 대부분의 경우 간호사들은 선 채로 환자의 생명을 지키는 기계들을 확인하고, 침대 주위를 정리하며, 관찰 상황, 처방일지, 처방전을 컴퓨터에 기록한다. 분비물수거통을 비우고 약물 주사바늘을 바꿔주며 인공호흡기 세팅을 확인하는 것도, 가족들과 이야기를 나누는 것도 서서 하는 일이다.

때로는 러너가 있을 때도 있다. 환자마다 24시간 전담 간호사가 필요하기 때문에 예비 간호사 격인 러너가 약품이나 장비를 대신 가지러 가고, 환자를 돌려 눕히거나 시트 교환, 상처 소독, 약물 주입, 수혈 확인이나 약물 통제를 돕기도 한다. 하지만 점점 소아중환자실 환자의 수가 늘고 수용 능력의 한계에 다다르면서 그런 인력은 사라지고 있다. 담당 간호사가 화장실을 가거나 잠시 쉬어야 하면, 옆 병상의 담당 간호사가 동시에 두 명의 환자를 봐야 하고, 따라서 실수나 응급상황이 발생할 여지가 많아진다. 책임 간호사는 간호사들의 기술을 적절하게 맞춰 배치하는 전문가다. 어떤 환자에게 어떤 간호사를 배정할지, 어느 소아 환자가 경험 많고 기술 좋은 간호사를 더 필요로 할지, 어느 환자의 상황이 심각하고 더 위중해질지를 판단한다. 책임 간호사는 의학적 수치보다는 본능에 의거해 어느 환자의 상태가 안 좋아질지 예측하는 도사가 된다. 묘한 텔레파시가 있는 것 같다.

항상 바쁘긴 하지만 오늘은 병동을 정리할 시간이 더 없어서, 반쯤 세척되고 그것마저도 잘 안 씻긴 물건들이 잔뜩 눈에 들어왔다. 거즈 조각이 바닥에 나뒹굴고, 빈 종이상자들이 휴지통 옆에 쌓여 있으며 일회용 장갑들이 통 바깥으로 쏟아져 흘러내린다. 막힌 변기에 '고장'이라고 쓴 종이가 붙어 있고 화이트보드에 수리업무 순서가 쓰여 있다. 병원의 관리실은 상황을 분류해 위험 소지가 높은 긴급한 일을 먼저 처리한다. 예를 들어 환기구에서 연기가 나온다고 하면 그들은 소방관보다 먼저 달려온다. 소아중환자실에서의 화재는 재앙이다. 병원은 할 수 있는 한 모든 상황에 대비하고 있다. 간호사들이 매년 이수하는 화재 훈련에서는 종종 이런 질문이 나온다.

"환자를 옮길 수 없으면 어떻게 하나요?"

"그냥 두십시오."

"환자 수에 비해 이동식 인공호흡기와 산소통이 모자르면 어떻게 하죠?"

"덜 위중한 환자부터 옮기세요."

"그럼 다른 환자들은 어떻게 해요?"

치료실에는 튜브를 끼워 세팅해야 할 인공호흡기가 줄지어 있다. 사용 전에 의료설비 기사나 간호사가 점검해야 할 것들이다. 인공 신장용 혈액여과기는 말 그대로 신장을 대신해 환자의 피에서 노폐물을 제거한 뒤 대체 용액을 첨가해 환자의 혈관에 다시 넣어주는 기계다. 조반니 알폰소 보렐리Giovanni Alfonso Borelli(1608~1679)는 나폴리 태생의 수학자로 《동물의 운동에 관하여De Motu Animalium》란 유명한 저서에서 "혈관의 가늘기와 배열 형태의 결과로 신장에서 소변이 혈액으로부터 기계적으로 분리된다"라고 여과의 기제를 설명했다.

신장 기능의 원리를 이해하고 투석이 필요한 아이들을 돌보기 위해서는 요즘도 수학이 필요하다. 혈액여과기 밑에 있는 여과 용액 주머니가 마치 슈퍼마켓 셀프계산대에 있는 저울만큼 큰 특수저울 위에 올려 있다. 순환 혈액량의 균형을 맞추는 데 핵심이 되는 장치다. 간호사가 기록하는 체액평형 차트는 매우 복잡하고 중요하다. 노폐물 주머니의 색은 지푸라기와 오래된 겨자 그 중간쯤의 색이다. 밖으로 배출된 것은 다시 몸으로 들어가야 하지만, 실수는 어디에나 있다. 같이 일했던 간호사 한 명이 실수로 다른 물건을 저울 위에 올려놓는 바람에 갑자기 도관에서 많은 피가 빠지기 시작했다. 도관은 환자의 내경정맥에 있는 굵은 카테터다. "빨리 도관을 플러시flush 해주세요, 도관 플러시요!"는 병동의 책임 간호사가 절대 듣고 싶지 않은 외침이다.

소아중환자실에서 일하다 보면 평생 간직할 인생관을 배우기도 한다. 아이가 세상을 떠난 날은 매우 힘든 날이며, 그 아이를 돌보던 사람들은 자신이 뭔가 달리 할 수는 없었는지, 뭔가 놓친 게 있었던 건 아닌지, 또는 자신이 잘못해서 죽은 건 아닌지 돌아보게 된다. 어떤 의사는 "소아중환자실에서 힘든 날은 아이가 죽을 때가 아니라, 내가 실수로 죽게 한 날이에요"라며 자조하기도 했다. 우리는 자신의 실수를 등에 짊어지고 이전에 취했던 행동을 돌이키면서 영원히 뇌리에서 떠나지 않는 아이들을 보살핀다. 의료 종사자들과의 회식이나 술자리는 종종 참담한 대화나 아픈 농담으로 이어지곤 한다. 오랫동안 이 분야에 종사하며 터득한 나름의 대응기제다. 하루하루의 생활이 그렇게 만들었다. 그러나 대응하려는 최선의 노력에도 불구하고 어떤 환자들은 우리 안에 내내 머문다.

몇몇의 경우는 간호사에게 외상 후 스트레스 장애를 남기기도 한다. 하지만 이를 절대 인정하지 않고 치료 또한 받지 않으려는 간호사들도 수두룩하다. 환자와 마찬가지로 간호사와 의사들도 적절하게 대응하지 못하고 그저 버티려고만 한다. 1955년에 처음으로 소아중환자실을 개설한 스웨덴 마취과 의사 고란 해그룬드Goran Haglund는 소아중환자실 에서의 가장 큰 어려움 중 하나로 간호사와 의사들의 사기 저하를 꼽았다. 프로이트에 의하면 사기는 자아 이상ego ideal(되고 싶어 하는 자신의 내적 이미지)을 대신하는 지도자를 공동으로 내세운 집단 구성원들 사이의 수평적 연대감에 뿌리를 둔다. 두잔과 나는 '신 콤플렉스God-complex'가 있는 한 의사에 대해 얘기를 나눈 적이 있었다. "한 조직 안에서, 그것도 먹이사슬마냥 위계적인 조직 안에서 모든 결정에 최종 책임을 지게 되는 리더의 사기는 어떻게 되는 거지? 모든 결정이 자신에게 달려 있다면 본인의 자아는 어떻게 될까?"

사기는 간호사와 의사에게 달리 영향을 미치는 것 같다. 나와 함께 소아중환자실에서 일한 의사들은 건강한 대응기제를 만들어 왔거나 그렇지 않으면 정서적 후유증을 억눌러 왔던 것처럼 보였다. 최근 일부 연구는 특히 간호사들이 사기 저하에 더 취약하다고 강조한다. 이상하게 들릴지 모르지만 나는 이 결과에 안도감을 느낀다. 최악의 상처를 입었을 때 오히려 더는 고통을 느끼지 못하기도 한다. 간호사들이 보이는 사기 저하는 아직 이들을 도울 여지가 남아 있다는 증거다.

내게는 나만의 대응기제가 있다. 보통은 퇴근해 집에 가면 간호하던 아이를 잊으려 한다. 하지만 오늘은 그렇게 하기 힘들 것 같다. 근육위축병을 앓고 있는 열아홉 살 마헤시는 생명보조장치에 의지해서 숨을 쉬었다. 마헤시와 나는 환자와 간호사 이상의 친구가 되었다. 그는 재미있는 아이로, 우리 모두에게 별명을 지어 (말을 하지 못하기 때문에) 삐뚤빼뚤한 글씨로 적어 보여주곤 했다. 그는 나를 '꼬질이'라고 불렀는데, 항상 머리꽁지에 펜이 꽂혀 있고, 신발을 질질 끌며, 병실 비밀번호와 점검 시간 등을 손등에 적고 다니기 때문에 붙여진 별명이다. 마헤시는 삶의 마지막 즈음에 와 있으며 나는 옆쪽에 마련된 별도의 방에서 그를 보살폈다. 그와 가족들은 기관절개를 하지 않기로, 더는 호흡관을 입이나 기도에 넣지 않겠다는 고통스러운 결정을 내렸다. 어차피 마헤시의 몸이 따라주지 않을 것이었다. 지금 사용하는 호흡관이 우리가 가진 가장 가는 것으로, 생명유지 장치에서 겨우 공기를 전달할 뿐이다. 가족들은 마지막 몇 주를 그와 보내며 작별의 준비를 하고 있었다.

내 임무는 마헤시를 편안하게 해주고, 무엇보다 불안정한 호흡관이 빠지지 않게 하는 일이다. 호흡관을 새로 끼우지 않기로 사전에 결정했으니 만약 지금의 호흡관이 빠지게 된다면 그는 죽게 될 것이다. 매우 조심해야 했다. 나는 강박적으로 그의 호흡관을 지키며, 내가 관을 붙들고 있지 않으면 아무도 환자를 움직이거나 돌려 눕히지 못하게 했다. 매일 아침 테이프를 갈아 청결과 건조함을 유지하고 단단하게 고정했다. 호흡관이 절대 빠져서는 안 되었다. 호흡관의 테이프를 바꾸고 고정시키는 것은 아주 간단한 작업이다. 그러나 간호사의 많은 일이 그렇듯이 단순하지만 극히 중요하다. 친절함 자체가 그런 것처럼.

그 날도 여느 날과 마찬가지로 호흡관의 테이프를 새것으로 갈아 붙이기 위해 마헤시에게 갔다. 하지만 내가 자른 것은 테이프가 아니었다! 튜브를 제자리에 고정시키는 튜브 끝단의 플라스틱을 자른 것이었다.

그것은 칼에 베이고 피가 막 나오기 직전의 순간과 같았다. 얼마나 다친 건지 알기 직전의 그 찰나의 시간……. 몇 초도 지나지 않아 알람이 울리고, 공기가 새는 쉬익 소리, 숨 쉬려고 몸부림치며 일그러지는 마헤시의 얼굴이 보였다. 미친 듯 깜박이는 눈, 소리 없이 헐떡이는 입. 간호사와 의사들이 뛰어 들어왔다. 혼돈 그 자체였다. 나는 움직이지 못하고 서 있었다. 마헤시의 목숨을 지키던, 그의 삶의 마지막이던 튜브가 빠졌다. 멍청한 내 실수가 그를 죽게 하거나, 적어도 그의 죽음을 앞당겼다.

모든 간호사들처럼 나에게도 역시 많은 기억이 있고, 어떤 기억들은 여전히 생생하다. 나는 마헤시가 눈을 깜박이던 순간, 그의 얼굴에 흐르던 조용한 눈물, 뛰쳐 들어온 부모님이 무슨 일이 벌어진 건지 파악했을 때 그들 얼굴에 드리워진 표정 하나하나까지 모두 기억난다. 비록 전공이 다르긴 했지만 두 분 모두 의사인 마헤시의 부모님은 눈앞에 펼쳐진 상황을 빠짐없이 이해했다. 그들이 내 얼굴을 쳐다보았다. 소아중환자실에서의 끔찍한 날은 그곳에서 일하는 사람들만 안다. 마헤시는 살았다. 신속하고 숙련된 솜씨로 '아이스크림' 의사가 잘린 튜브를 연결했다. (지금은 12년의 결혼생활을 끝으로 그와 나 사이에는 강처럼 넓고 깊은 갈등의 골이 존재하지만, 그럼에도 나는 그에게 여전히 깊은 존경심을 갖고 있다.)

소아중환자실에서의 힘든 날은 아이의 피부가 바깥에서부터 안으로 천천히 보랏빛으로 바뀌었다 잿빛으로 변하고, 결국 손가락, 발가락, 팔, 다리가 절단되는 걸 보는 날이다.

소아중환자실에서의 힘든 날은 아이의 혈액검사 수치가 '생명'과 공존할 수 없음을 알리고, 환자의 엄마로부터 내 아이라면 생명보조장치를 끄겠냐는 질문을 받는 날이다.

소아중환자실에서의 힘든 날은 뇌가 심하게 손상된 아이의 두개골에 구멍을 뚫어 고인 액체를 밖으로 흘러나오게 하고, 부은 뇌가 살짝 삐져나오게 조치한 아이를 돌보는 날이다.

소아중환자실에서의 힘든 날은 운동장애 때문에 동작이 멈추지 않고, 심한 근육경련으로 몸이 계속 굳고 발작을 일으키는 아이를 돌보는 날이다. 이 상태가 절대로 나아지지 않으리란 것과 장애의 원인이 홍역 후유증이라는 사실을 아는데, 아이가 MMR(홍역, 볼거리, 풍진) 예방 접종을 받지 않았다는 말은 아이가 아픈 게 내 잘못이라는 뜻이냐고 부모가 따지듯 묻는 날이다.

소아중환자실에서의 힘든 날은 치료 철회, 즉 아기의 목숨을 붙들고 있는 어떤 것을 떼어내는 날이다. 생명의 제거. 그리고 그럴 수밖에 없는 결정을 이해하는 날이다.

소아중환자실에서의 힘든 날은 네다섯 살짜리 아이가 목에 걸린 고기 조각 때문에 심장마비가 오고, 당장은 위급한 상황을 넘겼지만, 뇌의 산소 부족으로 앞으로 24~48시간 동안 뇌가 부어오르고 그 손상으로 영원히 걷거나 말하거나 웃지 못할 수 있다는 것을 아는 날이다.

소아중화자실에서의 힘든 날은 엡스타인바 바이러스Epstein-Barr virus 감염으로 연약해진 피부 때문에 온몸이 비닐랩으로 싸여 있고 아무리 부드럽게 만져도 피부가 벗겨지는 아이를 돌보는 날이다. 아이 몸의 피부가 한 꺼풀씩 떨어져나갈 때마다 간호사의 살점도 떨어져나간다.

소아중환자실에서의 힘든 날은 혼자서 죽어가는 아기를 안고 얼러주는 날이다. 생모의 행방은 알 수 없고 위탁 부모는 다른 아이들 때문에 병원에 오지 못한다. 불과 세 시간 전에 병원에서 처음 만난 아이에게 내가 해줄 수 있는 건 마지막 숨을 거둘 때까지 아이의 머리카락을 가만히 쓸어주는 일뿐이다.

소아중환자실이 비극적이긴 하지만, 세계 대부분 지역에는 이마저도 없다는 사실을 이해해야 한다. 영국을 포함한 다른 서구 국가라면 소아중환자실에서 돌봄을 받을 아이들이 다른 나라에서는 그냥 죽어가기도 한다.

*

전남편과 헤어지고 나서 한동안은 숨을 쉴 수 없을 때까지 울었다. 머릿속이 희미해지고, 살이 깎여나가고, 심지어는 뼈가 저릴 때까지 울곤 했다. 그러나 가장 큰 아픔을 느낀 곳은 가슴이다. 지속되는 가슴통증, 찌릿찌릿한 목덜미, 무감각증. 고대 히브리 사람들이 감정의 자리라고 생각했던 소화기관은 나를 완전히 병자처럼 만들었다. 음식을 먹거나, 맛을 느끼거나, 냄새를 맡을 수가 없었다. 신장이 아픈 것은 아마도 예전에 널리 믿어졌던 것처럼 그것이 인간의 상태를 반영하기 때문인지 모른다. 성경에는 하나님이 심장과 함께 인간의 신장을 찾아 살폈다는 구절이 여러 군데 나온다. 물론 나는 이런 것을 믿지 않는다. 소화기관이 내가 경험하는 감정에 영향을 받긴 해도, 이것이 감정을 담고 있는 곳은 아니다. 신장은 기계적 여과장치일 뿐이다. 하지만 나는 아팠고 몇 달 동안 아이들을 쳐다볼 때마다 허리에 통증을 느꼈다.

"엄마 아빠가 같이 있으면서 불행한 거보다는 떨어져 있으면서 둘 다 행복한 게 나은 거야." 나는 딸에게 말했다.

"그렇지 않아." 딸은 솔직하게 말했다. "같이 살면서 불행한 게 난 더 좋아."

이 아이는 아마도 죽거나 생명의 위험을 무릅쓰기보다 중환자실에 계속 머물기를 원할 것이다. 자기 아이의 생명보조장치를 제거하려는 의사와 간호사의 결정에 항변하는 부모처럼, 내 딸은 우리가 살아 있으며 고통스럽기를 바란다. 우리의 고통에 비하면 죽는 것이 더 싫기 때문이다.

간호사란 나의 업이 내 생명보조장치가 되어주었다. 훌륭한 동료들과 든든한 직업 안정성 이외에 이 일이 내게 준 가장 큰 선물은 나보다 어려운 사람들이 있음을 매일 깨닫게 해주는 것이었다. 끔찍하지만 유용한 선물이다. 세월이 빠르다. 내 아이를 갖고 나니 이 일을 대하는 나의 마음이 달라지고 더욱 진지해졌다. 내 아이들에 대한 생각을 머리 밖으로, 소아중환자실 밖으로, 병원 밖으로 멀리 떨쳐내기 위해 안간힘을 썼다. 그러나 매일 밤 집으로 돌아가 아이들에게 굿 나이트 뽀뽀를 할 때면, 지금 가슴이 얼마나 아픈지 상관없이 그저 감사하게 되었다.

당시 다른 동료들과 마찬가지로 나는 가끔 지역 종합병원으로 가서 그곳에 있는 소아 환자의 상태를 살피고 필요한 경우 전문적 치료를 받을 수 있도록 소아중환자실로 데려오는 일을 했다. 대부분의 병원에 위중한 소아 환자를 살릴 수 있는 생명보조장치가 구비되지 않았던 터라 어디서든 위급한 아이를 돌보고 안전한 곳으로 데려올 수 있는 전문가로 구성된 이송팀이 한창 개발되던 때였다. 그러다 보니 이송팀 운영에 미숙함이 많았고, 인력도 대부분 소아중환자실에서 근무하는 의사와 간호사로 꾸려졌다. 이런 극한 종류의 업무에 대처하기 위해 내가 선택한 대응기제가 항상 건강한 것은 아니었다.

두잔과 함께 이송팀으로서 지역 종합병원에 도착했을 때 아이는 이미 사망한 후였다. 끝까지 애를 썼지만 어쩔 수 없는 상태였다. 우리는 비좁은 방에서 생전 처음 보는 아이의 부모에게 딸이 죽었다는 말을 전해야만 했다. 우리가 너무 늦게 왔다고, 할 수 있는 일이 없었다고 설명했다. 차마 아이가 평화롭게 세상을 떠났다고, 아무런 고통이 없었다고 말할 수 없었다. 도저히 그 말이 나오지 않았다.

병원으로 돌아오는 앰뷸런스 안에서 나는 두잔에게 속마음을 털어놓았다. "이런 상황에서 어떤 감정이라도 느껴야 하는 거 아닌가요? 슬프고 상심해야 하는 거 맞잖아요. 그런데 아무 느낌이 없어요. 아마도 제가 너무 지쳤나 봐요."

"우리가 그 가족을 전혀 모르잖아요. 아이도 그렇고요. 그냥 일이에요." 두잔이 내 어깨에 손을 얹으며 말했다.

그렇지만 걱정이 되었다. 한 분야가 아니라 모든 분야를 아우르고 싶어서, 인간 생명의 극한을 경험하고 싶어서 선택한 곳이 소아중환자실이었다. 두 눈을 크게 뜨고 살고 싶어서였다. 하지만 눈을 닫아버리고, 점점 더 감정이 무뎌지는 나를 발견했다. 때로는 끔찍한 괴로움을 보고서도 아무것도 느끼지 못했다.

정오가 되어서야 첫 끼니로 빵 한 조각을 먹는데 응급 전화기가 울렸다. 남은 빵 조각을 휴지통에 던져 넣었다. 마저 먹을 시간이 없었다. 탕비실을 나와 복도 왼쪽의 간호사 데스크 옆 전화기가 있는 곳으로, 의사 한 명이 지키고 있는 자리로 뛰어갔다. 몇 년 전 내가 애나를 따라다니던 시절을 떠올리게 하는, 이제는 내 그림자가 된 트리샤가 내 뒤를 따라왔다. 의사인 벤이 무언가를 적고 있었다. 당연히 벤이다. 그는 응급 전화기 주위를 서성이며 다음 전화벨을 기다리는 아드레날린 중독자다. 평소 벤은 병동을 빠르게 걸어가며 전화 내용을 요약해 전달한다. 다트포드에서 오는 열성경련, 여섯 살짜리 뇌수막염, 사우스엔드에서 오는 급성 호흡장애 증후군, 스티븐스존슨 증후군, 중증 화상, 방실중격결손을 가진 미숙아의 폐렴, 뇌염, 말라리아, 겸상적혈구 빈혈, 중증 수두. 상태가 좋지 않아 보이는 환자들이었다. 벤은 아이의 이름 없이 그저 임시 진단명과 환자가 얼마나 아픈지에 대한 판단만 얘기한다.

간호사 데스크에는 환자들의 의료기록이 가득 쌓인 카트가 있다. 환자의 나이를 생각하면 우울할 정도로 다양하다. 대부분이 아기들이다. 컴퓨터 화면과 엑스레이 상자에는 환자들의 가녀린 골격, 기관내관, 부서지기 쉬운 뼈, 버려진 솜사탕 조각처럼 보이는 병든 폐를 보여주는 이미지들이 보관되어 있었다.

이번 전화는 지역 병원에서 오는 샬롯이라는 네 살배기 여자아이로 고열과 높은 심박동수, 약간의 보랏빛 반점이 있다고 했다. 아이는 의식이 있으며 말을 할 수 있다고 한다. 그렇게 심각한 상황은 아닌 것 같았다. 하지만 우린 패혈증이 어떤지 잘 알고 있다. 내가 일하는 병원은 아이에게 가장 위험한 혈류 감염인 수막염균 패혈증 치료 전문이다. 이 질환은 몇 시간 안에 아이를 사망에 이르게 할 수 있을 정도로 치명적이다. 세계적으로 1년에 8백만 명(3.5초에 한 명)이 패혈증으로 사망한다. 이는 박테리아, 곰팡이, 바이러스 또는 기생충에 의한 혈류 감염이 일으키는 면역반응이다. 히포크라테스는 처음 패혈증을 "유기물의 부패 또는 분해"라고 기술했는데 이보다 더 좋은 설명은 없어 보인다. 내가 돌보던 아이들의 몸은 오래 구운 소시지처럼 까만색으로 금방 터질 듯 갈라지며 겉에서부터 안으로 죽어갔다. 패혈증이 주요 사망 원인으로 주목을 받기 시작한 것은 최근의 일이며, 지금은 영국 산모 사망의 가장 큰 원인으로 알려져 있다.

이송팀이 도착할 때쯤 샬롯의 상태는 더 안 좋아졌다. 트레이시가 소아중환자실에 있는 내게 전화를 해 지금 가고 있으니 모든 준비를 해 놓으라고 지시했다. "쇼크를 잡느라 수액을 너무 많이 써서 허파에 물이 찰 지경이고, 아이가 광견병 걸린 강아지처럼 입에 거품을 물고 있어요." 패혈증에 걸리면 몸속 혈액이 세포 안이 아닌, 잘못된 장소인 세포 밖으로 나온다. 항생제 효과가 나타날 때까지 수액이 세포 안에 있기를 바라며 패혈증 환자의 혈관에 수액을 넣고 또 넣었지만, 아이의 몸 전체가 수액, 혈액, 혈액제제 덩어리가 될 뿐이었다. 샬롯은 우리가 일으킨 폐부종 때문에 산소호흡기가 필요했고, 심장의 효과적 작동을 위해 아드레날린, 도파민, 노어아드레날린 등의 강력한 약물 투여가 필요했다.

소아중환자실에 샬롯이 도착했을 때 우리 모두는 이미 문 앞에서 기다리고 있었다. 환자 이송용 침대는 이미 튜브들로 가득했고 머리맡에는 인공호흡기가, 발치에는 모니터가 놓여 있었다. 이미 팔을 걷어붙이고 대기 중인 병상으로 이송용 침대를 서둘러 밀고 가는 두잔에게 트레이시는 혈압이 전혀 잡히지 않고, 혈관 찾기도 힘들어 관을 삽입할 수 없다며 환자의 상태를 전달했다. 마른 나뭇가지 같은 샬롯의 다리를 앞으로 당겨 뼛속관삽입*을 위해 바늘을 꽂으니 제대로 위치를 찾았음을 알리는 뽀드득 소리가 났다. 의사와 간호사들이 시리얼바를 놓고 연습하는 기술이다. 옆에서 지켜보는 트리샤의 얼굴색이 노래졌다. 비위가 상할 시간이 없었다. 나는 트리샤에게 샬롯에게서 수액을 제거하고, 약물 리스트를 확인하고, 식염수를 급히 살펴보고, 걸리적거리는 휴지통을 치우라고 지시하며 수십 가지 단순한 일을 시켰다.

샬롯을 겨우 살린 뒤, 제대로 기능하지 못하는 신장을 돕는 또 다른 기계를 연결했다. 산소 수치도 너무 낮아 오실레이터oscillator라고 하는 고성능 인공호흡기를 연결했는데, 발전기 소음 같은 칙칙 소리를 내는 이 기계는 숨을 들이마시고 내쉬게 하는 대신 샬롯의 가슴을 가볍게 흔들어주었다. 락테이트lactate는 혈액 속 산성도를 의미하는데, 패혈증 환자의 치사율을 예측하는 믿을 만한 지표이다. 낮은 혈압과 4mmol/L보다 높은 락테이트를 보이는 패혈증 환자는 사망률이 46퍼센트나 된다. 샬롯은 혈압이 전혀 없고 락테이트는 수치는 9mmol/L였다.

보라색 반점도 퍼졌다. 교대 시간이 훨씬 지난 후에야 인수인계를 하면서 나는 샬롯이 아침까지 여기 있을 확률이 적다는 것을 알았다. 그녀를 돌보는 데만 적어도 세 명의 간호사가 필요하고, 거무죽죽하게 괴사된 다리를, 어쩌면 팔도 잃을 것이다. 샬롯처럼 위중한 아이들의 몸은

* 뼈 안의 골수로 직접 약물이나 수액을 주입하는 의학 기술

질병에 대한 극단적인 생리적 보상작용으로서 생존에 필수가 아닌 신체의 일부를 스스로 포기한다. 샬롯은 생명유지에 절대적으로 필요한 기관을 위해 팔다리에 있는 모든 혈액을 끌어오고 있었고, 그 때문에 팔다리는 괴사할 것이다. 괴사가 얼마나 빨리 진행되는지 보기 위해 펜으로 짙은 검정 부분의 경계 표시를 했다.

어른들의 신체는 이런 짓을 하지 않는다. 내가 소아중환자실 근무를 사랑하는 이유 중 하나는 죽음에 대해 이렇게 강력한 신체적 저항을 하는 생존 의지 때문이다. 생명을 향한 질주다. 샬롯은 아직 죽지 않았다. 밖에서 기계가 싸우는 것만큼 그녀의 몸 안에서도 치열한 싸움이 벌어지고 있었다. 교대 근무를 마치기 전 우리는 샬롯의 락테이트 수치와 사지 괴사에 대해 의논했다. "여기를 잘라야 할지 몰라요." 한 의사가 말했다. "외과팀을 오라고 하지요. 아이를 살릴 수 있을지 없을지 모르지만, 어쨌든 절대 환자를 옮기지는 못해요."

조금 전 나와 교대를 한 간호사를 쳐다보았다. 아마도 샬롯의 다리를 자를 때 그녀가 샬롯의 다리를 잡고 있어야 할 것이다. 아직 꽤 어린데, 이번 주만 해도 벌써 사망한 아이를 붙들고 흉부압박 소생술을 시도하는 엄마를 떼어내는 일을 해야 했고, 또 다른 엄마를 영안실로 안내하는 일을 했다. 이 어린 간호사가 아직도 눈물을 흘릴지 궁금하다. 이 직업이 그녀를 얼마나 앗아갈지……. 트리샤가 눈물을 글썽이는 모습이 보였다.

이 모든 것 때문에 간호사가 잃는 것이 얼마나 많고, 그것이 얼마나 과소평가되고 있는지 생각한다. 외과 의사는 와서 샬롯의 다리를 자른 뒤 그냥 떠날 것이다. 훌륭한 소아과 중환자실 의사들이 가족들에게 무슨 일이, 그리고 왜 일어나는지 10분 동안 설명한 뒤 떠날 것이다. 간호사는 환자의 다리가 잘리는 동안 다리를 부여잡고, 열두 시간 혹은 밤새도록 샬롯의 부모님과 아이를 살피며 간호사 업무를 수행해갈 것이다. 부모가 의사에게 묻지 못한 수백만 개의 질문들, 예를 들면 아이가 고통스러운 건 아닌지, 다시 걸을 수 있는지, 살 수 있을 것인지, 지금 내 말을 알아들을 수 있는지, 왜 이런 병이 걸렸는지, 이게 무슨 뜻인지, 살 수 있다고 생각하는지, 죽을 것 같은지에 대답해주면서…….

샬롯은 이미 수백 번 죽었을 아이다. 다리와 손가락을 잘라냈고, 병의 위중함은 우리의 능력을 넘어섰다. 그럼에도 샬롯은 살아남았다. 신경학자 올리버 색스는 "생존의 의지는 질병보다 강하다. 기적이다"라고 했다. 샬롯의 생존 의지는 우리 모두를 한 단계 성장시키고, 간호사로서 치러야 하는 비용을 감내할 가치가 있는 것으로 만든다. 샬롯 같은 아이를 돌보는 일은 어렵지 않다. 이런 아이들은 우리로 하여금 충분히 친절하고 열심히 보살필 수 있는 에너지를 쉽게 충전할 수 있도록 해준다. 자기 아이가 있는 간호사라면 모두 경험하겠지만, 때로는 내 아이보다 완전 남남인 이런 환자를 우선순위에 두기도 한다.

2년 후 샬롯이 건강한 모습으로 한 손에는 엄마 손, 다른 손에는 초콜릿을 들고 의족을 낀 채 아장아장 걸어서 병원을 방문했을 때, 우리는 모두 하던 일을 멈추고 아이 주위로 몰려들었다. 두잔이 지나가다가 샬롯 앞에서 멈춰 섰다. "와우! 어디 보자. 훌륭한데!" 그와 나는 눈길을 마주치며 표현하기 힘든 감정을 주고받았다. 팀원들의 사기에 대해 우리가 나누었던 대화를 떠올리며, 이보다 더 우리 팀의 자신감을 고취시키는 순간은 없다고 생각한다.

트레이시가 옆방에서 나와 샬롯을 꼭 안아주자 아이가 캑캑거렸다. "말썽꾸러기 꼬마 아가씨 같으니라고. 여기 있을 때 나를 그렇게 힘들게 하더니 계속 짓궂네."

샬롯이 초콜릿을 건네면서 활짝 웃었다. 트레이시가 아이의 머리를 헝클이며 말했다. "좋아. 다 용서했어."

샬롯이 보게 될 수많은 노을, 황금빛 하늘을 상상해본다. 아이의 부모가 "고맙습니다"라고 거듭 인사를 건네는데, 갑자기 알 수 없는 감정이 올라왔다. 너무 벅차서 숨을 못 쉴 정도였다. 아직 지치지 않았고, 내 인생에 더 많은 샬롯이 나타날 것이다. 샬롯이 진정으로 살아 있고, 나 또한 그렇다.

9
/
오, 인간의 뼈

나는 이상을 간직한다. 이 모든 일에도 불구하고,

사람들이 마음속으로는 정말 착하다고 아직 믿기 때문이다.

_안네 프랑크Anne Frank

물론 모든 이야기가 해피엔딩은 아니다. 이제는 숙련된 간호사가 되었지만 난 아직도 배울 것도, 이해 못하는 것도 많았다. 난 죽음에 둘러싸여서는 늘 죽음에 대해 생각했다. 그리고 선한 그들에게 왜 끔찍한 일이 일어나는지 여전히 이해하지 못했다.

"재스민의 심장이 멈추면 구급소생술을 견뎌내지 못할 거예요. 우리가 할 수 있는 일은 모두 하겠지만, 심장을 다시 뛰게 하려고 흉부압박을 시도하지는 않을 겁니다." 두잔은 재스민의 고모 옆에 앉아 그녀의 어깨에 손을 얹고 말했다. 재스민의 뇌가 저산소 허혈손상을 입었다고, 산소 부족으로 인해 뇌의 일부가 죽었다고 차분한 목소리로 설명했다. 뇌 손상이 너무 심해 아이가 깨어날 확률이 거의 없었고, 자연의 섭리를 따를 수밖에 없었다. "시도를 해도 소용없을 거예요. 죄송합니다."

간호사 업무 중 하나는 가족들의 성향 파악이다. 가족들이 납득할 수 없게 정보가 전달되면 모든 것이 어려워질 수 있다. 사랑하는 사람이 죽어간다는 사실을 이해하지 못하고, 때로는 속거나 기만당한다고 느끼기도 한다. 이 가여운 여인에게 조카에 대한 정보를 전하는 사람이 두잔이어서 다행이었다. "구급소생을 안 한다는 건 자연적으로 숨이 멎도록 한다는 겁니다." 두잔은 훌륭한 의사지만 환자의 보호자가 듣고 싶어 하는 말을 하지 않는다.

"뭐가 자연적이라는 거지요? 자연의 섭리를 따른다고요?" 그녀가 내 쪽을 돌아보며 물었다.

"재스민이 죽어요." 내가 답했다.

재스민의 고모는 충격이 너무 커 한 번에 말귀를 알아듣지 못했다. 충격을 뚫고 들어갈 직설적이고 간단한 말이 필요했다. 그녀가 흐느꼈다. 이제야 울기 시작하며 무너지는 그녀를 두잔이 안아주었다. "정말 죄송합니다." 마침내 몸을 일으키는 그녀에게 두잔이 티슈를 건넸다. "우리가 대신 연락했으면 하는 사람이 있나요?" 그녀는 나를 쳐다보고 고개를 저었다. "신부님을 불러주시겠어요?"

재스민은 집에 불이 난 뒤 소아중환자실로 실려 와 인공호흡기에 연결된 열네 살 소녀다. 아이의 머리카락에서 나는 연기 냄새가 너무 심해서 우리는 환자를 가족에게 보이기 전에 냄새를 가리려고 애를 썼다. 재스민의 남동생도 몇 침대 건너에 인공호흡기를 달고 누워 있었지만, 다행히 위독하진 않아 단계적으로 호흡기를 떼고 있는 중이었다. 재스민의 어머니는 죽었다. 재스민도 진정제를 맞은 채 죽어가는데 고모가 중환자실에 들어와 아이를 보려고 기다렸다. 병동은 평소 나던 소독약 냄새 대신 매캐한 냄새가 코를 찔렀다. 간호사들은 거즈로 코와 입을 막았다. 수술실 마스크를 찾는 사람도 있었다. 안타까운 이 가족을 위해 우리가 해줄 수 있는 건 없었다. 하지만 공기에 떠도는 연기 냄새는 재스민의 고모를 더 힘들게 할 게 뻔했다. 우리가 할 수 있는 일이 누군가를 더 힘들지 않게 해주는 것밖에 없을 때도 종종 있다.

재스민은 너무 위독해서 약간의 움직임도 위험했다. 그러나 내가 재스민의 머리를 매우 조심스럽게 받치고 있는 동안 나디아가 투명 플라스틱 통에 든 물비누를 덜어 최대한 조심스레 아이의 머리를 닦아주었다. 그때의 물비누 향은 내 코로 들어온 뒤 기억 깊은 곳에 저장되어 평생 잊지 못할 냄새가 되었다. 재스민을 받치고 있는 동안 미세한 변화가 느껴졌다. 모니터는 변한 게 없었다. 환자의 심박동수, 대동맥 혈압, 혈액의 산소포화도도 모두 전과 같았고, 인공호흡기의 경고음도 울리지 않았다. 하지만 재스민에게 무언가 변화가 있었다. 내 손 안의 그녀가 가볍게 느껴졌다. 뭔가가 바뀌었다. 그녀의 머리가 깃털같이 느껴졌다. 내가 나디아를 쳐다보자 그녀도 나를 바라보았다. 그 순간 우리 둘은 재스민이 죽었음을 알았다. 몇 초 동안 우리는 움직이지 않고 잠시 멈추었다. 그런 뒤 다시 하던 일을 계속했다. 나디아는 살살 물을 부으며 굵은 빗으로 비눗기 있는 재스민의 머리를 빗어내렸다. 재스민의 머리를 받치고 있는 내 손가락 사이로 시꺼먼 물이 흘러내려 바닥에 놓아둔 플라스틱 양동이로 떨어졌다. 양동이를 개수대로 가져가 쏟으니 매캐한 연기 냄새가 다시 한 번 코를 찔렀다. 눈을 감고 머릿속으로 그려보았다.

재스민과 동생이 있는 방으로 엄마가 필사적으로 가려 한다, 비명이 들리고, 불에 타는 냄새가 난다……. 나는 눈물을 삼키며 배에 힘을 주었다. 울고 있을 때가 아니었다.

신부님이 오려면 30분 넘게 걸릴 텐데 기다릴 시간이 없었다. 재스민 고모와 함께 우리가 할 수 있는 일들을 이야기했다. 그녀는 내 종교가 무어냐고 묻는 대신 경험이 있는지 물었다. "이런 일 해본 적 있어요?"

사실 내가 세례를 주는 아이가 재스민이 처음은 아니다. 아직 세례를 받지 못한 아이가 죽어가고 있는데 신부님이나 목사님이 제때 도착하지 못할 때를 대비해서 중환자실에는 성수聖水가 준비되어 있다. 내가 성수에 손가락을 담근 뒤 재스민의 머리 위에 십자가를 긋는다. '신이 있다면 분명히 나를 용서하실 거야'라고 입 속으로 몇 번이고 되뇌며…….

재스민과 같은 아이는 평생 잊지 못한다. 연기 냄새가 나를 따라다닌다. 물론 이런 이야기가 간호사로서의 내 업에서 가장 힘든 부분은 아니다. 간호를 하다 보면, 이런 일들이 아무리 끔찍하고 비극적이고 부당하더라도 인생에는 더 나쁜 일들도 있다는 사실을 알게 된다. 학대받은 아이와 어른을 (때로는 학대의 가해자까지) 보살피는 일은 내 아킬레스건이다. 환자의 안전을 지키는 일은 간호사의 주요 임무 중 하나다. 간호사 및 조산사의 직업행동강령 17조에 따르면 간호사는 "적절한 조치를 취하여 해악, 방치, 학대의 위험에 처했거나 손상당하기 쉬운 사람을 보호해야 한다".

병원에는 환자 보호가 주 업무인 직원들이 많다. 아동보호 간호사와 의사들, 산모의 안전을 살피는 조산사, 가정폭력 전문 간호사, 지역사회의 취약한 어린 산모들을 돕는 가정 간호사들이 그들이다.

가장 위험에 처한 이들이 있는 곳은 사실 병원이 아니다. 우리는 지하철역에 있는 가출 청소년을 그냥 지나치고, 다리 밑에 잠들어 있는 노숙자를 피해 길을 돌아간다. 옆집에서 부부싸움이 또 시작되면 우리는 TV 볼륨을 높일 뿐이다. 우리 모두는 학대에 눈과 귀를 닫는다.

주니어 간호사인 스카이는 자신의 임신 사실을 알았을 때, 그저 몸이 아프다고 하며 자주 결근했다. 그러다 한 날은 얼굴에 멍이 든 채로 출근을 했다. 멍은 두꺼운 파운데이션으로도 가려지지 않을 정도로 진했고, 숨소리도 좋지 않았다.

"무슨 일이에요?" 휴게실에서 내가 다그치자, 그녀는 팔로 배를 감싸며 "아무 일도 아니에요. 주말에 다락을 좀 정리했는데, 요즘 잘 부딪치고 넘어지네요"라며 얼버무려 넘기려했다. 내 시선을 피했다가 다시 흔들리는 눈빛으로 나를 쳐다보면서 미소를 지어보였다.

다른 석연치 않은 점들도 있었다. 그녀는 밤에 동료들과 함께하는 회식에 참석하는 법이 없었다. 그래서 출산휴가에 들어가기 전 그녀의 야간 근무가 끝난 아침에 조촐한 송별 파티를 하자고 했더니 자기는 참석할 수 없다고 완강하게 거절했다. "개빈이 집에서 기다려요. 요즘 저를 얼마나 끔찍이 여기는지 몰라요. 아주 귀찮을 정도에요."

병원 밖 차 안에서 개빈이 스카이를 기다리고 있었다. 그는 스카이에게 용돈만 주고, 그녀의 돈을 모두 관리했다. 난 스카이가 걱정되었지만, 애써 모르는 척했다. '나도 임신했을 때는 잘 부딪쳤으니까, 개빈이 스카이를 아끼는 거겠지'라고 스스로 내 자신에게 말하며 눈과 귀를 닫아버렸다.

그 후 3년이 지나고 아이 둘을 낳은 뒤, 스카이가 오랫만에 연락을 해왔다. 그러고서는 당시 상황에 대해, 즉 임신과 동시에 무슨 일이 벌어졌고 매일같이 죽음의 공포에 얼마나 떨었는지, 어째서 개빈으로부터 벗어날 수 없었는지 털어놓았다.

"정말 미안해요." 나는 그 말밖에 할 수 없었다. 그러면서 속으로 다시는 학대에 눈과 귀를 닫지 않겠다고 맹세했다. 사실 학대는 주위에 만연하고, 스카이가 두려워했던 게 당연하다. 유럽의 경우 18세에서 44세 이하 여성의 사망 원인으로 교통사고나 암보다 더 높은 비율을 차지하는 것이 바로 가정폭력이다.

안전 관련 온갖 문제는 다른 곳에서와 마찬가지로 병원 안에서도 흔한 일이다. 병원에서는 팔 위쪽에 손가락 자국의 멍이 있거나 원인을 알 수 없는 갈비뼈 골절이나 머리 부상이 있는 노인 환자를 가끔 볼 수 있다. 한번은 88세 남성 환자의 부러진 광대뼈 옆쪽으로 말굽 모양의 상처를 본 적도 있었다. 어린 환자들도 위험에 노출되어 있다. 특히 학습장애가 있는 환자들이 취약하고, 성매개 질환으로 보건소를 찾는 환자들도 마찬가지다. 수련 기간 중 성건강 전문 간호사로부터 다음과 같은 얘기를 들은 적이 있다. "반복해서 보건소에 찾아오는 남자가 있었는데 학대받는 거 같았어요. 누가 그랬는지 말은 하지 않고 매달 각종 문제로 병원에 왔지요. 지난달에는 어디서 성기를 물려 왔는데, 분명 사람이 문 자국인데 개한테 물렸다고 하더라고요."

모든 간호사는 어떻게 학대 피해자를 알아보고, 누구에게 보고해야 하는지 등 안전보호 훈련을 받는다. 그렇지만 간호사들은 사회복지사들처럼 정기적으로 임상 현장에서 전문가의 감독과 지도를 받지 않는다. 피해자의 이야기를 조용히 삼키며 몸에 새겨진 학대의 고통을 직접 눈으로 봐야 하는 간호사, 그들을 위한 상담 시스템은 없다. 학대의 끔찍함을 목격하는 횟수가 늘어갈수록 간호사의 마음은 점점 무뎌지고 까칠해진다. 내 마음도 그렇게 변해갔다.

2015년 맨체스터 경찰은 2008년부터 2010년 사이에 로치데일에서 있었던 아동학대 신고에 대한 대응 실패를 공개적으로 사과했다. 신고를 받고도 철두철미하게 조사하지 않았고, 피해자를 잘못 다루었기 때문이다. 하지만 관련 경찰관들의 배임 혐의에 대해서는 아무런 청문회도 열리지 않았고, 피해자들의 학대 가능성을 100번 이상 제기했던 성건강 간호사인 사라 로보탬Sara Rowbotham만 정리해고당했다.

간호사의 안위는 누가 지키는가?

나는 간호사로 일하는 동안 딱 두 번 상담 제의를 받았다. 한번은 우리 팀에 상담 제의가 들어왔는데, 우리 팀 간호사 하나가 사망한 아이의 부모에게 아이 시신을 확인시키려 영안실에 갔다가 영안실 냉동기가 고장난 바람에 시신이 부패된 것을 보게 된 사건 이후였다. 또 다른 경우는 에크모의 순환로가 분리되면서 환자의 혈액이 병실에 있던 간호사와 다른 환자뿐만 아니라 병실 바닥, 천장에까지 온통 튀었을 때다. 두 번 모두 나와 동료들은 상담을 거절했다.

최근 들어 간호사의 업무 환경이 점차 개선되고 있다. 그만큼 중환자실이나 응급실처럼 극한 환경에서 일하는 간호사들이 정기적으로 상담 받을 수 있기를 진심으로 바라지만, 일선 동료들의 증언에 의하면 아직은 환경이 그렇게까지 나아지지는 않았다고 한다. 어차피 그럴 시간도 없지만 말이다.

트라우마를 겪는 간호사들에 대한 이해와 돌봄의 부족은 비단 어제오늘의 일은 아니다. 양차 세계대전 후 많은 군인들이 '전쟁 신경증 shell shock'이라고 불린 '외상 후 스트레스 장애' 치료를 받았지만, 전쟁터에서 일했던 간호사들은 그렇지 못했다. 군인들 바로 옆에서 수백 명의 여성 간호사가 일했지만, 전쟁이 정신건강에 미치는 영향에 관한 연구는 항상 남성에 관해서였다. 간호사들의 일기와 편지에는 그들이 가까이서 보았던 것들, 옆에서 냄새 맡고 만졌던 것들이 적혀 있다. 신체의 일부가 떨어져나간 군인, 골절, 사지절단, 가스공격에 시달리는 위험지대에서의 나날들이……. 전쟁 신경증이 이 여성들에게는 적용되지 않았고, 진단을 받거나 치료가 제공된 적도 없었다.

간호사 생활을 하면서 많은 것을 알게 되었다. 매우 고통스러운 교훈도 있고, 그저 충격인 것도 있다. 인체의 골격처럼 간호사도 환자를 보호하는 기능을 해야 한다. 아이들 뼈는 부드럽고 유연하기 때문에 웬만한 힘을 가해서는 쉽게 부러지지 않는다. 그러나 어떤 아이들에게는 골격도, 간호도, 친절도, 보호도 없다. 이미 손상을 받았다.

아이의 다리를 부러뜨리기 위해서는 어느 정도 힘을 가해야 하는지 알게 되었다. 아기 뇌는 큰 힘을 쓰지 않아도, 그저 아기를 흔들기만 해도 뇌출혈을 일으킬 수 있다는 걸 알게 되었다. 하지만 뇌출혈이 생긴 아기는 심한 뇌손상을 입어 애초에 보살필 줄 몰라 아기를 흔들어댔던 보호자에게 더욱 감당하기 힘든 산이 될 것이다. 아이를 입양하려는 가족들은 심한 뇌손상을 입은 아기를 원하지 않는다는 걸 알게 되었다. 양부모에게 목이 졸린 아이를 돌보고 나니 입양이 아이들에게 항상 안전한 것은 아니라는 점을 알게 되었고, 아기의 발과 엉덩이에 추상화처럼 퍼진 자국이 무엇인지 알게 되었다. 끔찍한 진실을 알게 된 것이다. 이 자국은 아이가 델 정도로 뜨거운 물에 담겨지면서 화상을 피하기 위해 본능적으로 다리를 들어올렸다는 걸 증명한다. 하지만 다리뿐 아니라 엉덩이에도 화상 자국이 있다는 건 어쨌든 간에 결국 엉덩이까지 담가졌다는 얘기다. 아기 다리의 화상 흔적까지…… 정말 마주하고 싶지 않은 끔찍함이다.

과거에는 '뮌하우젠 증후군Munchausen syndrome'이라 했고, 현재는 '인위성 장애'라고 부르는 정신질환도 알게 되었다. 이 병은 보호자가(90%의 경우 엄마다) 아이에게 불필요한, 때로는 고통을 수반하는 검사를 받게 하려고 허위로 아이의 병력을 조작하고 아이를 입원시키는 정신질환이다.

소아과 병동에서 일할 때였다. 내 담당 환자였던 한 아기의 엄마는 갓난아기인 아들이 굳이 필요도 없는 고통스런 시술을 받게 하려고 의료진들을 속였다. 분명 내가 병실에서 나올 때는 아기침대에 편안히 누워 다리를 차며 놀던 아기가, 다시 내가 병실에 들어갈 때면 뼛속까지 울릴 정도로 자지러지게 울었다. 그때마다 아이 옆에 서 있는 엄마는 나를 보고서는 움찔했다. 어떤 식으로든 엄마가 아기를 해친다고 확신한 나는 휴식시간까지 거르며 배에서 꼬르륵 소리가 날 때까지 몇 시간 동안 병실을 지켰다. 나중에 그 엄마는 뮌하우젠 증후군 진단을 받았고, 다행히 집중치료 후 회복되었다.

병원에는 아동보호, 정신건강, 연로한 환자들을 위한 사회복지팀이 있다. 아동보호 사회복지사는 의료팀과 연계해 일주일에 한 번씩 소아 병동을 방문해 학대의 위험이 있거나 실제로 학대당하는 아이들 케이스를 의논한다. 가끔은 학교 담당 간호사school nurse*가 오기도 하지만, 주로 한 명의 간호사가 런던 도심 지역 여러 학교를 담당하기 때문에 여기에 많은 시간을 할애하지 못한다. 학교마다 양호 선생님이 아이들 머리에 서캐가 있는지 확인하고 학생들의 키와 몸무게를 재주던 시절은 지났다. 오랫동안 학교 간호를 해온 간호사가 말했다.

"접질린 발목을 봐주던 때가 그리워요. 천식발작도요. 요즘은 학교 간호가 학생들의 집단 강간, 갱 입단식 등을 다뤄요. 갱에 들어가면 열쇠로 팔뚝을 찔러 원하는 모양의 상처를 내면서 입단식을 한다고 해요. 자해와 불안장애, 소아성애자들의 온라인 그루밍 방지, 약물에 대한 조언 등도 하지요. 성병과 임신에 관한 것도 있는데, 이제는 초등학교 때부터 시작해요. 열네 살짜리가 피임약을 먹기도 해요. 이제는 학교 간호

* NHS 소속 간호사로 학령기 아동들의 건강한 생활 습관과 질병 예방을 위해 학교, 가정, 지역사회를 연계하는 역할을 한다.

가 건강 간호가 아닌, 거의 아동보호에 관한 거예요."

소아과 간호사로 일하는 동안 어쩌면 가장 끔찍한 일이 아닐 수 없었던 다양한 사례도 경험하게 되었다. 네다섯 살 된 아이를 벽에 던지거나 계단에서 밀면, 멈추지 않는 난치성 발작과 같이 평생 고통이 따르는 뇌손상을 입힐 수 있다. 이런 아기는 온몸이 뻣뻣하게 굳기 때문에 아기의 다리를 들어올려 기저귀를 갈아줄 수 없다. 그런 아기의 몸을 구부려보려고 애썼던 기억이 난다.

케이티는 생후 8개월밖에 안 되었지만, 소아 병동에 있은 지 꽤 된 아기였다. 태어나기로는 건강히 태어났지만, 내가 처음 보았을 때는 광범위한 신체 상해에 따른 뇌손상으로 근육이 경직되어 있었다. 의사는 그 조그만 아이 몸에 엑스레이를 19개나 찍게 하고, 그 결과 몸 전체에 있는 수많은 골절을 발견했다. 또한 아이는 '성장장애'라고 판단되었는데, 병원에 있으면서 몸무게가 빠르게 느는 걸로 보아 아마도 그동안 굶겼던 것으로 추정되었다. 케이티는 복부 전체에 담뱃불 자국이 있고 내가 아무리 달래려고 해도 고통스러워했다. 몇 시간 동안 계속 머리를 쓰다듬어주고 기저귀를 바꿔주려고 애썼지만, 뻣뻣한 엉덩이에 두 다리는 꽉 물려 있어서 거의 불가능했다. 비명처럼 우는 아이 옆에서 케이티에게 무슨 일이 있었을까, 대체 부모가 무슨 짓을 저질렀을까 생각하지 않으려 노력하며 눈물을 삼켰다. 우리는 각종 매체를 통해 낯선 사람을 조심하라고 배운다. 모르는 사람이 아이들을 해치고 학대한다고. 그러나 간호사로서 직접 보는 현실은 다르다. 아이들을 학대하고 죽음으로 내모는 건 가족이다. 부모, 돌봐주는 사람, 친척…… 이들은 우리가 가장 믿었던, 믿어야 했던 사람들이었다.

인간은 한없이 선할 수 있지만 그만큼 악할 수도 있다. 간호사는 도덕적 판단을 배제하고 타인의 입장에 서 보는 공감 능력을 보여야 한다. 하지만 아동학대의 잔인함에 대해서는 도저히 그럴 수가 없다. 내 평생 케이티 가족만큼 경악스럽고 잔혹한 사람들은 없었다. 그들을 대면해야 할 때면 정신을 집중하고 호흡을 가다듬어야 했다. 그들이 저지른 일에 나의 도덕적 판단을 개입하지 않으려고 부단히 노력했다. 케이티를 도울 수는 없었다. 대신 나는 다른 아이를 입양하기로 결심했다.

입양 절차에는 사회복지사가 진행하는 이틀 과정의 교육이 포함된다. 여기서는 어떤 아이들이 입양 대상이 되는지, 그들이 입양아가 되는 다양한 상황들은 무엇인지 배운다. 그럼에도 나는 내가 돌봄을 주며 만났던 고통받는 아이들과 가족, 그리고 케이트의 상황을 설명할 수 있는 언어를 여전히 찾지 못했다.

이 아이들에게 입양이 왜 필요한지는 내가 이 교실 안의 누구보다 더 잘 알고 있었다. 사회복지사가 미래의 양부모들을 겁주려 했던 건 아니지만, 아이를 입양 보내겠다고 자발적으로 나서는 부모는 영국에서는 거의 없다고 강조했다. 대신 학대가 있거나 학대 위험에 노출된 아이를 출생 가정으로부터 분리시키는데, 이는 대부분 출생 가정에 심각한 정신건강 문제나 학습장애, 마약이나 알코올 문제, 또는 이것들이 복합적으로 혼재하기 때문이라고 알려주었다. 학대에는 성적·정서적·신체적 학대, 그리고 방치가 있고, 이 모두일 수 있다. 사회복지사는 이 중 방치가 가장 해로울 수 있다고 했는데, "아침마다 씻기지 않는 가정을 말하는 게 아니에요. 어린 아이를 몇 주간 혼자 두어 아이가 쓰레기통을 뒤지거나 심한 경우에는 자기가 토한 것을 다시 먹기도 하는 경우를 말해요"라고 말했다.

입양 대기 중인 아이들이 자라온 불행한 환경이 나의 입양 의지를 꺾지는 못했다. 그동안 나는 인간의 최악뿐 아니라 최고의 모습 또한 보았고, 인간이 본질적으로 선하다고 믿어왔다. 모든 간호사가 이에 동의할 것이다. 아이를 학대하는 부모는 대부분의 경우 어릴 때 그들 자신이 입양되었어야 했는지 모른다. 신생아중환자실에서 만난 맨디를 생각하며, 일부러는 아닐지라도 산모로서 그녀가 자신의 아기를 자궁에서부터 태어나서까지 어떻게 괴롭혔는지 기억한다. 그녀 자신의 어린 시절 혹은 그녀 엄마의 어린 시절까지 우리는 알 수 없으니까.

나는 18개월 된 아들을 입양한 뒤, 6개월 동안 아이를 안고 다녔다. 이미 꽤 자란 아이였지만 내게는 이 아이가 신생아였던 적이 없기 때문에, 우리 둘 다 놓친 것들을 만회하려고 의식적으로 노력하며 아이를 갓난아기처럼 대했다. 내 배 속에서 컸다면 아이와 나 사이에 생겼을 연대감을 구축하기 위해 나는 아이에 대한 사랑을 한곳으로 몰아, 아이를 위해 모든 일을 했다. 아이도 같은 감정이었던 것 같다. 거의 만 두 살이기 때문에 당연히 우유병을 혼자 잡을 수 있었지만 그러지 않았다. 2주 된 아기처럼 내 옆에서 몸을 웅크리고 있으면 나는 아이를 내려다보며 우유병을 그의 입에 물려 먹게 해주었다. 아이가 내게 눈을 맞추는 유일한 시간이었고, 자신이 안전하다고 느끼는 유일한 시간이었다. 우유를 너무 많이 먹어서인지 갓난쟁이 옷이 헐크처럼 터질 지경이었다. 그때는 눈 맞춤이 다른 무엇보다 중요하다고 생각했다.

나는 직접 낳은 여섯 살짜리 딸도 있고, 최근에 출간이 결정되어 다시 손봐야 하는 원고도 있었다. 여섯 살짜리 딸을 건사하며 어린 아들의 정신적 상처도 보살피려 애쓰는 나는 잠으로도 해소되지 않는 피로를 달고 살았다. 매일 밤 딸에게 책을 읽어주면서 《간식을 먹으러 온 호랑이》나 《배고픈 애벌레》 책 속에 얼굴을 파묻고 잠드는 경우도 종종 있었다. 한번은 잠에서 깨어보니 불이 꺼져 있고, 여섯 살짜리 딸이 책을 덮고 내게 이불을 덮어주었음을 알았다.

이 모든 노력에도 불구하고 아들은 오랫동안 '내' 아기가 아니었다. 낯선 존재였다. 우리는 둘 다 같은 생각을 하며 몇 달을 그렇게 살았다. 아들은 기어서 문을 돌아가 유리를 사이에 두었을 때만 내게 뽀뽀를 했다. 유리문 아래쪽에 입술 자국이 가득하지만 나는 절대로 닦지 않았다. 몇 년 전 돌보았던 로한이 기억났다. 중증 복합면역결핍증을 앓던 로한은 감염 때문에 유리벽 뒤에서 지내야 했다. 내 아들은 스스로 보호벽을 쳤던 것이다. 나에게 곁을 내주기에는 아직 겁이 많았다.

하지만 누나는 금방 좋아했다. 딸도 동생을 사랑했다. 딸은 보호자처럼 아기가 가는 곳은 어디든 따라다녔다. 밤이면 딸아이가 동생의 머리를 쓰다듬어주었고, 아들의 큰 눈망울은 누나를 따라 분주히 움직이는 걸 볼 수 있었다. 딸은 동생이 연약하다는 것을 이해하고 물리적으로나 정서적으로 동생을 조심스럽게 대했다. 교육 기간 동안, 친자식이 있는 가정이 더 혼란의 위험이 있다는 얘기를 들었다. 친자식이 심한 질투를 느낄 수 있다고 말이다.

우리 경우는 반대였다. 딸은 동생을 지독하게 사랑했다. 내가 아기에게 '안 돼!'라고 하면 딸이 화를 냈다. 아들을 야단치면 딸이 아들과 나 사이에 버티고 서서 동생의 보호막이 되주었다. 또한 끝없는 인내심을 갖고, 아기들 얼굴과 감정을 그린 그림책을 함께 보고 또 봤다. 입양된 아이들은 정서적 공감에 어려움을 느낀다고 한다. 내 아들은 다른 사람들이 느끼는 모든 기분을 느꼈다. 그림책 속 웃는 아기의 얼굴을 보며 웃고, 우는 아기 그림을 보면서 운다. 볼 때마다 그렇다. 딸이 우는 아기 그림이 있는 페이지를 찢어버린 것을 보고, 책을 찢으면 안 된다고 야단을 쳤다. 그러자 반항기 섞인 눈빛으로 "내 동생이 슬픈 게 싫어"라고 내게 대꾸를 했다.

아들은 내 점퍼 속으로 들어갔다가 아래로 나오는 놀이를 즐겼다. 거의 나만큼이나, 내 뱃속에 들어갔다가 다시 태어나고 싶어 했다. 하지만 간호사라는 직업은 내게 인내심을 가르쳤다. 매일 아들의 안전을 지키고, 아들도 내 안전을 지켜주었다. 천천히 치유되는 뼈처럼, 우리의 연대감이 좀 늦게 오더라도 기다릴 수 있었다. 우리의 골격은 친절, 이해, 그리고 놀이로 합쳐 하나가 되었다. 간호사라는 일이 나와 아들을 입양의 상처에서 구해주었다. 우리는 피를 나누지는 않았지만, 뼈를 공유했다. 부러지기 쉽고 표면이 거칠지라도 치유될 수 있는 뼈다. 간호와 마찬가지로 아들을 구하는 사람은 내가 아니라 아이 자신이었다. 그렇지만 결국 아이는 나를 구했다. 단단했던 내 거죽이 부드러워지고, 모든 것을 진지하게 느꼈다. 아들이 나를 더 나은 사람, 부모, 인간으로 만들었다.

모든 가정이 우리처럼 운이 좋지는 않다. 입양된 아이들 중 20퍼센트가 보호시설로 되돌아간다. "입양되는 아이들은 모두 특별한 관심이 필요해요. 정상적 또는 그저 괜찮은 부모가 아니라 치유적인 환경과 아무것도 바라지 않는 자세가 필요해요." 사회복지사의 말이다.

"어떻게 포장을 해도 입양은 엄청나게 충격적인 일이야." 40년 전 입양된 경험이 있는 친구가 얘기했다. "아이를 돕는 것과 구하는 것은 달라. 아이가 영원히 구원될 수 없다는 사실을 받아들이고, 그래도 조건 없이 사랑하는 것이 입양이야."

낯선 이를 사랑하는 능력을 가진다는 점에서 입양은 돌봄과 많이 닮았다.

그리고 돌봄과 마찬가지로 슬픈 일이다. 모든 아이가 친부모와 함께 안전한 환경에서 자라야 하는데 그렇지 못하기 때문이고, 누군가를 돌본다는 건 그가 어떤 식으로든 고통 받고 있거나 도움이 필요하다는 걸 의미하기 때문이다. 내 아들은 안전하게, 이 세상에서 가장 친절한 사람으로 커나가고 있다. 그의 친절한 마음은 내게 영향을 주고 모두를 물들인다. 내 삶에서 가장 자랑스러운 것 두 가지는 아들의 친절한 성품과 동생을 향한 딸의 사랑이다. 두 아이의 관계는 내가 목격한 그 어떤 관계보다 공고하다. 아들은 세상의 모든 선함을 담고 있고, 딸은 세상에 존재하지 않던 사랑으로 동생을 사랑한다. 이 두 아이를 보살피는 일은 내 삶의 가장 큰 특권이다.

10
/
우리는 계속 박동한다

절벽에 부딪혀 부서지는 파도는 모두 바다를 위해 죽는다고 믿는다.

앞에 있었던, 그리고 뒤에 오는 수천의 물결처럼

자신이 그저 바람 때문에 존재했다는 생각을 꿈에도 하지 못한다.

_바실리 그로스만Vasily Grossman, 《삶과 운명》

임신처럼 암은 눈에 띄지 않고 있다가 나나 사랑하는 사람이 걸리기만 하면 갑자기 모든 곳에서 정체를 드러낸다. 체육관 러닝머신에서 두건을 두른 채 뛰지 않고 걷는 여인이 눈에 띄고, 교실 빈자리를 설명하는 선생님의 낮고 슬픔에 젖은 목소리가 새롭게 들린다. 암은 봄날의 꽃가루 같아서 우리 모두가 공기를 들이마시지만 꽃가루가 어디에 떨어져 앉을지는 바람에 달렸다. 우리의 최선의 노력에도 불구하고 암은 기세를 떨치고 있다. 전체 인구의 절반이 암으로 죽어가고 있으며, 영국만 해도 2분에 한 명꼴로 암 진단을 받는다. 우리 모두가 이의 영향을 받을 것으로 생각된다.

종양학과 병동은 항상 바쁘다. 종양학과 외래, 주간 병동, 화학요법치료센터도 마찬가지다. 환자들이 검진 결과를 기다리는 종양학과 외래 대기실에는 의자가 없다. 심하게 마른 사람들이 땀을 흘리며 통증을 참고 벽에 기대어 서 있다. 이들은 종양 전문의를 만나 검진 결과와 치료 계획을 들으려고 기다리면서 지역 보건의의 진단이 틀렸기를 기도한다. 정밀검사 촬영을 여러 번 반복한 뒤 스캔에 미심쩍은 점이 있다고 시선을 피하며 말하던 촬영기사와 자신의 육감이 모두 틀렸기를 바란다. 대기실은 이제 곧 인생이 영원히 바뀔 사람들로 가득하다. 땅이 꺼지고 허공에서 허우적대며 급속도로 추락하는 사람들. 환자들이 번호표를 움켜쥐고 간호사 데스크 위에 있는 전광판 숫자가 73에서 98까지 올라가기를 기다린다. 정수기에는 종이컵도, 물도 없다. 텅텅 빈 커다란 플라스틱 통들만이 정수기 옆에 줄지어 있다.

주간 병동은 항상 북적이고, 환자들이 첫 화학요법 치료에 과민반응을 보이는 경우가 많아 응급 호출도 빈번하다. 이 병동에는 침대가 없으며 뒤로 젖혀지는 의자만 있다. 간호사들은 화학요법 용액을 정맥에 연결하고, 이미 성글어진 머리카락을 유지하고자 애쓰는 유방암 환자에게 콜드캡cold cap*을 씌우고, 심한 구강점막 질환에 시달리는 환자에게 얼음 가득한 컵을 가져다주면서 치료의 고통을 완화해주기 위해 환자 사이를 돌아다닌다.

세포독성이 있는 암 치료제를 다룰 때는 특별히 조심해야 한다. 암 치료제는 2차 세계대전 중 미국이 전쟁무기로 개발한 질소머스터드

* 화학요법 동안 탈모 방지를 위해 머리에 쓰는 냉각 모자

가스가 골수세포에 치명적 변화를 가져온다는 것이 알려지면서 개발되었다. 일본 의학계 보고에 의하면, 히로시마와 나가사키에 떨어진 원자폭탄 피해자들의 골수는 완전히 파괴되었다. 폴란드계 미국 유대인인 시드니 파버Sidney Farber는 1920년대 당시 다른 유대인들처럼 미국 의과대학 입학을 거부당했다. 대신 그는 독일 하이델베르크로 가 의학을 공부한 뒤 다시 미국으로 돌아가 하버드대학에 진학했다. 그리고 1928년에 동화 작가이자 시인인 노르마Norma Holzmann Farber와 결혼했다. 2차 세계대전 직후 파버는 아미노프테린aminopterin이라는 약물이 세포복제와 관련된 과정을 막아 급성백혈병 어린이를 치료할 수 있음을 발견했고, 이 세포분열 차단이 오늘날 화학요법 약물 개발로 이어졌다. 아마도 파버와 시인이었던 그의 아내는 인생의 '의미'를 찾는 사람들이었을 것이다.

제인 쿡 라이트Jane Cooke Wright 또한 의미를 찾는 사람이었다. 그녀의 아버지는 흑인 최초 하버드 의과대학 졸업생이었고, 제인 쿡 라이트는 미술대학을 졸업한 뒤 아버지의 뒤를 이어 1945년에 의사가 되었다. 그녀는 요즘 화학요법 약물로 널리 사용되는 메토트렉사트methotrexate를 발견했고, 덕분에 수백만의 생명을 살렸다. 그 후, 라이트는 쥬얼 플러머 코브Jewel Plummer Cobb라는 생물학자와 함께 메토트렉사트가 일부 피부암과 폐암, 어린이 백혈병 치료에 효과가 있음을 밝혔다. 파버와 라이트처럼, 해방된 노예의 증손녀인 코브도 심한 인종차별을 겪었다. 그녀는 피부색 때문에 처음에는 뉴욕대학 대학원의 연구직을 거부당했지만 면접 후에 합격했는데, 그녀를 받아들인 대학과 우리들로서는 참으로 다행한 일이다. 하지만 그녀는 자신이 다녔던 미시간대학에서의 경험을 다음과 같이 회상했다. "인기 있는 식당과 유명한 프레첼 벨 태번Pretzel Bell Tavern*은 흑인 학생들을 반기지 않았어요. 그래서 캠퍼스에서 벌어지는 주류의 서클 활동에는 낄 수가 없었지요."

화학요법 약물에는 세포를 해치는 독성이 있다. 영국 암연구소는 화학요법을 도토리를 깨기 위해 거대한 망치를 휘두르는 것에 비유한다. 세포독성 약물은 세포 주기 중 특정 단계에서 세포 활동을 파괴, 훼손, 방해함으로써 작용한다. 그러나 약물이 모든 것을 파괴하기 때문에 암을 치료하면서 암이 유발될 수도 있다. 화학요법실 간호사는 외부 사람들을 위험에 노출시키지 않기 위해 문에 '출입금지' 푯말을 붙인다. 이들은 보호 가운을 입고 장갑 두 켤레로 손을 보호하며 마스크와 눈 보호대를 착용한 뒤 화학요법 약물이 신생아라도 되는 듯 조심스럽게, 깨지지 않게 다룬다. 화학요법 약물의 유출은 중대한 문제다. 일부 약물은 호기성이어서 사람이 들이마실 수 있다. 약물이 유출되어 흡입, 섭취, 또는 피부를 통해 그것을 다루는 간호사의 몸에 들어가면 암을 유발하거나 암 발생 확률을 증가시킬 수 있다. 이런 약물을 환자의 혈관에 직접 주입하기 때문에, 치료 후 이틀째부터는 걸을 기력이 없고 헛구역질이 나올 때까지 토하며 얼굴색이나 체취가 변하기도 한다. 독살과 같다.

여성의 대학 입학을 금지한 조국 폴란드를 떠나 프랑스로 이민 갔던 마리 퀴리는 폴로늄과 라듐의 발견으로 노벨상을 두 번이나 수상했

* 미시간주 앤아버에 있는 미국식 대중 음식점

다. 그녀의 지휘 아래 세계 최초로 방사성 동위원소를 이용한 종양 치료 연구가 수행되었다. 방사선 치료의 탄생이다. 오늘날 암 치료는 수술과 함께 화학요법과 방사선 치료가 병행되는 경우가 많다. 물론 화학요법 치료제와 방사선 치료 기술이 향상되어가고 이를 다루는 의사들의 전문 지식이 늘어감에 따라 암의 완치율과 생존율은 매년 높아지고 있다. 지금 우리는 화학요법 약물을 어떻게 취급해야 하고 방사선이 얼마나 위험한지 충분히 이해하고 있지만, 마리 퀴리 자신은 아이 침대 위 천장의 별처럼 아름답게 빛나는 라듐 시험관을 실험복 주머니에 넣고 다닌 후 무형성 빈혈aplastic anemia이라는 암의 일종으로 사망했다.

암 치료 기술의 발달과 더불어 암 발병률을 애초에 줄일 수 있는 요소들도 있다. 정부는 담배, 술, 탄 음식, 화학 세제, 살충제 등에 암을 유발할 수 있는 인체 유해 성분이 포함되어 있다고 경고한다. 그러나 의사들이 암의 원인을 찾을 수 없는 경우도 종종 있다. 치킨과 탄산음료를 즐기고 매일 대마초를 피는 친구는 멀쩡히 잘만 사는데, 유기농 음식만 먹고 술·담배는 손도 대지 않는 채식주의자 친구는 왜 암에 걸리는지 우린 알 수 없다. 평생 남을 도우며 살아왔던 내 친구가 어째서 마흔밖에 안 된 나이에 어린아이를 두고 세상을 떠났는지 여전히 납득할 수가 없다. 오직 지금 내가 할 수 있는 건 나이를 먹어가고 주변에 암 환자가 늘어가더라도 건강히 행복하게, 본연의 우리를 지킬 수 있는 것들에 가치를 두며 살자는 다짐뿐이다. 물질적 소유가 아닌 사랑, 친절, 희망의 가치다. 우리가 바람의 방향을 바꿀 수 없다는 사실을 기억하려고 매일 노력한다. 마리 퀴리의 남편이 비 오는 날 미끄러진 뒤 마차에 깔려 두개골 골절로 죽었을 때, 마리 퀴리의 아버지는 딸에게 자연의 섭리를 전해 주려 했으나 소용없었다. 어느 누가 자연에 대해 설명할 수 있을까……. 때때로 암은 설명될 수 없고, 우리에게 주어진 운명도 마찬가지다. 그러나 암은 결국 우리 인생에서 가장 중요한 것이 무언지 일깨워준다.

20년간 간호사로 일해왔지만, 폐암으로 아버지를 갑자기 잃고 나서야 비로소 나는 간호 저변의 친절의 가치, 인류애의 깊이, 그리고 철학의 중요성을 이해하기 시작했다. 모든 화학요법, 방사선요법, 약물치료가 실패하고, 종양 전문의, 방사선 전문의, 의료기사, 과학자들과 함께 '희망'이 병실을 떠난 후에도 아버지 침대 곁에서 다른 무언가를 제시한 사람은 간호사였다. 존엄, 평안 그리고 사랑이라는 걸 말이다. 마리 퀴리의 업적은 그녀가 죽었다고 멈추지 않았다. 매년 약 4만 명에 달하는, 적극적 치료가 더는 불가능한 말기 암 환자들이 '마리 퀴리'* 소속 간호사의 도움을 받는다.

내 아버지의 간호사인 셰릴은 내게도 물론 익숙한 보통의 간호사 업무를 수행했다. 처방에 따라 약을 준비하고, 손을 철저하게 씻은 후 장갑을 끼고 감염 방지를 위해 알코올 솜으로 투약 접시와 주변을 닦았다. 작은 유리병 끝을 따고 바늘을 넣어 약병의 걸쭉한 액체를 주사기로 옮겼다. 공기 방울이 바닥에서부터 올라와 사라질 때까지 주사기를 수직으로 들고 있다가 피스톤을 밀어 나머지 공기를 제거했다. 조금도 긴장

* 말기 암 환자 간호를 위해 영국에 설립된 단체

을 늦추지 않고 처방전을 확인하고 용량을 다시 확인했다. 아버지의 담당 의사는 많은 과학적 변수와 환자 맞춤 요인들, 예를 들어 간 전이와 관련된 약물의 대사, 최대 혈장 농도, 오피오이드 진통제의 수용체 결합 분석표 등을 고려한 후 지금의 치료를 결정했다.

셰릴은 아버지가 통증을 느낄 것을 미리 알아차리고, 아버지의 보디랭귀지를 주의 깊게 살피며, 목소리의 어조에 귀 기울이며, 말로 표현되지 않은 것들에 관심을 기울였다. "나 괜찮아요." 아버지가 말했다. 그의 목소리가 평소보다 조금 높을 뿐이지만, 셰릴은 아버지와 오랜 시간 대화를 나누고 그의 소리에 귀 기울여왔기 때문에 금방 알았다. 그녀가 아버지에게 약을 드리고 옆에 앉아 아무 말 없이 15분을 기다리다가 진통제 효과가 나타나기 시작하자 커튼을 걷었다. 통증이 최고점에 이르기 전에 미리 대처하지 않으면 약이 잘 듣지 않는다는 사실을 셰릴은 충분히 이해하고, 환자가 햇빛을 견딜 수 있기 전에는 커튼을 열면 안 되는 것도 알았다. 너무 일찍 걷었다면 아버지는 몇 시간을 더 눈을 감고 계셨을 것이다. 아버지에게 시간이 얼마 남지 않았고, 어머니를 보기 위해 조금이라도 더 눈을 뜨고 있어야 한다는 사실도 잘 알았다. 어머니 또한 아버지를 충분히 많이 봐두어야 하고, 이 시간이 나중에 어머니에게 평온함을 줄 것이라는 점을 셰릴은 이해했다.

나는 간호란 간호사로의 일반 업무뿐만 아니라 환자와 그 가족에게 세세한 부분까지 편안함을 제공해는 일이라는 걸, 그리고 그것이 더 중요한 일이란 걸 배워왔다. 가장 취약한 동시에 의미 있는 타인의 마지막 순간을 목격한다는 건, 그리고 가족이 아닌 남을 사랑할 수 있는 능력을 갖춘다는 건 특권이다. 시가 그렇듯이, 간호에서는 은유적 의미와 직설적 의미가 서로 경계를 넘나든다. 가슴의 구멍은 가슴의 구멍이다. 간호사는 그 중간에, 말 그대로 구멍을 고치는 의사의 기술과 환자의 근심과 상실이라는 은유적 구멍 사이에 있다. 간호는 돌봄과 연민, 공감을 표현하는 차별 없는 행위이고, 그래야만 한다. 또한 서로 사랑할 수 있는 우리의 능력을 상기해야 한다. 사회에서 가장 연약한 존재를 대하는 방식이 그 사회의 척도라면, 간호라는 행위 자체는 인류애의 척도다. 간호사는 가치가 가장 저평가된 직업이지만, 암과 싸워본 사람이라면 간호가 무엇인지를 이해하고 그 가치를 인정한다. 완치가 가능하지 않은 경우도 자주 있지만, 아마도 중요한 것은 결국 완치가 아니라는 것을 알기 때문인지 모른다.

존 마이클 비숍John Michael Bishop은 해롤드 바머스Harold E. Varmus와 함께 레트로바이러스 발암유전자 연구로 1989년 노벨 생리의학상을 수상했다. 바머스는 버락 오바마 대통령이 미국 국립암연구소 소장으로 임명한 과학자다. 그는 노벨상 수상 소감에서 《베어울프Beowulf》*를 인용했는데, 그 말이 셰릴을 떠올리게 하고, 암 환자의 간호가 무엇이며, 간호사의 밝음과 따뜻함이 얼마나 중요한지를 생각하게 했다. "베어울프는 천년도 더 된 옛날, 혹독한 삶 속에서 스칸디나비아 대강당이 얼마나 중요했는지 가르쳐줍니다. 한겨울의 추위와 어둠, 지속되는 죽음의 위협에 대항하여 건물 안에 모인 빛과 온기 그리고 활력이 어떻게 위로

* 총 3128행의 고대 영어로 써진 영국 최고最古의 영웅 서사시

가 되었는지를 느낄 수 있습니다."

말기 암 환자의 방사선 치료는 숟가락으로 관에 못을 박는 것과 같다. 어두운 관 속에 갇혀 육체가 분해되고 있지만, 아직 흙으로 돌아가지 않은 상태다. 그러나 이 치료는 종종 증상을 통제하기 위해 사용된다. 종양이 기도를 압박하여 환자가 질식해 죽을 수도 있는 경우, 종양을 겨냥한 방사선 치료가 환자에게 다른 방법, 더 나은 방법으로 사망할 기회를 준다. '자연적'이 아닌 '더 나은' 방법으로 말이다. 병원 밖에서는 자연적인 사망이 마치 쾌적한 일인 듯 '자연사'라는 용어를 사용한다. 그러나 암으로 인한 자연사는 전혀 자연스러워 보이지 않고 끔찍하다. 환자의 정신이 흐려지기 시작하면서 서서히 부식하고 악취를 풍긴다. 정맥은 부풀어오르고 뒤틀리며, 햇볕 아래 놓아둔 치즈처럼 체액이 흘러나올 때까지 땀을 흘린다. 자연적 사망은 가장 잔인한 고문이 될 수 있고, 고통스럽기는 마찬가지지만 때로는 방사선 치료가 더 친절한 잔인함이다.

아버지는 더디게 죽어가고 있었다. 그렇지만 여전히 일분일초라도 더 살고 싶어 했다. 진통제를 너무 많이 맞아서 눈이 흐릿하고 긴 시간을 잠들어 있었지만, 깨어 있는 동안에는 어머니와 함께 바다로 나가 파도, 햇빛, 새를 보았다. 죽어가는 몇 달 동안 본 일출과 석양이 지난 63년간 본 것보다 더 많았다. 그런 풍경들이 중요해졌다. 아버지가 말기 암 방사선 치료를 받겠다고 하자 나는 걱정이 앞섰다. 아버지의 눈이 노을로 채워지고, 그가 어머니의 손을 잡아주기를 바랐다. 아버지의 어깨에 기대어 아버지의 냄새를 맡고 싶었다. 우리 사이 공기에 떠도는 수천 개의 추억과 시간의 흐름을 느끼고 싶었다. 죽어가는 아버지 옆에 앉았을 때 나는 더는 30대 후반의 딸이 아니었다. 여섯 살짜리 꼬마로 돌아가 아버지 어깨에 목마를 타고 아버지가 들려주는 별과 우주의 이야기를 듣는다. 남자친구와 헤어지고 흐느껴 우는 열여덟 살의 나를 아버지가 살포시 안아준다. 이십 대가 되어 갓 낳은 딸을 안겨주자 아버지의 얼굴은 순수한 기쁨 그 자체가 된다. 너무나도 완전하고 절대적인 기쁨으로, 그 이전에도 이후에도 그런 표정을 보지 못했다. 이 모든 순간을 다시 갖고 싶다.

크리스마스 날 우리는 바닷가로 나갔다. 보통 크리스마스 날 점심 식사 후에는 계획했던 보드게임을 한쪽으로 치우고 예쁜 포장지에 둘러싸여 소파에서 낮잠을 자지만, 이날은 아버지의 마지막 크리스마스였다. 화학요법과 방사선 치료, 스테로이드가 모두 듣지 않았기 때문에 우리 모두는 이날이 아버지와 함께하는 마지막 크리스마스가 될 거라고 직감했다.

바닷가는 추웠다. 아버지의 입술이 퍼렇게 되었다. 아버지는 추운 걸 싫어한다. 사하라 사막에서 "약간 쌀쌀하구나"라며 점퍼를 입은 적도 있다. 지금은 겨울이고 아일랜드 바다 앞이며, 죽어가는 몸이다. 그렇지만 사진을 더 찍고 싶었다. 큰 사진기를 들고 조개껍데기를 찾는 척하며 몰래 아버지의 사진을 찍었다. 햇빛에 따라 회색에서 파랑, 다시 초록으로 변하는 아버지의 눈동자 색을 담으려 노력했다.

아버지의 색을 더 담길 바랐다. 이 시간이 이어지길 바랐다. 말기 방사선 치료로 며칠, 몇 주, 또는 한 달의 시간을 벌 수 있을지도 모른다.

그러나 숟가락으로 관의 못을 너무 천천히 박아서 아버지의 눈빛이 빛을 잃거나, 실금하거나, 통증에 시달리거나, 체액이 누출되지 않기를 바랐다. 이미 많은 죽음을 봐 왔기에……. 내게서 그 기억을 지우기란 불가능하다. 인생의 공포를 상기시키기 위해 전쟁이나 비극적인 교통사고는 필요치 않다. 우리에겐 암으로 충분하다.

"이리로 와 앉아요." 아버지가 이불을 걷고 셰릴에게 손짓했다. 그녀는 쾌활하게 웃으며 차트에 뭔가를 계속 적어나갔다. "정말 장난꾸러기세요." 그들이 마주 보고 미소 지었다.

아버지에게 이날은 이 세상에서의 마지막 날이었다. 그때 우리는 몰랐지만, 셰릴은 알았다. 아버지가 임종 장소로 선택한 당신의 집으로 돌아온 이후 셰릴은 아버지 주위를 떠나지 않았다. 커피를 타거나 전화를 걸기 위해, 혹은 아버지와 나에게 둘만의 시간을 주기 위해 잠깐 아래층에 내려가는 것이 전부였다. 나와 셰릴은 간호 관련 이야기는 하지 않았다. 나는 환자의 딸일 뿐이었다. 셰릴은 종종 내 어깨를 토닥여주었고, 아버지가 화장실에 가실 때는 나더러 나가 있으라고 했다. 복도까지 그들의 큰 웃음소리가 들리곤 했다.

아버지 곁에서 셰릴과 아버지 두 사람의 우정을 보고 있으니 내가 평생 했던 간호라는 일이 무얼까 다시금 생각하게 되었다. 어머니와 남동생은 아래층에 있었다. 아마도 흐느끼고 있는 어머니를 동생이 안아주고 있을 테다. 셰릴이 평소보다 아주 조금 길게 아버지를 바라보았다. 나로서는 아버지를 똑바로 쳐다보는 게 괴로웠지만, 셰릴의 시선을 힘들게 따라갔다. 그렇지 않아도 크지 않은 아버지의 체격이 암 때문에 더 왜소해졌다. 수척한 팔다리를 덮은 피부는 흘러내리고 피부색도 누렇게 되었으며 푹 꺼진 눈자위 주위는 회색빛이 돌았다. 아버지는 아무것도 들을 수 없었다. 보청기를 뺀 뒤로는 고래고래 소리를 질러가며 의사 표시를 했다. 맛도 느끼지 못했는데, 이건 최악이었다. "차라리 죽는 게 낫겠다. 아무 맛도 모르겠어." 아버지는 만들지도 못할 음식 레시피가 수록된 잡지를 열심히 들쳐보았다. 양고기 스튜, 치즈 수플레, 도가니와 셀러리를 곁들인 콘월지역 가자미, 프랑스 양파 수프. "내가 코코뱅coq au vin*을 만들어본 적 없는 거 알아요? 평생 한 번도." 그가 큰 목소리로 묻자 셰릴이 대답했다. "그래도 오렌지소스의 오리고기 요리는 하셨잖아요. 블랙베리 졸인 것과 함께요. 예전에 직접 요리하셨던 음식들 얘기, 아직 기억하고 있어요."

아버지 옆에 앉아 나는 내 어린 시절의 이야기를 셰릴에게 들려주었다. 학교 갔다가 집에 오면 아버지가 사냥한 꿩이 문기둥에 걸려 있었던 이야기며, 친구와 집으로 왔을 때 아버지가 염통 요리를 하고 있었던 이야기, 또 매일 오후 텃밭에서 그날 먹을 야채를 따온 이야기를 해주었다. 또 동생과 내가 당근에 붙은 진흙 떼어내기를 얼마나 싫어했고, 친구 집에서 본 깨끗하게 비닐 포장된, 아마도 농약 범벅이었을 당근을 얼마나 부러워했는지. 아버지는 내가 이야기하는 동안 얕은 잠 속을 드나들었다. 손을 이마에 얹어 팔이 허공에 뜬 우스운 모습으로 미동도 없다가

* 포도주로 요리한 닭고기

팔이 떨어지면 깜짝 놀라 깨면서 끄응 소리를 내고, 다시 숨소리가 잦아들었다.

내가 이야기를 마치자 셰릴이 아버지를 보고는 다시 내게 말했다.
"어머님께 여기 올라와 계시라고 말씀드리는 게 좋겠어요."

고개를 끄덕이고 싶지 않았다. 아버지의 임종이 임박했다는 셰릴의 암시를 받아들이고 싶지 않았다. 이제 아버지의 호흡은 느리고 들썩이다 다시 잠잠해졌다. 그러나 나는 아직 아버지를 떠나보낼 준비가 되어 있지 않았다.

"집이 참 포근해요. 날씨도 좋고요." 셰릴이 말했다.

아버지가 강한 햇빛을 힘들어해서 커튼을 반쯤 쳐 두었다. 그래도 창밖 태양이 하늘을 황금색으로 물들이고 새 떼가 구름 속에서 춤추듯 날아가는 모습이 보였다. 지붕 위 갈매기 울음소리도 들렸다.

아버지는 엄마와 동생의 손을 한쪽씩 잡은 채 집에서, 당신이 쓰던 침대에서 죽음의 문턱을 넘고 있었다. 고통은 없었다. 이보다 더 괜찮은 죽음은 없을 정도로 존엄하고 평온한 임종의 순간이었다. 아버지를 보내기 전 우리는 서로 하고 싶은 말을 나누었고, 그렇지 않은 얘기는 마음에 묻었다. 어머니와 아버지가 서로를 응시하는 시간을 가졌다. 우리는 함께 울고 웃었다. 아버지는 마지막 순간까지 아버지다웠다. 지나고 보니 아버지는 임종의 훌륭한 선수였다. 기쁨, 감동, 용서, 진실한 마음으로 충만한 삶을 살아가는 법을 가르쳐준 사람이 어머니였다면, 존엄한 죽음이 무엇인지 가르쳐준 사람은 아버지였다. 그는 유머와 품위를 잃지 않은 채 조금의 두려움도 없이 죽음을 맞았다. 비록 육체는 오그라들었지만, 정신만큼은 주위의 기운을 꽉 채울 정도였다.

그러나 여전히 두려웠다. 아버지의 호흡이 느려지자 나는 그동안 수없이 많은 이들에게 해왔던 대로, 내 몸이 기억하는 대로 어머니와 동생을 밀쳐내고 아버지의 흉골을 압박해 심장을 다시 뛰게 하고 싶었다. 그러나 아버지를 도울 수 없었다. 오늘은 소생전문 간호사, 아니 어떤 간호사도 아니었다. 그저 딸이었다. 그 사실이 아프고, 모든 것이 아팠다.

흐느끼는 어머니를 꼭 안아주며 창밖을 바라보았다. 마침내 어머니는 동생의 부축을 받고 일어섰다. 황금색이었던 하늘은 이제 표현할 수 없이 짙은 암청색이 되었고 달도 없었다. 움직임 없는 아버지의 가슴에 귀를 대고 심장박동 소리를 들으려 애썼다. 그러나 아버지는 떠났다.

아버지가 돌아가시고 며칠 후 다시 병원으로 돌아갔다. 정신이 멍하고 감각이 없었다. "지금 복귀하지 않으면 영영 못할 거 같아서요." 너무 빠른 복귀가 아닌지 걱정하는 상사에게 대답했다. 암 병동은 병원의 다른 곳보다 조용하다. 간호사들은 천천히 신중하게 움직이고 낮은 목소리로 말한다. 1인 병실 앞에는 퉁퉁 부은 눈으로 일군의 가족들이 병문안 온 지인들과 서 있다. 열 개 정도의 1인실이 복도 양쪽에 줄지어 있고 그 옆 작은 간호사 데스크에서는 통증관리팀, 감염관리 간호사, 창상 전문 간호사, 물리치료사, 유족대응 전문 간호사, 혈액학 전문의, 종양학 전문의, 방사선 전문의 등 여러 과로 구성된 의료팀 구성원들이 두꺼운 환자 기록철을 이리저리 살핀다. 병원 목사는 무신론자, 불가지론자, 무슬림, 기독교인, 착한 사람, 나쁜 사람에 상관없이 돌아다니며 기도해준다.

간호사 데스크 왼쪽으로 다인실 위주의 중앙 병동이 있다. 환자용 침대와 보호자용 의자가 있는 각각의 병상은 커튼으로 나뉘어 있다. 항암 치료 때문에 머리카락이 다 빠진 환자, 제대로 먹지 못해 앙상해진 환자, 종양이 자라는 만큼 몸은 쪼그라진 환자, 몸에 모르핀과 수액 줄이 치렁하게 늘어진 환자가 침대에 누워 있거나 앉아 있다. 복도 끝 방은 의사와 간호사들이 보호자에게 좋지 않은 소식을 전할 때 주로 드나드는 방이다. 암 병동의 의사와 간호사들은 정직한 언어만이 망연자실해 있거나 무감각해 있는 사람을 이해시킬 수 있는 언어임을 알고 있는 소통의 전문가들이다. "어젯밤에 남편이 사망하셨습니다. 위로의 말씀을 전합니다"라는 말 대신 "주무시다가 평온하게 영면하셨습니다"라고 절대 말하지 않는다.

간호사들은 도래할 위급 상황에 대비해 보호자에게 전화를 걸어 병원에 와줄 것을 요구한다. 물론 경황이 없을 보호자들이 혹시라도 교통사고라도 내지 않을까 단단히 조심하라고 이르면서 말이다.

활력징후 수치나 혈액검사 결과와 상관없이 언제 환자 보호자를 호출해야 하는지는 순전히 경험에 달려 있다. 수많은 보호자들과 나눈 수백만 개의 대화 조각을 근거로 어떻게 말해야 보호자들을 빠르고 안전하게 소환할 수 있는지 간호사들은 충분히 잘 알고 있다. 이것이 불가능하다고 판단되면 지역 경찰에 연락해서 보호자에게 직접 찾아가 소식을 전하고 보호자를 병원으로 빨리 데려와 달라고 부탁한다. 한 시니어 간호사는 암 병동에서 가장 중요한 기록이 보호자의 연락처라고 내게 말한 적이 있다. "연락처를 잘 알아볼 수 있게 적어야 해요." 누군가에게 시간 맞춰 연락하지 못하는 것만큼 가슴 아픈 일도 없다.

"흉부압박을 계속해야 해요. 2분만 더요." 담당 간호사 로널드는 가족이 도착하려며 2분이 더 걸리는데, 남편이 아내의 임종을 꼭 지키고 싶어 한다는 것을 알고 있었다. 남편을 잘 알기에 그것이 얼마나 중요한지 이해했다. 시니어 의사가 그만해도 된다는 것을 우기며 로널드는 주니어 의사에게 계속해줄 것을 요구했다. "한 사이클만 더 해요. 보호자분이 거의 다 왔어요."

비록 순간이지만 "아내분이 사망하셨습니다"보다 "아내분이 임종하고 계십니다"가 비교할 수 없이 위안이 될거라는 걸 로널드는 알았다. 환자들에게는 같은 결과지만, 남겨진 가족들에게 이 작은 친절 행위가 차이를 만든다는 사실을 이해했다. 병은 결코 한 사람의 문제가 아니다. 남편은 이를 기억하지 못할 것이다. 몇 주, 몇 달, 몇 년이 흐르면 인공소생, 피, 주사바늘 등 허약해진 아내의 몸에 가해진 격렬했던 노력보다 자신이 세상을 떠나는 아내의 곁에 있었고, 아내 손을 꼭 잡으며 마지막으로 하고 싶었던 말을 귓가에 전했던 기억만을 간직할 것이다.

환자들을 너무 자세히 보지 않으려 노력하며 병동을 둘러보지만, 어쩔 수 없이 그들에게서 아버지의 모습을 보았다. 아버지가 입었던 것과 같은 환자복, 밭은기침, 침대 옆 탁자 위 손도 안 댄 과일, 애써 환하게 웃는 아내. 나는 이를 악물고 팀원들을 따라 얼굴에 산소마스크를 쓴 환자가 앉아 있는 격리실로 들어갔다. 의사 한 명이 병실에서 나오며 장갑을 벗었다. "거짓 경보였어요. 약물 과민반응인 줄 알았는데 괜찮아요."

한 명씩 팀원들이 떠났지만 나는 꼼짝 못하고 그 자리에 머물렀다. 마침내 환자와 둘만 남게 되자 그가 산소마스크를 내리고 미소를 지어보였다. "시간 있어요?"라고 그가 물었다.

"물론이죠." 그의 옆에 앉아 그가 달라는 신문을 집어주었다.

"결과 좀 읽어줄래요?" 경마 결과가 나온 지면을 펼치며 그가 물었다. 할 일이 산더미처럼 쌓여 있었고, 곧 해야 할 강의도 있었다. "그냥 빠르게 읽어주세요. 귀찮게 하고 싶진 않지만 돋보기 없이는 아무것도 보이지 않아서요."

말 이름과 배당률을 읽어 내려가자 그는 가끔 허공에 주먹을 흔들어대며 말했다. "그거에요. 그거." 그의 피부에서는 화학요법의 금속성 냄새가 나고, 약물투입기에서 윙 하는 소리가 났다. 그렇지만 범인은 슬리퍼였다. 신문에서 고개를 들지 않은 내 눈에 아버지 것처럼 침대 밑에 가지런히 놓인 슬리퍼가 보였다.

며칠간 참았던 눈물이 갑자기 솟구쳐 허둥지둥하는 바람에 침대 옆 유리컵의 물을 쏟고 말았다. "죄송합니다. 죄송합니다."

사과하며 일어나 병실을 나오려는데 그가 내 팔을 잡았다. 나를 당겨 의자에 다시 앉히고는 가만히 안아주었다. 덜거덕거리는 그의 갈비뼈에 얼굴을 묻고 하염없는 눈물을 흘렸다. 몇 초밖에 안 되는 시간일지 모르지만, 그가 간호사가 되고 내가 환자가 되었던 그 시간이 훨씬 길게 느껴졌다.

"다 쏟아내요."

"죄송해요. 프로답지 못했어요. 제가 선생님을 돌봐드려야 하는

데요."

"말도 안 돼요. 우리 모두 서로를 돌봐야지요."

나는 울고, 울고, 또 울면서 팔을 둘러 나를 안고 있는, 암으로 죽어가는 이 환자가 내 아버지이기를 온몸으로 바랐다.

아버지의 장례식에 셰릴이 왔다. 가족 친지들과 떨어진 뒤쪽 자리에, 눈에 띄지 않지만 정중하게 앉아 있었다. 나는 우는 내 아이들을 달래면서 엄마를 부축하고 앞에 서 있지만 멀리서도 그녀의 얼굴에 눈물이 고이는 게 보였다. 동생은 추도문을 읽으면서 셰릴에 대한 고마움을 표현했다. "셰릴은 아버지가 바라던 그대로 품위 있게 고통 없이 돌아가실 수 있게 도와주었습니다. 어머니가 정말 힘들어하셨을 때 아버지를 호스피스 병동에 모실 수 있도록 도와주었어요. 아버지에게 병원에 가면 위스키를 드리겠다고 약속했고, 실제로 약속을 지켰어요. 제가 런던에서 문자를 하면 밤낮 상관없이 언제든지 답을 주었고, 아버지가 임종하실 걸 알고는 쉬는 날인데도 와주었어요. 물론 그녀가 간호사지만 저희에겐 그 이상이었어요. 우리 가족 모두의 간호사였고, 아버지에게는 친구였지요. 우리 아버지를 사랑했고, 아버지도 셰릴을 사랑했어요."

내 차례가 되자 다리가 후들거렸다. 마이크 앞에 서서는 내 앞에 있는 어머니와 관 속에 잠들어 있는 아버지를 떠올리지 않으려고 애썼다. 평소 말을 못하는 편이 아닌데 이날은 정말 무슨 말을 해야 할지 머리가 하얘지는 듯했다. 대신 일전에 아버지가 직접 쓴 글의 한 구절을 읽기로 했다. 셰릴은 아버지에게 유언처럼 자신의 장례식을 상상하며 남겨질 사람들에게 하고 싶은 말을 한번 써 보라고 제안했었다. 어머니의 계획을 도운 것도 셰릴이었다. 어머니가 아버지의 유골을 바다에 뿌리고 싶다고 했을 때 셰릴은 그러려면 아마도 공식적인 허가를 받아야 될 거라고 했다. 그 뒤 어머니가 규제를 신경 쓰지 않는 건장한 어부의 배를 구했다고 넌지시 말하자 셰릴은 "남편분이 좋아할 유형의 사람이네요"라며 웃었다.

아버지의 글을 읽기 시작하는 나의 시선은 어머니가 아닌 셰릴에게 향했다. 목이 메어 어떻게 소리를 내야 할지 모를 때, 그녀의 미세한 고개 끄덕임이 내게 종이를 들고 허리를 펴고 서서 글을 읽을 수 있는 힘을 주었다.

"사랑만이 중요합니다. 여기에 있는 당신과 나 이야기입니다. 아내나 남편, 연인, 아들과 딸, 그리고 세상에서 가장 귀하고 소중한 손주와 나눈 사랑을 생각합니다. 너무나 깊은 나머지 목숨을 바쳐서까지 지키고 싶은 사랑을 말합니다. 너무나 높은 나머지 천국을 엿본 듯하고, 천국의 존재를 믿기에 충분한 사랑입니다. 이미 경험한 분들도 계실 겁니다. 나처럼 운이 좋은 분들이지요. 제가 할 말은 이게 전부입니다. 사랑에 빠지십시오. 결국 중요한 것은 이것밖에 없습니다. 서로 사랑하세요."

11 / 삶의 마지막에서

사회의 진정한 척도는 가장 연약한 존재를
어떻게 대하는가에서 찾을 수 있다.
_마하트마 간디Mahatma Gandhi

죽는다는 게 항상 나쁜 것은 아니다. 노년의 긴 삶을 위협하는 끔찍한 병이 우리의 노후를 기다리고 있을지라도 말이다. 우리는 모두 늙고 병들어 죽는다. 우리를 돌보는 사람들이 친절하고, 이해심이 있으며, 이타적이기를 바랄 뿐이다. 그런데 이런 태도는 배울 수 있는 것일까? 아니면 타고난 천성일까?

인간의 도덕 감정은 종교 이전부터 존재했다는 다윈의 주장 이래 이타심은 과학자, 신학자, 수학자, 진화론자, 정치가 들 사이에 중요한 연구 주제로 부상했지만, 친절함의 기원은 여전히 미스터리다. 다윈 스스로도 "환경에 적응하는 생물만이 살아남는다"는 적자생존의 개념에는 "가장 친절한 자만이 살아남는다"라는 의미도 내포되어 있음을 인정했다. 어떤 문명이 적응하고 생존하려면 그 구성원들이 집단의 대의를 위해 개인을 희생할 수 있는 총체적인 친절함이 있어야 했다. 더 나아가 과학저널리스트인 조지 프라이스George R. Price는 희생이나 도덕의 기준으로서 이타심을 바라보지 않았다. 오히려 그는 이타심이야말로 인류 진화의 핵심인 '이기적 유전자'라는 것을 증명해보였다. 하지만 그는 자기가 발전시킨 이 생각을 감당하지 못했다. 프라이스는 인간이 근본적으로 친절하며 선하다는 믿음 때문에 여생을 사회 정의 실현에 앞장서고 불특정 상대에게 베푸는 소위 '무작위 친절random acts of kindness' 실천에도 가담했지만, 결국 동맥을 그어 스스로 목숨을 끊었다. 그는 이 세상을 이해할 수 없었다.

나도 세상을 조금이라도 이해하려고 몸부림쳤다. 그리고 마침내 아버지의 죽음이라는 가장 힘든 방식으로 간호가 무엇인지 배웠다. 오래전 처음으로 가까이서 간호사를 지켜봤을 때와 같은 진지한 매의 눈으로 셰릴을 지켜보았다. 그리고 이제는 내 차례이다. 친절의 중요성을 진실로 이해하기 위해서는 타인의 입장에 서 봐야 한다. 아버지의 죽음을 겪은 뒤에야 병원의 환자뿐만이 아니라 우리 모두가 얼마나 소중하고 연약하고 무너지기 쉬운 존재인지를 이해하게 되었다. 누구에게나 낯선 이의 친절에 기대야만 할 때가 분명히 온다. 내 아버지가 당신 아버지가 될 수도, 또는 이미 되었는지 모른다는 깨달음이다. 당신과 내가 글래디스나 데릭이 되고, 재스민의 고모가 될 수 있다. 간호는 생각보다 단순하다. 거창한 이론도 필요 없다. 단지 도움이 필요한 사람을 돕는 것이 간호다.

물론 세상사가 다 그렇듯 친절하지 않은 간호사들도 있다. 간호조

무사협회 웹사이트에 등록된 대다수의 간호사 직업윤리 위반 행위는 노인 돌봄과 관련 있다. 발로 차고 주먹으로 때리는 등의 신체적 상해, 묶어두거나 감금시키는 신체 구속 및 윽박지르거나 욕을 하며 모욕감을 주는 정신적 가혹 행위 등이 노인 돌봄의 학대 사례로 보고된 바 있다.

노인 돌봄은 간호의 가장 진정한 모습이다. 나이 든 분들을 보살필 때는 기술이나 의학적 지식이 그리 큰 비중을 차지하지 않는다. 치료 자체가 중요한 문제가 아닐 수도 있다. 존엄, 존중, 다정함, 지원과 보살핌 등 간호의 마음과 태도가 더 중요한 것이다. 그러나 우리는 현재 위기에 봉착해 있다. 영국의 노인 인구는 대응할 수 없을 정도로 급증하고 있으며, 보건부는 앞으로 10년 안에 노인 인구가 20퍼센트 더 증가할 것이라고 예측한다. 고령화 사회가 진행되면서 보건의료 분야의 역량도 한계에 달하고 있다. 더구나 사회복지 예산 삭감으로 인해 의학적 진단은 받지 않았으나 기본적인 돌봄이 필요한 노인들이 갈 곳이 없어졌고, 이런 분들이 일반 병실을 차지하다 보니 의학적 치료가 시급한 환자들을 위한 병상은 줄고 있는 실정이다. NHS는 응급한 치료가 더는 필요 없는 노인 환자의 입원비에 연간 8억 2천만 파운드(약 1조 2,424억 원)를 지불한다. 재원이 부족한 지역사회는 의료 자원 부족에 시달린다. 한편, 병원에 입원한 노인들의 경우도 상황이 좋지만은 않다. 활동량도 적고 세심한 돌봄이 부족하다 보니 입원 기간이 길어질수록 노인 환자들의 체력도 급속히 떨어질 수밖에 없다. 특히 급격한 근력 저하 등이 문제인데, 상황이 이렇다 보니 퇴원은 지연되고 건강은 더욱 나빠진다.

최근 들어 노인 간호의 성격이 많이 변화된 측면이 있다. 삶의 질을 유지하거나 혹은 향상한다는 명목하에 병원은 노인들이 복잡한 수술을 받는 장소가 되었다. '연명치료포기각서' 양식이 노인요양 병동에서 아직 많이 쓰이고 있지만, 말기 암이나 신부전증, 심장질환 환자가 아니라면 65세든 95세든 상관없이 삶의 질 유지를 위해 똑같이 최선을 다하기 때문에 병원은 고령 환자들에게 점점 더 위험하고 복잡한 처치를 실행한다.

인구 고령화에 따른 문화적 변화는 의료시스템 전반에 지대한 영향을 끼쳤다. 노인 간호는 일이 많다. 침대 시트를 한 번 가는 데에도 환자를 부축하거나 들어 의자에 앉혀야 한다. 물론 계속 대화를 하면서. 이 일뿐만 아니라 목욕을 시키고, 대소변을 처리하고, 옷을 갈아입히고, 틀니를 닦아주고, 머리를 빗겨주고, 숟가락이나 컵을 잡아주고, 베개를 바로잡아주고, 손을 잡아주어야 한다. 장기간 입원 후 집으로 돌아간다 하더라도 적절한 돌봄을 받지 못해 상태가 악화되어 다시 병원으로 돌아오는 노인 환자도 많다. 간호사들은 환자 사이를 뛰어다니며 여러 가지 일을 끊임없이 반복한다. 목욕, 투약, 자세 바꿔주기, 시트 갈기, 반려견에게도 주기 싫은 맛없는 병원 밥 먹이기(몰래 집에서 파스타를 만들어 와 환자에게 주는 간호사도 있었다)가 쳇바퀴처럼 돌아간다. 여러 환자를 돌며 약을 먹이거나 주사하는 데는 많은 시간이 필요하다. 프랜시스 보고서 Francis Report*에 따라 정부가 "어르신들을 소중하게 여기며, 그들의 목소리에 귀 기울이며, 연민과 존중, 존경의 마음으로 항상 그들을 대해야 한

* 2013년 영국 정부의 의뢰로 독립적인 위원회에서 보건서비스 실태를 조사하고 문제점과 개선 방향을 제시한 보고서

다"고 발표했음에도 불구하고 가끔은 위태로울 정도로 의료진의 상황이 여의치 않다.

나와 함께 일했던 대부분의 간호사는 친절하고 연민의 마음으로 환자를 세심히 살피는 사람들이었다. 그러나 다른 직업과 마찬가지로 간호사도 힘들 때가 있다. 병원 일과 관계없이 사생활 때문일 수도 있지만 간호 외적, 정치적 요인이 그들을 더 힘들게 할 때가 많다. 간호사가 환자로부터, 병원으로부터, 고용주로부터, 사회로부터, 미디어로부터 과소평가받는 상황에서 어떻게 환자에게 마냥 친절할 수 있겠는가. 더욱이 불안전한 업무 환경에서 고되게 일하는 간호사에게 친절까지 기대하기란 어렵지 않을까. 오랫동안 해결되지 못한 업무 스트레스가 가져오는 번아웃burnout 현상이 심각하게도 간호사 집단에 만연해 있다. 연구에 의하면 번아웃은 정신건강 문제와 관상동맥심장질환을 초래할 수 있다. 또한 간호사는 종종 2차 외상 후 스트레스 장애나 '연민 피로compassion fatigue'의 위험에 쉽게 노출된다. 연민 피로는 1950년대에 간호사들에게서 처음 발견되었는데, 특히 남을 돌봐주는 직업을 가진 사람들이 이러한 증세에 취약하다. 끊임없는 정서적 공감이 오히려 지속적인 스트레스와 불안 등의 정서적 고갈을 가져와 결국 환자에게 필요한 돌봄, 친절, 연민의 능력을 심각하게 저해한다. 한 연구에 따르면 응급실 간호사 중 85퍼센트가 연민 피로를 앓고 있었다. 이는 오랜 시간 서서히 진행되는 우울증의 일종인 번아웃과 다르다. 연민 피로는 외상 스트레스를 겪은 사람들을 돌볼 때 흔히 나타난다. 감염된 환자를 보살피는 간호사가 감염의 위험에 쉽게 노출되는 것처럼 외상 스트레스 환자를 돌보는 간호사들도 환자의 외상 스트레스를 조금씩 들이마신다. 부정적 정서를 돌보면서 스스로 그 감정으로 전이되는 것이다. 아주 적은 정도라도 비극, 비탄, 외로움, 슬픔을 일하는 동안 매일 느끼는 것은 위험하고 지치는 일이다.

물론 나쁜 간호에 대해서는 변명의 여지가 없다. 누구나 그렇듯 나 또한 나쁜 간호사를 만나게 될까 봐 두렵다. 하지만 간호사로 일하는 동안 수없이 많은 간호사를 만났지만 나쁜 간호사라고 여길 만한 사람은 열 손가락 안에 들 정도였다. 압도적으로 많은 수의 간호사가 어떤 상황에서도 친절하고 연민의 마음으로 환자를 잘 보살핀다는 것에 감사할 따름이다. 게다가 다행히도 친절은 전염성이 있다. 하지만 안타깝게도 많은 훌륭한 간호사들의 하루가 고되고 힘들다. 이는 좀더 넓은 맥락에서 고민되어야 할 문제다. 단 두 명의 정식 간호사가 30명의 환자를 보살피는 노인요양 병동도 있다.

일손이 너무 부족해서 간호사들이 온종일 한 번도 쉬지 못한 주도 있다고 병동 간호사가 나중에 알려주었다. 노인요양 병동에서 일하는 어떤 간호사는 자신의 당 수치가 위험할 정도로 떨어질까 봐 주머니에 포도당 알약을 가지고 다닌다고 했다. 그녀는 점심이나 저녁을 먹을 시간이 없었던 날 근무 중 기절한 적이 몇 번 있었다. 또 다른 간호사는 화장실에 가야 할 때 가지 못해서 방광염이 생기기도 했다. 말 그대로 소변 볼 시간도 없는 날이 있다. 그런 날은 시간이 없을 것을 알고 의도적으로 물을 적게 마신다.

세상이 바뀌고 있다. 노인요양 병동의 간호 인력 문제는 우리 사회 저변의 변화와 깊은 연관이 있다. 우리는 철저히 분리된 개인으로 살아가며, 동시에 사회적 가치 또한 변하고 있다. 우리는 젊음은 찬양하지만 서아프리카나 세계 다른 지역처럼 나이 든 사람을 현명한 지역사회의 주요 일원으로 대접하지 않는다. 노인을 짐으로 생각하고 늙어가는 것을 두려워한다. 그럴 만도 하다. 노인 복지를 목적으로 하는 영국 자선단체인 에이지 UKAge UK에 따르면 노년층이 기여하는 경제적 가치는 대략 610억(약 92조)에 달하지만, 90만여 명의 노인들이 여전히 사회복지의 사각지대에 놓여 있다.

그때를 돌이켜보면 내게는 친절함이나 공감 같은 감정이 더는 남아 있지 않은 것 같았다. 지쳐 있었다. 아이들 아빠와 별거 중이었고 집을 팔려고 내놓았고, 매달 월세 내기도 버거울 정도였다. 병원에서 간호사로 일하며 강의도 하고 글도 쓰며 닥치는 대로 일했지만, 현상을 유지하기도 벅찼다. 일부 간호사들처럼 월급날마다 대출금을 갚아야 하거나 무료 음식 재료를 찾아다니지는 않지만, 거의 그 지경까지 와 있는 상태였다. 딸아이가 접착테이프로 신발을 붙이다가 나를 보자 깜짝 놀라며 신발을 뒤로 숨겼다. 내가 신발의 커다란 구멍을 보자 아이는 나를 안아주며 말했다. "괜찮아 엄마. 이렇게 하면 비가 와도 물이 들어오지 않아." 고작 열두 살짜리 아이의 말이다.

나는 실패자고 세상에서 가장 나쁜 엄마라고 느꼈다.

내 아버지가 보고 싶었다.

그제야 간호사란 무엇인지 알 것 같았는데, 전문 간호사로서의 기술과 경험이 막 쌓이기 시작했는데, 내게 얼마나 힘이 남아 있는지 자신이 없었다. 우울하고 소진되었으며 지쳐 있었다. 마치 연민 피로를 앓고 있는 듯 느껴졌다.

노인요양 병실은 가끔 밖에까지 냄새가 난다. 실금하는 환자들이 흔하기 때문에 응급상황에서 인력이 부족할 때는 환자들의 목욕이나 대소변 관리, 품위 유지가 가장 먼저 사라진다. 나는 눈이 따가울 정도로 심한 악취 사이를 뚫고 한 침대에 둘러선 사람들 쪽으로 걸어갔다. 의사가 침대 위에 올라가 환자에게 흉부압박을 시행하고 있는데, 환자가 너무 왜소해서 갈비뼈 부러지는 소리가 들렸다. 눈을 밟을 때 나는 뽀드득 소리다. 여기에 있을 필요가 없는 사람들까지 침대 주변에 몰려 있었다.

대신 나는 깜박이는 여러 호출벨 중 하나에 응답하기 위해, 고통스러워 보이는 환자에게로 갔다. 노인요양 병실 환자들 사이를 걷다 보면 건강한 삶의 교훈을 얻게 된다. 구약성서 〈욥기〉에서는 인간의 생명은 본래 유한하다고 했다. 그렇지만 육체가 멈추어도 우리는 계속 존재한다. 노인요양 병실의 환자들은 모두 당장이라도 땅으로 돌아갈 듯 반쯤 사그라든 모습이다. 어떤 환자는 침대에게 통째로 잡아먹히는 것처럼 보이기도 한다. 내과, 외과, 외래, 종양, 정신과 병동 등 병원 전체에서 나이 많은 환자들을 볼 수 있다. 그러나 노인요양 병동은 아주 고령이면서 믿기 어려울 만큼 노쇠한 환자들이 있는 곳이다. 집에서 넘어졌거나 정신이 몽롱하거나 흉부감염 질환이 반복되는 환자들이 있는 곳이다. 지금 내 양쪽에 있는 네 개의 침대 위에는 매우 연로한 남자 환자가 누워 있다. 여자 환자 구역은 복도 반대편이다.

종잇장처럼 얇은 피부에 눈이 움푹 꺼진 환자가 떨리는 손을 쟁반으로 뻗고 있다. 쟁반 위 치아 자국이 선명한 어른용 플라스틱 빨대 컵이 닿을락 말락 했다. 그는 말을 하지 않았다. 못하는 것일 수도 있다. 머리맡에 있는 커다란 화이트보드에는 그에 대한 정보가 읽기 힘든 필체로 적혀 있다.

환자의 보드에는 초록색 펜으로 "미스터 길더. 알레르기 없음. 면회 시간 오후 3~5시"라고 쓰여 있지만, 이 환자뿐 아니라 이 병동 누구에게도 찾아오는 사람은 거의 없는 것 같다. 나이 든 가족을 보러 오는 이가 없는 것을 보고 외국에서 온 동료들은 매우 놀라 했다. "다른 나라에서는 이렇지 않아요. 아픈 노인들 곁에 아무도 없다니요. 노인 혼자 살면서 낯선 사람이 간병해주는 일은 거의 없어요."

숨을 고르고 환자를 도울 기운을 억지로 냈다. 너무 피곤해서 시린 눈을 겨우 뜰 지경이지만 그냥 지나치지 못했다. 병실 담당 간호사들은 너무 바빠 눈에 띄지 않았고, 구석방 열린 문으로 더러워진 시트들이 밝은 노란색 주머니에 아무렇게나 쌓여 있는 게 보였다. 손목시계를 내려다보았다. 아들과 딸을 데리러 어린이집에 가야 하는데 늦으면 안 됐다. 언제나 그렇듯 어린이집에 제일 늦게까지 남아 창밖을 보며 엄마를 기다리고 있을 아이들이 생각났다. 도착하는 나를 보고 얼굴이 환해지는 모습이. "미안해 얘들아"라고 하면 "걱정 마. 엄마"라고 항상 말하는 아이들이. 불평하는 적이 없어서 더 마음이 아팠다.

그렇지만 침대에 있는 남자, 그의 얼굴과 외로움이 보였다.

사회복지를 공부하며 학비를 벌기 위해 주말에는 공장에서 일하고 밤에는 사마리탄즈Samaritans*의 자원봉사자로 일하던 어머니의 고된 나날이 떠올랐다. 분명히 지쳤을 텐데 어머니는 항상 친절함을 유지했다. 세릴도 생각났다. 그녀가 아버지에게 얼마나 큰 의미였는지, 아버지가 절실하게 필요했던 친절을 베풀기 위해 자기 생활을 제치고 가끔은 쉬는 날까지 얼마나 많이 그의 곁을 지켜주었는지 기억한다.

"안녕하세요. 길더 씨." 인사를 하며 커튼을 당겨 직원들이 뛰어다니고 호출벨이 울리는 병실의 혼돈에서 그를 반쯤 차단했다. 침대 옆, 물을 쏟아 축축해진 의자에 앉아 미지근한 차가 담긴 컵을 그의 앞으로 내밀었다. 그가 손을 격렬하게 떨었다. "도와드릴게요." 나는 한 손으로 길더 씨의 머리를 받치고 컵을 기울여 메마르고 갈라진 입술에 대주었다. 그가 무섭도록 목말랐던 사람처럼 물을 들이켰다. 마지막으로 물을 마신 게 언제였을까 신경을 쓰지 않기로 했다. 꼭 간호사 잘못은 아니다. 오늘은 특히 손이 부족했다. 물이 들어가자 길더 씨 얼굴의 뒤틀림이 잦아들고 손 떨림도 진정되었다. 물을 다 마신 후, 단지 살기 위한 노력만으로도 지친 그가 침대 뒤로 몸을 기댔다. 미소를 짓고 조금이나마 평화로워 보였다.

하지만 몸이 계속 떨렸다. 그의 담요는 자신의 피부만큼이나 얇았다. "제가 담요를 하나 더 갖다 드릴게요. 날씨가 좀 쌀쌀하네요."

잠긴 약장과 개수대, 환자와 주치의 이름이 나열된 화이트보드 옆을 지나갔다. 요즘은 간호사들이 '지난달 낙상 횟수' '지난달 MRSA(항생

* 정서적인 어려움을 겪는 사람들을 돕기 위해 설립된 영국의 자선단체

제 내성세균) 보고 횟수' '욕창 발생 횟수' 등 병원에서 있으면 안 되지만 빈번히 발생하는, 예방할 수 있는 사고 내역을 의무적으로 화이트보드에 적게 되어 있다. 환자용 화장실 옆 침구 보관실에 시트와 베개는 보이지만 담요는 없었다. 책임 간호사가 빠른 걸음으로 지나가며 말했다. "전화해 요청했지만 늦게나 갖다줄 것 같아요. 당장 필요하면 다른 병동에서 빌려와야 해요."

복도를 따라가면 VIP 병동이다. 그곳은 다른 세상이다. 모든 것이 갖춰져 있고 물품이 바닥나는 법이 없다. 우리 팀은 심장마비 대처용 카트에 필요한 것만 갖추고 불필요한 것은 (필요 이상으로 많은 장갑, 사용 금지된 옛날 비인강 튜브, 방전된 배터리, 사용기한이 지난 제세동기 패드 등) 치우도록 감사를 시행한다. 카트에는 저혈당 위험도가 높은 환자를 대비하여 고당분 탄산음료를 포함한 저혈당 대비 키트가 있어야 하지만, 많은 경우 이 음료수가 사라지고 없다. 12시간 근무 뒤의 에너지 고갈을 해결하기 위해 당직 수련의들이 집어간다고 간호사들은 생각한다.

옆 병동과 달리 VIP 병동은 비밀번호가 있어야 출입할 수 있다. NHS 관할 병원들은 이런 고급 병동을 계속 확장하고, 일반 병실이 부족할 때 가끔 환자를 이곳에 입원시킨다. 이는 전체 공공 의료 서비스를 망가뜨리는 처사다. 임상 간호사인 티파니는 "무슨 일이 버젓이 눈앞에서 벌어지는데도 그걸 아무도 모를 때가 있어요. 의료 사유화가 우리 눈앞에서 일어나고 있어요"라고 언급한 적이 있었다.

벨을 누르고 안내원이 밝은 목소리로 문을 열어줄 때까지 기다렸다. 반짝거리는 복도를 따라 보호자 대기실 옆을 지나며 보니, 대부분 명품 바지에 슬리퍼를 신은 중동에서 온 남자들이었다. 물론 중동에 있는 자기 나라에서 서양 의료진들의 치료를 받는 환자도 많다. 많은 간호사가 빚을 갚거나 고향에 집 살 돈을 마련하기 위해 사우디아라비아 등지에서 한두 해 일한다. 세금 없이 더 많은 월급을 받고, 지출되는 비용이 거의 없는 곳에서 살 수 있기 때문이다. 그러나 나는 절대 할 수 없는 일이다. 그곳에서 돌아온 친구는 "여자 간호사라고 남자들이 무시하고, 얕잡아 봐, 의견 같은 건 듣지도 않아. 침을 뱉는 사람도 있지. 업무, 성별, 문화가 복잡한 다른 세계야. 배우는 게 많지만 다 좋지만은 않았어"라고 이야기해주었다.

오만 출신의 의사이자 친구인 모하메드는 중동의 간호와 의료에 대해 다른 시각에서 얘기했다. "변하고 있어요. 여성에 대한 태도도 개선되고 있고, 사람들이 간호사를 존중해요. 월급은 많지만 끔찍하게 덥지요. 난 여기 비 내리는 영국이 좋아요." 그는 다양한 색과 크기의 우산을 수집하며, 병원 안내판 그의 이름 옆에 웃는 얼굴 대신 노란색 우산 사진을 붙여놓았다.

VIP 병동의 환자들은 화장실과 TV가 구비된 개인 병실을 사용한다. 더없이 깨끗하고, 탁자와 편안한 의자가 놓인 공간이 따로 있고, 커다란 거울도 있다. 침대 옆 탁자에는 코셔, 할랄 음식을 포함한 다양한 음식명이 아랍어로 적힌 메뉴판이 놓여 있었다. 메뉴 옆에는 고급 브랜드의 세면도구 세트와 푹신한 슬리퍼가 투명한 포장지에 싸여 있고, 여분의 담요와 부드러운 하얀색 베개 두 개가 침대 위에 마련되어 있었다. 산소통과 흡입기만 아니라면 5성급 호텔과 다름없었다. 나는 옆 병동에 있는, 팔이 닿지 않는 미지근한 플라스틱 물컵을 생각하며 잠시 조용히 창밖을 응시했다. 침구 보관실에는 아무도 없었고, 길더 씨를 위한 담요 두 개를 가만히 옆구리에 끼고 나왔다.

돌아와 보니 병원 미용사가 길더 씨 옆 침대의 환자 머리를 빗기고 있었다. 얼마나 중요한 일인지 생각하며 그들에게 미소를 보냈다. '스킨십 갈망'은 타인과의 신체적 접촉이 결여될 때 노인들이 갖는 욕구불만 같은 것이다. 아무와도 접촉이 없다고 상상해보라. 연구에 의하면 포옹과 같은 긍정적 신체접촉은 성인의 혈압과 맥박 감소에 유의미한 영향을 미친다.

길더 씨는 잠이 들었다. 입을 벌리고 숨을 몰아쉬는 모습이 마치 죽어가는 사람 같지만, 나이 든 사람의 수면은 종종 저렇다.

길더 씨 곁을 떠나 존스 부인이 있는 여성 환자 구역으로 갔다. 존스 부인을 보면 우리 집안 여자들이 생각났다. 특히 곱슬머리에 장난기 가득한 눈빛으로 거침없이 하고 싶은 말을 하는 웨일스 출신의 외할머니와 비슷했다. 우리 집안 여자들처럼 존스 부인은 나이가 많지만 매우 강인한 개성의 소유자였다. 만성 폐색성 폐질환을 앓기 때문에 24시간 산소통을 달고 있어야 하는 그녀는 폐 기능 저하로 움직이지 못해 약해진 근육 때문에 휠체어에 의존했다. 이외에도 심부전과 당뇨 등 수많은 건강 문제가 있지만, 그녀는 여전히 삶을 즐기고 92세 나이임에도 어려운 단어 맞추기 퍼즐을 몇 초 안에 해결했다.

"간호사님, 오늘 저녁 인슐린을 조금 더 놓아줘요." 존스 부인이 웃으며 말했다. "말을 조금 안 들었거든요."

발을 멈추고 그녀의 기록을 살펴보았다. 어젯밤 응급 호출이 있었지만, 심장마비는 없었다. "존스 부인, 또 진을 마셨나요?"

존스 부인은 갑자기 손으로 입을 가리고 키득거렸다. 주름진 얼굴에서 스무 살짜리 소녀가 보였다. "몇 가지 들여온 게 있지요."

환자들은 병원에 온갖 종류의 물건을 몰래 들여온다. 술, 마약, 다른 환자에게 판매할 다단계 물건까지. 더 나쁜 것은 환자와 보호자가 병원 물건을 밖으로 빼돌리는 경우다. 간호사의 핸드백, 약물, 텔레비전, 다른 환자가 몰래 들여온 물건, 2m 높이의 괘종시계를 훔쳐간 사람도 있다. 그 후 새로 갖다 놓은 괘종시계는 체인으로 바닥에 묶여 있다. "훔쳐갈까 봐 공공병원에서 물건을 체인으로 묶어놓은 걸 보는 것보다 슬픈 일은 없어요"라고 말했던 동료도 있었다. 그러나 도둑질은 흔하다. 중환자실에서 사투를 벌이는 아이들을 위해 크리스마스 때 자선단체가 놓고 간 선물이 모두 사라지기도 하고, 잠깐 눈을 붙이고 쉬는 간호사 머리맡에 있던 핸드백이 없어진다. 간호사들은 출근할 때 현금을 가져오지 않도록 조심하고 지갑은 꼭 잠긴 사무실에 보관해 일하는 동안 누군가가 가져가지 않도록 주의한다.

"아뇨, 진보다 더 나쁜 거예요. 아이스크림을 먹었어요."

존스 부인의 말에 나는 눈썹을 치켜떴다. "존스 부인이 간식을 잔뜩 숨겨 놓고 있는 것 같아요. 사탕과 초콜릿을 도대체 어디서 가져오는지 확실히 알 수는 없지만, 다른 환자 침대에 자꾸 올라간다고 알려진 환자가 수상해요"라고 했던 한 간호보조원의 말이 생각났다.

그렇지만 아이스크림? 꽤 놀라운 품목이다. 밀반입품을 들여오는 것 말고도 존스 부인은 다른 환자들을 웃게 만들 수 있었다. 만성 폐색성 폐질환 악화에 따른 통증이 있을 텐데도 그녀는 항상 밝고 활기가 넘쳤다. 그런 그녀가 갑자기 미소를 멈췄다. 한 무리의 사람들이 우리 쪽으로 다가오고 있었다.

로버트슨 박사가 회진을 온 것이다. 간호사도 그렇지만 때로는 친절하지 않은 의사도 있다. 로버트슨 박사는 간호사나 환자 모두가 싫어하는 의사였다. 고압적인 데다가 가까이에 있는 사람에게 그가 누구든 항상 명령조로 말을 했다. 한번은 지나가던 미화원에게 환자의 혈압을 물었다! 미화원이 그걸 내가 어떻게 아느냐며 자기는 커피를 타러 가는 길이라고 했더니 "그래도 좀 알아 와요! 아니면 아는 사람을 찾아보든가"라고 소리를 질렀다. 내가 함께 일한 사람 중 환자에게 최악의 태도를 보이는 사람이었다. 물건을 집어 던지는 외과 의사나 웃으며 비보를 전하는 의사를 포함하더라도 말이다. 물론 같이 일한 대부분의 의사가 친절하고 실력이 뛰어났다.

가끔 별난 구석이 있는 의사도 있었지만, 로버트슨 박사는 그냥 괴짜가 아니라 아주 고약한 사람이었다. 우리는 그에게 복수하고 싶은 마음에 어떻게 하면 그를 짜증나게 할까를 오랫동안 고민하기도 했다. 그러나 환자들을 존중하지 않고 불친절한 사람이 로버트슨 박사만이 아니다.

"존스 부인은 92세로 광범위한 만성 질환과 만성 폐색성 폐질환을 앓고 있어요. 환자를 살펴본 뒤 어떤 문제들인지 여러분들이 말해보세요.” 로버트슨 박사는 자신을 둘러싼 의대생들에게 이렇게 말하면서 존스 부인에게는 단 한 번도 눈길을 주지 않았다.

회진 간호사인 제인이 얼굴을 찌푸리며 말했다. “존스 부인, 저희가 진찰을 좀 할게요. 똑바로 앉아주실래요?”

나는 눈을 질끈 감았다. 존스 부인이 휙 돌아눕지 않는 게 이상했다. 눈을 떠보니 부인이 웃으며 되물었다. “뭐라고?”

“로버트슨 박사세요. 존스 부인을 살펴보신다고 해요.” 제인이 고래고래 소리를 지르며 말했다. 존스 부인은 두 손을 둥글게 접어 귀에 갖다 댔다. 제인이 존슨 부인 가까이로 몸을 숙이자 뒤에 서 있는 의대생들도 제인과 끈으로 연결된 듯 제인을 따라 몸을 기울였다. “의사 선생님들이 살펴볼 거예요. 낫게 해드리려고요!”

사무실에 있던 간호보조원이 뛰어올 만큼 시끄럽게 제인이 몇 분 동안 소리를 지르자 옆 침대의 환자가 혀를 차더니 같이 외치기 시작했다. “눕지 말라고! 일어나라고!”

존스 부인이 귀에서 손을 떼고 이렇게 말했다. “아휴, 시끄러워. 나 귀 안 먹었거든. 그리고 나를 고칠 수 없을걸. 난 바보가 아냐.”

제인 얼굴이 벌게지고 회진 일행이 일시에 우르르 멀어졌다. 불행한 일이지만, 잘난 체하고 매정하며 환자를 무시하고 때로는 잔인하게 구는 간호사를 한두 번 목격한 게 아니다. 솔직히 내 애완 햄스터조차 맡길 수 없는 간호사도 있다. 환자들을 마구 대하며, 뭔가를 요청하면 씩씩거리고, 호출벨이 울리는데도 간호사 데스크에 앉아 잡지를 뒤적이는 간호사들도 있다. 결과적으로 환자들이 고생한다. 병이 악화되기도 하고, 적어도 빨리 회복되지 못한다. 나이팅게일은 "환자가 감기에 걸리거나 열이 있거나 정신이 희미하거나 체하거나 욕창이 생긴다면, 이는 병의 문제가 아니라 간호의 문제다"라고 지적했다.

세상이 실제로 더 나빠진 것인지, 의사와 간호사가 환자에게 불친절해진 것인지, 아니면 과거의 간호를 장밋빛 안경으로 보는 것인지 잘 모르겠다. 우리 사회가 집단으로 '연민 피로'에 걸린 것인지도 모른다. '히래스hiraeth'는 향수병 또는 절대로 돌아갈 수 없는 것에 대한 갈망을 뜻하는 웨일스 방언이다. 나는 우리가 친절로 돌아갈 수 있기를 바란다. 그것이 존재한다면 말이다. 만약 돌아갈 수 없다면 우리 모두 존스 부인처럼 되기를 희망한다. 빛이 사그라지지 않도록 강렬하게 저항하자.

12
/
두 번의 죽음

분명히 다른 삶이 있을 거야, 지금 여기에……

이 삶은 너무 짧고 너무 부서졌어.

우리는 아무것도 몰라, 심지어 자신에 대해서도.

_버지니아 울프Virginia Woolf

간호학 이론가로 많은 저서를 남긴 힐데가르드 페플라우는 간호사와 환자의 관계가 돌봄의 핵심이라 강조하며, 이 관계의 마지막 단계를 해결과 종료로 규정했다. 간호사와 환자의 관계는 환자가 퇴원하거나 사망에 이를 때 종료된다. 페플라우에 따르면 "사회에서의 인간관계와 다르게 간호사-환자 관계의 주요 측면 중 하나는 이 관계가 일시적이라는 점이다". 하지만 페플라우는 틀렸다. 병원 근무와 함께 간호가 끝나지 않는다. 심지어 사망 후에도 멈추지 않는다.

작고 하얀 관, 또 다른 아기의 장례식이었다. 나와 동료들이 소아중환자실에서 6개월 넘게 돌봤던 아기다. 폐가 정상적으로 발달하지 못한 상태에서 일찍 세상에 나온 아기 사무엘은 호흡보조 장치의 도움을 너무 많이 받은 탓에 만성 폐질환을 앓았다. 폐가 굳어 산소 공급이 어렵고 걸핏하면 생명유지 장치를 연결할 만큼 감염에 취약한 상태였다. 겨울마다 소아중환자실은 사무엘 같은 조산아로 꽉 찬다. 그중에는 임신 23, 24주에 태어나 생존은 했으나 정상적인 발달을 기대하기 어려운 아기들도 있다. 간호사들은 불확실한 발달이 초래할 위험한 미래를 알고 있다. 조산에 수반되는 셀 수없이 많은 어려움을 겪은 가족들이 일 년 뒤에도 여전히 소아중환자실에서 사투를 벌이고 있는, 이제는 사랑이 더욱 깊어진 아기를 지키는 경우도 많다.

사무엘 엄마의 얼굴은 고통으로 일그러져 있었고, 시선을 옮기지만 아무것도 보지 못했다. 장례식에는 많은 친지들이 슬픔에 잠겨 눈물진 모습으로 참석했다. 애도하는 이들로 메워진 교회 안을 둘러보았다. 우리는 모두 사무엘을 사랑했다. 나까지 여섯 명의 간호사가 참석했으며, 그중 세 명은 야간 근무 후에 두 시간을 달려왔으니까 지금까지 21시간을 깨어 있는 셈이었다.

우리 중에서는 주니어 간호사인 조가 사무엘을 가장 많이 돌보았다. 사무엘이 원내 감염으로 인해 다른 환자들과 격리되어 치료를 받아야 했기 때문에 조는 사무엘과 마지막 몇 달을 격리실에서 함께 보냈다. 하루에 12시간 반을 사무엘과 그의 엄마 곁을 지켰고, 엄마가 근처 숙소로 자러 간 밤이면 혼자 12시간 반을 지켰다. 조에게 휴식 시간을 주기 위해 또는 치료약을 확인하기 위해 잠깐 들어가보면, 그녀는 사무엘에게 노래를 부르거나 손을 잡거나 머리를 쓰다듬어주고 있었다. 아기의 눈동자는 방 안에서 조의 움직임을 따라다니고, 분명히 통증이 있을 텐데 조를 보고는 진심으로 웃었다. 조는 주머니에 비눗방울액을 가지고 와서 사무엘이 신나서 다리를 찰 때까지 그의 머리 위에 조심스럽게 거품을 불고 하나씩 터뜨렸다. 의사가 조의 엄마에게 안 좋은 소식을 전할 때도 조는 그 자리에 있었고, 근무 시간이 끝난 뒤에도 한참을 머물며 의사가 한 말을 엄마가 알아듣기 쉽게 다시 설명해주었다. 사무엘이 세상을 떠날 때가 되자 조는 아기의 손에 물감을 적셔 카드에 손도장을 찍고, 아기의 머리카락을 조금 잘라 엄마에게 주었다.

누군가에게 자신을 그만큼 바치는 건 위험하다. 자신이 손상되지 않고 삼킬 수 있는 슬픔의 양은 한정되어 있다. 간호사들이 느끼는 감정, 그들이 마주하고 수행하는 일들의 무게가 자신의 삶에 어떻게 영향을 미치는지에 대한 임상적 관리가 너무 부족하다. 하지만 좋은 간호사는 위험을 무릅쓰고 자신을 해하면서까지 타인을 돕는다. 장례식이 진행되는 동안 조는 몸을 숙여 엎드려 있었다. 식순이 끝난 뒤 사무엘 엄마가 조에게 다가가 교회 중앙에서 서로 손을 맞잡고 서 있는 동안, 공기를 꽉 채운 슬픔이 그들 옆에 있는 작고 하얀 관을 구름처럼 덮었다.

간호사 및 조산사의 직업행동강령 20조 6항은 다음과 같다.

> "자신이 현재와 과거에 돌본 사람들과 그 가족들과는 항상 직업적인 거리를 유지하고 객관성을 지킨다."

그러나 좋은 간호에는 객관성이 없다. 조는 뛰어난 간호사다. 간호가 사랑이라는 것을 이해하기 때문이다. 환자가 죽은 뒤에도…….

*

고인이 받는 '마지막 돌봄'은 간호사의 몫이다. 시신을 수습하는 일은 타인을 위해 할 수 있는 가장 사적인 일이다. 우리가 죽음을 다루는 방식처럼, 이 일은 보통 드러나지 않는 과정이며 학교에서 배울 수 있는 일도 아니다.

내가 처음 시신을 본 건 일반 병원에서다. 수련생으로 현장 실습 중일 때였다. 그곳의 간호사들은 액세서리를 치렁치렁 걸치고서는 헤어스타일도 요란한 골초들이었다. 반면, 이 병동에는 당뇨병과 치매, 심부전과 폐질환, 다리 궤양과 골반 골절 등 온갖 질병의 환자가 입원해 있었다. 식사, 식음, 대소변 가리기 등에 도움이 필요한 환자들이었다. 업무는 반복의 연속이다. 환자 목욕 시간은 시급하게 씻을 필요가 있는 환자부터가 아니라 침대 번호순대로 돌아갔다. 순서가 돌아오면 환자가 자고 있더라도 깨워서 대소변을 보게 하고 목욕을 시킨다.

모든 일이 조금씩 늦어지고 있던 어느 날이었다. 침대에 기대어 앉은 환자의 표정이 웬일인지 행복해 보였다. 아마 휠체어를 타거나 병동 복도를 걸어 억지로 목욕하러 가지 않아도 되기 때문인지도 몰랐다.

임종실에 들어가니 간호사 둘이서 사망한 환자의 관절을 마사지하고 있었다. 내가 옆에 놓인 카트를 살짝 밀자 땡그랑 용기 부딪치는 소리가 났지만, 눈앞의 광경에 나는 할 말을 잃고 멍하니 서 있었다. 켈리가 쳐다보며 "아, 걱정하지 마. 행복하게 살다가 편안하게 가셨어요. 마지막에 가족들도 모두 왔었고."

"죄송해요. 시신은 처음이라……." 나는 뒷걸음질치며 말했다. 왠지 예의를 갖추고 경건해야 할 것 같아 매 걸음 인사하듯 고개를 숙이며 천천히 뒤로 물러섰다. 환자가 죽은 게 확실한데도 간호사들은 마치 살아 있는 사람 대하듯 손과 손목을 마사지했다. 잿빛 피부에 입이 벌어진 그는 더는 사람처럼 보이지 않았다.

"카트는 밖에 두고, 이리 와서 좀 도와줘요." 켈리의 말에 나는 싫다고 하고 싶었다. 뭐라도 핑계를 만들어 차갑게 식어버린 사람과 대면하는 일은 피하고 싶었다. 그러나 강인해져야 했다.

밖에 카트를 두고 깊은숨을 들이쉬고 앞치마를 두른 뒤 다시 방으로 들어갔다. 켈리가 지시했다. "팔꿈치부터 시작해요. 벌써 사후 경직이 되었지만, 마사지해서 풀 수 있어요."

토할 것 같았지만 침을 꿀꺽 삼켰다. 앞에 누워 있는 남자를 사람으로 생각하지 않으려 애썼다. 그렇게 생각해야 조금이라도 버틸 수 있었다. 거무튀튀하게 변한 시신의 팔꿈치가 뻣뻣해지지 않도록 조심스럽게 주물렀다. 그냥 그 팔꿈치만 생각하려고 노력했다. 침대 옆에 있는 그의 자식, 손주, 또는 증손주일 수 있는 사람들의 사진을 보지 않으려 애썼다.

켈리가 왜 굳어가는 시신을 마사지하고 베개로 팔을 받치는지 설명했다. "피부 변색과 시반屍斑*을 피하려는 거예요. 시반을 보면 가족들이 놀라거든요. 그런 뒤 입을 닫고 턱을 쿠션으로 지지한 뒤 시신을 닦아요. 정결하게 된 시신에 이름표를 붙이고 시트로 구석구석 몸을 싸

* 사람이 죽은 후 피부에 생기는 반점

요. 여름에는 특히 중요해요. 콧구멍이나 입으로 파리가 들어가면 눈 깜짝할 사이에 구더기가 생기니까요. 가족에게 이보다 더 끔찍한 건 없어요."

"시트가 아니라 염포殮布*라고 해요." 임신 중인 다른 간호사가 웅얼거리듯 말했다. 나는 '시반'이 뭔지 물어볼 엄두를 내지 못하고, 우리가 죽은 후 파리가 몸속으로 기어 들어오고 구더기가 들끓는 장면, 참혹한 인간 종말의 이미지를 머릿속에서 없애려고 노력했다.

그날 오후 4시쯤 점심시간에 바람을 쐬러 나가 벤치에 앉았다.

"무슨 생각하세요?" 옆에 앉은 남자가 물었다.

"인생과 운명이요"라고 답하자 그가 웃으며 말했다. "심각한 얘기네요." 그가 얼굴을 들어 태양을 보며 눈을 감았다. "날씨 좋은데요."

주니어 간호사 사비와 함께 할아버지 집 연못에서 익사한 여덟 살짜리 여자아이의 시신을 수습했다. 블라인드로 병실 창문을 최대한 가리려고 했지만 그래도 들어오는 햇빛을 막을 순 없었다. 겨자색 햇살이 실내를 환하게 비추었고, 병실 한가운데 침대 위에 프레야가 누워 있었다. 아이가 눈을 반쯤 뜬 채 베개에 머리를 받치고 얌전히 누워 있었다. 눈을 감겨주려고 손가락으로 부드럽게 쓸어주는데, 마치 악몽에서 깨듯 번쩍 다시 눈을 떴다. 부모님과 할아버지 할머니, 그리고 열 살, 열두 살인 오빠들은 이 마지막 의례를 보지 않겠다고 결정했다. 병동 입구 근처

* 염습할 때 시신을 묶는 천

의 가족실에서 대기 중인 그 가족을, 그들이 서로 하지 못하는 말들, 특히 조부모님이 어떤 기분일지를 생각하지 않으려 애썼다. 모든 죽음이 비극이지만 프레야의 죽음은 잔인했다.

프레야에게는 카테터, 기관내관, 중심정맥압 라인, 두 개의 말초 캐뉼라, 뼈에 꽂혀 있는 골내 바늘, 흉부 배출관, 비강 튜브 등이 여전히 달려 있었다. "이걸 모두 빼면 안 돼요. 다 집어넣고 막거나 잘 싸야 해요. 물론 가족들은 속상하지요." 나는 사비에게 일러주며 기관내관을 잘라 끝부분을 프레야의 입안으로 넣고 주위를 정리해 어색해 보이지 않도록 했다. 방 안 가득하던 기계들을 치웠기 때문에 침대 주변에 공간이 많은데도, 사비는 내 뒤에 바싹 붙어 섰다. "죽은 사람을 처음 봐요." 그녀가 말했다.

나는 깊게 숨을 들이마셨다. 항상 잊게 된다. 나이가 들었고 이 일을 오래 해왔기에 젊은 시절의 감성에서 멀어졌다. 지금도 그때만큼 내 감정이 살아 있을까. 환자가 사망하면 가족을 제외하고도 그 죽음에 큰 충격을 받는 사람이 병원에는 꼭 있다. 의사, 간호사, 매일 음식과 물을 갖다주며 몇 마디씩 대화를 나누던 배식 담당자, 환자가 메뉴를 읽도록 도와주던 간호보조원, 병동에 오는 미용사, 약물 도표를 확인하러 와서 얘기를 나누던 약제실 보조원이 그들이다. 그중에서도 주니어 간호사들이 대개 가장 큰 충격을 받는다. 시니어 간호사들은 스스로를 지키기 위해 얼음 심장이 되는 법을 나름대로 찾았다. 그러나 그렇게 무뎌지는 데 몇 년이 걸린다. 내 경우에도 이제까지 몇 구의 시신을 봤는지 정확히 알 수 없지만, 충분히 많은 환자의 사망을 목도했다. 간호사들은 삶과 죽음의 경계를 오가는 환자들과 긴 시간을 함께 보낸다. 또한 조금 전 세상을 떠나 영안실로 옮겨지기 직전 상태인 환자들, 폐에 공기가 남아 있고 병실에 잠옷 냄새와 목소리 같은 그들의 미세한 입자가 빛줄기 속 먼지처럼 떠다니는 환자들과 보내는 시간도 많다.

"때로는 큰소리로 말을 계속하는 게 도움이 돼요. 아이가 아직 살아 있는 것처럼." 내가 말하자 사비가 내 뒤에서 앞으로 나왔다. "저 가족이 안 됐어요."

나는 팔을 뻗어 사비를 조용히 안아주었다. "울어도 돼요. 어쩌면 그게 더 나을지 몰라요. 가족들에게 사비가 진심으로 슬퍼한다는 것을 보여주는 거니까요." 나도 울어보려 했으나 내 눈물은 너무 깊이 박혀 있었다. '울어! 울란 말이야!' 바짝 마른 내 눈에게 속으로 소리쳤다.

"우리나라에서는 울 수 있는 기간이 정해져 있어요. 힌두교에서는 13일 동안만 애도를 해야 한다고 믿어요. 시신을 염하는 것도 가족이 하고요. 간호사가 아니라."

"여기서도 가끔 그래요. 항상은 아니고요. 가족에게 묻고 필요한 도움을 주는 게 가장 좋아요. 충격이 너무 커서 제대로 서 있지 못하는 부모들도 있거든요." 프레야를 바라보았다. 온갖 의료 장비로 뒤덮인 프레야의 몸은 붓고, 멍들고, 잿빛으로 변색되어 있었다. "자, 일합시다"라고 사비에게 말한 뒤 프레야에게 말을 걸었다. "아가, 우리가 좀 씻겨줄게."

많은 동료들이 그렇듯 나도 죽은 이들에게 말을 건넨다. 그러면 환자들이 덜 시체처럼 보이고, 너무 비탄에 잠기거나 스스로의 죽음에 대해 깊게 생각하지 않고 그저 할 일을 할 수 있다. 죽은 사람에게 말을 하면 그들이 살아 있는 것 같다. 경험해보면 알겠지만, 사람이 죽은 뒤 방 안에는 기운 같은 것이 감돈다. 격한 논쟁 후처럼 공기에 뭔가가 떠도는 듯한 느낌이다. 내가 아는 대부분의 간호사는 현실적이고 실용적이어서 시체는 그저 시체일 뿐이라고 믿는다. 우리 모두는 그저 공기 중 춤추는 먼지일 뿐이다. 물론 모든 간호사가 자신만 아는 귀신 이야기 하나쯤은 갖고 있지만서도…….

"물을 채워오면 내가 시작할게요."

사비가 대야를 미지근한 물로 채웠다.

"뜨거운 물로 가져와요. 그러면 부모님이 들어왔을 때 프레야가 너무 차갑지 않을 거예요."

사비가 코를 훌쩍이며 고개를 돌렸다.

"천천히 해요." 한마디 덧붙이는 내 얼굴이 너무 메말라 가려울 지경이었다.

플라스틱 쟁반을 알코올로 닦았다. 프레야가 감염될 것을 걱정할 필요가 없는데 그저 내 버릇일 뿐이었다. 하지만 이런 버릇이 모든 것을 정상처럼 느끼게, 내가 살아 있는 아이의 중심정맥압 라인을 만지고 있는 것처럼 생각하게 했다. 출혈은 없지만 여러 관들의 끝에는 조직에서 흘러나온 체액이 묻어 있었다. 거즈로 닦을 수 있을 만큼 닦고 새 반창고로 튜브를 그녀의 피부에 고정했다. 팔 아래 시반이 생기기 시작했다. 반점들을 천천히 문질러 부모님이 오셨을 때 조금 더 정상으로 보일 수 있게 준비했다. 이제는 시반이 뭔지 안다. 너무 잘 안다. '사후혈액침하'

와 같은 거창한 단어가 더는 낯설지 않다.

사비가 프레야의 피부를 씻기기 시작했다. 천천히 조심스럽게 움직이며 나지막이 콧노래를 불렀다. 머리부터 발끝까지 프레야를 씻긴 후 사비는 아이의 가슴에 손을 얹고 기도를 했다. "우리를 거짓에서 진실로, 암흑에서 광명으로 인도하소서."

마침내 프레야의 눈이 감긴 채로 그대로 있자 내가 그녀에게 말해주었다. "훨씬 보기 좋아." 사비가 발라준 베이비로션 덕분에 프레야의 피부는 반짝거렸다. 마저 잠옷도 입혔다. 죽은 것보다 자고 있는 듯 보였다. "마지막으로 할 일!"이라고 말한 뒤 나는 침대 옆 서랍에서 프레야의 분홍색 공룡 칫솔을 꺼냈다. 그러고는 풍선껌 향기가 나는 치약을 완두콩 크기로 바른 뒤 그녀의 작고 네모진 하얀 치아를 풍선껌 냄새만 남을 때까지 열심히 닦았다.

NHS 병원에서 일하는 사람들은 그곳에 있는 환자들을 그대로 반영한다. 간호사, 의사, 환자 이송기사, 간호보조원, 배식 담당자, 미화원과 의료기기 기사까지 모두 전 세계 곳곳 출신으로 다양한 인종, 문화, 종교를 갖고 있다. 같이 일한 간호사 중에는 무신론자, 불교신자, 개신교도, 가톨릭교도, 이슬람교도, 시크교도, 수녀인 간호사가 있고, 들어본 적 없는 종교를 믿는 간호사도 있었다. "수정crystal의 치유력과 천사를 믿어요"라고 얘기한 간호사 동료도 있고, "보드카가 내 종교지"라고 말하는 사람도 있다. 자신이 무엇을 믿든지, 그 믿음이 얼마나 깊은지, 믿음을 얼마나 실천하는지에 상관없이 환자가 죽으면 간호사의 믿음이 중요해진다.

초기 기독교 시대부터 기독교는 병든 자를 돌보라고 가르쳐왔다. 그러나 그 이전부터 많은 문화권에서 종교의 교리를 기반으로 봉사에 헌신하는 간호사들이 있었다. 지금은 많은 간호사가 종교가 없거나 다양한 믿음과 영적 배경을 지니고 있지만, 어쨌거나 서로 다른 믿음을 존중할 의무가 있다. 최고의 간호사는 모든 환자를 사랑하는 사람이나 가족처럼 대한다. 죽어가는 사람을 돌보는 일은 간호의 가장 창조적인 모습이다. 종교의 언어는 우리가 이해할 수 없는 것들을 표현해주는 수단이기도 하다. 의식 절차는 종교마다 다를지 모르지만, 우리가 공유하는 인간 본질의 특성을 존중하는 행위다. 표현 방식이 어떻든 상관없이 간호사는 환자의 영성을 소중히 여겨야 하고, 때로는 간호사 본인의 신념을 어떤 식으로든 드러내서는 안 된다. 예를 들어, 환자 앞에서 기도를 했다고 병원으로부터 제재를 받은 간호사들도 있다. 환자의 요구가 특별히 없는 한 자신의 종교를 권하지 않으면서 돌봄을 제공할 의무가 있기 때문이다. 그렇지만 같이 일한 간호사 중에는 신에 대한 믿음을 도저히 숨기지 못하는 이들도 있었다. 그들에게는 자기가 누구이고 왜 이 일을 하는지에 대한 질문의 답이 신앙에 있기 때문이다.

다른 간호사들처럼 나도 종교의 실용적 지식을 배웠다. 가령 종교마다 조금씩 다른, 질병, 고통, 죽음과 관련된 믿음 같은 것 말이다. 죽을 때 자신의 얼굴을 메카가 있는 오른쪽으로 돌려달라는 무슬림 환자를 통해 이슬람교를 배운다. 계속해 찾아오는 가족과 친구들, 고통 중에서도 그들을 보고 기뻐하는 환자의 모습에서 돌봄의 의미를 배운다. 의사의 말보다 신의 뜻을 더 믿는 가족도 있지만, 종교에 상관없이 치료 중단에 대한 논의가 세상에서 가장 어려운 대화라는 걸 깨닫는다.

여호와의 증인에 대한 경험은 특별히 힘들었다. 과다 출혈로 응급실로 급히 실려온 젊은 엄마가 수혈을 거부하는데, 우리는 자신의 신앙 때문에 그녀가 죽는 걸 그냥 지켜봐야 했다. 간호사가 환자의 종교적 신념을 존중한다는 건 때에 따라 환자의 사망을 뜻하기도 한다. 돌봄이 개인의 전체성을 온전히 지켜주는 방향에서 총체적으로 접근되고 있고 또 그래야만 하지만, 환자의 정신을 보살피는 일이 때로는 육체의 죽음을 뜻하기도 한다.

딸이 5개월이 되자 나는 소아중환자실로 복귀했다. 내가 아침 6시 30분에 출근해야 했기에 남편이 유아원이 시작하는 8시에 아이를 데려다 주고 저녁 6시에 내가 데리고 왔다. 어린 딸을 떼어놓아야 하는 죄책감 때문에 밤마다 잠을 이루지 못했지만, 엄마라는 이름이 나를 다른 간호사로 만들었다. 환자와 보호자에게 큰 차이를 줄 수 있는 사소한 일들이 눈에 띄기 시작했다. 평소에도 유족대응 전문 간호사의 존재를 소중하게 생각했지만, 갑자기 그녀가 없어서는 안 될 인물로 느껴지면서 말로 형언할 없는 존경심이 들기 시작했다. 돌봐야 할 자신의 아이도 있음에도 낮에는 자식을 잃어가거나 이미 잃은 부모를 도왔다. 또한 자신의 감정을 주체 못하는 사비와 같은 주니어 간호사부터 마음을 닫고 있는 의사까지 의료진들도 챙겼다. 그녀는 완벽한 통역사였다. “의사 선생님 말씀은 우리가 사라를 위해 해줄 일이 더는 없다는 겁니다. 아이의 육체를 살릴 수 없다는 의미예요. 선생님은 최선을 다하셨어요. 우리 모두요. 그래도 사라와 부모님을 위해 우리가 할 수 있는 일이 아직 있어요. 제가 여기 함께 있을 테니 우리 앞으로 며칠 동안 마지막 추억을 만들어요. 사라가 더는 고통스럽지 않고 편안하게요. 아이를 안아주세요. 그리고 세상을 떠날 때, 그 후에도 옆에 같이 있어 주세요. 저도 있을게요. 부모님과 함께할게요."

영안실은 결국 우리 모두가 한 번은 머물 곳이면서도 우리 머릿속에 잘 그려지지 않는 곳이다. 내가 처음 영안실에 갔을 때를 떠올려보면 이렇다. 일단 숨을 고르고 나서 첫 번째 출입문을 통과했다. 연이어 또 다른 문을 열고 들어가니 줄지어 올려진 하얀 냉장고가 시야를 채웠다. 하얀 형광등, 하얀 냉장고, 하얀 벽 때문에 모든 것이 냉혹하고 비현실적으로 느껴졌다. 너무 삭막했다. 자연스러운 것과 정반대였다. 그렇다고 병원에서 흔히 맡을 수 있는 냄새, 가령 소독약, 손 소독제, 피, 땀, 소변, 재스민, 애프터셰이브 로션, 라벤더 향 핸드크림, 박하사탕, 감지 않은 머리에서 나는 담배 냄새도 전혀 없었다.

영안실은 아무 냄새도 나지 않는다. 이 세상에서 가장 무섭지 않은 곳이다. 귀신이 존재한다면 영안실에 있지는 않을 것이다. 그곳에는 말 그대로 생명이 없다. 무無다. "우리는 한때 여기 있었고, 가버리는 거죠." 제일 처음 영안실을 방문했을 때 기사가 무심하게 어깨를 으쓱이며 말했었다.

환자가 영안실에 도착한 후 과정은 병원마다 다르지만, 대략 다음과 같다. 이송기사가 시신을 사체보관용 카트에 올린 뒤 이름표를 붙이고 서류를 작성한다. 그런 다음 사체보관용 냉장고에 시신을 넣고 문을 닫는데, 비만인 사체를 위해서는 사체를 들어 올릴 필요가 없는 창고 형식의 특별한 냉장고가 있다. 아기를 위한 작은 냉장 구역도 있으며, 보통 간호사나 조산사가 아기를 그곳으로 데리고 간다. 24주 이전의 태아가 죽으면 그들의 사체는 '사망'으로 기록되지 않는다. 사망진단서도 없는데 어떻게 애도를 표할 수 있는가?

나는 더는 이런 것들에 예민하게 반응하지 않는다. 삶과 죽음, 그리고 그 사이에 있는 모든 것에 익숙하다. 그렇지만 냉장고에서 나온 사체의 차가운 감촉은 묘사하기도, 잊기도 힘들다. 살았을 때와 마찬가지로 죽은 후에도 단계가 있다. 가족들과의 마지막 작별을 위해, 장례를 치르기 위해, 또는 가끔 부검을 하기 위해 냉장고에서 꺼낸 시신은 그 몸 안에서 살았던 사람과 닮지 않았다. 얼굴이 변하고, 피부색이 변하며, 몸은 작아지고 매끈매끈해진다.

영안실은 두려움 없는 사랑을 가까이에서 목격하는 곳이기도 하다. NHS의 간호사로 일하면서 생활비 걱정으로 끔찍한 한 주를 보낸 적이 있었다. 밀린 공과금 고지서, 수리비 때문에 고치지 못하고 있는 고장 난 자동차에 아이들은 심한 감기로 목이 아프다고 칭얼거렸다. 해열제와 진통제를 잔뜩 먹인 아이들을 유치원과 학교에 보내고는, 아이들을 지금 와서 데려가라는 전화가 올까 봐 노심초사했다. 바쁜 근무 중인 간호사로서 불가능한 일이었다. 근무 시간이 반쯤 지났을 때, 아이를 떠나보낸 어머니를 영안실로 모시고 갔다. 영안실 문 앞에서부터 온몸을 떨던 그녀를 기억한다. 재커리는 부드러운 담요에 쌓여 작은 관 안에 누워 있었다. 내가 얼마나 이기적이고 내 걱정이 얼마나 보잘것없다고 느꼈는지 생각난다. 방은 비좁았다. 엄마는 아들 위로 몸을 숙여 내겐 들리지 않는 소리로 뭔가를 속삭였다. 매우 사적인 시간임을 알기에 나는 되도록 멀찍이 떨어져 서 있었다. 그런데 몇 발자국 뒤로 오더니 그녀가 내 손을 잡아 그녀 옆으로 잡아당겼다. 그녀는 울지 않았다. 그저 아들을 바라보고 엄지손가락으로 아이 얼굴의 윤곽을 훑었다. 재커리는 더 작아 보이고, 따뜻했던 짙은 피부는 칙칙하게 변했다. 지난 몇 달 동안 간호했기에 나도 아이를 잘 알고 있었고, 마지막 며칠은 죽음의 순간을 함께 준비했다. 유족대응 간호사와 함께 아이의 머리카락을 한 줌 잘라 보관하고, 발바닥을 금색 물감으로 칠한 뒤 발도장을 찍었다. 엄마와 함께 사진도 찍어주고 24시간 아이가 좋아하는 노래를 틀어주었다.

"아들, 이제 평온해 보이네. 아프지 않고. 이제 수술 안 해도 되고, 병원에 안 와도 돼." 그녀는 담요를 걷어내고 손으로 아이의 몸, 배, 무릎, 발을 쓰다듬으며 옆에서 흐느끼는 나에게 물었다. "간호사님도 아이가 있나요? 한 번도 물어본 적이 없네요."

나는 소리 내어 울지 않으려 노력하며 고개를 끄덕였다. 고개를 숙이고 아직 금빛이 묻어 있는 아들의 발바닥을 긴 시간 동안 만지며 그녀가 중얼거렸다.

"그럼 우리 둘 모두 축복 받은 거예요."

13 / 아기 몸의 온기

어떤 일을 하겠다고 굳게 결심한 사람의 능력을

절대로 과소평가하지 마세요.

_에드나 아단 이스마일Edna Adan Ismail

간호사로서 마지막 출근날이다. 병원을 향해 다리를 건너며 초록색에서 파랑색, 회색으로 변하는 강물을 주시한다. 색의 변화를 따라간다. 이제 나는 마흔두 살이고 더는 조개껍데기를 귀에 대고 듣는 깡마른 소녀가 아니다. 간호사란 업이 나를 열심히 귀 기울이는 사람으로 만들었고, 그런 나는 마침내 아무것도 듣지 않으면서 동시에 모든 것을 들을 수 있게 되었다. 삐죽빼죽한 내 그림자가 여전히 춤을 준다.

시간을 천천히 흐르게 하여 간호사로서의 마지막 날을, 모든 순간을 음미하고 싶었다. 하지만 병원에 도착하자마자 응급 호출기가 울렸다. 달려가보니 이송 중 숨이 멈춘 환자였다. 내가 모르는 간호사가 남자 환자의 거대한 몸 위에 올라타 온 힘을 다해 흉부압박을 하고 있었다. 환자의 갈비뼈는 부서질 것이었다. 흥건한 땀이 간호사복 목 언저리에

V자를 만들고, 겨드랑이에 초승달 모양의 얼룩이 번졌다. 동료 간호사 쉬안이 환자 옆에 무릎을 꿇고, 대롱거리는 병원 신분증을 등 뒤로 휙 넘긴 뒤 휴대용 제세동기를 열었다. 뚜껑을 열자마자 빨간색 자동 심장충격기가 소리를 냈다.

'환자의 상체에 패드를 부착하시오.'

'반짝거리는 불빛 옆에 패드와 연결된 선을 꽂으시오.'

'분석 중입니다.'

'제세동 필요'

'물러서시오.'

기계의 지시 너머로 쉬안이 고함쳤다. 쉬안은 사람들이 기계 지시 따위는 잘 듣지 않는다는 걸 알았다. "가슴에서 손 떼요. 분석 중이에요. 좋아요. 이제 물러서세요. 전기충격을 줘야 해요. 산소도 치우고 사람들도 다 물러서세요." 쉬안은 사람들에게 말을 하는 동안에도 환자에게 눈을 떼지 않고 손을 저어 사람들이 물러서게 했다. 동료들의 감전을 막기 위해 자신의 목소리뿐 아니라 온몸을 이용했다. 최근에 런던의 한 대학병원에서 간호사가 실수로 동료 간호사에게 전기충격을 준 사고가 있었다. 이론상으로는 전기충격을 줄 때 환자의 몸에 닿거나 환자와 연결된 수액을 만져도 심장마비의 위험이 있다.

응급상황에서는 타인에 대한 신뢰가 환자와 의료진 모두에게 똑같이 중요하다. '신뢰trust'라는 단어의 역사는 간호의 원칙과 공통점이 많다. 신뢰는 '보호'를 뜻하는 중세 영어 'truste'에서, '도움'을 뜻하는 고대 스칸디나비아어 'traust'에서, '위로'를 뜻하는 네덜란드어 'troost'에서 유래되었다. 환자는 간호사를 신뢰해야 한다. 간호사는 의사와 동료 간호사를 신뢰해야 한다. 하지만 자신의 능력과 한계도 인정해야 한다. 간호사는 스스로를 알아야 하는 것이다.

수십 년간의 경험을 통해 나는 내 판단을 대부분 믿는다. 그것이 무엇이든 이전에 보았던 것을 믿고 그 의미를 숙고한다. 숙련된 간호사는 "상황을 연결하고 행동을 취하는 데 있어 더는 원칙, 규정, 지침에 의존하지 않는다"라고 한 간호이론가인 퍼트리샤 베너처럼 나는 무엇보다 직감을 믿을 수 있는 위치가 되었다. 나 자신을, 그 목소리를 신뢰한다. 하지만 이 일은 그 이상의 것을 요구한다. 전혀 모르는 사람을 똑같이 신뢰해야 한다.

많은 경우 심장마비 대응팀은 응급상황이 있어서 다함께 모이기 전까지는 전혀 만난 적이 없는 사람들이다. 영국 심폐소생술 위원회는 응급팀원들이 서로의 경험 수준을 확인하고 그에 맞게 업무를 분배하기 위해 근무 교대에 들어가기 전 역할에 대해 서로 논의하기를 권고한다. 심장마비 환자가 생겼을 때에는 여러 역할이 필요하다. 팀 리더는 침대 끝에 서서 흉부압박, 세동제거, 기록, 약물 등을 담당하는 의료진들을 감독해야 한다. 그러나 의료진들이 심장마비 응급 대응 이외에 정규 업무도 해야 하는, 교대가 빈번한 큰 병원에서 사전 회의는 불가능하다. 신뢰가 전부이지만, 본능과 경험을 바탕으로 동료들의 전문성 수준을 재빨리 파악할 수 있다. 가령, 젊은 의사가 주머니에 손을 넣고 있다면? 그는 오만한 게 아니고 겁을 먹고 있는 것이다. 환자의 손목을 잡고 맥박을 짚으며(대동맥의 중심맥박이 아닌) 큰소리로 지시를 내리는 의사는 전혀 믿어서는 안 되고, 그런 사람은 보통 자기의 능력 밖임을 곧 깨닫고 스스로 물러선다. 침대 머리맡에서 기도 확보에 노력하며 바쁘게 움직이는 마취과 의사는 대부분 신뢰할 만한 뛰어난 의사다. 긴박한 상황에서도 자신을 소개하고 팀원들의 이름을 물으며 인사하는 사람, 소리치지 않고 침대 끝에 서서 전체를 관망하는 침착한 의사나 간호사는 가장 믿어도 되는 사람이다. 함께 일해본 의사들 중 가장 우수하고 경험이 풍부한 사람들은 확실히 차분하고, 삶과 죽음이 갈리는 힘든 상황에서 더욱 침착해지는 듯하다.

주니어 의사가 헤매고 있을 때 직접 나서지 않고 지켜보는 중견 의사가 있다. 그의 실력이면 당장 문제를 해결할 수 있지만, 그렇지 않으면 주니어 의사가 배울 기회가 없다는 사실을 알기 때문이다. 그런 의사에게는 나와 내 아이들의 목숨을 맡길 수 있다. 간호사와 의사로서 우리는 아슬아슬하게 위험해질 때까지 기다린다. 또 우리는 주니어 의료진들이 정맥을 찾거나 백밸브마스크를 밀착시키는 데 시간이 걸려 환자의 흉부가 움직이지 않고 폐와 뇌에 산소가 공급되지 않는 동안 그들 옆에서 침착하게 손의 위치를 바로잡아준다. 벼랑 끝으로 가다가 누군가가 죽거나 하는 치명적 결과를 초래하기 전에 어느 지점에서 개입해야 하는지 아는 것은 자신에 대한 신뢰가 있기 때문이다.

이송기사가 가림막을 찾아 환자 주변에 모여선 응급팀 주위를 대충 가렸지만 이송 구역은 사람들로 꽉 찼다. 어느 한 간호사가 오더니 이송 구역 현장을 구경하고 있는 환자의 휠체어를 밀고 나가며 말했다. "이런 거 안 보서도 돼요."

쉬안은 30번의 흉부압박과 두 번 인공호흡을 셌다. 박자를 맞추기 위해 학교에서 배운 대로 머릿속에서 비지스의 〈스테잉 얼라이브〉를 부르고 있음에 틀림없었다.

대기실의 환자 한 명은 이 상황을 휴대전화로 찍었고, 또 다른 환자는 40분째 택시를 기다리고 있다고 소리쳤다. 눈앞에서 벌어지는 참상인데도 대체로 사람들은 무심히 지나쳤다. 최근 5년 사이에 목격되는 새로운 현상이다.

쉬안의 주머니에서 응급 호출이 울리지만 그녀는 이전 사람에 이어서 땀을 흘리며 흉부압박을 계속해나갔다. "팀을 나눠요." 그녀는 새로운 호출이 정맥 절개술 부서에서 일어난 실신이나 땅콩 과민반응 환자의 심장마비일 수 있다는 것을 알고 제안했다. 응급 호출은 내가 속한 다섯 개의 심장마비 대응팀(정신적 외상, 신생아, 산과, 소아과, 성인 일반) 중 한 부서에서 온 것일 수도 있었다. 나는 호출기를 꺼내 들고 달렸다. 시니어 의사가 승강기 안에서 쓰러졌다. 다행히 주위에 도움을 줄 사람들이 많아서 그를 안정시키고 심장내과로 보냈다. 나중에 그가 살았다는 소식을 들었고, 이송 중 숨이 멎었던 환자도 살았다.

"놀란 것처럼 보이네요." 쉬안이 말했다.

"선생님의 훌륭한 흉부압박을 의심했던 것이 아니고, 그저 드문 일이어서 그래요."

영국 병원에서 심장마비 생존율은 20%가 못 된다. 천천히 악화되기도 하고 다른 만성 질환이나 질병이 동반되기 때문에 심장마비에서 온전히 회복되기란 거의 어렵다. 의학 기술과 교육 발전에도 불구하고 이 수치는 별로 개선되지 않고 있다. 아동은 확률이 더 낮다. 아이에게 심장무수축 심장마비가 일어나고 모니터에 박동이 나타나지 않는다면, 생존율은 고작 5%이고, 그중 1%만이 신경학적으로 온전하게 회복된다.

한 보도에 따르면, 라스베이거스의 카지노에서는 도박, 음주, 흡연, 잦은 파티로 인한 피로와 스트레스로 인한 심장마비 환자가 다른 곳에서보다 더 많이 발생하는데, 놀랍게도 생존율은 75%에 달한다. 이 수치에 대해서 여러 가지 가설이 있다. 대체로 건강한 사람이 왔기 때문일 수도 있고, 보안요원들이 심폐소생술에 대해 충분히 훈련되어 있고 4개월마다 정기적으로 평가받기 때문일 수도 있으며, 게임 중 속임수를 적발하기 위해 사람들을 면밀히 관찰하기 때문에 쓰러지는 사람을 신속하게 발견하고 흉부압박을, 필요하면 전기충격까지 그 자리에서 즉시 시행하기 때문일 수도 있다. 또한 동료들 말에 의하면 손님들을 계속 깨어 있게 하려고 카지노 공기에 따로 산소를 공급한다고 한다.

대부분의 심폐소생술 전문가는 얼마나 흉부압박을 잘하느냐가 심장마비 생존율에 가장 큰 영향을 미친다고 주장한다. 라스베이거스의 보안요원들이 분기별로 훈련을 받는 이유도 대략 3개월 정도 시간이 흐르면 사람들이 임상적 기술을 잊게 된다는 연구가 있기 때문이다. 심폐소생 위원회의 지침과 권고에도 불구하고 병원에서 간호사들은 기본적인 생명유지 훈련을 매년, 때로는 2년, 재단에 따라서는 3년에 한 번씩 받는다. 학교 입장에서는 학생들에게 심폐소생술 교육을 하지 않는 게 비용 절감이 될 것이다. 하지만 병원 밖에서 심장마비가 일어날 경우의 생존율을 심폐소생술이 교육 과정에 포함된 스칸디나비아 국가들과 그렇지 않은 영국과 비교해보면 극명한 차이가 난다. 스칸디나비아 국가들의 심장마비 생존율이 30%에 달한다면, 영국은 겨우 10% 내외다. 정기적인 훈련이 늘어날수록 이 수치는 개선될 것이다. 생명을 구하는 데 드는 비용이다.

환자이송 구역에 있던 남자는 운이 좋은 편이었다. 교대 시간이 끝나고 쉬안이 초라한 사무실 임시 가림막 뒤에서 옷을 갈아입으며 자세한 상황을 얘기해주었다. 그녀가 옆으로 고개를 내밀 때 언뜻 문신이 보였다. 또다시 호출기가 울렸다.

"내가 갈게요. 쉬안은 업무 인계하세요." 나는 연결 복도로 나가 유족대응 사무실을 지나 계단을 두 칸씩 뛰어 내려갔다. 두꺼운 안경을 쓴 남자아이가 유리에 얼굴을 박고 있는 소아외래 구역을 지날 때쯤 숨이 차올랐다. 방향제 냄새가 나고 벽에 기계들이 줄지어 서 있는 심장내과도 지나쳐 갔다. 청바지에 두꺼운 스웨터를 입은 구부정한 사람이 스쳐 지나가는데 돌아가신 아버지를 닮았다.

어디서나 아버지를 본다. 오랫동안 나는 사는 시늉만 했다. 삶과 죽음, 그사이 세계인 수술실에 누워 있는 느낌이었다. 그러나 시간은 흐른다. 글래디스의 말이 맞았다. 하루가 한 주가 되고, 한 달이 되고, 일 년이 되면서 아이들과 나는 끔찍한 시간을 버텨냈다. 간호와 나의 아이들은 엄청난 친절을 내게 선물한다. 가끔 탯줄 안의 피가 양방향으로 흐를 때가 있다. 결국 시간은 밤을 낮으로 바꿔놓는다.

정신과 진료실, 그리고 호흡기가 필요한 장기입원 환자 병동을 뛰어가며 크게 숨을 들이쉬었다. 계속 확장되는 VIP 병동, 그리고 치매 병동도 지나쳐 갔다. 뇌졸중 치료실, 성형외과 병동, 화상치료센터, 심장치료센터, 신경외과 중환자실, 성건강 진료센터, 유방암 치료센터, 혈액검사실, 치과 수술실…… 영안실은 한 층 아래, 분만실은 한 층 위다. 모든 것이 흐릿하고 어디선가 아기 울음소리가 들렸다.

응급 호출기는 응급실 밖 주차장으로 나를 이끌었다. 구급차가 들어오고 구급대원들이 심각한 부상을 입었거나 죽어가는 환자, 또는 너무 위독해 병원으로 옮기지 못하는 환자들을 처치하는 곳이다. 각 병원 주위에는 병원마다 응급팀이 대응할 수 있는 보이지 않는 경계가 있다. 이 경계선 밖에서는 구급차를 불러야 한다. 병원 주차장은 이 공간 안에 있다. 그러나 경계선 밖 버스 안에서 심장발작을 일으킨 환자가 있을 때 나와 동료들이 쓰러진 환자 위에 올라 심폐소생술을 시행하는 것을 막을 수는 없을 것이다. '어떻게 해야 되지? 구급차가 오기까지 8분이 걸릴지 20분이 걸릴지 알 수가 없는데, 분명한 건 그사이 이 사람은 뇌사 상태가 될 거야.' 간호사와 의사들은 테러리스트에게라도 달려간다.

주차장에 도착하니 검은색 택시 밖에 서 있던 운전사가 허옇게 질린 얼굴로 열린 문을 가리켰다. 통나무만큼 다리가 두꺼운 여인이 아기를 분만하고 있었다. 비티라는 이름의 응급실 간호사가 장갑도 끼지 않은 손을 뻗어 이미 미끄러져 나오는 아기를 받으려는 순간이었다. "빨리! 도와줘요!"

"큰 문제가 없었으면 좋겠네요." 뒤에서 택시 운전사의 말소리가 들렸다. 미터계는 계속 돌아가고 있었고, 차 안은 피와 오물 범벅이었다. 산모는 눈을 감고, 어디서도 들어본 적 없는, 인간의 소리가 아닌 것 같은 신음 소리를 냈다. 괴로움에 허덕이는 소리다. 마치 자동차가 크게 파인 웅덩이를 지날 때 나는 덜컹 소리처럼.

"이름이 뭐예요?" 내가 물었으나 그녀는 정신이 없었다.

"프리실라예요." 비티가 대신 대꾸했다. "이송기사가 지금 담요를 갖고 오는 길인데, 벌써 한참 전에 필요했지요." 비티의 목소리가 갈라졌다. 그녀는 조산사가 아니고 나도 아니다. 이 상황은 우리 경험을 벗어난 일이고 무슨 일이 생길지 알 수 없었다.

"기사님 외투를 좀 주실래요?" 나는 택시 운전사에게 요청을 했다.

그가 벗어준 외투를 비티의 손 밑에 밀어넣었다. 온갖 종류의 오물로 뒤덮인 곳이다. 아기가 조용히 미끄러져 나왔다. 프리실라가 비명을 질렀다. 사람들이 모여들었다. 나는 잠깐 고개를 들고 생각했다. 생명의 모든 것이 여기에, 이 주차장에, 이 병원에 있다. 세계 곳곳에서 온 사람들, 연약하고 부서지기 쉬운 인간적인 사람들. 우리는 살아 있는 역사다.

머리카락이 없는 젊은 남자가 수액거치대를 밀며 현장으로 다가왔다. 환자복 차림이며 중심정맥 카테터가 달린 가슴은 너무 앙상해 갈비뼈가 실로폰처럼 보일 지경이었다. 암 환자였다. "도와드릴까요?"라고 그가 물었다.

"아기예요." 택시 운전사가 소리쳤다. "아기라고요."

아기는 아름다운 울음을 터뜨렸다. 한 숨결 차이로 생명으로 변화되는 외침이다. 담요가 도착했다. 아기의 혈색, 피부 탄력, 자세를 확인하고 청진기의 작은 부분으로 힘차게 뛰는 아기의 심장 소리를 들었다.

완벽하게 빠르게 뛰는 박동, 생명을 향한 펌박질이다. 아기를 엄마에게 건넸다. "축하드려요. 딸이에요."

비스듬히 상체를 세우고 다리는 벌린 채 앉은 산모가 온몸이 피투성이가 된 채 떨고 있었다. 탯줄은 아직 엄마와 아기를 연결하고 있었다. 그녀는 웃으며 아기를 바라본 뒤 택시 운전사를 올려다보며 말했다. "신은 위대해요."

휠체어를 가져와 프리실라와 아기를 앉히고 담요를 덮어주었다. 그렇게 환하게 웃는 여인을 본 적이 없었다. 비티가 휠체어를 밀고 나는 그들 옆에서 걸었다.

응급 호출기가 다시 울렸다. "정신적 외상 환자! 응급실!"

"먼저 뛰어갈게요." 프리실라에게 미소 지으며 말했지만, 그녀는 자기 딸에 정신이 팔려 내 말을 듣지 못했다. 당연히 그럴 만했다.

뛰어가는 내 심장도 같이 빨라졌다. 응급실은 무섭다. 생명이 얼마나 부서지기 쉬운지를 늘 상기해준다. 이보다 더 무서운 것이 어디 있을까? 더불어 응급실은 우리가 얼마나 작은 존재인지를 일깨워주는 곳이다. 아무리 노력해도 누가 남편을 잃게 되고, 누가 심장마비나 뇌졸중으로 쓰러질지, 누가 복합 심장질환을 가진 아기를 분만할지, 누가 감염이나 조산으로 신생아를 잃을지 그 누구도 예측할 수 없다. 우리 중 누가 평생을 정신질환으로 고생하거나 자살을 하게 될지, 누가 자식을 학대할지 알 수 없다. 또한 누가 대소변을 참지 못하고 실금하게 될지, 누가 그 시트를 갈게 될지 아무도 예측할 수 없다. 누가 암, 당뇨병, 천식, 패혈증에 걸리게 되고, 누가 화상을 입을지 알 수 없다. 바람이 어디서 불어올지 우리는 아무것도 예측할 수 없다.

응급실 문을 밀고 들어가는 지금도 나는 두렵다. 그러니 우리 함께 들어가자. 나는 깊게 숨을 들이마신다. 여러분이 함께한다면 무엇이라도 견딜 수 있을 것 같다. 내 손을 꼭 잡고 문을 박차고 들어가 눈앞의 것이 무엇이든 삶의 공포와 아름다움을 마주하자. 진정한 삶을 살아보자. 서로 함께라면 우리의 손은 흔들리지 않을 것이다.

감사의 글

소피 램버트, 줄리엣 브룩, 클라라 파머, 안나 스타인, 에마 핀 외 이루 헤아릴 수 없이 많은 친절의 챔피언들에게 감사의 마음을 전합니다.

아버지의 간호사였던 셰릴, 그리고 저와 함께 일했던 모든 의료진에게 감사드립니다. 이들은 저에게 삶과, 죽음, 그리고 그 사이의 모든 것에 대해 많은 가르침을 전해주었습니다. 여러분은 저의 영웅입니다.

십수 년 동안 저의 환자가 되었던 분들께도 감사를 드립니다. 당신들의 간호사가 될 수 있어서 영광이었습니다.

매일 수천수만의 사람이 간호사, 조산사, 간호보조원의 돌봄에 의존하고 있습니다. 영국 왕립간호협회는 이들에게 필요한 지원을 하고 있습니다. 어려움을 겪는 간호사들을 보호하고, 이들이 정상적인 삶을 유지할 수 있도록 조언과 지지를 제공하며, 간호사들의 교육 개발을 위한 자금을 마련해 간호 분야의 미래에 투자합니다. 대중의 건강과 안녕을 증진하기 위해 간호사가 주도하는 혁신 프로젝트들에 기금을 제공하기도 합니다. 간호 분야의 강화를 돕고 지원하고자 한다면 왕립간호협회 홈페이지를 방문해 기부하실 수 있습니다.

돌봄의 언어

초판 1쇄 발행 2021년 4월 25일

지은이 크리스티 왓슨
옮긴이 김혜림
펴낸이 이혜경

펴낸곳 니케북스
출판등록 2014년 4월 7일 제300-2014-102호
주소 서울시 종로구 새문안로 92 광화문 오피시아 1717호
전화 (02) 735-9515
팩스 (02) 6499-9518
전자우편 nikebooks@naver.com
블로그 nikebooks.co.kr
페이스북 www.facebook.com/nikebooks
인스타그램 www.instagram.com/nike_books

ISBN 979-11-89722-34-0 (03840)

책값은 뒤표지에 있습니다.
잘못된 책은 구입한 서점에서 바꿔 드립니다.